HEAD OVER HEELS

TEIL 2

SOPHIA CHASE

Original Ausgabe
Auflage 1 ©Jennifer Rottinger
Coverfoto: Clipdealer.de
Lektorat: Renate Messenbäck

1. Kapitel

„Ich bin unschuldig, sie ist von alleine hingefallen“, verteidige ich mich lachend, während ich meine Schuhe achtlos in die Ecke werfe und meine Jacke auf dem kleinen Beistelltisch ablege.

„Das sah aber in meinen Augen ganz anders aus. Ich dachte mir, ich besorge eine Schlammgrube, um den Fight hollywoodreif zu inszenieren.“

Den Kopf zur Seite gelegt, stehe ich einen Moment nur da und starre ihn an. Ich kann aber nicht lange ernst bleiben und setze ein verschwörerisches Lächeln auf. „Lassen wir die Sache und widmen uns dem Alkohol. Was möchtest du – Wein, Bier, Sekt?“

Sekt – ich frage mich, ob ich die Flasche, die ich mit William angefangen habe, wirklich mit Andy austrinken soll. Schlechtes Karma und so. Denn selbst wenn die Beziehung, die ich innerhalb von vier Stunden zu Andy aufgebaut habe, rein platonisch ist und wir beide wissen, was wir voneinander erwarten können und was nicht, fühle ich mich wie eine Verräterin. Schon weil ich ihn mit in meine Wohnung geschleppt habe. Die muss ich ohnehin bald räumen, da ich unter die Affäre mit William einen endgültigen Schlussstrich ziehen möchte. Ich denke, ich bin über dem Berg.

Die Woche, die ich nach der bösen Auseinandersetzung mit William bei meinen Eltern verbracht habe, hat mich beseelt. Natürlich habe ich viel geheult und bin wie eine Verrückte am Strand herumgelaufen, als würde dort die Lösung begraben liegen. Meine Eltern haben mir erstaunlicherweise geholfen und Vorwürfe unterlassen. Wobei ich hinzufügen muss, dass ich ihnen auch nur die halbe Wahrheit über mein Verhältnis zu meinem Boss erzählt habe. Sie glauben, dass wir einmal essen waren, uns geküsst und dann wieder Schluss gemacht haben.

Was soll ich sagen, ich will sie schließlich nicht schockieren und das Bild, das sie von ihrer ach so braven Tochter haben, zerstören.

Doch auch wenn die Woche viel zu schnell vergangen ist und das Schlimmste eigentlich noch vor mir liegt, fühle ich mich stärker denn je.

William hat sich kein einziges Mal gemeldet, was ich eher Georges Überredungskünsten als seinem Durchhaltevermögen zuschreibe. Und nach über einer Woche, in der ich ihn weder gesehen noch gesprochen habe, setzt mir nun, da ich zurück in London bin, das alte Leben zu. Besonders hier in seiner Wohnung, die ist sie nun einmal, fehlt er mir. Auch wenn ich mir ständig ins Gedächtnis rufe, was mir fehlt – nicht er, sondern vielmehr das, was ich glaubte, an ihm zu haben. Das, was ich als Liebe bezeichnet habe, und sicher ist da von meiner Seite noch Liebe. Ich bin kein Roboter, sondern ein Mensch aus Fleisch und Blut und kann meine Gefühle nicht so einfach abstellen und neu beginnen.

Jedenfalls hilft mir Andy, der mich damals vor Georges Haus aufgegabelt und nach Hause gebracht hat, über die steilsten Stufen. Deshalb hat er sich auch eingebildet, heute unbedingt essen zu gehen und dann richtig abzufeiern, was an einem Sonntag äußerst schwierig zu bewerkstelligen ist, wie wir enttäuscht feststellen mussten.

So waren wir nur essen und sind dann in eine Bar gegangen, wo wir anfangs noch Spaß hatten, bis ein betrunkener Lockenkopf meinen Begleiter angegraben hat. Wahrscheinlich hat sie ihn wiedererkannt, da er der Besitzer des *POPS* ist. Eine Nobeldisco, die sich in den letzten Jahren an der Spitze der Clubszene etabliert hat.

Sie hat ihn eine halbe Ewigkeit lang zugeschwafelt, ich habe brav gelauscht und mich im Hintergrund gehalten, bis ich auf sein Zeichen reagierend dazwischengegangen bin. Und wie sollte es anders sein, besagter Lockenkopf ist wie ein Geier auf mich losgestürzt und hat nicht nur den Namen meiner Mutter in den Dreck gezogen.

Andy und ich sind geflüchtet, haben uns aber vor Lachen gekrümmt. Die Situation war einfach zu komisch!

„Ich nehme ein Bier", antwortet er und folgt mir ins Wohnzimmer.

„Ich weiß aber nicht, ob ich dir deine Autoschlüssel dann noch gebe", warne ich ihn.

Er macht eine wegwerfende Handbewegung. „Mir doch egal, ich falle so oder so gleich über dich her."

„Das wage ich zu bezweifeln", kontere ich mädchenhaft kichernd, wobei ich vor ihm ins Wohnzimmer trete und erschrocken stehen bleibe.

Ich bleibe nicht nur stehen – ich erstarre regelrecht. Meine Gesichtszüge entgleisen und ich kann ein Aufstöhnen nicht unterdrücken. Alles um mich herum – Andy, die Wohnung, der schwach beleuchtete Raum – hat keine Bedeutung mehr. Ich habe nur noch Augen für ihn, versuche, eine Regung in seinem Gesicht auszumachen, und für den Bruchteil einer Sekunde legt sich ein wilder Schmerz über mich.

Williams kalte Augen, die mir wohl alles Böse der Welt wünschen – kein Wunder auch –, gleiten zu Andy, der neben mir steht und entgeistert zu dem sichtlich vor Wucht kochenden Mann am anderen Ende des Zimmers blickt.

Ich weiß, wie das hier für William aussehen muss. Als würde ich mich mit dem Nächstbesten trösten und hätte ihn bereits vergessen. Eigentlich möchte ich es ihm erklären, doch als William einen Umschlag hochhebt und mich mit einem vernichtenden Blick mustert, schaffe ich es nicht, mich zu verteidigen. Ich falle zurück in meine alte Schutzposition, die mich immer gerettet hat, auch wenn ich bezweifle, dass es in diesem Fall viel bewirken wird.

„Ich warte draußen", flüstert Andy und streicht mir aufmunternd über den Rücken.

Es beginnt zu prickeln, was sicher nicht mit Andys Berührung, sondern mit Williams Blick zu tun hat, der dieser Geste so finster und fassungslos folgt, als möchte er jeden Augenblick über Andy herfallen. Ich räuspere mich, ringe verzweifelt nach Fassung, doch außer, dass ich dieser magnetischen Spannung, die immer zwischen uns beiden herrscht, erlegen bin, geschieht nichts.

William ist es, der den ersten Schritt macht und den Umschlag, den er lässig umklammert hält, auf den Couchtisch legt.

„Ich dachte, du kommst erst heute zurück", seine Stimme klingt fremd.

Ich schüttle den Kopf und lecke über meine trockenen Lippen. „Nein, wir sind gestern gekommen. Frank hatte einen ... er hatte etwas zu erledigen."

Wieder gleitet sein Blick an mir herab und ich weiß, wie er auf mich und ich auf ihn reagiere. Denn selbst unter den gegebenen Umständen möchte ich mich am liebsten auf ihn stürzen. Es würde nichts leichter machen – im Gegenteil. Doch lediglich sein Haar zu berühren, es zu zerzausen, ihn zu schmecken, ihn zu spüren, wäre mehr, als ich ertragen könnte. Ich müsste ihn doch wieder hergeben. Sicher ist Sex kein Allheilmittel, aber aufgestellte Regeln können gebrochen werden und es ist an der Zeit, meine Unentschlossenheit zu überwinden. Ich muss ihm etwas entgegensetzen. Nicht nur heute, sondern auch morgen und an all den anderen Tagen, an denen ich von nun an mit ihm konfrontiert bin. Mit seiner Wut, der Enttäuschung und auch ein wenig mit dem kleinen Jungen in ihm, der nicht verlieren und schon aus Prinzip um mich kämpfen möchte. So hat er es mir versprochen. Damals – es scheint Jahre her zu sein –, als ich unsere Beziehung noch im Keim ersticken wollte. Ich habe wohl bereits zu diesem Zeitpunkt die heraufdräuende Tragödie geahnt.

„Was ist da drinnen?“ Ich zwinge mich, irgendetwas zu sagen, auch wenn ich nicht weiß, ob er mir überhaupt zuhört.

Er folgt meinem Fingerzeig und atmet hörbar ein. „Der zweite Wohnungsschlüssel. Ich wollte ihn dir persönlich vorbeibringen.“

Um die Endgültigkeit auf deine herrische Art zu demonstrieren, denke ich geknickt.

„Ich hoffe, du konntest deinen Urlaub genießen“, tönt er und macht einen Schritt auf mich zu. Mein Herz setzt einen Schlag lang aus und mir ist klar, dass er nur verschwinden will.

„Du erwartest doch nicht wirklich eine ehrliche Antwort“, entgegne ich leise und schlinge die Arme um mich.

„Keine Ahnung, Rose, Campbell wird dir doch sicher geholfen haben, deinen Schock zu überwinden“, spuckt er mir vor die Füße. Oder besser gesagt ins Ohr.

Denn plötzlich ist er so dicht neben mir, dass ich seine Verachtung beinahe körperlich spüren kann, während mich sein stechender Blick für einen kurzen Moment nach Luft schnappen lässt.

Was hat er damals zu dieser Frau am Telefon gesagt? Sie hätte sich mit dem Falschen angelegt und er würde sie vernichten. Etwas in der Art zumindest. Jetzt verstehe ich, wie sich besagte Frau gefühlt haben muss. Vielleicht war es auch nur meine Vorgängerin, deren Zug endgültig abgefahren war.

„Andy ist nur ein Freund. Hältst du mich für so dämlich, dass ich gleich mit ihm in die Kiste springe?“, versuche ich meine Selbstachtung zurückzugewinnen.

„Das interessiert mich einen Scheißdreck. Die ganze Sache mit uns beiden hat mich nur eines gelehrt – ich werde mich nicht so bald wieder mit solch unreifen Mädchen einlassen, die vor jedem Problemchen, welches ihre heile Welt stört, davonlaufen.“

Der Hieb sitzt. Vermutlich ist dies die Retourkutsche für die Anschuldigungen vom letzten Freitag. Doch William befindet sich mir gegenüber im Vorteil – er ist stark, scheint sich um keinen zu kümmern, und vor allem ist er er selbst und damit eine überaus gefestigte Persönlichkeit.

Er steckt alles weg. Für ihn geht das Leben weiter. Er ist bestimmt nicht die halbe Woche brütend dagesessen und hat überlegt, ob er richtig gehandelt hat. Während mir ab dem Zeitpunkt, als ich ihn stehen gelassen habe, bewusst gewesen ist, dass es aus und vorbei ist. William zählt keineswegs zu den Typen, die Frauen hinterherlaufen. Es verhält sich eher umgekehrt. Bei mir hat er sich einmal die Mühe gemacht. Ein zweites Mal wird er sich nicht dazu herablassen.

Daran denke ich, während er mich böse mustert. „Versuche nicht noch einmal, mich so wütend zu machen!"

Während er an mir vorbei aus dem Zimmer eilt, bemühe ich mich krampfhaft, seine Drohung, wenn es denn eine war, zu verstehen. Warum soll ich ihn nicht wütend machen? Und überhaupt, wann habe ich ihn denn wütend gemacht? Sicher nicht, als ich davongerannt bin – und jetzt auch nicht. Wütend beschreibt die Situation einfach nicht richtig. Er ist bestenfalls angepisst oder erregt, im negativen Sinne. Doch William wird doch nicht so viel Energie und Emotion in die Beziehung zu einem unreifen Mädchen investieren.

Erst als er weg ist und Andy hinter mir auftaucht – ich merke instinktiv, dass er da ist, weil sich die aufgeladene Spannung plötzlich löst –, fallen mir tausend Fragen ein.

Doch es ist zu spät. Nicht nur für Fragen, sondern für alles. Für uns.

Ich muss endlich lernen, William zu akzeptieren und mit ihm auszukommen. In meiner und auch in seiner Welt. Ab morgen bin ich zurück im Büro, was mich ihm näher bringt, als ich in meinem derzeitigen Gemütszustand ertragen kann. Die Zeit wird jedoch vergehen, wir werden uns beide beruhigen, auch wenn ich einsehe, dass ich ihm niemals mehr professionell begegnen kann. Immer wird da dieser Schatten sein, der von den drei kurzen Wochen unserer viel zu schnellen und viel zu ekstatischen Beziehung geblieben ist. Nie werde ich diese Zeit vergessen.

„Heilige Scheiße. Ich dachte schon, der schlägt die Wohnung, mich inklusive, kurz und klein“, vernehme ich Andys Stimme, die meilenweit entfernt zu sein scheint, während er den Umschlag hochhebt und ihn prüfend von einer Hand in die nächste nimmt. „Zur falschen Zeit am falschen Ort, das trifft es mehr als gut. Was hat er gesagt?“

„Nicht viel. Er hat mich nur nach meinem Urlaub gefragt und mich im selben Atemzug als unreif bezeichnet. Ach ja, den Schlüssel hat er mir dagelassen.

Seinen Schlüssel", ich deute auf das Kuvert in Andys Händen.

„Warum fragt er nach deinem Urlaub?"

Ich gehe langsam auf Andy zu und lasse mich dann völlig kraft- und mutlos aufs Sofa fallen, wobei ich die Beine auf den Couchtisch lege. „Weil er genau weiß, was er damit anrichtet. Er erinnert mich daran, wie es mir gegangen ist und wie sehr ich in meinem eigenen Saft geschmort habe. Seine Art, Probleme anzusprechen."

„Probleme ansprechen", äfft mich Andy nach und nimmt neben mir Platz. „Meiner Meinung nach hat er einen Knacks. Kommt her, macht sich breit und als was hat er dich bezeichnet – als unreif? Nicht zu fassen!"

Doch, eigentlich ist es zu fassen. Zumindest bei William. „Was soll ich nur tun?", denke ich laut und streiche mir über meine überhitzte Stirn.

Andy wendet mir den Kopf zu und sieht mich fragend und besorgt zugleich an: „Gib ihm noch etwas Zeit. Ich kenne ihn nur flüchtig, wie ich schon sagte, er war früher öfter in meinem Club, doch gemäß seiner Einstellung ist es unerträglich, dass du diejenige bist, die ihn verlassen hat. Er wird sich beruhigen und du wirst das ebenfalls tun. Bald werdet ihr euch nicht mehr zerfleischen wollen."

Andy und ich haben uns auf eine Flasche Wein beschränkt, was in Anbetracht meiner Verfassung nach Williams Abgang ziemlich wenig ist.

Ich habe es mir immer wieder ausgemalt, weiß jetzt aber ganz genau, während ich mich in mein züchtigstes Outfit zwänge – eine fade schwarze Hose, dazu eine hellblaue Bluse –, was auf mich zukommen wird. Es ist nicht nur der Tag nach dem Urlaub, den ich ohnehin hasse. Man wird nach ein paar wunderbar entspannten Tagen mit der kalten, schnelllebigen Wirklichkeit konfrontiert, die einen mit sich zerrt, und am Abend kommt man sich einsam und wie ausgespien vor.

Als ich mich im Spiegel betrachte und die müden Augen, die eingefallenen Wangen und den fahlen Teint registriere, wird mir klar, was ich angerichtet habe.

Nicht heute, nicht gestern – vor knapp einem Monat. Damals hat sich mein Leben verändert. Ich gehe so weit und behaupte, zu diesem Zeitpunkt ist alles zerstört.

Die letzte Woche über habe ich noch gehofft und gebetet. Ich habe mir selbst Mut zugesprochen, doch das Wissen, ihm nun bald gegenüberzustehen, lässt mich die Stirn in hässliche Falten legen. Er ist nicht sauer, enttäuscht, traurig – solche Regungen gibt es in seiner Welt gar nicht –, er wird mir das Leben zur Hölle machen.

So lange, bis er eine Neue gefunden hat oder ich nur mehr ein Staubkorn bin, das er nicht einmal wahrnimmt. Kurz gesagt – es wird schrecklich.

Ich gehe in den Flur, ziehe mir dort ein dünnes Jäckchen über, das man selbst um diese Jahreszeit noch braucht, schnappe meine Handtasche und verlasse die Wohnung, wobei ich fast glaube, dass ich die einzige Bewohnerin dieses Hauses bin, da ich noch nie jemand anderen getroffen habe. Heute hat ein älterer Herr Dienst am Empfang, der mich und meine Nachbarn wohl vor unerwünschten Besuchern schützen soll.

Er nickt mir aus seinem Kämmerchen heraus zu, ich antworte stumm und mache mich dann auf den Weg zur nächsten Haltestelle.

Einen freiwilligen Fußmarsch und zehn Stationen später steige ich an der Liverpool Street aus und marschiere mit festem Schritt auf Williams übermächtigen Glaswürfel zu. Ich sehe das Gebäude von weitem, spüre, wie mein Herz zu rasen beginnt, wie meine Hände schwitzig werden und ich alles, wirklich alles tun würde, um nicht in die oberste Etage fahren zu müssen. Während ich alleine im Lift stehe, heute ausnahmsweise bete, dass er stecken bleibt, und die ganze Zeit über die Augen schließe, hält der stählerne

Käfig kein einziges Mal an. Kein Wunder auch, wer würde sich freiwillig in die Höhle des Löwen begeben?

Der Lift kommt mit einem Ruck zum Stehen. Ich öffne die Augen, bereite mich innerlich auf Debbys blöde Bemerkungen vor, die sicher nicht ausbleiben werden, und straffe die Schultern.

„Hi Rose. Wie war dein Urlaub? Ich hoffe, du konntest dich ein wenig entspannen. Du hast schließlich so hart gearbeitet“, begrüßt mich Debbys naives Stimmchen und lässt meinen Morgenkaffee im Magen Purzelbäume schlagen.

Ich gehe gar nicht auf ihre Provokation ein, fahre aber meine Antennen aus. William ist hier irgendwo. Wieder einmal spüre ich seine Anwesenheit, noch bevor ich ihn erblicke. „Alles in Ordnung. Der Urlaub war schön.“

In meinem Büro angekommen, sacke ich auf den schwarzen Drehstuhl und schlage die Hände über meinem Kopf zusammen. Eine Minute, eine einzige, und ich bin völlig ausgelaugt. Ich kämpfe hier gegen Dämonen, die ich zwar selbst gerufen, ja regelrecht heraufbeschworen habe, doch trotzdem, oder vielleicht gerade deshalb, will ich mich wieder in meine heile Märchenwelt flüchten.

Während der Computer hochfährt und ich mir Wasser einschenke, horche ich angestrengt auf Geräusche aus dem anderen Zimmer.

Was tut er? Sitzt er vielleicht genauso dämlich wie ich da und wartet, dass jemand den ersten Schritt macht?

Die Zeit verrinnt. Jede Sekunde scheint tausendfach in meinem Schädel zu pochen und mich an meine Pflichten zu mahnen. Um zehn nach hole ich tief Luft, schnappe meine Unterlagen inklusive iPad und nähere mich der Gefahrenzone.

Zaghaft klopfe ich an die Tür. Betrete nach einem barschen „Herein“ den Raum und finde William telefonierend an seinem Schreibtisch vor.

Wäre er vor ein paar Tagen noch aufgesprungen, auf mich losgestürzt und hätte mich alleine mit seinen Worten bezaubert, so straft er mich nun mit völliger Missachtung. Er blickt nur kurz auf, taxiert mich geringschätzig, als würde mir ein Bein fehlen, und deutet dann mit einer ungeduldigen Handbewegung, mich zu setzen. Ich komme dieser Aufforderung umgehend nach, auch wenn ich nur mehr zehn Zentimeter groß bin und vor Scham am liebsten aus dem Fenster gesprungen wäre.

Als ich jedoch Platz genommen habe, mich eingehend mit meinem Kalender beschäftige und gar nicht erst versuche, auf seine Stimme reinzufallen – dieser raue, strenge Ton, der meine Nackenhaare im selben Rhythmus tanzen lässt –, breitet sich so etwas wie Stärke in mir aus. Vielleicht, weil er in demselben Ton mit mir spricht, in dem er mit mir gesprochen hat, als er mich auf Georges Party vor die Tür gezerrt hat.

Warum benimmt er sich so? Sollte nicht ich diejenige sein, die wütend ist? Die ihm am liebsten den Hals umdrehen möchte? Ich habe, verdammt noch mal, gekämpft. Nicht nur für unsere Zukunft, sondern für ihn. Ich wollte ihm etwas bieten – etwas Heiles und Wundervolles –, was er jedoch beharrlich zurückgewiesen hat.

„Ich melde mich später noch einmal", höre ich ihn noch ärgerlicher brummen, bevor er den Hörer auf die Gabel knallt und mich mit glühenden Augen durchbohrt. „Ich habe wenig Zeit. Trag die Termine ein, wie es dir passt. Mittwoch ist schlecht, ansonsten kannst du machen, was du willst."

Ich zwinge mich, nicht zusammenzuzucken, sondern gerade zu sitzen, was mir bei seiner teuflischen Stimme mehr als schwerfällt. Man könnte fast meinen, wir hätten uns nie näher gekannt, sondern wären weiterhin Fremde. „Na gut. Ich war es zwar bis jetzt anders gewöhnt, aber wie du meinst.“

Da er sein Handy interessanter als mich findet, stehe ich einfach auf, werfe die Post, die ich für ihn durchgesehen habe, auf den Tisch, wobei ein paar lose Blätter nach unten fallen und ihn schlagartig zu mir zurückkommen lassen. „Was soll diese Scheiße, Rose?“

„Ich versuche nur, meinen Job zu machen und dir das gleiche Betragen entgegenzubringen wie du mir“, fauche ich und öffne die Tür zu meinem Büro – die einzige Fluchtmöglichkeit.

William ist jedoch schneller, knallt die Tür zu und sieht dann mit zusammengekniffenen Augen auf mich herab, während ich ein erschrockenes Stöhnen nicht unterdrücken kann. „Du machst weder deinen Job, noch hast du das Recht, mich auf diese Art zu behandeln. Ich bin dein Vorgesetzter, Rose, auch wenn du es noch immer anders siehst.“

Einen Schritt zur Seite machend, steht er vor mir und zwingt mich, nach hinten zu treten, wobei ich in die nächste Falle gerate. Nun bin ich wortwörtlich von ihm umzingelt – seine Hand hat er an die Tür gepresst, sodass ich nur auf das Bersten des Holzes warte, die andere

Hand zur Faust geballt, als müsse er einen unmenschlichen Drang bezwingen. „Vielleicht wäre es für uns beide das Einfachste, wenn ich dich rauswerfe. Dein Verhalten lässt es mich zumindest in Betracht ziehen. Sicher würde Andy Campbell ein knappes Höschen in deiner Größe haben, damit du in seiner Bar arbeiten kannst."

„Du bist wirklich krank. Ich an deiner Stelle würde mir Hilfe suchen", entgegne ich kopfschüttelnd.

Eine Zeit lang sehen wir uns nur an. Ich kann nicht einmal genau sagen, was ich fühle. Irgendwie gerate ich in seinen Sog. Es ist mir nicht zu verdenken. Mein Verstand, meine Nerven sind noch immer auf ihn eingestimmt. Alleine seine Lippen, die er zu einer schmalen Linie gestaucht hat, verlangen mir meine gesamte Kraft ab. Andererseits möchte ich ihn anspucken. Er benimmt sich wie ein Kind. Ein äußerst unreifes, dummes Kind, welches ein neues Spielzeug bekommen hat und nun jeden eifersüchtig beäugt, der nur in die Nähe davon kommt.

Ich weiß, dass er leidet, er würde es aber nie zugeben, mir stattdessen noch mehr Schmerzen zufügen, im Glauben, die seinen damit zu lindern. So denkt er. Schließlich hat er es nicht anders gelernt. Ich stelle mir vor, wie er als kleiner Junge mit ansehen hat müssen, wie sein Vater auf Gaby und seine Mutter eingeprügelt hat.

Was muss in einem Kopf vorgehen, wenn man sich auf drohende Schmerzen einstellt, sie aber ausbleiben? Er hat zugegeben, alle Last von seiner Mutter nehmen zu wollen, damals wie heute. Und nun bin auch ich zum Monster geworden, da ich ihm Schmerzen zugefügt habe. Mentale, aber das sind die einzigen, die er kennt. Er vergleicht diese Schmerzen mit körperlichen, was in keiner Relation steht.

„Lass mich jetzt gehen. Du machst mir Angst", flüstere ich und versuche gleichzeitig, das traurige Bild aus meinem Kopf zu bekommen.

Er atmet tief ein, nimmt die Hand von der Tür und macht einen Schritt nach hinten. „Du zwingst mich, Dinge auf eine Art zu handhaben, wie ich es nicht möchte", sagt er mehr zu sich selbst, während er mich bedrückt ansieht.

Ich weigere mich jedoch, mich von ihm einlullen zu lassen, und will die Flucht ergreifen. „Ich zwinge dich zu gar nichts. Du bist derjenige, der alle Entscheidungen von Anfang an getroffen hat. Für mich und für dich. Du machst es dir leicht, alle Schuld auf mich zu schieben, ohne dir eine Sekunde Gedanken darüber zu machen, was in mir vorgeht. Mehr kann ich dazu nicht sagen. Mehr möchte ich nicht sagen. Für mich ist dieses Thema erledigt. Einen schönen Tag noch.“

2. Kapitel

Ich verfolgte nur ein Ziel – endlich nach Hause zu kommen. Als es dann so weit war und ich kein weiteres Mal mit William zusammengestoßen war, zog ich mir ein ausgeblichenes Top und eine dazupassende Jogginghose über und machte es mir in meiner Kuschelnische bequem.

Hier sitze ich oder besser lümmle ich nun seit mehr als einer Stunde und sehe den Menschen auf der Straße zu. Familien kommen vom Einkaufen, von der Arbeit, von Turnstunden und sonstigen Aktivitäten zurück, Familien, deren Leben normal verläuft. Sie lachen, reden, nehmen sich in den Arm. Und als hätte sich die ganze Welt gegen mich verschworen, steigt im nächsten Moment ein verliebtes Pärchen aus einem Auto aus. Nachdem sich die beiden leidenschaftlich geküsst haben, verschwindet die Frau im Wohnhaus gegenüber und winkt ihrem Freund zum Abschied noch einmal zu. Ich seufze und frage mich ernsthaft, wie es weitergehen soll. Wie soll meine nähere Zukunft aussehen – ich wage nicht daran zu denken.

Wie gerne würde ich dasselbe mit William erleben. Immerhin habe ich bereits einen kleinen Vorgeschmack genossen. Doch ich darf nicht, kann nicht, soll nicht.

Selbst wenn ich den Abend bei George bereits verdaut habe und mir bewusst ist, dass William niemals etwas getan hätte, dem ich mich verweigert hätte, weiß ich, dass er sich nie ändern wird. Es ist sein Leben. Und gerade weil George darin eine so wichtige Rolle spielt und dieser ihn immer wieder mitziehen wird, werden meine Versuche, ihn an mich zu binden, wohl nie fruchten. Man kann ein Raubtier nicht bezwingen. Schon gar nicht, wenn es solchen Hunger hat.

Ein Klingeln reißt mich aus meinen Gedanken und lässt mich in die Höhe schnellen. Im Eilschritt marschiere ich zur Eingangstür, als würde ein Wunder geschehen und William, auf einem weißen Ross sitzend, dort stehen und mich abermals retten. Vielleicht vor mir selbst oder vor ihm oder einfach nur vor der grausamen Wirklichkeit. Doch es ist weder William noch ein edler Ritter, sondern Naomi, die ihr aufmunterndes Lächeln aufgesetzt hat und mir eine Packung Schokolade vor die Nase hält.

„Hi Süße", sagt sie und reißt mich an sich. „Schokolade für später, deine Jacke und irgendetwas Passables für jetzt."

„Was?"

Sie lässt mich los und unterzieht mein Outfit einer strengen Prüfung. „Ich kann dich kaum anschauen. Du siehst aus, als wäre jemand gestorben, deshalb habe ich beschlossen, dass dein Gemüt wieder aufpoliert gehört."

Sie grinst mich an und ich schätze ihr Engagement wirklich, aber ich habe keine Lust, meine sichere Luftblase zu verlassen und unter Leute zu gehen. „Naomi, ich möchte ehrlich gesagt hierbleiben."

Kopfschüttelnd schließt sie die Eingangstür und stürmt in mein Schlafzimmer. Widerwillig folge ich ihr. „Kommt gar nicht in die Tüte. Wir suchen jetzt etwas Hübsches zum Anziehen und dann zerre ich dich fort. Ich dulde keinen Widerspruch."

Sie erinnert mich an jemanden, den ich gerne vergessen möchte. Denn auch William ist ähnlich offensiv, wenn er sich etwas in den Kopf gesetzt hat. „Mir geht es beschissen. Der Tag war der reinste Horror, ich fühle mich elend, sehe aus wie ein Gespenst und habe weder Hunger noch Durst."

Kurz bleibt sie stehen, hebt eine hellgelbe Bluse hoch und sucht nach der passenden Hose, während sie mir einen bösen Seitenblick zuwirft. „Wie lange sperrst du dich schon ein? Eine Woche oder zwei? Seitdem du dich von diesem Arsch verabschiedet hast, bekomme ich dich nicht mehr zu Gesicht. Und ehrlich, Rose, du musst etwas für dich tun, sonst schaffst du den Absprung nicht."

„Sehr aufmunternd. Danke.“

„Probier das mal an“, meint sie und wirft mir eine legere Jeans und die Bluse zu.

Ich nehme den Stoffballen, hebe ihn hoch und schleudere ihn quer übers Bett. „Gelb? Das schreit ja nach Fröhlichkeit. Habe ich nicht irgendetwas Schwarzes? Was hast du eigentlich vor?“

„Ich dachte, wir gehen etwas trinken. Essen wäre auch nicht schlecht, wenn ich mir deine Ärmchen ansehe, und quatschen uns anschließend die Seele aus dem Leib.“

Angewidert strecke ich die Zunge heraus. „Klingt schrecklich. Warum bist du nur gekommen? Bevor du hier aufgetaucht bist, war mein Leben noch in Ordnung.“

Naomi grinst schief und setzt sich zu mir aufs Bett. Sanft streicht sie über meine Schulter und zum ersten Mal seit Tagen fühle ich an irgendeiner Stelle meines Körpers wieder Wärme. „Rose, du weißt, dass ich dich liebe. Doch auch seine Kinder liebt man, aber manchmal muss man sie einfach ins kalte Wasser stoßen, um sie auf den richtigen Weg zu bringen. Ich werde dasselbe mit dir machen. Du kannst dich hier nicht verstecken und auf morgen warten. Du brauchst wieder Farbe im Gesicht. Oder möchtest du, dass er mit eigenen Augen sieht, wie fertig er dich macht?“

„Das weiß er ohnehin. Ich glaube, er besitzt überirdische Kräfte."

Naomi übergeht meinen Einwurf. „Running Sushi, das hast du doch immer so gerne gemocht."

Habe ich das wirklich? Und auch wenn ich kaum noch Hungergefühl empfinde, kommt mir Naomis Angebot langsam verlockend vor. „Na gut. Wenigstens schleppst du mich nicht zu irgendeiner Party. Das war mein erster Gedanke."

„Keine Angst", sagt sie und steht auf. „Ich warte draußen auf dich. Zieh dich um und lass dir Zeit. Bis gleich."

Eine halbe Stunde später sitzen wir in einem Running Sushi in Paddington. Hier gibt es einfach die größte Dichte an asiatischen Restaurants und Geschäften, sodass man vor der Qual der Wahl steht. Wir haben uns für unseren Stammasiaten entschieden, wobei er Inder und seine Frau Thailänderin ist. Aber was soll´s. London ist eben multikulturell.

Während Naomi eine Portion nach der anderen in sich hineinschaufelt, beschränke ich mich auf Orangen und etwas Sushi. Der Laden ist gut besucht, doch wir konnten noch einen Zweiertisch in der obersten Etage ergattern, mit Rundumblick über das Angebot, das in Schüsselchen auf uns zugefahren kommt.

„Was ist eigentlich mit George, hat er sich wieder einmal gemeldet?“, möchte ich von ihr wissen und erhoffe mir einen Themenwechsel. Denn die ganze Zeit nur über meine verfahrene Situation zu reden, baut mich nicht wirklich auf.

Naomi nickt mit vollem Mund, schluckt und legt die Stirn ärgerlich in Falten – so wie ich es auch tue, wenn ich an George denke, über ihn rede, seinen Namen höre oder noch intensiver, wenn ich ihn sehe. „Ja, er will sich mit mir treffen, doch ich habe noch nicht fix zugesagt. Irgendwie nervt er mich.“

„Ach so? Letztens hast du dich noch so gefreut, von ihm zu hören.“

„Keine Ahnung. Ich weiß ja, was mich erwartet, und habe sowieso keine Lust auf einen fixen Kerl. Sie gehen mir auf den Zeiger – vor allem George mit seinem prolligen Gehabe.“

„Warum ist es bei dir so einfach? Ich meine, du stehst zwar auf ihn, aber lässt ihn erst gar nicht an dich heran. Und eigentlich ist es dir egal, ob aus euch etwas wird oder nicht.“

Sie nickt und schiebt sich ein Stück Lachs in den Mund. „Weil ich anders bin, Rose. Du kannst uns beide nicht vergleichen. Sicher sehne ich mich manchmal danach, nicht alleine sein zu müssen. Doch bei aller Liebe, wenn ich mir deine Probleme ansehe, wird mir schlecht."

Mir auch, denke ich und nehme einen kräftigen Schluck Cola. „Dann ist er also abgeschrieben?"

„Ja, er soll zur Hölle fahren. Immerhin hat er meiner Rosie wehgetan."

„Na ja, er war eher der Anstifter."

„Schnurzegal", erwidert sie achselzuckend. „Für mich ist die Sache erledigt. Guter Sex hin oder her. Ich dachte zwar niemals, dass ich so etwas sage: Aber Sex ist eben nicht alles. So, jetzt ist es raus."

Während ich mit dem Strohhalm in meiner Cola herumstochere und mir Naomi als treue, bodenständige und vor allem gehorsame Hausfrau vorstelle, greift diese nach der nächsten Schale und fügt dem Berg neben uns eine weitere Ebene hinzu. „Die Welt wird schockiert sein. Wie stellst du dir dein Leben eigentlich vor? Du …", mitten im Satz verstumme ich. Nur kurz habe ich hochgeblickt und ein bekanntes Gesicht aus den Augenwinkeln heraus wahrgenommen. Eine Tarnkappe wäre jetzt nicht schlecht.

„Ich weiß, wie ich mir mein Leben vorstelle“, antwortet Naomi sachlich und scheint noch immer mehr mit ihrer Teigtasche als mit meinen entgleisten Gesichtszügen beschäftigt zu sein. „Was ist? Du siehst aus, als wärst du über eine Leiche gestolpert.“

„Gaby“, stoße ich hervor.

„Gaby wer? Langsam machst du mir Angst. Kennst du den Jungen aus *The Sixth Sense*? Ziemlich gruselig, einen solchen Spross zu haben. Noch schlimmer finde ich es, eine solch freakige Freundin zu haben.“

„Williams Schwester“, erkläre ich, während besagte Person zwei Tische vor uns Platz nimmt. Sie hat mich noch nicht entdeckt, was mir Zeit verschafft, zu verschwinden. Doch ich müsste an ihr vorbei. In meinem Zustand würde ich das sicher nicht hinkriegen, ohne zu stolpern oder mich zu übergeben. Deshalb ist Flucht keine Option. Eigentlich war Gaby eine von den Guten. Sie war es doch, die mich ermutigt hat, William nicht alles zu glauben und ihn gegebenenfalls in die Schranken zu weisen. Sie steht auf deiner Seite, Mädchen. Also zieh dir den Pullover vom Gesicht und tu so, als würdest du nicht am Rande eines Nervenzusammenbruches stehen.

„Hallo? Bist du noch da?“, reißt Naomi mich aus dieser trüben, im Nebel versunkenen Welt.

Ich sehe auf und nehme meinen Blick widerwillig von Gaby, die gerade Getränke für sich und, wie hieß er noch gleich, Ben, den Tod, bestellt. „Was macht sie hier?"

„England ist ein freies Land, sie kann gehen, wohin sie will, außer du erwirkst eine gerichtliche Verfügung."

„Ich will sie nicht treffen. Nicht jetzt. Verstehst du, Naomi, sie war immer auf meiner Seite, hat versucht, mir William schmackhaft zu machen. Vermutlich, weil sie weiß, wie sehr er eine intakte Partnerschaft braucht."

Was rede ich da? Soll ich ihr gleich erzählen, dass Charles Bennet alkoholkrank und ein brutaler Schläger ist? „Mit Sicherheit weiß sie es."

Naomi zieht beide Augenbrauen nach oben und dreht sich dann so unauffällig wie möglich in Richtung der Person, die ich noch immer fixiere. „Jeder weiß es. Die ganze Firma. Sogar die Zeitungen haben über eure Affäre berichtet. Beruhige dich, Schatz. Lächle, wenn sie dich sieht, und tu so, als ginge es dir gut. Sie wird es ihm erzählen."

Mit Sicherheit wird sie das. „Na gut. Vielleicht hast du recht."

„Vielleicht? Ich habe immer recht. Zumindest, was Bettgeschichten angeht. Du musst noch viel lernen, um mithalten zu können."

Stolz lehnt sich Naomi in ihrem Stuhl zurück und gibt nun endgültig den Blick auf mich frei. Keine Sekunde später blickt Gaby mir direkt ins Gesicht. Ich rufe mir Naomis Rat ins Gedächtnis und proste ihr mit meiner Cola zu. Sie lächelt, sagt etwas zu Ben und steht dann tatsächlich auf, um geradewegs unseren Tisch anzusteuern. Dieses Mädchen hat wirklich keine Angst vor Konfrontationen, denke ich und kralle meine Finger ineinander, bis die Knöchel weiß hervortreten.

„Rose, so ein Zufall! Freut mich, dich wiederzusehen“, sagt sie gewohnt nett und umgänglich, wobei ich mich erneut frage, wie sie so unbeschwert leben kann, wenn dieses Ungeheuer zu Hause auf sie wartet. Wobei ich ausnahmsweise nicht William meine.

„Die Welt ist ein Dorf“, entgegne ich holprig und deute mit einem Kopfnicken auf Naomi. „Gaby, darf ich dir Naomi vorstellen?“

„Freut mich“, erwidert Gaby und streckt Naomi ihre rechte Hand entgegen.

„Ebenso. Ich arbeite übrigens auch bei der Bennet Group“, muss Naomi ihren Senf dazugeben, wo ich doch dieses für mich äußerst unangenehme Detail weggelassen habe. Unangenehm dahingehend, weil William so automatisch mit an den Tisch gezogen wird.

„Soso“, sagt die schlanke, hochgewachsene Frau an unserem Tisch und mustert beiläufig mein Gesicht. Ich weiß, wonach sie sucht. Nach Tränensäcken, geschwollenen Augen, trockenen Lippen – irgendetwas, das auf meine Gemütsverfassung schließen lässt. Bin ich froh, dass Naomi mich zu Make-up und einer Haarbehandlung mit dem Glätteisen gezwungen hat!

„Darf ich mich kurz setzen?“, fragt mich Gaby und mir ist sofort klar, worauf dieser sanfte und einfühlsame Unterton abzielt.

Ich denke an die Sache mit dem Fisch und dem Köder. Verdammter Asia-Laden, verdammter Fisch, verdammter Köder ... „Sicher.“

Nachdem Naomi mit der Entschuldigung, sie müsse kurz zur Toilette, im passenden Moment einen Stuhl freigibt, sitze ich Gaby gegenüber, die mit ihren Fingern nervös auf der Tischplatte herumtrommelt. Sie steckt mich an und auch ich beginne zu zappeln. Die Zeit scheint elend langsam zu verstreichen. Ich sehne bereits jetzt das Ende des Gespräches herbei.

„Ich möchte gar nicht erst um den heißen Brei herumreden“, beginnt sie und lächelt mich müde an.

Liegt in der Familie, denke ich und versuche, meine Anspannung in den Griff zu bekommen, während Gaby zum ersten Akt ansetzt. „William hat mir die Geschichte erzählt. Oder besser gesagt – ich habe sie ihm nach und nach entlockt."

Hat diese Frau magische Kräfte? Wie wäre es sonst zu erklären, dass sie ihrem verschwiegenen Bruder etwas entlocken kann, was er nicht bekanntgeben möchte?

„Er behandelt dich wie ein eitriges Ekzem, habe ich recht?"

„Gut ausgedrückt, aber du hast stinkend vergessen."

Wieder dieses aufmunternde Lächeln. „Er konnte nie verlieren. Ich bin nicht bewandert in Sachen menschliche Psyche, aber selbst ich denke, dass es Zusammenhänge zwischen unserer Kindheit und dem Mann, der er heute ist, gibt. Ich weiß, dass er es dir erzählt hat ... das mit unserem Vater und so ... er hat sich rechtlich abgesichert, falls du, na ja ..."

Falls ich mit der Wahrheit herausrücke. Hätte mich auch gewundert, wenn er kein Ass im Ärmel hätte.

„Jedenfalls hat er immer zurückstecken müssen. Er durfte nie bei Freunden bleiben, sie nie bei ihm. Er hat seine Geburtstage nicht gefeiert, er wurde nie in den Arm genommen, nie gelobt, nie geliebt. Mein Vater hat sich redlich bemüht, alles, was William machte und macht, herabzuwürdigen. William hat Narben davongetragen. Tiefe Narben."

Ich umklammere mein Glas so fest, dass ich Angst habe, es könnte zerspringen. Doch ich fasse nicht, was hier geschieht. Ich fühle mich, als säße ich nicht mitten in einem gut besuchten Restaurant, sondern zu Hause im Bett und führe dort das intimste und ergreifendste Gespräch meines Lebens.

Auch in Gabys Gesicht ist eine Veränderung eingetreten. Sie wirkt noch trauriger als zuvor und hat wohl längst vergessen, dass wir von zig Menschen umringt sind.

„Sein Selbstbewusstsein und sein gesunder Menschenverstand wurden am meisten in Mitleidenschaft gezogen. Er vertraut niemandem, da er Angst hat, wieder so verletzt zu werden. Rose, er hat unseren Vater vergöttert. Ich erinnere mich an einen Tag, an dem William, er war vielleicht zwölf oder so, später nach Hause kam, als mein Vater ihm erlaubt hatte. Es war eines dieser seltenen Wochenenden, an denen mein Vater nicht in London geblieben war. Ich saß im Bett, die Decke über den Kopf gezogen, und wartete zitternd vor Angst darauf, dass mein Bruder zurückkommt."

Gedankenverloren streicht sie über die Serviette und wirkt unnahbar wie eine Puppe.

„Irgendwann tauchte er auf. Ich schlich mich nach unten und verfolgte das Geschehen heimlich. Das Gesicht meines Vaters war rot vor Wut. Dieses tiefe, teuflische Rot werde ich nie vergessen. Ich dachte, er bringt William um, und sagte mir immer wieder die Notrufnummer vor, damit ich sie im Fall des Falles sofort wählen konnte."

Eine Kellnerin kommt an unseren Tisch und erkundigt sich unwirsch, ob wir noch etwas zu trinken haben wollen. Sie erscheint so plötzlich auf der Bildfläche, dass Gaby und ich zusammenzucken. Beide verneinen wir und erwartungsvoll blicke ich Gaby an, die noch immer die Serviette glättet, als hinge ihr Leben davon ab.

„Damals wusste ich es nicht, aber William hatte etwas getrunken. Ziemlich schlimm für einen Zwölfjährigen. Mein Vater hatte es gerochen und als er ihn fragte, wo er gewesen sei und warum er ihm nicht gehorche, schwieg William einfach. Er sah ihn nur an und ahnte vielleicht schon, dass eine Antwort nichts brächte. Nach einer gefühlten Ewigkeit griff mein Vater nach seiner Krawatte, die er noch immer trug, und wickelte sie um seine rechte Hand. Das andere Ende schlang er um Williams Hals."

Ich schließe die Augen, Übelkeit steigt in mir hoch und ich habe Angst, dass die Welt in Flammen aufgeht, sobald ich die Augen öffne. Es tut weh. Mehr als das. Ich fühle mich schuldig für etwas, was ich nicht getan habe. Warum um Himmels willen erzählt sie mir das? Will sie mir ein schlechtes Gewissen einreden, Mitleid erzwingen?

„Er bedachte ihn mit Worten, die William das Herz brachen. Mein Vater hatte immer Zweifel, ob William sein rechtmäßiger Sohn sei. Irgendetwas mit reflektierter Selbstverachtung nannte es ein Psychologe einmal. Immer enger zog er die Schlinge zusammen, bis Williams Gesicht blau anlief und ich laut aufwinselte, ohne mich bewegen zu können. Als Vater mich erblickte, lenkte ihn das ab und William konnte wieder nach Luft schnappen. Mister Hudgens, unser Haushälter, ein kräftiger Bursche, hörte mein Weinen und rettete William mehr oder weniger das Leben."

Mittlerweile laufen mir Tränen über die Wangen und ich verschränke meine Hände so fest ineinander, dass es schmerzt. Ein verdammter Scheiß im Vergleich zu dem, was William und auch Gaby erlebt haben.

„Er wollte seinen eigenen Sohn umbringen. Ich weiß noch, dass Mister Hudgens ihn festgehalten und mein Vater wild herumgeschrien hat. Immer wieder brüllte er, dass er diesem verfickten Bastard die Gurgel umdrehen wolle. Er war betrunken, um die Wahrheit zu sagen. Ein Arzt wurde geholt, der meiner Meinung nach heute noch regelmäßig Geld erhält, damit nichts von dem, was in dieser Nacht vorgefallen ist, an die Öffentlichkeit dringt. Am nächsten Tag verzog sich Vater in sein Büro und ich bezweifle, dass er sich noch daran erinnerte, was kurz zuvor vorgefallen war. Mister Hudgens drängte ihn jedoch, das Gespräch mit William zu suchen."

„Ich fasse es nicht", flüstere ich und mir ist plötzlich fürchterlich kalt.

„Sie haben nie wieder darüber geredet. Mein Vater wird das Wissen um das Warum mit ins Grab nehmen. Jedenfalls hat sich William die Woche darauf in einem Internat anmelden lassen und fortan niemals mehr mit meinem Vater unter einem Dach geschlafen. Er hat mir einmal gestanden, dass er damals sterben wollte, darum habe er sich nicht gewehrt. Er wollte sterben. Ich wollte es auch immer. Man kann es nicht vergessen. Niemals. Man muss damit leben."

„Es tut mir so leid, Gaby."

Während ich das Gefühl habe, jeden Augenblick zusammenzuklappen, sitzt sie aufrecht und gefasst auf der anderen Seite des Tisches. Wie gerne würde ich ihr nur ein wenig von der Last, die sie mit sich schleppt, abnehmen! Wie gerne würde ich William in den Arm nehmen und ihm sagen, dass ich immer für ihn da sein werde! Egal, was passiert. Egal, was gewesen ist. Ich liebe ihn. Noch immer. Viel mehr. Viel intensiver. Viel inniger. Doch ich darf nicht vergessen, dass unsere Entscheidung nicht an die Vergangenheit gekoppelt ist. Wir leben hier und jetzt. Im Hier und Jetzt hat er eine Bindung verweigert. Er will weiter nach der echten, reinen Liebe suchen. Ich kann ihm dabei nicht helfen, auch wenn ich alles tun würde, was in meiner Macht steht.

„Ich erzähle dir das nicht, damit du aus Mitleid zu ihm zurückkehrst. Du hast mehr Verstand und Urteilsvermögen. Ich erzähle es, weil ich möchte, dass du verstehst, warum er immer wieder zurückgewichen ist. Es fällt ihm so fürchterlich schwer, jemanden an sich heranzulassen, dass er es nie lange an einem Ort oder bei einem Menschen aushält. Darum ist er später dann auch durch die Welt gezogen. Nicht, weil er der verwöhnte, reiche Spross ist, wie ihn die Zeitungen immer darstellen. Nein, er ist ständig auf der Suche."

„Ich kann ihm nicht helfen. Ich schaffe es nicht", gestehe ich und unterdrücke ein Schluchzen.

„Er liebt dich, Rose."

Dieser Satz. Was hätte ich dafür gegeben, ihn aus Williams Mund zu hören! Doch er bedeutet nichts. Nicht so. Nicht mehr. Es ist zu spät. Es mag Menschen geben, die sich emotional auf andere einlassen können. Die mit ihnen den steinigen Weg der Selbstzweifel beschreiten. Ich bin keiner von ihnen.

„Gaby, ich weiß, du möchtest für deinen Bruder die Welt so angenehm wie möglich machen, aber es war niemals Liebe im Spiel. Auch wenn das Geständnis mehr als intim ist: Es ging immer nur um Sex." Mir ist gleichgültig, dass ich knallrot anlaufe. Was ändert das heute noch?

„Du liebst ihn doch?"

„Gaby!"

„Rose, lüg mich nicht an."

„Ja, ich habe ihn geliebt, aber es ist vorbei. Ich kann ihn nicht ändern. Irgendwann wird die Richtige kommen. Für ihn war ich nur ein Zwischenspiel. Einfach ein weiterer Versuch, das eben Erzählte zu verarbeiten."

Naomi scheint Gott sei Dank zu riechen, wie vertraut unser Gespräch ist, da sie bis jetzt noch immer nicht aufgetaucht ist. Dieses Einfühlungsvermögen mag mit ein Grund sein, dass ich sie als Freundin schätze.

„Es war Schicksal, dass wir uns beide heute hier getroffen haben. Ich wollte mich die längste Zeit schon mit dir unterhalten. Damals seid ihr noch nicht getrennt gewesen. Ich habe wie gesagt mit ihm geredet. Er leidet. Ihm geht es nicht gut, da er glaubt, dir etwas genommen zu haben, was er dir nicht wiedergeben kann."

„Er hat mir nichts genommen", lüge ich halbherzig, da ich selbst noch nicht so weit bin, mir die volle Wahrheit einzugestehen. Er hat mir mehr genommen, als mir lieb ist. In Wirklichkeit schaffe ich es kaum noch zu atmen, ohne mir nicht einzubilden, ihn zu riechen. Ich werde wach und meine, ihn neben mir gespürt zu haben. Eine solch intensive, ureigene Liebe habe ich noch niemals zuvor empfunden. Ich bezweifle, dass ich sie jemals wieder empfinden werde. Fast sehe ich mich als alte, verbitterte Frau mit grauen Haaren und Gehstock, die diesem einen Mann aus ihrer Jugend nachweint und sich an jedes noch so winzige Detail erinnert.

Gaby indessen nickt voller Überzeugung. „Das hat er. Er würde sich ändern. Vielleicht braucht er noch Zeit. Doch du bist die Erste, für die er das tun würde. Glaube es mir. Ich kenne ihn, kenne seine Eigenheiten, seine Hitzköpfigkeit und seinen Dickschädel. Er ist älter geworden, hat aus seinen traurigen Erfahrungen Kraft geschöpft und ihm bedeuten Rache oder Hass nichts. Er möchte einfach sein Leben leben und das mit dir."

Wieder ein Kopfschütteln meinerseits. Ich fasse es einfach nicht. Was soll ich entgegnen? „Ich habe Angst, weil ich weiß, egal, was ich mache, ich verletze ihn. Er wird es nicht zugeben. Ich habe ihm eine zweite Chance eingeräumt, er hat sie vertan. Ich kann ihm nicht ewig hinterherlaufen. Manchmal muss man einfach nach vorne schauen, auch wenn es im Moment höllisch schmerzt."

Naomi taucht in meinem Blickfeld auf. Am Absatz der Treppe stehend, winkt sie mir. Ich nicke ihr zu, da sie wie gerufen kommt. Gaby und ich bewegen uns in einer Sackgasse. Während ich gegen William kämpfe, kämpft sie für ihn. „Ich danke dir, dass du mir vertraust und mir so viel Kraft zutraust. Doch ich schaffe es nicht. Wir sind erwachsen, William und ich, deshalb sollten wir uns eingestehen, wenn es nicht geht. Und es geht nicht. Wir könnten hier bis morgen sitzen und die Sache bereden. Doch ich werde versuchen, wenigstens das berufliche Verhältnis wieder ins Lot zu bekommen."

„Okay. Ich mag dich wirklich. Du warst mir seit unserer ersten Begegnung sympathisch. Auf alle Fälle wünsche ich dir alles Gute, Rose. Und Kopf hoch."

Sie erhebt sich und kehrt zu Ben zurück. An den armen Kerl haben wir die ganze Zeit über keinen Gedanken verschwendet.

Die Leere des Stuhls mir gegenüber passt zu dem, was in meinem Innersten vorgeht. Auch dort scheint ein kilometerbreites Loch zu klaffen. Genau an dem Punkt, an dem sich vor einer halben Stunde noch mein Herz befunden hat.

„Na, wie war´s?“, will Naomi in ihrer forschen Art wissen.

„Ich bin emotional überfüttert. Zwinge mich nicht, darüber zu reden. Am liebsten würde ich gehen.“

„Kein Problem. Soll ich bei dir schlafen?“

„Macht es dir etwas aus?“ Sie ist ein Engel.

„Spinnst du? Dafür bin ich doch da – um dir willenlos zu dienen.“

Mit einem gezwungenen Lachen verlassen wir das Restaurant und fahren mit einem Taxi zurück in meine Wohnung, wo wir uns schnurstracks ins Bett werfen. Lange noch reden wir und starren dabei in die Dunkelheit. Da ist so vieles, das uns beide beschäftigt. Irgendwann schlafen wir ein – ein friedlicher Schlaf, in dessen Verlauf mich William ausnahmsweise nicht heimsucht.

3. Kapitel

Der wichtigste Teil der Konferenz ist vorbei, meine Notizen werden nicht länger gebraucht. Doch da ich es nicht mag, mitten in einem Gespräch aufzustehen, bleibe ich einfach sitzen, starre scheinbar unbeteiligt in die Runde und lausche dem Gespräch der drei Männer.

William sitzt zu meiner Linken, die beiden Herren mittleren Alters in maßgeschneiderten Designeranzügen mir gegenüber. Sie sind Investoren eines Projektes, welches selbst unser mächtiges Unternehmen nicht alleine auf die Beine stellen könnte. Es soll Arbeitsplätze schaffen und den Gewinn dabei nach oben treiben. Kurz gesagt – es liegen Millionen auf dem Tisch.

Ich, wieder einmal als hübsches Utensil am Rande der Bühne, versuche, William zum gefühlten tausendsten Mal neutral zu beobachten. Immer noch jagen die Wörter, die ich von nun an mit ihm in Verbindung bringen werde, durch meinen Schädel. Er wirkt so sicher und gefasst, scheint dabei alles richtig zu machen und niemals auch nur die kleinste Spur von Kontrolle abzugeben. Dabei muss er sich elend fühlen. Mir geht es nicht besser. Immerhin verbringen wir seit dem Ende unserer Beziehung zum ersten Mal eine derart lange Zeit zusammen in einem Raum. Und langsam wird die Luft herinnen ein bisschen dünn.

Einer der beiden Besucher hat offenbar gerade etwas Komisches gesagt, da die drei in schallendes Gelächter ausbrechen und mich damit wieder in die Wirklichkeit zurückholen.

„Wie macht er das nur?“, frage ich mich. Wie bringt er sein Leben in eine solch gerade und solide Bahn, wenn sich ringsum doch nur stinkende, schmerzende Trümmer auftürmen?

Die guten Dinge im Leben schätzt man leider erst, wenn man sie verloren hat. Was würde ich jetzt dafür geben, ihm durchs Haar zu fahren, ihn zu fühlen, ihn zu schmecken ... Seufzend folge ich den Herrschaften und erhebe mich. Sie verabschieden sich und während William sie nach draußen begleitet, sortiere ich die Unterlagen. Da ist eine Menge zusammengekommen, wobei meine einzige Mission darin besteht, für die Zusammenfassung und Gliederung zu sorgen, was mich für die nächste Zeit von dem Mann, der nur Minuten später wieder in den Besprechungsraum zurückkommt, fernhalten wird.

Als würden wir nicht nur emotional, sondern auch zeitlich einen Monat zurückversetzt leben, steht er am

Fenster, während ich ihm den Rücken zuwende. Es macht mich so kirre, dass ich einen Stapel fallen lasse und leise vor mich hin fluche.

„Du warst gestern Abend aus?“, fragt er mich, sieht mich dabei jedoch nicht an und nimmt mir stattdessen den Stapel aus den Händen, um ihn durchzusehen.

„Ja“, antworte ich, wobei ich mir nicht sicher bin, was ich schlimmer finde – seine Frage oder sein Benehmen. „Warum fragst du?“

„Nur so.“

Okay, willkommen zurück in der wunderbaren Welt der Einsilbigkeit.

„Kann ich die dann wieder haben oder soll ich weiterhin herumstehen und dir beim Nachdenken zusehen?“, fauche ich ihn an, was mir spätestens bei seiner Antwort leidtun wird. Ich kann es einfach nicht fassen, dass er sich auf diese unwirsche Art in mein Leben einmischt. Aber was hilft langes Jammern – ziehe den Kopf aus dem Sand und aktiviere den Zünder in deinem Arsch, sporne ich mich selbst an, als ich Williams süffisantes Grinsen entdecke.

„Du kannst froh sein, dass du in Naomis Begleitung und nicht in jener dieses verdammten Campbell warst, mit dem du dich ja seit neuestem herumtreibst. Sonst wäre meine Laune bei weitem nicht so gut.“

„Erstens hat er einen Vornamen, nämlich Andy. Dieses Campbell-Gehabe klingt, als wäre er irgendein Politfuzzi. Zweitens treibe ich mich nicht mit Leuten herum, sondern sehe sie als meine Freunde an, mit denen ich gerne Zeit verbringe, da sie mich weder in den Wahnsinn treiben, noch hinter mir herschnüffeln. Drittens“, schnell sauge ich die Luft ein, will ihm aber keinesfalls Zeit lassen, um dazwischenzuquatschen – einmal in Höchstform soll er mich, verdammt noch mal, nicht bremsen, „würde man gute Laune und dich nicht gerade miteinander in Verbindung bringen. Du bist nicht der Typ, mit dem man Pferde stiehlt.“

Während er mich verwirrt mustert, ist eine Veränderung in seinem Gesicht auszumachen. Man könnte, wollte man sich weit aus dem Fenster lehnen, sogar behaupten, er strahle. Doch da ich ihn kenne und weiß, wie er aussieht, wenn er tatsächlich strahlt, macht sich offenbar ein Ausdruck schlichter Überraschung in seinem Gesicht breit. „Stehlen ist nicht erlaubt, das haben dir deine Eltern doch hoffentlich beigebracht.“

„Leuten nachzuspionieren, sie in ihrer Freizeit zu überwachen und ihnen somit das bereits unerträgliche, schwierige Leben noch unangenehmer zu machen, ist ebenfalls nicht erlaubt und zumindest schlechter Stil."

„Ich spioniere dir nicht nach. Gaby hat mir nur erzählt, dass sie dich getroffen hat und ihr beide euch ein wenig unterhalten habt", erklärt er sachlich und fixiert mich dabei auf seine typische Art, um jede Veränderung sofort wahrzunehmen.

Achselzuckend ziehe ich ihm den Stapel aus den Händen. „Das ist schon möglich."

Da er keine Veranlassung sieht, irgendwelche Erklärungen abzugeben, und er tatsächlich zu Scherzen aufgelegt ist, muss ihm Gaby nur die halbe Wahrheit mitgeteilt haben. Denn wüsste er, was seine Schwester alles aus der Familiengeschichte preisgegeben hat, läge meine Kündigung inklusive eines schweren Schecks sicher bereits parat.

„Bevor ich es vergesse – Mister Minden und Mister Davis haben mich zu einer Wohltätigkeitsveranstaltung am Freitagabend eingeladen. Dort werden viele bekannte Leute sein, zu denen ich eine Geschäftsbeziehung aufbauen möchte. Vielleicht wäre es dir ja möglich, mich zu begleiten."

Instinktiv schüttle ich den Kopf. „Nein, auf gar keinen Fall."

„Geschäftlich. Du kannst Termine und Ähnliches vereinbaren, immerhin bist du die Einzige, die dieses Chaos in meinem Kalender zu ordnen imstande ist. Von mir aus nimm Naomi mit, damit du es nicht als zu persönlich ansiehst.“

Innerhalb weniger Sekunden beginnt mein Schädel zu dröhnen. Es will und will nicht hinein. Sicher ist mir klar, dass wir, sollte ich bei der Bennet Group bleiben, in Zukunft noch öfter gemeinsam unterwegs sein werden. Doch so kurz, nachdem wir uns getrennt haben, fühle ich mich dazu noch nicht in der Lage.

„Es wäre mir wichtig“, setzt er auf die Mitleidsschiene, wobei ich beim besten Willen nicht verstehe, worauf er hinaus möchte.

Er ist nicht der Typ, der einer Verflossenen nachtrauert, möglicherweise unternimmt er gerade den Versuch, unsere berufliche Beziehung wieder auf Vordermann zu bringen.

„Na gut. Freitag – inklusive Naomi.“

„In Ordnung. Ich schicke euch ein Taxi und selbstverständlich dürft ihr die Stunden auch berechnen.“

Der Ausdruck gefällt mir nicht. Fast klingt es so, als wäre ich eine von diesen Frauen, die er normalerweise für ihre Dienste bezahlt. „Okay“, erwidere ich schnell und sehe es als mein einziges Ziel an, endlich diesen Raum zu verlassen, um mich ihm nicht an den Hals zu werfen.

Vielleicht würde es helfen, ihn ordentlich zusammenzustauchen, damit er zurück auf den Boden der Tatsachen kommt und die Welt so sieht, wie sie wirklich ist. Er soll endlich lernen, dass man nicht jedem Menschen tausend Pfund in die Hand drücken kann und die Sache damit erledigt ist. Aber warum sollte man sich graue Haare wachsen lassen, wenn es auch anders geht – Gehirn ausschalten, Ohren zu, Augen nach vorne gerichtet.

Dieser Tag wird für mich zum Beginn einer neuen Ära. Nicht nur, dass William und ich uns heute zum ersten Mal arrangiert haben und ich kein einziges Mal in Versuchung gekommen bin, ihm den Hals umdrehen oder ihn auf andere Weise loswerden zu wollen. Nein, der Umgang miteinander scheint wieder einigermaßen zu klappen.

Zu Mittag gehe ich mit Naomi essen und fühle mich ungemein beschwingt. Der Hunger ist wieder da und auch die Sonne lacht plötzlich vom Himmel. Sicher werden das Prickeln und die elektrische Spannung noch Zeit benötigen, um sich endgültig aufzulösen, doch mit dieser neuen Kraft im Blut fühle ich mich bereit, es mit allen Dämonen aufzunehmen.

„Die Nächte sind am schlimmsten“, prophezeit mir Naomi altklug, als wäre sie Expertin in Sachen Beziehung.

Doch auch wenn ich das als übles Ammenmärchen abtue, das man erzählt, um jungen Mädchen Angst zu machen, gestehe ich mir Stunden später ein, dass es tatsächlich so ist. Nur noch schlimmer. Den ganzen Tag über habe ich die Stellung gehalten und die Fassung bewahrt, doch jetzt fröstelt mich am ganzen Körper, während er gleichzeitig vor unterdrücktem Verlangen glüht.

Ich vermisse ihn. Seinen Duft, den ich verzweifelt in der frisch gewaschenen Bettwäsche zu erschnuppern suche. Ich vermisse seine Stimme, die mich so oft in den Schlaf begleitet hat. Dieser monotone Tenor, der mir immer wieder Grinser entlockt hat, wenn er über die wilden Geschichten aus aller Welt berichtet, mich dabei umschlungen und gestreichelt hat, als wäre ich ein Kind. Diese umhüllende, tröstende Wärme hat mir so gutgetan. Jede Sekunde hätte ich mir das vor Augen führen und es so bewusst erleben sollen, als ginge es um meine letzten Stunden.

Die ganze Woche über arbeite ich vor mich hin. Tagsüber trage ich eitel Sonnenschein zur Schau, abends werfe ich mich in meine Schlumperhose und verkrieche mich.

Ab und an zerren mich Naomi, Andy oder Lisa aus meinem Nest, eifrig darauf bedacht, die nächste Kruste abzukratzen. An manchen Stellen tut sie noch weh, manchmal kommt Blut heraus. Vor allem dann, wenn ich direkt auf William angesprochen werde. Wobei sich Andy und Naomi derart gleichen, dass ich mich bereits Mittwochabend, während wir bei mir zu Hause auf der Couch sitzen, fernsehen und uns mit Chips vollstopfen, frage, ob die beiden nicht das ideale Paar abgeben würden. Sicher sind handfeste Streitereien vorprogrammiert, aber ich kann mir auch gut vorstellen, wie sie sich danach leidenschaftlich versöhnen.

Ich nehme mir vor, etwas Gutes zu tun. Und da mir die Macht und die Kohle für etwas richtig Großes, Beeindruckendes fehlen, gebe ich mich mit dieser simplen Sache zufrieden.

Meine Mission setze ich donnerstags fort – Kinoabend. Während Julia Roberts sich als die böse Stiefmutter hervortut und das arme Schneewittchen immer wieder aufs Neue töten möchte, treten die ersten Zeichen zutage, die mir als Kennerin verraten, dass Naomi es auf den armen Burschen abgesehen hat. Mir kann es nur recht sein.

Doch selbst wenn Naomi für ihre Verhältnisse mehr oder weniger enthaltsam lebt, versichert sie mir am Freitagabend, während ich im Taxi neben ihr sitze und gegen meine Nervosität ankämpfe, dass sie es diesmal wirklich langsam angehen möchte.

„Das finde ich gut. Andy ist ein echt sympathischer, zugänglicher Kerl", bestärke ich sie in ihrem Entschluss.

„Ja, ich mag ihn auch. Wenn ich ihn mit George vergleiche, scheint er ja richtiggehend lahm zu sein."

Mit einem schiefen Blick in ihre Richtung beuge ich mich vor. „Lahm klingt nicht gerade schmeichelhaft."

„Du weißt doch, was ich meine."

Wenige Minuten später hält das Taxi vor einem unscheinbaren Gebäude aus Glas und Stahl, welches hell erleuchtet und von Menschen umringt in den Himmel ragt. Wir befinden uns in der City of London, weshalb sich neben den Partygästen auch ein paar Schaulustige auf dem Bürgersteig drängen, wohl in der Hoffnung, einen Blick auf einen der prominenten Gäste zu erhaschen. Eigentlich sollte ich mich freuen, Zutritt zu einer solchen Veranstaltung zu erhalten, doch beim Gedanken, einen ganzen Abend in Williams Nähe verbringen zu müssen, wünsche ich mir nichts sehnlicher, als dass unsere Einladung verschlampt worden ist.

Wir steigen aus, reihen uns in die Schlange vor dem Eingang ein, aus dem schwach Musik dringt. Natürlich werden wir eingelassen und als könnte es nicht noch schlimmer werden, treffen wir umgehend auf William, der mit einem Mann und einer Frau in der eleganten Eingangshalle plaudert. Ich sehe ihn früher als er mich, weshalb ihm entgeht, dass aus meinem Gesicht alle Farbe weicht. Naomi ist es zu verdanken, dass ich nicht stolpere, sondern lässig auf ihn zugehe. Ich trage noch immer meinen Mantel, den ich mir extra zu diesem schlichten beigen Kleid gekauft habe. Abgesehen davon kann ich mit einer wahren Farbexplosion aufwarten – ich sage nur, rote Schuhe und der dazupassende rote Lippenstift, dieselbe Farbe hat der Mantel auch wenn ich sie gleich wieder ausziehe. Als ich die Sachen heute gekauft habe, ist mir noch der Sinn nach Extravaganz gestanden, im Moment ist von ihr allerdings nicht mehr viel übrig.

Je weiter wir in der Menge vordringen, desto schwerer fällt es mir, nicht mit anderen Menschen zusammenzustoßen. Ich wage es erst gar nicht, Naomi anzusehen. Viel zu verwirrend finde ich das Schauspiel, das sich meinen Augen bietet.

Jetzt erblickt er mich, vielleicht hat er auch nur mein entrüstetes Stöhnen gehört. Doch sofort, als ich die Frau gewahre, auf deren blasser Haut Williams Hand liegt und sie auf eine Art berührt, wie ich sie nur allzu gut kenne, deklariere ich diesen Abend als den schlimmsten meines Lebens. Die Party zu Charles Bennets Geburtstag war dagegen ein Kinderspiel.

Sie grinst verlegen, als sich der Mann, der sich bisher in ihrer Gesellschaft befunden hat, verabschiedet und ihr die Hand hinstreckt. Ihr blondes Haar streicht sie mir der freien Hand hinters Ohr, von wo sich die feinen Wellen jedoch bald wieder lösen. Sie ist größer als ich, hat Modelmaße und die vornehme Blässe, die mir verrät, dass sie bei ihrer Haarfarbe nicht künstlich nachgeholfen hat. Die Augen leuchten grün, die Lippen genauso rot wie meine heute. Sie ist wunderschön, nicht eingebildet, aber etwas an ihr soll ihrem Gegenüber vermitteln, dass sie genau weiß, was sie möchte und was nicht.

Wer zur Hölle ist sie?

„Guten Abend“, begrüßt Naomi William, der von dem Gefühlssturm, der in mir tobt, nichts ahnt.

Wie denn auch? Wenn es ihn nicht stört, diese Frau heute Abend mitzubringen, obwohl er um meine Anwesenheit gebeten hat, dann kann es ihm doch auch egal sein, was ich denke. Und schon wären wir wieder beim Thema – er kapiert es einfach nicht.

Nun bin ich an der Reihe. Doch so sehr ich mich auch anstrenge, es wollen mir keine freundlichen Floskeln über die Lippen kommen. Am liebsten würde ich umdrehen und nach Hause laufen. Soll er sich um seinen Scheiß selber kümmern!

„Du wirkst gereizt", flüstert er mir ins Ohr, als er mir, ganz der nette Kerl, auf jede Wange einen Kuss haucht. Und ja, ich könnte mich zwar ohrfeigen, doch seine Taktik verfehlt ihre Wirkung nicht – mein Körper schreit nach mehr.

Mehr davon wird Blondchen heute Nacht bekommen, meldet sich etwas wirklich Böses in mir zu Wort.

„Wollen wir gleich wieder mit Sticheleien anfangen oder beschränken wir uns auf eine nette Begrüßung?"

Er sieht mich einen Moment perplex an, ehe er mir die Hand entgegenstreckt. „Was immer du willst. Doch zuerst möchte ich dir Amy vorstellen."

Ich frage mich, ob er diese Show absichtlich abzieht, schließlich verhält er sich so, als wäre er nicht ganz bei

Sinnen. Womöglich ist das seine Retourkutsche wegen Andy. Dass ich mich mit ihm treffe, nagt an William, da er es bei jeder Gelegenheit erwähnt.

„Hi“, begrüße ich Amy und vermeide direkten Augenkontakt. Ich habe zwar keine Ahnung, was in mich gefahren ist, da sie ja wirklich nichts dafür kann, dass William sie in seine bösen Machenschaften hineinzieht. Wahrscheinlich möchte sie nur ein wenig Spaß und seinen Schwanz haben, doch ihr dämliches Grinsen und der Umstand, dass besagter Mann mittlerweile ihre Hand hält, als könne sie nicht alleine stehen, bringen das Blut in meinen Adern zum Kochen. Ich werde zum Vamp, auch wenn ich wie eine Vorstadtnutte gekleidet bin.

Naomi verhält sich kaum freundlicher als ich, reicht ihr aber wenigstens die Hand.

„Ich weiß ja nicht, wie es euch geht, aber langsam wird es mir kalt und vor allem zu dämlich. Ich gehe rein, wenn es Eure Hoheit erlauben“, gebärde ich mich weiterhin wie eine Zicke, zu der ich niemals werden wollte.

„Geht mir auch so. Außerdem wollen wir dieses romantische Date nicht stören“, setzt Naomi dem ganzen die Krone auf und zieht mich in Richtung Eingang, vor dem sich bereits eine Menschenmenge staut.

Unsere Einladungskarten werden ein weiteres Mal geprüft und eine junge Dame mit perfekt gebügeltem Rock und weißer Bluse bringt uns an unseren Platz. „Betrink dich", ermuntert mich Naomi und reicht mir ein Glas Sekt.

„Du spinnst", spiele ich zur Abwechslung einmal die Vernünftige anstatt der Zicke.

„Was hat dieser Mann nur vor?", will sie von mir wissen, nachdem wir beide unser Glas in einem Zug geleert haben.

Achselzuckend greife ich nach dem nächsten. „Keine Ahnung. Was immer es ist, ich habe weder die Kraft noch die Ausdauer, es herauszufinden."

Noch während ich mein zweites Glas leere und mir fest vornehme, mich zu zügeln, da ich weiß, zu wessen Gunsten der Kampf ich gegen den Alkohol ausgeht, tauchen die beiden Turteltäubchen an unserem Tisch auf. Wie selbstverständlich nehmen sie Platz. Allmählich frage ich mich, ob William diesen Ball nicht extra inszeniert hat, um seine narzisstischen Träume zu verwirklichen.

Amy kichert, als William ihr ein Glas Sekt reicht. Er trägt heute nicht nur einen nagelneuen Anzug, sondern auch seine Komikermaske. Jene Maske, die ich viel zu selten zu Gesicht bekommen habe. Ein drittes Glas folgt, ohne dass ich mich um Naomis hochgezogene Augenbrauen kümmere.

„Den Damen geht es gut? Jede hat genug zu trinken?“, fragt er uns, wobei mir sein spöttisches Grinsen die Galle hochsteigen lässt. „Deine roten Wangen zeugen von mehr als einem Glas, Rose. Naomi für dich noch etwas?“

„Das geht dich einen …“

„Ja, danke. Alles bestens“, schneidet mir Naomi das Wort ab, damit die beabsichtigte Beleidigung unausgesprochen bleibt.

„Sehr gut. Wenn ihr mich bitte kurz entschuldigt, ich muss jemanden begrüßen“, erklärt er und deutet auf eine Gruppe von Leuten.

„Wir werden dich schmerzlich vermissen“, fauche ich über den Rand meines Glases hinweg.

Na gut, denke ich und lasse im Geiste die nächsten Stunden vorüberziehen. Zuerst wird gegessen, dann werden wahrscheinlich ewig Reden und Vorträge gehalten, irgendwelche Menschen über den grünen Klee gelobt, bis wir endlich gehen dürfen. Drei Stunden, vier Stunden – wie lange wird es dauern?

Amy rückt mit ihrem Stuhl näher und scheint kein Problem mit der Antipathie zu haben, die ihr entgegenschlägt. „Ich mag Ihre Schuhe“, sagt sie mit einem Blick unter die strahlend weiße Tischdecke.

Ich bleibe skeptisch. „Danke“, mehr kann ich nicht erwidern.

„Rose, was immer zwischen Ihnen und William gelaufen ist, ich wusste nichts davon. Sonst wäre ich nicht mitgekommen“, versichert sie mir. Mit ihren Worten stimmt sich mich gnädig, meine Wut konzentriert sich nun ausschließlich auf William.

„Es ist nichts gelaufen, was Sie etwas angehen würde.“ Ein Satz sollte reichen, denke ich und rolle den Ring an meinem Finger nach oben, um ihn im nächsten Augenblick wieder zurückzuschieben. Ich wirke gefasst, fast so, als würde ich ständig solche Gespräche führen. Doch nur ich und Naomi wissen, wie es unter der Oberfläche aussieht.

Ich fühle mich hintergangen und auch wenn mir Amy bis zu einem gewissen Punkt leidtut, bin ich nicht hier, um mit ihr Freundschaft zu schließen.

Sie sieht auf ihre Hände, die perfekt manikürt sind. Alles andere wäre in meinen Augen auch eine Überraschung gewesen. „Dann möchte ich mich entschuldigen, Ihnen etwas angedichtet zu haben“, versichert sie auf ihre mädchenhafte Art, die es ihr kinderleicht macht, die Männer um den Finger zu wickeln. William ist das beste Beispiel dafür.

„Meine Damen, darf ich Ihnen etwas zu trinken anbieten? Einen hervorragenden Wein, ein Wasser oder noch etwas Sekt?“, fragt uns der Kellner mit einer leicht angedeuteten Verbeugung. Gerade so viel, dass es nicht lächerlich aussieht, doch genug, um die Blicke seiner Kollegen in unsere Richtung zu lenken.

„Wein“, antworten Naomi und ich im Duett, wobei wir in schallendes Gelächter ausbrechen. „Roten“, füge ich schnell noch hinzu.

Wenn ich an diesem Abend eines sicher sagen kann, dann, dass ich ziemlich mies in meinem Job bin. Während nämlich die anderen Assistenten und Handlager fleißig Termine vereinbaren und den zukünftigen Geschäftspartnern Honig ums Maul schmieren, habe ich mich mit Naomi an die Bar verdrückt, wo wir mit ein paar netten Männern, keinen Schimmer, wie sie heißen, Sekt trinken. Ich habe ordentlich einen sitzen. Das wird spätestens dann klar, als mich Dickbauch, wie ich ihn der Einfachheit halber nenne, stützen muss, damit ich nicht auf allen vieren lande.

Mir brummt der Schädel, doch noch bin ich in dem Stadium, in dem ich über wirklich alles lachen kann, was um uns herum geschieht. Natürlich weiß ich, wie schmal der Grat ist. Ein Glas mehr und ich heule wie ein Schlosshund.

Dickbauch, Brillenschlange und Megaheiß flirten auf eine so offensichtliche Art mit uns, dass es mir, wäre ich nüchtern, mehr als peinlich gewesen wäre. Doch heute gelten andere Regeln. Während William mit Amy am Tisch sitzt oder vielleicht auch gar nicht mehr anwesend ist – Schwanzsache und den richtigen Moment nutzen, verdammt, bin ich nah an der Heulphase –, trinke ich mir den Frust von der Seele. Etwas, das ich schon längst hätte machen sollen. Und nein, ich denke nicht an morgen. Vor allem jetzt, da ich mir meine erste Zigarette anzünde. Mein Schädel wird bestimmt explodieren!

Während Brillenschlange den nächsten miesen Blondinenwitz zum Besten gibt, beugt sich Naomi zu mir. „Mann, Rose, bist du besoffen! Wir sollten dich langsam nach Hause bringen."

Ich mache eine abwehrende Handbewegung, die mich zum Taumeln bringt. „Ach was, wir haben doch gerade erst angefangen."

„Für die Damen noch etwas?“, will Megaheiß wissen und streicht mir mit seiner Rechten über den Rücken. Über den Rücken? Wohl eher über die Stelle, an der jener in meinen Hintern übergeht. Er scheint auszunutzen, dass er sich mir gegenüber im Vorteil befindet. Denn während ich meine gesamte Aufmerksamkeit auf das aufrechte Stehen richten muss, schmeißt er sich an mich ran.

„Ich habe genug. Vielleicht noch etwas Wasser“, antworte ich und ziehe an meiner stinkenden Zigarette.

„Komm schon, Rosie, du wirst doch jetzt nicht schlappmachen“, spornt er mich an und wäre Naomi nicht gewesen, die mir schmerzhaft in die Seite stößt, hätte ich mich vielleicht wirklich um den Finger wickeln lassen.

„Aua. Was?“

„Wütender Junior Benchy im Anmarsch.“

Mein Gehirn erbringt nur noch einen Bruchteil jener Leistung, die es normalerweise schafft. Denn während ich ernsthaft überlege, ob ich nicht doch einen Tequila nehmen soll, packt mich jemand am Arm und entreißt mich den Fängen von Megaheiß.

Langsam drehe ich meinen Kopf in die Richtung des Angreifers und sehe in vor Zorn sprühende Augen. Ich weiß sofort, dass dies entweder mein letzter Tag sein oder Megaheiß bald um Gnade flehen wird.

„Wir gehen. Pack ihre Sachen zusammen, Naomi. Rose und ich warten draußen“, befiehlt er Naomi barsch, ohne mich eine Sekunde aus den Augen zu lassen.

„Hey, ich glaube, sie ist alt genug und kann selbst entscheiden, was sie möchte.“ Na gut, Megaheiß ist derjenige, der dran glauben muss.

„Was soll das?“, zischt William und wirft Megaheiß einen Blick zu, der ihn sofort zum Schweigen bringt.

„Ich rede nicht mit dir“, spiele ich das trotzige Kind. „Was bildest du dir ein, einfach herzustürmen und mich zu behandeln, als wäre ich dein verdammtes Eigentum? Läuft dein Date nicht hier irgendwo herum?“

Als Antwort werde ich jedoch nicht mit Worten, sondern Taten belohnt. William ist von seiner Mission offenbar so besessen, dass er mich wie ein störrisches Kind hinter sich herzieht – bis Naomi und Amy auftauchen und ihn stoppen.

„Hast du ein Taxi gerufen?“, fährt er Amy an, die zusammenzuckt und betreten nickt. „Gut. Und du hast die Jacken besorgt?“ Ich bekomme Naomis Antwort nicht mehr mit, denn schon werde ich weitergezogen. Seine Finger bohren sich in meine Haut und immer wieder knicke ich um, was ihm jedoch keine Sekunde lang Einhalt gebietet.

Wir treten ins Freie, kalte Luft schlägt mir wie eine Ohrfeige entgegen, sodass sich der Alkohol in meinem Blut umso besser ausbreiten kann. Mit umständlichen Verrenkungen zwänge ich mich in den Wagen. Ich sitze rechts, neben mir Naomi, daneben Amy, die starr aus dem Fenster blickt. William hat neben dem Taxifahrer Platz genommen und fummelt an seinem Handy herum.

Plötzlich bin ich fürchterlich müde, meine Augen wollen beim besten Willen nicht offen bleiben. Es ist vollkommen still im Wagen, nur die Live-Übertragung aus irgendeinem Club in London erklingt aus dem Radio und lullt mich noch tiefer ein.

Meinen dröhnenden Schädel an die Kopfstütze gelehnt, betrachte ich Williams Profil. Die vorbeiziehenden Lichter der Stadt lassen ihn mal freundlich, mal düster erscheinen. Doch während die Reflexionen wechseln, bleiben seine Augen gleich – starr und kalt.

Er ist stinksauer, doch mein besoffener Verstand weigert sich, rationale Überlegungen anzustellen. Morgen wird es anders sein. Morgen werde ich mich selbst ohrfeigen wollen, weil mir bewusst werden wird, dass ich ihn völlig im Stich gelassen habe. Er hätte genauso gut alleine weggehen können.

Ein einziges Mal wagt er es, nach hinten zu sehen, wobei sich unsere Blicke treffen und ich unwillkürlich zusammenzucke. Wäre es ihm möglich, er hätte mit Pfeilen nach mir geschossen!

Um der aufkommenden Übelkeit und einer weiteren Konfrontation aus dem Weg zu gehen, schließe ich die Lider und gleite auf meiner Welle, die ich mir den Abend über geschaffen habe, dahin.

Irgendwann halten wir an, nehme ich im Halbschlaf wahr. Türen werden geöffnet, ich höre jemanden reden, dann setzen wir unsere Fahrt fort. Bald folgt ein zweiter Stopp. Beim dritten Mal rüttelt jemand an meinen Schultern, doch ich wehre mich, halte die Augen geschlossen.

„Rose", vernehme ich Williams Stimme, die noch immer diesen strengen Unterton hat. Ein weiterer Grund, nicht aufzuwachen. „Wir sind da. Steig aus." Meine Güte, ist der sauer!

Widerwillig öffne ich die Augen und lande unsanft in der Realität. Ich versuche mich zu orientieren – ich befinde mich in der gewohnten Straße, das Taxi ist jedoch leer, nur William steht in der offenen Tür und scheint mich wohl einzig und allein durch seine Wut mobil machen zu wollen.

„Du bist noch da?“, murmle ich erleichtert.

„Ja, so sieht es aus. Und wir werden morgen noch hier sein, wenn du nicht aussteigst.“

Wie ein kleines Mädchen kichernd, schiebe ich mich aus dem Wagen. „Du bist manchmal, huch ... so streng.“

„Verhalte dich bitte ruhig“, mahnt er und legt einen Arm um mich. Was ich im Normalfall als Anmachversuch gedeutet hätte, erscheint mir nun als notwendiges Übel, das er auf sich nehmen muss, um mir Halt zu geben.

Gemeinsam überqueren wir die Straße und betreten die große Eingangshalle meines Wohnhauses, wo uns der nette Mann vom Empfang freundlich, aber auch mit einer gewissen Skepsis begrüßt. Wenn das selbst mir in meinem Zustand auffällt, heißt das schon etwas.

Der Lift kommt prompt und umschließt uns wie ein schützender Kokon. Wieder übermannt mich die Müdigkeit, aber es ist Williams Anwesenheit, die eine fatale Wirkung auf mich ausübt. Ich seufze und schlinge meine Arme um ihn, während ich mein Gesicht an seiner Brust berge. Wie herrlich sich das anfühlt! Auch wenn es reine Fiktion ist und ich förmlich auf seine Zurückweisung warte, versuche ich, diese wenigen Augenblicke auszukosten.

„Rose“, sichtlich verwirrt entzieht er mir seine Hände.

„Du riechst so gut, ich fühle mich so geborgen und wohl und auch wenn du ein Griesgram bist, mag ich dich.“ Mann, rede ich Müll! Eine einfache Umarmung scheint mir nicht mehr zu genügen, da mein Mund verzweifelt den seinen sucht. Ich weiß selbst nicht, was in mich gefahren ist, doch ich mache einfach, was mir gerade in den Sinn kommt. Ich begnüge mich mit seinem Hals, da er sein Gesicht abwehrend zur Seite dreht, und bedecke die empfindliche Haut an dieser Stelle mit sanften Küssen.

„Du wirst es morgen bereuen, wenn du dich dann noch erinnern kannst“, brummt er unter meinen gierigen Lippen.

Ich lache wieder und schiebe meine Hände unter sein Jackett. „Ich bereue es jetzt schon, doch du bist so verdammt heiß“, wieder ein Kichern, bevor ich den Versuch starte, mich auf die Zehenspitzen zu stellen, „und diese Woche war so verdammt schlimm und verdammt einsam und verdammt scheiße ohne dich. Ahm, aber jetzt bist du wieder hier – ich werde dich nicht mehr freilassen.“ Direkter kann man es wohl nicht sagen. Die

Aufzugstüren öffnen sich und ich verlasse den Lift als Erste.

Er folgt mir sogleich und nimmt mir den Schlüssel aus der Hand. Eine weise Entscheidung, wie ich finde. „Warum fluchen alle Frauen, wenn sie betrunken sind?“, will er wissen und deutet mir mit einem Kopfnicken einzutreten.

„Ich fluche nicht. Hoppla.“ Wieder bewahrt mich jemand vor einem Sturz. Diesmal ist es William, der mich mit einer Hand stützt, damit ich den zweiten Schuh ohne umzufallen ausziehen kann.

„Irgendwann wirst du dir das Genick brechen.“

„Wenn du es nicht bist, der das tut ...“, necke ich ihn und drehe ihm den Rücken zu, um mit meinen Händen auf den Reißverschluss zu deuten. „Bitte aufmachen.“

Er zögert, was sich wie eine Ohrfeige anfühlt. „Wer hat ihn dir zugemacht?“

„Ich bitte dich“, murre ich und gehe an ihm vorbei ins Schlafzimmer. Er folgt auf den Fuß.

„Na, komm schon“, sagt er etwas sanfter und dreht mich wieder um. Noch einmal und ich kotze. „Das dürfte reichen“, meint er dann und nimmt seine Finger sofort von mir, als wäre ich giftig.

Den Rest erledige ich alleine. Doch als ich in Unterwäsche vor ihm stehe, schiebt er mir schnell ein Shirt über den Kopf. Ja nicht zu viel sehen, lautet die Devise. „Was ist aus der armen Amy geworden?“

„Ich habe sie nach Hause gebracht, so wie dich jetzt und Naomi zuvor auch schon“, erklärt er mit vor der Brust verschränkten Armen.

Während ich meine Pyjamahose anziehe, werfe ich ihm einen bösen Blick zu. „Ich hoffe nur, du hast bei beiden auf dieses Prozedere verzichtet.“

Er grinst und mustert mich. „Selbst nicht die Schuhe ausziehen können, aber Besitzansprüche stellen. Ab ins Bett.“

Mit herausgestreckter Zunge gehe ich an ihm vorbei zum Bett und lasse mich theatralisch hineinfallen. Ehe ich mich versehe, hält er mein Handgelenk umfasst und drückt mich nieder. „Auch wenn wir uns nicht mehr so gut verstehen, Rosie, heißt das nicht, dass du mir, ohne Konsequenzen fürchten zu müssen, die Zunge zeigen kannst. Verstanden?“

„Pff, du bist geisteskrank und ...“, mir entschlüpft ein herzhaftes Gähnen, „total von dir überzeugt und so was von sexy, sagte ich das schon?“ Während er schief auf mich herabsieht, unsere Gesichter nur Millimeter voneinander entfernt, bemühe ich mich, ihm mit meiner freien Hand das Jackett auszuziehen. Ich scheitere, was ich wohl auch getan hätte, wenn ich nüchtern gewesen wäre. Da er sich keinen Zentimeter bewegt und ich unter ihm gefangen bin, gebe ich nach wenigen Sekunden auf.

„Was willst du von mir?“, herrscht er mich an.

„Ich möchte, dass du hierbleibst. Ich kann nicht schlafen ohne dich. Das weißt du genau.“

„Da du nicht nüchtern bist, versuche ich erst gar nicht, ein vernünftiges Gespräch über den Grund, warum du alleine bist, anzufangen.“

„Was soll das heißen?“, bohre ich störrisch nach.

Er weicht meinem Blick aus und scheint sich ernsthaft Gedanken über das weitere Vorgehen zu machen. „Kennst du die Sache mit dem kleinen Finger und der ganzen Hand?“

„Kennst du die Sache mit dem Fisch und dem Köder?“

„Nicht, dass ich wüsste“, antwortet er mit hochgezogenen Augenbrauen.

„Bitte. Ich werde meine Finger auch bei mir behalten und dich nicht unsittlich berühren. Du kannst eine junge, verzweifelte Frau doch nicht im Stich lassen“, flehe ich mit so viel Verzweiflung in der Stimme wie nur möglich.

Seine Nähe, seine Wärme erscheinen mir plötzlich so wichtig, dass ich vermutlich nicht mehr atmen könnte, würde er nun gehen. Ich mache mir gar keine Gedanken, was ich erwarte oder mir wünsche. Was werden könnte und was nicht. Ich möchte nur, dass er hier ist, ich möchte ihn spüren. Das ist alles.

„Rose Erwing, Sie werden irgendwann mein Untergang sein. Frauen wie dir ist es zu verdanken, dass Männer ihre Häuser und Autos verspielen und anschließend bei einer Schießerei auch noch ihr Leben verlieren", erklärt er sichtlich im Zwiespalt, während er sich vor meinen Augen entkleidet. Ein Schauspiel, welches ich mit erwachendem Verstand genieße.

„Als würden wir im Wilden Westen leben", flüstere ich, als er zu mir ins Bett kriecht. „Danke, dass du für mich da bist."

Er seufzt und legt einen Arm um mich. „Immer gerne. Hauptsache, die Bezahlung stimmt."

Augenblicklich schlafe ich ein, wobei nicht nur Williams stete Atemzüge und seine Wärme dafür verantwortlich sind. Auch der Alkohol erweist dabei seinen Dienst. Eigentlich komisch. Amy hat mit diesem Ausgang ihres Abends gerechnet, doch jetzt liege ich neben ihm – selbst wenn es nur ein Freundschaftsdienst seinerseits ist.

Wir scheinen beide nach etwas zu suchen, das wir nur gemeinsam haben können. Etwas, das uns Entspannung bringt, aber uns gleichzeitig aufwühlt. Eines kann ich jedoch ohne Reue gestehen – dies ist die schönste und erholsamste Nacht seit langem.

4. Kapitel

Noch nie in meinem Leben habe ich die Sonne dermaßen verflucht wie heute. Nicht nur, dass sie mir mitten ins Gesicht scheint und meinen Schädel zum Zerplatzen bringt. Nein, sie muss mich auch noch sekundenschnell in die Realität zurückwerfen. Und als würde sie sich gegen mich verschworen haben, dieses Miststück, wirft sie einen besonders hellen Schein auf die Stelle, an der William gerade noch gelegen ist. Oder auch nicht. Vielleicht ist er mitten in der Nacht gegangen. Was weiß ich schon?

Ich weiß gar nichts. Nicht einmal, wie spät es ist, wie ich, ohne mich übergeben zu müssen, aus dem Bett kommen, geschweige denn, diesen widerlichen Geschmack aus meinem Mund bringen soll. Zähne putzen wäre die eine Variante, einfach liegen bleiben und auf das nahende Ende warten die andere.

Ich entscheide mich für Ersteres und ziehe meine Füße unter der Decke hervor – die Hitze ist einfach unerträglich. Dann folgt mein restlicher Körper. Eine kurze Bestandsaufnahme meinerseits, als würde ich William zutrauen, mir ein Bein oder eine Hand abgesägt zu haben. Was bei diesem verdammten Pochen in meinem Schädel nicht weiter auffallen würde. Alles da – außer die letzten Stunden des vergangenen Tages.

Wie heißt es so schön – die Einsicht ist der Vorteil der Dummen. Keine Ahnung, ich kenne mich mit Sprichwörtern nicht aus und warum eigentlich, denke ich gerade jetzt, da ich mich mühsam ins Badezimmer geschleppt habe, an Redewendungen?

Wenn schon eine passen würde, dann diese hier: Tadle nicht den Fluss, wenn du ins Wasser fällst. Hat sie schon in meiner Kindheit gepasst, so scheint sie an diesem Tag wie für mich gemacht. Warum soll ich mich über mich selbst ärgern, wenn ich mich gestern doch bloß meiner Verzweiflung hingegeben habe?

Sicher, niemand hat mich gezwungen, mir das Hirn wegzusaufen. Doch niemand hat William gezwungen, ich schon gar nicht, mich auf diese Veranstaltung mitzuschleppen. Was ohnehin schon schlimm genug gewesen wäre, ist durch Amys Anwesenheit noch schrecklicher geworden.

Nachdem ich mich geduscht und in einen einigermaßen präsentablen Zustand versetzt habe, schleiche ich in die Küche, wo ich hoffe, auf William zu stoßen. Oder ist er doch schon gegangen?

Bereits im Wohnzimmer höre ich das Radio laufen. Mein Puls beschleunigt sich. Verdammt, was soll ich tun? Er wird alles nachholen, was er gestern ob meines desolaten Zustandes nicht gewagt hat. In wenigen Sekunden werde ich nur mehr ein Häufchen Elend sein, das sich unter der nicht vorhandenen Tischdecke versteckt.

Du schaffst das, Rose, sporne ich mich selbst an und betrete den sonnendurchfluteten Raum. Dort finde ich William am Tisch sitzend vor. Er trägt das weiße Hemd und die schwarze Hose von gestern und hat sein vom Duschen feuchtes Haar nach hinten gekämmt. Nie hat er besser ausgesehen! Oder ist es einfach so, dass die Süßigkeiten, die man nicht haben darf, am verlockendsten sind?

„Guten Morgen“, wispere ich und nehme neben ihm Platz.

Er mustert mich mit so abweisender Miene, dass mir noch schlechter wird. „Wieder nüchtern?“, fragt er, wobei ich mir nicht sicher bin, ob ich das als Scherz auffassen soll.

„Nüchtern? Ja. Mir ging´s nur schon mal besser.“

„Dir geht es so, wie du es verdient hast", brummt er und reicht mir das Brotkörbchen, welches ich mit einem angewiderten Kopfschütteln zurückweise. „Iss etwas."

„Ich will nichts", beharre ich und schwöre, mich nicht kleinkriegen zu lassen.

Mit wütendem Schwung landet das Körbchen an seinem ursprünglichen Platz und William funkelt mich noch böser an. „Ich habe mir den Abend wirklich anders vorgestellt", mault er und nippt an seinem Kaffee.

Denkst du, ich nicht? Nicht nur Amy und der Alkohol haben in meiner Vorstellung keine Rolle gespielt, ich habe mir auch gewünscht, von einem gewissen Jemand etwas besser behandelt zu werden. Warum soll ich mich um Himmels willen immer mies fühlen? Warum darf er hier sitzen und schmollen, während ich auf allen vieren vor ihm kriechen soll – nicht auf diese Art, denke ich kopfschüttelnd und frage mich, wie mein noch immer beschwipster Verstand überhaupt zu solchen Gedanken fähig ist.

„Wir werden sicher für Gesprächsstoff gesorgt haben und du weißt, wie gut ich diese Art von Referenzen gebrauchen kann. Was soll ich nur mit dir anstellen?"

Genervt studiere ich die Auswahl auf dem Tisch und greife nach einem Apfel, den ich langsam zerteile. Wenn mein Vorgehen den Anschein erweckt, als würde ich einen Mord begehen, kann mir das nur recht sein. „Es ist Sonntag, kannst du dir deine Vorwürfe nicht bis morgen aufheben?“

„Du bist manchmal wie ein kleines Kind“, stellt er ungehalten fest und leert die Tasse in einem Zug.

„Ich dachte, ich wäre ein dummes, naives Mädchen – deine Worte. Stelle ich eigentlich einen Rekord im Wechseln von Persönlichkeiten auf?“

„Mach doch, was du willst“, schimpft er und steht so schnell auf, dass ich erschrecke.

„Das werde ich auch tun“, trotze ich und versuche angestrengt, meine Angst zu überspielen. Verdammt, ist der wütend! Ich möchte wirklich nicht in meiner Haut stecken.

„Nimmt man dir gar nicht ab. Wie dem auch sei“, erklärt er und nimmt das Jackett von der Stuhllehne, „ich wollte nur freundlich sein und mich vergewissern, dass es dir gut geht. Das ist jetzt der Dank dafür.“

Entrüstet springe ich auf – zu schnell, denn alles um mich dreht sich. „Du wolltest freundlich sein? Was sollte das dann mit Amy? Hättest du sie nicht einfach zum Essen einladen und anschließend durchvögeln können? Musste ich Zeugin deines Balzgehabes werden?“

Na gut, ich bin nicht nüchtern. Sonst hätte ich so etwas bestimmt nicht gesagt. Immerhin gestehe ich meine Eifersucht ein und mache mir gar nicht erst die Mühe, sie zu verbergen.

„Darf ich dich daran erinnern, dass du diejenige warst, die die Sache zwischen uns beendet hat?“

„Ach bitte, als hätte dir daran etwas gelegen! Früher oder später hättest du mich abserviert.“

Er sieht einen Moment bedrückt zu Boden und wirkt dabei so jung und verletzlich, dass es mir einen Stich gibt. Was tue ich nur? Warum versuche ich krampfhaft, die frisch gewonnene Basis zu zerstören?

„So denkst du über mich?“

„Wie denke ich über dich? Ich bin die Einzige, die die Wahrheit ausspricht. Du verstehst es, mir zuzusetzen, bis mir der Kopf schwirrt und ich nicht mehr klar denken kann. Bis ich ein willenloses Opfer bin.“

„Wenn du es sagst. Vielleicht behandelt dich Campbell – verzeih, Andy – besser.“

Ich verdrehe die Augen und versuche mich zu beruhigen. „Und wieder drehen wir uns im Kreis. Ich möchte dich nur daran erinnern, dass ich dich nicht um deinen Besuch gebeten habe, als Andy hier gewesen ist. Ich bin nicht der Typ, der in Wunden stochert. Du wusstest doch, dass ich gestern Abend anwesend sein werde und hast trotzdem dieses Blondchen mitgebracht."

Einen Moment stehen wir nur da und starren uns an. Ich merke die Enttäuschung in seinen Augen und es bricht mir das Herz. Nun kann ich doch nicht mehr überleben. Ich meine, wie oft wurde es gebrochen? Wie oft kann ein Herz brechen?

„Hättest du mir den Schlüssel nicht einfach in der Arbeit geben können, dann hätten wir diesen verdammten Streit nicht."

Er grinst und sieht kurz zur Seite, ehe er näher kommt. Soll ich weglaufen? „Ja, ich hätte ihn dir auch dort geben können. Doch ich war gar nicht wegen dieses verfickten Schlüssels hier, sondern wegen dir und mir. Ich habe die ganze Woche nachgedacht und ... Rose, ich ... habe dich vermisst. Mehr als mir lieb ist. Ich wollte dich sehen, mit dir reden und vor allem wollte ich, dass diese Sache bereinigt wird."

Oh Mann, oh Mann. Festhalten. Ich muss mich festhalten, um nicht umzufallen. Außerstande, etwas zu antworten, inspiziere ich sein Gesicht, als sähe ich es zum ersten Mal.

„Wenn ich überhaupt so etwas wie Liebe empfinden kann, dann dir gegenüber. Rose, sieh mich an", fordert er sanft und streicht mir über die Wange. „Ich habe Angst, so wie du auch. Ich habe verdammte Angst, verletzt zu werden, enttäuscht, betrogen, hintergangen, süchtig ... was immer du magst. Doch du wirst ebenfalls von solchen Ängsten geplagt, sonst wärst du nicht weggelaufen. Ist es nicht so?"

„William", hauche ich, während er mir eine Träne aus dem Gesicht wischt.

„Ich will für dich da sein, will dich beschützen, behüten, dich jeden verdammten Tag küssen, mit dir aufstehen, mit dir ins Bett gehen. Ich möchte ein Teil von dir sein."

„Das bist du doch und das weißt du auch."

Er kommt noch einen Schritt näher und streicht mir eine Haarsträhne aus dem Gesicht, dann nimmt er es in beide Hände. Lächelnd sieht er mich an. „Noch nie war mir jemand so wichtig wie du, Rose. Ich bin nicht mehr ich selbst – und das ist in diesem Fall gar nicht mal so schlecht."

„Ich habe nicht die Kraft, mich mit dir zu messen", gestehe ich tonlos.

„Du musst dich nicht mit mir messen, ich werde völlig handzahm sein. Komm zu mir zurück, auch wenn ich klinge, als hätte mich jemand kastriert."

Ich lache und weine zugleich. „Ich hoffe nicht, dass meine Auftragskiller an ihrem Kontrakt festhalten."

William erwidert mein Grinsen und drückt langsam seine Lippen auf die meinen. So sanft, dass ich es kaum spüre. Doch an den wenigen Punkten, an denen wir uns berühren, beginnt die Haut zu prickeln. Ich atme tief ein, nicht zuletzt, um seinen Duft aufzufrischen. Jenen Duft, nach dem mein Körper die letzten Tage gelechzt hat.

„Du treibst mich manchmal wirklich in den Wahnsinn", gesteht er atemlos und presst mich mit einer Hand an sich.

Ich streiche ihm über die Unterlippe, die einladend geschwollen ist. „Du kannst manchmal ein richtiger Arsch sein, der sich nur um das Wohlergehen seines Schwanzes kümmert."

Ich warte einen Moment, sehe ihm tief in die Augen und suche nach den richtigen Worten, damit nicht alles wieder zerfällt, was wir uns innerhalb der letzten Minuten aufgebaut haben. „Wie soll es weitergehen?"

„Du kommst zu mir zurück, schießt Andy in den Wind und gehorchst von nun an."

„Netter Versuch", ich ziehe mich von ihm zurück, um seine leere Tasse in die Spüle zu stellen.

Er folgt mir und legt sein Kinn auf meine Schulter. „Ich werde dich auf Händen tragen, Rosie. Du musst nur aufhören, dich mir zu widersetzen."

Er knabbert an meinem Ohrläppchen und ich muss mich verdammt zusammennehmen, um nicht aufzustöhnen oder zu kichern.

„Was wollt ihr modernen Frauen von uns Männern? Früher hat ein netter Besuch bei den Eltern und ein geköpfter Feind gereicht. Heute scheinen mir eure Ansprüche wesentlich höher zu sein."

Nun kichere ich doch und werfe mein Haar theatralisch über die Schulter, sodass es mitten in seinem Gesicht landet. „Wir wollen treue, nette, fürsorgliche, galante, witzige, vertrauenswürdige, leidenschaftliche, unwiderstehliche Männer – mehr nicht."

Er schnaubt verächtlich und sein warmer Atem streicht dabei über meinen nackten Hals, wo sich sämtliche Haare aufrichten. „Einige Wünsche auf deiner Liste kann ich durchaus erfüllen."

Abrupt drehe ich mich um und lege den Kopf schief, während William die Augen erwartungsvoll zusammenkneift. „Mir würde schon reichen, wenn du mir treu bist und mich nicht behandelst, als wäre ich eine bezahlte Hure. Außerdem ist es mir mehr als wichtig, dass du an keinen von Georges Partys mehr teilnimmst. Solltest du deinen unbändigen Trieben erliegen und es doch tun, siehst du mich nie wieder. Ich werde unsere Beziehung beenden, inklusive der Arbeit."

„Du würdest kündigen?", fragt er erstaunt.

„Ja", nicke ich. „Das ist deine letzte Chance und mein völliger Ernst. Ich liebe dich – jetzt habe ich es gesagt und dir einen solchen Vertrauensvorschuss gegeben, dass es mir schlecht wird. Nutz es nicht aus und versuche es einfach."

Mit offenem Mund starrt er mich an und reißt mich dann an sich. „Der Vorschuss gefällt mir mehr als gut", raunt er und drückt mir einen kindlichen Schmatzer auf die Lippen.

Ich kichere wieder und schlinge die Arme um seinen Hals, während er mich hollywoodreif nach hinten beugt und meinen Hals mit stürmischen Küssen bedeckt. Ich erschrecke, als die Klingel ertönt und William mich ruckartig hochzieht.

„Besuch?", fragt er skeptisch.

„Keine Ahnung", flüstere ich, längst auf dem Weg zur Tür. Als ich öffne, fällt mein Blick auf eine Flasche Sekt. Ein Beutel, der mir fast aus den Händen fällt, folgt, dann werde ich zur Seite geschoben, die Tür wird geschlossen, doch noch immer habe ich keinen blassen Schimmer, wer sich hier hereindrängt. Ich ahne Schlimmes. Meine erste Vermutung gilt Dickbauch, doch woher sollte er wissen, wo ich wohne?

„Na, wieder nüchtern?“, vernehme ich Naomis Stimme, während ich mich aus dem Gefängnis befreie, das aus Brötchen und billigem Sekt besteht.

Verdattert beobachte ich, wie sie sich aus ihrer Jeansjacke schält. „Denke schon. Und das?“, frage ich und hebe beide Gegenstände hoch.

„Frühstück. Einmal zum Aufwärmen, einmal zum Auftanken.“

„Oh.“

„Du hast mir gestern wirklich gut gefallen. Das sollten wir öfters machen“, plappert sie, während sie in Richtung Küche marschiert, wo ich sie auf keinen Fall haben möchte.

„Naomi“, rufe ich ihr nach und packe sie bei den Schultern. Verdammt, klingt das verzweifelt, gerade so, als würde ich eine Leiche verstecken! „Mir geht es echt nicht gut – ich könnte kotzen. Vielleicht verschieben wir dieses wirklich lieb gemeinte Frühstück auf morgen.“

„Er ist hier, nicht wahr?“, wispert sie.

Leise schließe ich die Tür zum Wohnzimmer und schiebe Naomi sicherheitshalber noch den Flur entlang.

„Ihr habt euch doch nicht etwa versöhnt?“

Was soll ich tun, rattert mein Gehirn. Es ist zu früh, um etwas zu sagen. Ich will erst sehen, ob er sich bewährt oder mich bei der nächsten Gelegenheit fallen lässt.

„Na, sicher habt ihr das. Sieh dich an – du gleichst einem frisch gefickten Eichhörnchen.“

Neugierig blicke ich an mir nach unten, entdecke jedoch nichts Auffälliges. „Wir haben nur geredet.“

„Hat er hier geschlafen?“, übergeht sie meinen Einwand.

Mann, sie kann manchmal fast noch anstrengender sein als William. Jedoch nur fast. „Ja, aber nur, weil ich es wollte, ich wäre ohnehin zu nichts mehr fähig gewesen.“

„Pff“, sie klingt belustigt. „Da muss sich erst mal jemand auskennen. Selbstverständlich lasse ich euch in Ruhe. Macht, was immer ihr machen wollt. Ruf mich später an und berichte“, bittet sie augenzwinkernd, huscht nach draußen und verschwindet so schnell, wie sie gekommen ist.

5. Kapitel

Nachdem wir uns umgezogen haben, ich mich ein wenig aufgebrezelt und William seinen Wagen geholt hat, sind wir nun unterwegs nach Leeds.

Williams Einfall – was soll ich dazu sagen?

Anstatt den Tag im Bett zu verbringen, so wie es mein Zustand eigentlich erfordert hätte, schleppt er mich durch halb Kent, nur um einen Nachmittag lang Golf zu spielen. Doch wie intelligent muss man sein, wenn man einen Golfplatz direkt neben einem Wasserschloss anlegt? Ich betone – überall Wasser, mittendrin Rose, die zum ersten Mal in ihrem Leben einen Ball mit einem Schläger in ein winziges Loch schießen soll. Selbstverständlich spielt Mister Bennet Golf. Hätte mich auch gewundert, wenn es anders gewesen wäre.

Doch bei aller Liebe zum Sarkasmus, als wir Leeds Castle erreichen, klappt selbst mir die Kinnlade nach unten. Ich kann mir nicht vorstellen, dass es ein schöneres Postkartenmotiv als das hier gibt. Die Gärtner haben erstklassige Arbeit geleistet, inmitten eines Meeres aus roten, gelben und blauen Tulpen steht es – Leeds Castle. Seit über tausend Jahren thront es hier, erklärt mir William beiläufig, als wir aussteigen und ich mich recke, um einen besseren Blick auf all diese Pracht zu erhaschen. Tausend Jahre!

„Muss ziemlich einschüchternd gewirkt haben, wenn man mit einem Speer und etwas Ähnlichem in der Hand darauf zugelaufen ist“, denke ich laut.

„Ein Speer“, wiederholt er grinsend und schließt das Auto ab. „Heinrich VIII. hat es für seine erste Frau, Katharina von Aragon, umbauen lassen und sie mehr oder minder hierher verbannt. Es wird auch das Frauenschloss genannt, da es immer wieder Herberge und Zufluchtsort verschiedener Königinnen gewesen ist.“

Ich bin beeindruckt von seinem Wissen und folge ihm stumm, während wir uns am Ende der Warteschlange anstellen. Heute haben wohl alle dasselbe wie wir geplant.

„In den 1940er Jahren wurde hier der Film *Adel verpflichtet* gedreht“, erklärt William und legt einen Arm um mich.

Ich nicke und schmiege mich an ihn. Wenn ich etwas vermisst habe, dann diese Nähe. Doch vor allem sein Gespür für den richtigen Moment. Denn gerade jetzt, da ich mir nicht sicher bin, ob wir es schaffen, kann ich seine Wärme und Zuneigung gebrauchen.

„Und die spielen heute alle Golf?“, frage ich und deute auf die vielen Menschen vor uns.

„Vermutlich nicht. Leeds Castle ist nicht nur für seinen Golfplatz, sondern unter anderem für seine Gärten, das Schloss selbst, ein dazugehöriges Labyrinth und ein Hundehalsbandmuseum bekannt.“

„Einen Blowjob für das Hundehalsbandmuseum“, biete ich ihm forsch an.

Er lacht und macht einen Schritt nach vorne. „Klingt sehr verlockend, doch ich liebe Golf.“

„Ich aber nicht“, murre ich und knalle die Tasche auf den Boden. „Ich werde dich blamieren. Diesen Reiche-Leute-Scheiß bin ich nicht gewohnt.“

Da wir an der Reihe sind und er eine Tageskarte für uns kauft, geht mein Einwand zunächst unter. Doch als er mich gleich darauf wie ein störrisches Kind in Richtung Golfplatz zerrt, macht er mir ein Zugeständnis. „Beim nächsten Mal richte ich mich nach deinen Wünschen.“

„Ich werde dich einen verdammten Tag lang in jedes Schuhgeschäft der Stadt jagen“, drohe ich.

„Sieh es mal so – vielleicht entdeckst du eine neue Leidenschaft.“

Für mich wäre es schon eine große Erleichterung, wenn mein Golfpartner nicht William, sondern Naomi oder Lisa oder so hieße. Die hätten Spaß, würden mich nicht ständig ermahnen, meinen Schläger anders zu halten, gerade zu stehen, und es einfach als netten Zeitvertreib betrachten. In Williams Augen sprüht der ihm eigene Kampfgeist – er wird mich planieren.

„Also“, sagt er und deutet auf eine riesige Grünfläche, „hier die Regeln im Schnelldurchlauf.“

„Ich schieße den Ball weg und versuche, ihn in ein erbsengroßes Loch zu bekommen.“

„Fast“, erwidert er grinsend. „An diesem Punkt dort oben, dem Abschlag, wird begonnen. Ich kann zuerst schlagen, damit du siehst, wie es geht, dann bist du dran.“ Gemeinsam begeben wir uns zu besagtem Punkt und William positioniert seinen Ball. „Er muss genau innerhalb der Abschlagsmarkierung liegen und du solltest den Fairway, also den Bereich zwischen Abschlag und Loch, mit so wenigen Schlägen wie möglich überbrücken. Auf die restlichen Regeln verzichten wir einfach einmal.“

Dann schlägt er ab und beide sehen wir dem Ball hinterher, der mit einem leisen Surren durch die Luft fliegt. Auch wenn es einfach aussieht, bezweifle ich, dass ich je zu solch einer Meisterleistung imstande bin, und merke, wie meine Knie zu zittern beginnen. Irgendwann landet der Ball wieder. Ich weiß nicht genau, wo, da ich die kleine Kugel, die mir William entgegenstreckt, wie den heiligen Gral mustere.

„Ich kann das wirklich nicht“, gestehe ich kleinlaut und hoffe auf ein wenig Mitgefühl.

„Natürlich kannst du das. Zielen, schlagen, warten.“

„Ja, ja, ja.“

Dann versuche ich es wirklich. Nehme den Schläger in meine Hände – nein, um ehrlich zu sein, umklammere ich ihn, als wäre er ein Seil, das mich vor dem Sturz in die Tiefe retten soll. Bevor ich mich überwinden kann, blicke ich auf und direkt in Williams amüsiertes Gesicht. „Danke, dass du dich über mich lustig machst.“

„Ich mache mich nicht lustig“, beharrt er und tritt hinter mich. „Den Schläger gut festhalten. Zwischen gut festhalten und erwürgen ist ein Unterschied“, erklärt er streng, wobei ich nicht wegen seiner Strenge, sondern angesichts dieses Vergleiches zusammenzucke.

Erwürgen. Sofort ist da dieses Bild von ihm und seinem Vater. Ich atme tief durch, um nicht umzufallen.

„Dann berührst du kurz den Ball, um zu spüren, an welcher Position er sich befindet. Jetzt holst du aus und schlägst dagegen. Nicht zu fest – du sollst noch immer zielen können.“

„Sagtest du nicht etwas von wegen einfach?“

„Versuch es", ermutigt er mich und küsst mich flüchtig. Was vielleicht motivierend wirken soll, mich aber noch mehr aus dem Konzept bringt.

Um ihm einen Gefallen zu machen, versuche ich es tatsächlich. Vielleicht hätte ich Naomis Sekt doch nicht so leichtfertig abweisen sollen. Spüren, ausholen, zielen … Ich schließe die Augen, während der Ball in der Luft ist. Nicht einmal annähernd so lange wie der Vorgängerball. Doch als ich Williams Pfeifen höre, öffne ich sie wieder und versuche, den Ball ausfindig zu machen.

„Gar nicht schlecht", lobt er mich und nimmt mir den Schläger aus der Hand. „Für eine blutige Anfängerin scheinst du entweder Glück oder Talent mitzubringen. Lass uns weiterspielen und es herausfinden", sagt er eifrig und läuft in Richtung der Bälle.

Ich verdrehe die Augen, strecke seinem Hinterkopf die Zunge heraus und finde ihn doch irgendwie süß, diesen verspielten Mann, der plötzlich so in seinem Element zu sein scheint. Na gut, dann ziehe ich diese Veranstaltung eben um seinetwillen durch.

Zwei Stunden lang habe ich einen Ball nach dem anderen geschlagen, wie es so schön heißt. Am späten

Nachmittag bin ich hundemüde, mein Kater ist weg und William will sich gar nicht mehr einkriegen vor Lachen.

„Ich sehe mich als Sieger dieses Turniers. Ich und meine Golffreunde“, erklärt er und zwinkert vielsagend, „spielen nicht um Geld, sondern des Spaßes wegen. Ab und an laden wir uns mal zum Essen ein. Aber mit einem professionellen Turnier hat das nichts zu tun.“

Die Kellnerin bringt uns unsere Eisbecher und jedem ein Glas Cola – Zucker, den habe ich jetzt bitter nötig. Während ich mich einen Moment zurücklehne und den Ausblick über die Gärten und die weitläufige Gegend genieße, der sich uns von der Terrasse aus bietet, beugt sich William etwas nach vorne.

Er leckt sich über die Lippen und scheint sein Eis längst vergessen zu haben. „Also, Miss Rose Erwing. Sie haben eindeutig verloren – ein jämmerlicher letzter Platz –, was war doch gleich Ihr Einsatz?“

Ich kichere und streiche mir das Haar aus dem Gesicht. „Sagtest du nicht eben, ihr spielt um nichts?“

„Du hättest das vorher abklären müssen. Jetzt ist es zu spät“, bedauert er halbherzig.

„Was wünschst du dir denn? Mal sehen, ob ich bereit bin, diesen Preis zu bezahlen.“

Ich nehme einen Löffel Schlagsahne und schiebe ihn mir genüsslich in den Mund. „Das hier ist sehr reizend. Du, Schlagsahne – mir fallen tausend Dinge ein, die ich mit euch beiden machen möchte. Doch dir ist schon klar, dass es zu deinem Nachteil ist, mir die Wahl zu überlassen, oder?“

Energisch schüttle ich den Kopf und nehme diese banale Sache genauso ernst wie er. „Ich sagte nichts von einer Wahl. Du darfst Vorschläge machen, ich entscheide, ob sie bewilligt werden.“

„Soso“, gibt er nachdenklich von sich. „Wie wäre es damit? Wenn wir heute Abend nach Hause kommen, werden wir hungrig sein. Du kochst etwas Schönes, während ich Gaby zum Flughafen bringe.“

„Der Haken?“, bohre ich nach.

„Ach ja – der Haken. Du trägst nichts außer deiner Schürze und den roten Schuhen von gestern. Wenn Papa kommt, wirst du mich freundlich begrüßen und mir jeden Wunsch von den Augen ablesen.“

Jedes Wort hat eine verheerende Wirkung auf meinen Unterleib. Wenn ich nur daran denke, rinnt mir das Wasser im Mund zusammen. Was sicher nichts mit dem Essen zu tun hat. „Es wäre eine Verschwendung, da wir nicht zum Essen kommen würden.“

„Glaube mir, Babe, ich kann mir Zeit lassen. Viel Zeit, wenn ich möchte“, raunt er und lehnt sich wieder zurück.

Ich blicke gar nicht mehr zu meinem Eisbecher, der vor sich hinschmilzt. „Na gut! Vielleicht ist es an der Zeit bekanntzugeben, dass ich eine miserable Köchin bin.“

Achselzuckend greift er nach seinem Löffel. „Solange du mich nicht vergiftest, werde ich es über mich ergehen lassen.“

Die Autofahrt nach Hause verläuft ruhig. Ab und an singen wir beide, wobei ich nicht sagen kann, wer der schlechtere Sänger ist. Doch da mir William bei meinem Solo während Rihannas *Only Girl in the World* einen schiefen Blick zuwirft und ich tief in meinen Sitz sacke, bin ich wohl doch die mit der mieseren Stimme.

Ich lehne mich schmollend ans Fenster und starre auf die vorbeiziehende Landschaft, was ziemlich einschläfernd wirkt. Langsam fallen mir die Augen zu. Als wir vor meiner Wohnung halten, werde ich schlagartig wach. Ich strecke mich wie eine Katze, eifrig bemüht, nicht das teure Leder zu berühren, da mein Körper von Schweiß und Staub triefen muss.

William kommt auf meine Seite, umschlingt mich und so begeben wir uns bis zur Wohnungstür.

„Was willst du eigentlich kochen?“, fragt er mich, während er nach seinem Handy greift. Wenigstens hat er uns ein bisschen Privatsphäre eingeräumt, indem er dieses lästige Ding hiergelassen hat.

Ich zucke ratlos mit den Schultern und werfe meine Turnschuhe ins Regal. „Ich muss erst sehen, was mein postdepressiver Kühlschrank hergibt. Ich habe nämlich eine ziemlich schlimme Beziehungspause hinter mir, in der ich mich hauptsächlich von Chips, Schokolade und Kaffee ernährt habe. Hat der Herr besondere Wünsche?“, erkundige ich mich und strecke den Kopf in den Flur, da ich bereits im Schlafzimmer stehe und mich ausziehe. Ein Königreich für eine Dusche!

„Keine Chips, der Rest ist mir egal“, meint er im Türrahmen stehend und mich auf seine verschmitzte Art beim Entkleiden betrachtend.

„Du bist ja richtig pflegeleicht geworden. Welche überirdische Kraft hat dich denn verändert? Ach, das war ja ich“, gebe ich zurück und fasse mir reichlich affektiert an die Brust. „Meine Mutter meint immer, jeder Mann ist ein Rohdiamant, der erst noch geschliffen werden muss. Vielleicht bin ich ja diejenige, die dich formen soll. Ich werde einen braven und vor allem anständigen Burschen aus dir machen“, erkläre ich voller Enthusiasmus.

Plötzlich taucht er hinter mir auf und beobachtet mich, während ich mit dem Chaos in meinem nachlässig eingeräumten Kleiderschrank kämpfe. „Wo wir schon beim Verändern sind. Wenn ich dir etwas beibringen kann, außer absoluter Hingabe und allzeit bereit zu sein, dann, dieses Schlachtfeld in deinem Leben zu bereinigen, das sich Erledigungen nennt. Wie schaffst du es eigentlich, deine Rechnungen pünktlich zu bezahlen?"

Trotzig äffe ich ihn nach und ziehe einen schwarzen Tanga aus der Schublade.

„Ich muss dein Gesicht nicht sehen, um zu wissen, wie du jetzt dreinblickst", knurrt er und setzt seinen Rundgang durch mein Schlafzimmer fort. „Du hättest wenigstens die Kisten ausräumen können."

„Es ist meine Wohnung, du musst dich ja nicht hier aufhalten."

„Ich kann jemanden schicken, der dir hilft", beschwichtigt er mich gerade noch rechtzeitig.

Aus den Augenwinkeln werfe ich ihm einen sanfteren Blick zu. „Ich schaffe es schon."

Als ich meine Siebensachen zusammengesucht habe und bereits ins Bad gehen möchte, reißt William mir die Unterwäsche samt Hose und T-Shirt aus den Händen und wiegt es in den seinen. „Was ist das? Ich dachte, wir hätten ein Abkommen?“

„Soll ich etwa in einer viel zu engen Schürze mit nichts darunter einkaufen gehen?“, entgegne ich und nehme ihm die Kleidung wieder weg.

Seine Augen glitzern leidenschaftlich, als er mich bei den Oberarmen packt und so leicht zum Bett transportiert, als wäre ich ein Kleinkind. Dort angekommen, wirft er mich auf die weiche Matratze und schiebt sich über mich. „Ich bin mehr als geneigt, Gaby ein Taxi zu rufen und dein freches Mundwerk mit etwas sehr Mächtigem, Hartem zu stopfen.“

Seine Hand wandert über meine rechte Brust, zieht den BH stürmisch zur Seite und fängt an, den Nippel, der wie auf Kommando hart wird, zu zwirbeln. Ich kichere und versuche, ihn irgendwie abzuschütteln. „Du würdest deine Schwester niemals versetzen.“

„Kommt auf den Umstand an“, zischt er und schiebt meine Beine mit seinem Knie auseinander. Ich schaffe es nicht mehr, ihn daran zu hindern. Ehe ich mich versehe, streicht ein Finger über meinen Kitzler. „So bereit, wie ich es erwartet habe“, flüstert er mit tiefer Stimme.

„Hochmut kommt vor dem Fall“, röchle ich im verzweifelten Versuch, mir nichts von meiner Erregung anmerken zu lassen.

„Wie weise unsere Rose geworden ist.“

„Man lernt dazu. Vor allem, wenn man mit einem selbstsüchtigen, herrischen Sexbesessenen zusammen ist.“

Ein Grinsen umspielt seine Lippen, als er die meinen sanft streichelt. Wir berühren uns kaum. Nur der Hauch dessen, was kommen wird, ist zu spüren. Mit jeder Sekunde ergebe ich mich mehr. Dann zieht er meine Unterlippe zwischen seine Zähne und beißt so heftig zu, dass ich mich beherrschen muss, um ihm keine zu knallen.

„Spinnst du?“, fahre ich ihn an und fasse mit dem Daumen an die Lippe. Wenigstens blute ich nicht.

Er setzt gerade zu einer – wie ich erwarte – süffisanten zweideutigen Bemerkung an, da reißt uns ein Vibrieren direkt zwischen meinen Beinen aus der trauten Zweisamkeit. Verdutzt sehe ich nach unten und rechne mit dem Schlimmsten.

„Was?“

„Ich muss dich enttäuschen – nur mein Handy“, tönt er, während er sich aufrichtet und sein Telefon aus der

Hosentasche zieht. Dann verlässt er den Raum und schließt allen Ernstes auch noch die Tür. Während ich meine verstreuten Kleidungsstücke einsammle, sinniere ich darüber nach, wer uns in diesem ersten intimen Moment seit unserer Versöhnung gestört haben mag. Doch das gehört wohl zu den Dingen, die ich hinnehmen muss, um bei ihm bleiben zu können. Er ist einfach so. Zwar kann ich versuchen, ihn zu formen, doch bei Williams Charakterstärke erscheint mir dieses Vorhaben aussichtslos.

6. Kapitel

An den Küchentresen gelehnt, wobei die anfängliche Kälte an meinem nackten Hintern längst verschwunden ist, nippe ich an einem Glas Rotwein aus dem Supermarkt um die Ecke. Nur noch zehn Minuten, stelle ich mit einem nervösen Blick auf den Nudelklumpen in meinem Ofen, der binnen kurzem eine genießbare Lasagne sein soll, fest. Er soll endlich heimkommen! Nicht, dass ich jemals gerechnet habe, diesen Satz in Verbindung mit William auszusprechen.

Der Tisch ist gedeckt. Auf nichts habe ich vergessen – Kerzen, hübsche Servietten, Wein, Wasser, ein paar Blumen. Auch die Schürze habe ich neu erstanden, da mir jene, die ich seit meinem siebzehnten Lebensjahr mit mir herumschleppe, längst zu klein ist. Mein Körper ist inzwischen einfach fraulicher geworden. Und da dieser unförmige Stoff mein einziger Schutz vor Williams gierigen Blicken werden soll, muss ich mich darin zu hundert Prozent wohlfühlen.

Als ich höre, wie die Tür aufgeschlossen wird, hämmert mein Herz so heftig in meiner Brust, dass ich befürchte, sie würde jeden Augenblick zerspringen. Ich atme tief durch, übe mich in Grazie und Anmut und zwinge mich, mir den Umstand, dass ich fast nackt bin, nicht anmerken zu lassen. Schmunzelnd stelle ich mir vor, wie es wäre, wenn jemand anderer hereinkommen würde – meine Eltern etwa, die mir einen Überraschungsbesuch abstatten.

Im nächsten Moment gefriert mein Lachen, da William die Küche betritt. Langsam und bedächtig kommt er auf mich zu, bleibt zwei Meter vor mir stehen und mustert mich von oben bis unten. Ich schlucke und tapple von einem Bein auf das andere. Er muss noch einmal bei sich zu Hause gewesen sein, da er nicht mehr das bequeme Shirt und die braune Hose trägt, sondern ein dunkelblaues Hemd und eine etwas förmlichere Hose. Plötzlich komme ich mir verletzlich und angreifbar vor, auch wenn ich weiß, dass er die Situation niemals ausnützen würde.

„Was für ein Anblick! Die Strafe wegen überhöhter Geschwindigkeit scheint sich wahrhaftig gelohnt zu haben“, merkt er an und winkt mit den roten Rosen in seiner Rechten. „Das Tattoo war doch rot. Oder sollte es rosa sein?“

„Ja, sie ist rot“, gebe ich unsicherer als beabsichtigt zurück.

William schiebt einen Stuhl zur Seite und macht es sich bequem. „Eine Wette, sagtest du – um was hast du gewettet? Du hast verloren, wie ich annehme."

Okay. Was wird aus unserer heißen Verführung? Und vor allem aus meiner Lasagne? Heimlich stelle ich den Ofen ab. Meine Bewegungen fallen etwas umständlich aus, da ich es vermeiden möchte, William meine blanke Kehrseite zu präsentieren. „Eine Mutprobe, die ich blöderweise nicht bestanden habe. Dafür bekam ich ein Gratis-Tattoo."

„Ich warte", fordert er mich zum Weiterreden auf, als ich stocke.

„Es war ein Freund von mir. Wir diskutierten darüber, ob es Männern oder Frauen leichter fällt, sich an jemanden heranzumachen. Irgendwann wollten wir der grauen Statistik Taten folgen lassen. An den Samstagabenden gingen wir aus, tankten ordentlich und machten die Probe aufs Exempel."

Mit diesem Kapitel in meinem Leben würde ich gerne abschließen, es irgendwo verbuddeln und nie wieder öffnen. „Jedenfalls lernte ich im Zuge dieser Wette, die einen Monat lang lief, Taylor kennen und somit wären wir wieder beim Anfang der Geschichte."

„Also in einem Club. Und er war dir so viel wert, dass du auf den sicher scheinenden Sieg verzichtet hast.“

„Wer weiß, ob ich gewonnen hätte. Er war mir sehr viel wert … tut mir leid, so etwas sollte ich nicht sagen“, in meiner Stimme schwingt Bedauern mit.

Ich fühle mich wie ein gehetztes Tier. Williams Augen durchbohren mich und ich weiß, dass er ohne Schwierigkeiten direkt in mein Herz blicken kann. Eine Eigenschaft, die nur ihm anhaftet.

„Du brauchst dich nicht zu entschuldigen. Ich werde nicht zulassen, dass dir noch einmal jemand so wehtut“, versichert er mir und klingt dabei so, als wäre er über sich selbst im höchsten Maße erstaunt.

Meine Augen weiten sich. Wir wissen beide, dass er eine tickende Zeitbombe ist, die uns beide ins Verderben stürzen kann. Ein falscher Schritt, das nette Lächeln einer Anderen und ich bin ihn los. Doch ist William wirklich noch so leicht zu beeinflussen? Nach allem, was er mir eingestanden und anvertraut hat?

„Was gibt es zu essen?“, fragt er, sichtlich bemüht, an mir vorbei in den Ofen zu gucken. Instinktiv presse ich die Beine zusammen, was in Anbetracht meiner Nacktheit nicht die gewünschte Wirkung erzielt. Doch wer könnte mir verübeln, so unter Strom zu stehen, wenn ich mich mit William im selben Raum befinde?

Ich trete zur Seite, gebe acht, dass meine Schürze nicht verrutscht, und weise mit dem Kinn in Richtung Tisch. „Ich dachte, wir verzichten auf die Vorspeise und gönnen uns eine fette, ungesunde Lasagne. Nach dem schnöseligen Golf haben wir uns das redlich verdient. Als Nachspeise habe ich auf Wunsch meines Bosses Schlagsahne besorgt. Dazu ein paar rote, saftige Erdbeeren." Um Himmels willen, was ist aus mir geworden? Das klingt nicht nach einem Menü, sondern nach der Produktbeschreibung eines Erotikspielzeugs.

„Und außerdem", ich verschränke die Arme vor der Brust, „sagtest du nicht vor geraumer Zeit etwas von wegen keine Blumen, keine Anrufe ...?"

William grinst spitzbübisch, streckt die Beine aus und dreht die Rosen zwischen seinen Fingern. „Was soll ich sagen – man wird nicht jünger, nur dümmer."

„Arsch. Aber es freut mich sehr, dass du an mich gedacht hast."

„Willst du sie nicht nehmen und in eine Vase stellen?" Dieses zweideutige Grinsen gefällt mir nicht. Natürlich möchte er, dass ich zu ihm komme. Vermutlich aus dem einzigen Grund, damit er mein Äußeres genauer in Augenschein nehmen kann.

Verlegen gehe ich zu ihm, nehme ihm die Blumen aus der Hand und rieche mit geschlossenen Augen daran. Der feuchtkalte Duft der frisch geschnittenen Rosen steigt mir in die Nase und schießt von dort direkt in mein Gehirn, wo es den Button „Sex“ betätigt. „Danke“, hauche ich.

„Nichts zu danken. Jetzt stell sie ins Wasser und bring uns dann etwas zu essen. Mir rinnt bereits das Wasser im Mund zusammen“, raunt er und begutachtet den Ansatz meiner Brüste, der sich vorwitzig über den Schürzenrand drängt.

Nun ist die Stunde der Wahrheit gekommen. Und obwohl William mich so nackt wie kein anderer Mann auf diesem Planeten gesehen hat – immerhin habe ich vor ihm geheult, gestöhnt, bin gekommen, und zwar heftig und unkontrolliert, aber das Wichtigste ist, dass ich mich bei ihm wohlfühle –, schäme ich mich. Er gibt mir das Gefühl, wertvoll zu sein. Und ich weiß, was das in seiner Welt bedeutet.

So graziös wie möglich mache ich kehrt und nehme mir vor, die Vasen in Zukunft an einem anderen, weniger schwer zugänglichen Ort aufzubewahren – nur für den Fall der Fälle. Williams Blicke brennen wie Laserstrahlen auf meiner Haut. Er sieht mich genau an. Ich höre, wie er die Luft einsaugt, dann knackst das Holz des Stuhles. Er hat es sich vermutlich noch bequemer gemacht, um meinen Anblick gebührend zu genießen.

Während ich Wasser einfülle, erhebt sich William und tritt, die Arme um meine Taille schlingend, den Mund an meinem linken Ohr, hinter mich. Ein erschrockener Laut entweicht meiner Kehle, als ich das Wasser abdrehe und die Vase in die Spüle stelle.

„Rose“, flüstert er und treibt meinen Puls auf hundertachtzig. „Die letzten Wochen waren die Hölle. Wie soll ich es nur aushalten, dir die ganze Zeit zuzusehen und dort zu sitzen, als hätte ich meine Eier verloren? Was machst du aus mir?“

„Das Gleiche könnte ich dich fragen. Die Lasagne wird kalt, was ihr sicherlich nicht zum Vorteil gereicht“, presse ich hervor, während William eine Hand über meine Brüste schiebt und sie zu streicheln beginnt.

„Die Lasagne wird köstlich werden, doch sie kann warten. Was ich von meinem Ständer nicht behaupten mag.“ Mit einem kräftigen Ruck dreht er mich um und presst sich gegen mich, wobei er die Hände von mir nimmt und sie an der Kante der Arbeitsplatte abstützt.

„Du siehst atemberaubend aus. An diese Verkleidung könnte ich mich gewöhnen.“

Im nächsten Moment geben wir beide dem Drang nach, der uns seit Tagen malträtiert, und küssen uns – ohne Anstand, ohne weitere Worte zu verschwenden, ohne gegen unser Verlangen anzukämpfen. Sein Mund ist warm, seine Zunge ebenfalls und nimmt die meine auf eine rasante, innige Reise mit. Ich kralle die Finger beider Hände in seinen Rücken, selbst auf die Gefahr hin, dass ihn meine Nägel verletzen.

Unser Stöhnen verstärkt sich, während ich sein Hemd aufknöpfe und es ihm über die Schultern zerre. Als ich endlich seine nackte Haut spüre, die feinen Härchen, den strammen Bauch, die breiten Schultern, zittern mir die Knie. Wie sehr habe ich ihn vermisst! Nicht nur ihn als Person. Nicht nur seine Sticheleien. Nicht nur seine Nähe. Ich habe auch seine Berührungen, seinen Duft, seinen Mund, seine Zunge, seine Finger und – verdammt noch mal – seinen Schwanz vermisst. Jenen Körperteil, welcher sich überaus deutlich unter meinen Fingern abzeichnet, als ich ihm die Hose aufknöpfe und sie gen Boden schiebe.

Unsere Küsse werden noch stürmischer. Ich kralle meine Finger fest in seinen knackigen Hintern. Längst hat er die Hände von der Arbeitsplatte genommen und damit mein Gesicht umfasst. Er zieht es zu sich, als fürchte er, ich würde jeden Augenblick weglaufen. Sollte ich das – warum auch immer – tatsächlich tun müssen, mein Herz würde auf der Stelle zu schlagen aufhören.

Dieser Hunger, diese Gier ist unerträglich. Sie hat uns beide erfasst. Ich fühle mich, als wäre ich tagelang durch die Wüste gelaufen und erhielte nun meinen ersten Schluck Wasser. Natürlich will ich immer mehr. Wir Menschen brauchen das. Sind mit dem Stand der Dinge unzufrieden und der Neid ist allgegenwärtig.

Ja, ich will mehr. Und wie ich das will! Alles. Wirklich alles von ihm. Aber auch ich bin bereit, alles von mir zu geben. Er verlangt und erwartet das, ohne es explizit auszusprechen. Es ist offensichtlich – wir sind infiziert.

„Nicht hier“, murmelt er zwischen leidenschaftlichen Küssen und schafft damit eine gewisse Distanz zwischen uns.

Vehement schüttle ich den Kopf und lege meine Hand um seinen harten Penis, der vor Vorfreude zuckt. „Hier. Hier hat es angefangen. Ich brauche dich jetzt.“ Mein Gott, klingt das verzweifelt!

Spätestens jetzt sollte ihm klar sein, dass zwischen Andy und mir nie etwas gelaufen ist. Doch ich möchte jetzt keinesfalls an Andy denken.

„Was möchtest du, Rose?“, erkundigt er sich mit sonorer Stimme.

„Ich will, dass du mich vögelst, William. Hart, wild, so magst du es doch auch.“ Augenblicklich erröte ich angesichts der Worte, die mir entschlüpft sind.

Doch den Mann, der mich mit so dunklen, heißen Blicken bedenkt, scheint meine plötzliche Verwandlung in einen Vamp nicht zu irritieren. Ihn treffen die Worte wohl am richtigen Punkt. An jenem Punkt, den ich nur zu gut kenne. Es ist nicht zuletzt der Punkt, der bei jeder Berührung und jedem Lufthauch meinerseits zu tanzen beginnt.

„Ich mag es, egal, wie – Hauptsache, dass du dabei bist“, entgegnet er ungestüm und reißt an den Zipfeln meiner Schürze.

In einer einzigen, fließenden Bewegung fällt diese locker über meine Hüften und bauscht sich dort zu einer weißen Stoffmasse auf. Kurz trifft mich ein kalter Lufthauch, macht meine Haut jedoch noch empfänglicher für Williams Finger, die andächtig meine Leiste hinabgleiten und dann in meiner feuchten Spalte verschwinden. Dabei sieht er mir geradewegs in die Augen, als würde er die Veränderung in meinem Gesicht mehr als alles andere genießen.

Ich lecke mir über die Lippen, die sich plötzlich trocken und rau anfühlen, und steigere damit das Prickeln noch mehr. Meine Hände kneten weiterhin seinen Schwanz, der härter und härter, größer und größer wird, sodass ich mich einen Moment lang frage, ob ich dieses Riesending wirklich schon bis zum Anschlag in mir hatte.

„Du machst das alles viel zu schnell", protestiert er just in dem Moment, in dem ich meinen Hinterkopf gegen den Küchenschrank presse und die Augen schließe. „Was habe ich dir nicht schon alles über das Thema Genuss erzählt!"

„William", japse ich und will mir gar nicht ausmalen, wie er mich gleich wieder bis zur Besinnungslosigkeit quälen wird.

Dann zieht er mir die Schürze endgültig aus und wirft sie zu Boden. „Wir gehen rüber, Fräulein. Ich dulde keinen Widerspruch. Der Tag war lang und der Sieg steckt mir immer noch in den Knochen. Außerdem habe ich ein paar Jahre mehr auf dem Buckel als du junges Früchtchen."

Ich quietsche, als er mich hochhebt und ins Schlafzimmer trägt.

Nachdem er mich dort aufs Bett gelegt hat, entledigt er sich seiner restlichen Wäsche. Ich stütze mich auf die Ellenbogen und starre ihn an. Ehrfürchtig und überwältigt zugleich. Die Spitze seines Penis schimmert feucht und ich bin versucht, diesen Tropfen voller Genuss aufzusaugen.

„Du siehst mich an, als würdest du etwas planen", kommentiert er meinen lieblichen Augenaufschlag und legt sich dann neben mich.

„Ach ja? Darf ich einen schönen Mann nicht bewundern? Wer weiß, wann ich das nächste Mal Gelegenheit dazu finde."

„Mach mich nicht noch eingebildeter", scherzt er und fährt mit seinem Daumennagel über einen meiner Nippel. „Du hast mich doch einmal als eingebildet bezeichnet, oder etwa nicht?"

Ich schließe die Augen, öffne sie aber gleich wieder.

„Was ich mit dir alles anstellen könnte", sinniert er und schiebt seine Hand über meinen Bauch, den ich instinktiv einziehe, da er eine meiner empfindlichsten Stellen ist.

Mit sanftem, stetem Druck schiebt William meine Schenkel auseinander. Ich atme hörbar ein, kann meine Vorfreude kaum noch bändigen, ebenso wenig den Impuls, seine Hand einfach in meine feuchte Grotte zu bugsieren und so das Spannungsgefühl zu mindern. „Wie lange wirst du aushalten?“

Was? „Nicht lange“, meine Antwort ist beinahe als Drohung aufzufassen.

Er grinst und beugt sich nach vorne, um einen besseren Blick auf meine vor Lust geschwollene Scham zu erhaschen. „Du weißt, dass ich manchmal ungnädig sein kann. Vor allem, wenn du mir diesen Ball schon zuspielst. Und deine Gleichgültigkeit heute beim Golf gehört bestraft.“

Ehe ich mich versehe und einen bissigen Kommentar abgeben kann, teilt er meine Schamlippen mit seinen Fingern, beugt sich noch ein Stück weit vor und bläst sanft dagegen. Unwillkürlich zucke ich zusammen und kralle meine Finger in die Tagesdecke. Es ist kaum zu ertragen, dabei hat er mich noch nicht einmal angefasst.

Wie hatte ich glauben können, je ohne seine Berührung auszukommen?

Noch einmal verändert er seine Position und schiebt seinen Oberkörper zwischen meine gespreizten Schenkel. Nun beginnt der zweite, vielleicht noch schlimmere Teil der Folter. Genüsslich nimmt er seine Finger weg, postiert sie auf meinen Knien und nähert sich quälend langsam der heißen, vor Lust triefenden Mitte, sodass ich mich ihm geradezu entgegenstrecke. Noch weiter drücke ich meine Beine auseinander, präsentiere mich ihm auf eine Weise, die mich vor Scham erblassen lassen sollte. Doch ich kann nicht mehr vernünftig denken und schon gar nicht kann ich mein Stöhnen kontrollieren, welches bereits jetzt übermächtig und durstig klingt.

„Gib mir deine Hand“, flüstert er, als ich schläfrig die Augen öffne.

Natürlich folge ich seiner Anweisung. Kein Wunder, mein Verstand ist ausgeknipst. Wie schafft er es nur, so cool und gelassen zu wirken, wo wir uns doch gerade mit Haut und Haaren verschlingen?

Meine Hand wird in die seine gelegt. Dann streckt er den Kopf nach vorne, nimmt meinen Zeigefinger zwischen seine Lippen und saugt ähnlich intensiv daran, wie ich es bei ihm vor geraumer Zeit gemacht habe.

Mein Finger schimmert, als er ihn wieder freigibt und nach unten zwischen meine Beine schiebt, wo er sogleich von einer anderen Feuchte begrüßt wird. Ich möchte zurückweichen, da ich mit dieser intimen Berührung nicht so recht umgehen kann. Natürlich habe ich mich schon selbst an dieser Stelle berührt, doch noch nie vor jemand anderem.

In Anbetracht meines Kopfschüttelns verdunkeln sich seine Augen um eine weitere Nuance. „Ich möchte, dass du dich fühlst, Rose. Wir werden dich zusammen kommen lassen."

„Das ist mir peinlich", gestehe ich und blicke ihn hilflos an.

Wieder breitet sich dieser entschlossene Ausdruck auf seinem Gesicht aus und verdrängt für einen Moment meine Zweifel. Doch gleich darauf erinnere ich mich, wann ich diesen Blick zum letzten Mal gesehen habe. Damals befanden wir uns in einer ähnlichen Situation, nur waren wir nicht alleine. Diese Frau war da und er hat sie angefasst.

Nicht daran denken, ermahne ich mich.

„Dir braucht vor mir nichts peinlich zu sein, Babe. Lass dich einfach gehen. Ich werde dir nicht wehtun. Sieh mich an", flüstert er und drückt meinen Finger noch tiefer, sodass er auf meinem Kitzler ruht, der im Takt meines Herzens pocht. Der Druck wird stärker und ebenso verstärkt sich das Pochen.

Während er mit seiner Rechten meine Hand hält, schiebt er einen Finger in mich. Einen Moment lang zögert er, gibt meinem Körper Zeit, sich an die Penetration zu gewöhnen, und beginnt dann, meine

Finger mit den seinen auf und ab zu bewegen. Es fühlt sich gut, sexy und so was von verboten an, obwohl wir beide erwachsen und nicht ganz ohne Erfahrung sind. Außerdem gibt es Menschen, wie William zum Beispiel, die weit schlimmere Dinge tun. Doch diese Selbstbefriedigung, die er steuert, treibt mich in eine Ekstase, die mit dem Rausch von gestern zu vergleichen ist.

Immer wieder zieht er seinen Finger aus mir heraus und schiebt ihn neuerlich hinein. „Du siehst so verdammt geil aus. Ich nehme meine Hand jetzt weg." Mit diesen Worten wirft er mich ins kalte Wasser.

Ich muss daran denken, wie ich Radfahren gelernt habe. Immer wieder habe ich mich vergewissert, dass mich mein Vater hält. Hat er die Hand unbemerkt weggenommen, bin ich meterweit ohne Hilfe vorangekommen. Hat er mich vorgewarnt, bin ich sofort umgefallen. So ähnlich ergeht es mir jetzt. Ich habe Angst vor dem Fall, auch wenn ich mich nach dem Springen sehne.

„Reib deine Möse für mich", spornt William mich an und scheint die Zweifel in meinem Gesicht richtig zu deuten.

Zaghaft beginne ich damit, meine geschwollene Klitoris zu bearbeiten. Ich reibe, zwirble und streichle sie, bis sie schmerzt. Mit hungrigen Augen beobachtet mich William, bewegt seinen Finger, der noch immer in mir steckt, jedoch kein einziges Mal. Doch alleine der Druck, dieses stumme Zeichen, dass er mich besitzt und vollständig in der Hand hat, meine Reibung im Vordergrund, versetzt mich in einen verzückten Taumel.

Ich spüre, wie feucht ich bin und wie sehr sich dieser Zustand unter Williams Blicken verstärkt. Als er dann auch noch seine Zunge um meine Finger gleiten lässt und an meinem geschwollenen Kitzler zu saugen beginnt, bäume ich mich auf. Welch unbändige, übermächtige Empfindung! Vor meinen Augen sprühen Funken. Der Raum verschwimmt. Wieder bettle ich, kralle meine freie Hand um meinen Oberschenkel und presse die andere ungestüm gegen Williams Finger in mir. Ich lasse mein Becken kreisen, möchte mich mit aller Kraft gegen ihn schieben, seinen Finger noch tiefer in mich aufnehmen.

Endlich reagiert er auf mein Drängen, bewegt sachte seinen Finger in mir. Drückt ihn mit wohldosierter Kraft an die empfindliche Haut, dass ich den Kopf zur Seite werfe und wild stöhne.

Ich weiß, was gleich passieren wird. Es ist gerade dabei, mich zu überrollen. Ich spüre bereits dieses Ziehen, das sich von meinen Beinen zu meinem Bauch und wieder zurück zu meinen Beinen ausbreitet. Als William seinen Finger zurückzieht, ihn dann schnell und ungnädig in mich stößt, explodiere ich endgültig.

Meine Hand habe ich dabei längst vergessen. Diese versucht verzweifelt, die Wellen in Schach zu halten. Ich drücke sie auf meine nasse, überhitzte Haut, während mein Mund offen steht und ich wie weggetreten bin.

Nur Williams Zunge fährt unablässig fort und saugt, leckt und kitzelt mich.

Noch immer in dieser süßen, lieblichen Trance gefangen, spüre ich kaum, wie William mich umdreht, ein Kissen unter meine Hüfte schiebt und meinen Hintern küsst. Ich seufze, kuschle mich in das weiche Laken und lasse mich auf dieser Welle forttragen. Sein Bart kitzelt mich, was mich zum Kichern bringt.

„Du bist so was von offen und bereit“, stellt er mit rauer Stimme fest, als er meine Pobacken auseinanderzieht und mich der Länge nach streichelt.

Ich bringe nur ein Grummeln zustande. Langsam kommt er näher, hebt meine Hüften noch etwas an, dann spüre ich seinen harten Schwanz, der auf die feuchte

Öffnung drückt, die noch immer gleichmäßig pocht. Ich lasse es einfach geschehen. Habe so oder so nicht mehr die Kraft, mich zu wehren, auch wenn sämtliche Muskeln und Knochen im Körper schmerzen.

Mit einem festen Ruck ist er in mir. Verharrt einen Moment, drückt mich dabei mit seinem Gewicht auf die Matratze, ehe er sich in gleichmäßigen Bewegungen ergeht. Da ich zu erschöpft bin, um noch irgendeinen Laut von mir zu geben, genieße ich Williams raues, männliches Stöhnen. Es gleicht einem tiefen Brummen, das ab und an in ein Röcheln übergeht, und zwar immer dann, wenn er kräftig zustößt.

Er wird immer härter, drückt sich immer tiefer in mich und während er seine Finger in meinen Haaren vergräbt, sie zu einem Zopf zusammenfasst und daran zieht, kommt er. Ich spüre es, noch bevor ich ihn höre. Spätestens jetzt müsste mir klar sein, dass er mir während unserer Pause treu gewesen ist. Denn eine außerordentliche Ladung landet in meinem Inneren. Und er denkt nicht einmal daran aufzuhören. Immer wieder pumpt er in mich, als wollte er noch den letzten Tropfen herausquetschen.

Allmählich wird er langsamer, beugt sich nach vorne und küsst meinen Nacken, während er immer wieder meinen Namen flüstert. Als wäre dieser für ihn ein Gebet, ein Mantra oder eine Beschwörungsformel.

Wir atmen beide schwer, so als wären wir meilenweit gelaufen. Vielleicht sind wir das auch. Immerhin haben wir es nicht ohne Tränen, Schweiß und Blut bis zu diesem wunderbaren Moment geschafft. Ohne dass er es sagen muss, weiß ich, dass er mich liebt. Auf seine Art. Auf die Art, wie William eben jemanden liebt.

„Habe ich dir wehgetan?“, erkundigt er sich besorgt.

Ich versuche zu lächeln, doch ich bin zu schwach. „Nein, ich bin nur hundemüde. Die letzte halbe Stunde hat nicht dazu beigetragen, dem Abhilfe zu schaffen.“

Gemächlich zieht er sich aus mir zurück, doch auch wenn er dies sanft tut, fühlt es sich plötzlich kalt und leer an und ich wünsche mir sein beschützendes Gewicht zurück. „Soll ich uns etwas Lasagne holen?“

„Ins Bett?“, murmle ich fassungslos. Er ist bereits aufgestanden, baut sich nackt, verschwitzt und so was von sexy vor mir auf, dass ich mich ernsthaft frage, ob das ein Traum ist. Wie kann dieser wundervolle Mann, dem jede Frau der Erde jeden Wunsch erfüllen würde, gerade mich auserwählt haben? Mich? Ich, die beinahe einschläft, während er in seiner ganzen Pracht vor mir steht und sein weißes Strahlelächeln präsentiert.

„Du siehst nicht aus, als würde es dir in den nächsten Stunden gelingen aufzustehen." Da er auf der Suche nach seiner Kleidung ist, endlich seine Boxershorts gefunden hat und hineinschlüpft, zeigt er mir nur sein Profil.

„Lasagne im Bett klingt gut. Ich habe den Wein geöffnet, vielleicht könntest du den auch mitbringen und etwas Wasser, da ich verdurste."

Ich grinse verlegen, während er mich aufmerksam mustert. „Sonst noch einen Wunsch, werte Dame?"

„Die Erdbeeren – ich liebe dich", rufe ich ihm nach, bekomme jedoch seine Reaktion nicht mehr mit. Zu schade!

Als er ein paar Minuten später wiederkommt, ein Tablett mit zwei Tellern Lasagne, zwei Gläsern Wein, einem Krug Wasser und einer Schale mit Erdbeeren und der Sprühsahne vor sich herträgt, erwachen meine Lebensgeister wieder. Ich setze mich auf und wickle die Tagesdecke um mich. William schenkt Wasser ein und reicht mir das Glas, das ich in einem Zug leere.

„Ziemlich anstrengend so ein Tag mit mir, was?", neckt er mich und lässt sich mir gegenüber im Schneidersitz nieder.

Ich betrachte seinen spärlich bekleideten Körper – die feste Brust, die leicht gerötet ist, genauso wie seine

Wangen, die Haare sind dunkel von Schweiß und an der Stirn und rund um die Nase hat er heute Farbe bekommen. „Du fährst ein straffes Programm."

Gierig schaufeln wir die Lasagne, die gar nicht mal so schlecht schmeckt, in uns rein. Erst jetzt registriere ich, wie hungrig ich bin. Der Alkohol von gestern, das magere Mittagessen, der Sport, der Sex – alles hat an mir gezehrt. Auch William verschlingt die Lasagne mit gesundem Appetit. Entweder mundet sie ihm tatsächlich oder sein Hunger ist so groß, dass es ihn nicht kümmert, was ich ihm vorsetze. Mir jedenfalls gefällt der Gedanke, für ihn zu kochen. Jeden Abend so zu verbringen und zu wissen, neben ihm einschlafen zu können.

Ich beobachte, wie er einen Schluck Wein trinkt und den leeren Teller dann aufs Tablett zurückstellt. Auch er richtet seinen Blick auf mich und runzelt die Stirn. „Sag schon, was du sagen möchtest. Es quillt ja geradezu aus deinen Augen."

Ich atme tief ein und schenke ihm ein bezauberndes Lächeln. „Ich muss dich einfach fragen, um dir hundertprozentig vertrauen zu können: Bist du zu Viola zurückgegangen, als ich dich verlassen habe?"

Für einen Moment schweigt er, neigt dann den Kopf zur Seite und schnaubt. „Was, wenn ja?"

Ja, genau, was soll ich dann tun? Es ihm übel nehmen? Ihm verzeihen? Wir waren ja nicht zusammen und daher zu nichts verpflichtet. Doch ich kann nicht leugnen, dass es mich verletzen würde.

„Das kann ich nicht sagen."

„Nein, Rose. Ich bin nicht zu ihr zurückgegangen, sondern nach Hause gefahren. Eigentlich wollte ich zu dir fahren und Steine an dein Fenster werfen, doch die Vernunft hat mich daran gehindert."

Das klingt gar nicht mal so schlecht. „Und Amy?"

„Was soll mit ihr sein?", gibt er die Unschuld in Person.

Ich kneife die Augen zusammen, um sein dümmliches Grinsen zu ignorieren, da er mich nur aufziehen möchte. Soweit kenne ich ihn schon. „Hast du etwas mit ihr am Laufen oder ist sie nur eine deiner käuflichen Begleiterinnen?"

„Zuerst möchte ich die Lasagne loben – sie war wirklich köstlich. Dann möchte ich dir meine Beziehung zu Amy erklären." Er legt eine theatralische Pause ein und steigert damit meine Nervosität ins Unermessliche. Immerhin macht er Amy zu einer Worst-Case-Sache und ich hege den Verdacht, dass da etwas am Brodeln ist.

„Ich hatte mal etwas mit ihr. Und ja, sie ist eine von den Bezahlten. Doch ich kenne sie schon lange und vertraue ihr. Immerhin hat es ja auch was gebracht – ich bin bei dir zu Hause, du sitzt nackt vor mir und hast mich nebenbei auch noch bekocht."

Verdattert schüttle ich den Kopf, kann mir aber ein freches Grinsen nicht verkneifen. Dieser Mann ist so berechnend und hintertrieben, dass es kaum zu ertragen ist. „Dann hast du Amy nur ausgeführt, um mich damit auf die Palme zu treiben?"

„Vermutlich", lautet seine trockene Antwort.

Ich gebe mir einen Ruck. „Hast du sie schon einmal gevögelt?"

„Ich sagte doch, dass ich einmal etwas mit ihr hatte. Du müsstest mich gut genug kennen, um zu wissen, dass ich mich nicht auf Knutschen und ein wenig Fummeln beschränke. Schon gar nicht, wenn die Dienstleistung ein halbes Vermögen kostet."

Puh. Mir dröhnt der Schädel, was sicher nicht nur auf den großzügigen Schluck Wein zurückzuführen ist. „Dir ist doch klar, dass du sie nicht mehr sehen wirst."

„Ach ja? Dann willst du mich von allen Frauen fernhalten, mit denen ich jemals etwas hatte?" Er klingt äußerst erstaunt. Wenn ich nur grob überschlage, mit wie vielen er bereits ins Bett gestiegen ist, müsste ich mit ihm in die Anden ziehen, um weitere Begegnungen zu unterbinden.

Doch mein Entschluss steht fest. „Ja, genau."

„Ganz schön besitzergreifend und eifersüchtig, unsere kleine Rose."

„Ich habe lange genug um dich gekämpft und sehe nicht ein, warum ich dich weiterhin teilen soll", entgegne ich selbstbewusst und recke das Kinn in die Höhe.

Er nimmt mir den Teller aus der Hand und küsst mich sanft auf die Nasenspitze. Mein Herz setzt für einen Moment aus und beginnt dann wieder wie wild zu schlagen. „Du musst mich nie wieder teilen, Babe. Ich gehöre nur dir alleine."

Ich grinse dämlich und kann meinen Sieg kaum fassen. Er erhebt sich und trägt das Geschirr in die Küche. Ich sehe auf den Wecker neben meinem Bett und stelle fest, dass es bereits nach elf ist. Oh Gott, die Lasagne wird direkt in meine Hüften schießen, wo sie sich ein hübsches Plätzchen zum Einnisten sucht.

William kuschelt sich wenig später von hinten an mich, schlingt seine Finger um die meinen und wartet, bis ich eingeschlafen bin.

7. Kapitel

Ein anhaltendes Klingeln reißt mich aus dem Tiefschlaf. Und da ich so herrlich geschlummert habe und Williams Wärme noch ein wenig genießen möchte, ist mir dieses Geräusch doppelt verhasst.

Der Wecker, schießt es mir durch den Kopf und ich bereite mich geistig bereits auf die Arbeit vor. Doch irgendeine Gehirnwindung scheint wacher als die anderen zu sein, da sie mir bewusstmacht, dass heute Sonntag ist.

Wenn es nicht mein Wecker ist, was ist es dann?

Wieder klingelt es und ich schrecke hoch. Halb neun, zeigt das Display an.

Nun erwacht auch William und schwingt sich mit einer Geschwindigkeit, für die ich ihn um diese Tageszeit bewundere, aus dem Bett. Schnell kramt er ein Shirt aus seiner Tasche, die er gestern aus seiner Wohnung mitgebracht hat, und streift es sich über. Eine Jeans folgt. So eilt er aus dem Schlafzimmer.

Ich rutsche auf die Kante des Bettes und horche angestrengt nach draußen. Der Schlüssel dreht sich im Schloss und sofort ist verstörtes Schluchzen zu vernehmen. Dann fällt die Tür mit einem lauten Knall zu. Ich zucke zusammen und kralle die Finger in meine Decke.

Wer zur Hölle ist das?

Wieder ein Jammern, dann sagt William etwas, was ich jedoch nicht verstehen kann. Es ist aber eindeutig das Weinen einer Frau, welches um diese frühe Tageszeit in meinem Flur ertönt. Und die Frau sucht gar nicht mich auf, sondern scheint William erwartet zu haben.

Wer ist sie, denke ich, während ich mich so leise wie möglich auf den Schrank zubewege, mir BH, einen Slip, ein Shirt und eine Jeans überziehe und in den Flur schleiche. Dort ist niemand zu sehen.

Dafür erklingt aus dem Wohnzimmer ein herzzerreißendes Wimmern.

Wenige Sekunden und tausend Tode später betrete ich den von der Morgensonne durchfluteten Raum und erstarre. Meine Hände werden feucht, ich bekomme keine Luft, meine Mundwinkel klappen nach unten. Auf meiner Couch sitzt, zusammengesunken wie ein Häufchen Elend, niemand Geringerer als Williams Mutter, der Tränen über das wunderschöne Gesicht laufen. Sie tupft sie, auch in dieser Situation ganz Dame, mit einem Taschentuch ab.

Ihr rechtes Auge ist blau verfärbt, die Oberlippe ist aufgesprungen und am Hals hat sie einen bösen Kratzer, an dessen Rändern eingetrocknetes Blut klebt. William kniet vor ihr, so wie er es damals auch bei mir gemacht hat. Nur dass ich zu diesem Zeitpunkt weitaus besser ausgesehen habe als sie jetzt. Er hält ihre Hand in der seinen und wendet mir sein Profil zu. Selbst so bleibt mir nicht verborgen, wie wütend er ist. Es besteht kein Zweifel daran, wer Williams Mutter so zugerichtet hat.

Mir kommt es wie eine Ewigkeit vor, in der ich nur dastehe und mein Blick auf den beiden ruht. Plötzlich hebt die schlanke, feingliedrige Frau den Kopf und bemerkt mich. Ihr Blick ist müde und abgekämpft, ein gequältes Lächeln umspielt ihre Lippen und sie kneift die Augen zusammen, aus denen bereits der nächste Tränenstrom quillt.

Nun wird auch William auf mich aufmerksam und erhebt sich. Er kommt auf mich zu, umfasst meine Schultern, schiebt mich zurück ins Schlafzimmer und schließt die Tür hinter uns. Ich zittere und vor Angst wird mir richtig übel. Er wirkt so verändert. Verletzt und gleichzeitig entschlossen, etwas zu unternehmen, was ich mir nicht einmal vorstellen möchte. Seine Finger sind noch immer in meine Schulter gekrallt und auch wenn es nicht schmerzt, bin ich mir über die Bedeutung dieser Berührung im Klaren.

„Ich werde sie in meine Wohnung bringen. Du bleibst solange hier, machst nicht auf, wenn jemand klingelt, und gehst auch nicht raus. Hast du mich verstanden, Rose?"

Ich nicke wie versteinert und spüre, wie Tränen über meine Wangen kullern.

„War das dein Vater?" Ich muss diese Frage einfach stellen.

Er nickt und fährt sich über die Stirn. „Sie ist die halbe Nacht durchgefahren und zuerst zu mir nach Hause, dort war nur Irene, die ihr sagte, ich sei bei dir."

„Sie kann doch hierbleiben", versuche ich ihn zurückzuhalten.

Er schenkt mir einen milden Blick und berührt leicht meine Wange. „Sie muss sich ausruhen und wieder zu Kräften kommen. Außerdem möchte sie dir nicht zur Last fallen."

Was soll das bedeuten? Versteht er denn nicht, dass die Menschen, die er liebt, mir ebenso wichtig sind? Ganz besonders trifft das auf seine Mutter zu, die so viel durchgemacht hat. Warum sollte sie mir zur Last fallen?

„Und ich möchte nicht, dass du in diese Sache hineingezogen wirst. Er wird sie suchen und wenn er sie bei dir findet ...“, das Klingeln seines Mobiltelefons lässt den Satz unvollendet im Raum stehen. William meldet sich barsch.

Ich höre nicht auf den Inhalt seiner Worte, sondern bin damit beschäftigt, das Chaos in meinem Schädel zu ordnen. Geistesabwesend kaue ich auf meinen Nägeln herum.

Er wird sie suchen? Ich möchte mir gar nicht vorstellen, wie Charles Bennet wutentbrannt in meine Wohnung stürmt, um seine Frau zurückzuholen. Gleichzeitig quält mich die Sorge, dass William eine Dummheit begehen könnte.

„Ich habe Angst“, gestehe ich kleinlaut, als er aufgelegt und sich wieder zu mir umgedreht hat.

„Du brauchst keine Angst zu haben, solange du hier bleibst. Es wird alles gut.“ Seine Stimme ist voller Mitgefühl und er umarmt mich fest. Ich schmiege mich an ihn, schlinge die Arme um ihn und sauge seinen herben Duft ein.

Erneut spüre ich das Vibrieren seines Telefons, was die vertraute Nähe stört und ihn von mir entfernt. Er schielt auf das Display und schiebt das Handy dann mit grimmiger Miene zurück in seine Hosentasche.

„Dein Vater?", will ich mehr ängstlich als neugierig wissen.

Wieder ein Nicken, dann küsst er mich und schickt sich an, das Schlafzimmer zu verlassen. „Ich bin bald wieder da. Am Nachmittag können wir ja zu mir fahren, damit du meine Mom etwas aufmuntern kannst. Frauen schaffen das einfach besser", räumt er ein und entfernt sich.

Ich sacke an Ort und Stelle zusammen und umschlinge meine Knie. Alles ist in dieser Familie so anders. Hier gilt die Devise: „Friss oder stirb!" Erst jetzt wird mir bewusst, in welcher Gefahr ich mich befinde, seit ich mich auf William eingelassen habe. Denn Charles scheint zwar richtigen Hass seiner Familie gegenüber zu empfinden, will aber die Frau an seiner Seite keinesfalls ziehen lassen. Vielleicht fürchtet er sich vor dem Alleinsein, auch wenn das niemals als Entschuldigung dienen kann.

Es ist bereits Nachmittag, als William zurückkommt. Er sieht müde und abgekämpft aus und lässt sich zu mir auf die Couch sacken. Seit Stunden habe ich auf ihn gewartet und mir im TV irgendwelchen Müll reingezogen, um die Zeit totzuschlagen. Mich friert, deshalb habe ich mich in eine Decke gewickelt und Tee gekocht, welcher meine Nerven beruhigen soll.

William legt einen Arm um mich und zieht mich zu sich. Zunächst sagt keiner ein Wort. Wir sitzen nur da und starren Löcher in die Luft.

„Wie geht es ihr?“, durchbreche ich endlich die unerträgliche Stille.

„Sie hat etwas geschlafen und ein Arzt war bei ihr. Eine Rippe ist geprellt und die Lippe ist aufgeplatzt. Außerdem hat sie etwas gegen die Schmerzen bekommen.“

Ich schnappe die Fernbedienung und schalte das Fernsehgerät aus. „Sie geht doch nicht mehr zu ihm zurück?“

„Weil er sie so zugerichtet hat, meinst du?“

Ich nicke.

Ein trauriger Schatten huscht über Williams Gesicht und lässt ihn älter wirken, als er ist. Am liebsten würde ich ihn umarmen, doch er ist nicht auf diese Geste angewiesen, um mir die Wahrheit zu gestehen. Er ist so stark. Nicht nur auf der charakterlichen Ebene, sondern auch mental. Dies ist mir in den letzten Stunden bewusst geworden. Würde meine Mama so zugerichtet bei mir auftauchen, ich würde in Ohnmacht fallen und genauso gelähmt sein wie sie. Doch William hat einen kühlen Kopf bewahrt und sie, ebenso wie mich, in Sicherheit gebracht.

„Früher hat er sie manchmal schlimmer zugerichtet. Fast krankenhausreif geschlagen. Sie war immer für uns da, Rose. Es macht mich so verdammt wütend, dass ich am liebsten nach Schottland fahren und meinen Vater an seinen eigenen Eingeweiden aufhängen möchte. Sie geht nicht mehr zu ihm zurück, das kann ich dir versprechen, und wenn ich sie anketten muss. Sonst erschlägt er sie irgendwann noch."

Mein Mund wird plötzlich staubtrocken, ich fühle mich total überfordert und schnippe mit den Fingern, nur um beschäftigt zu sein. Hier sitzt er vor mir, dieser wunderbare, stolze Mann, und ist so verletzlich und schwach. Doch ich, die noch nie mit solchen Problemen zu kämpfen hatte, weiß einfach nicht, wie ich reagieren soll.

Was könnte ich schon tun? Seine Familie droht gerade auseinanderzubrechen. Seine Mutter wurde geschlagen, ist Hals über Kopf geflüchtet und sitzt nun verletzt und einsam in seinem Haus. Was würde ich mir in dieser Situation wünschen? Trost. Zuspruch. Eine Schulter, an der ich mich ausweinen kann. Liebe. Ja, all das wäre für mich wichtig!

Ich rutsche noch näher an ihn heran und nehme seine Hand in meine. Zärtlich küsse ich sie und rede beruhigend auf ihn ein: „Es wird alles gut werden. Am besten ist, wenn deine Mutter erst einmal bei dir bleibt. Sie sollte auf gar keinen Fall alleine sein. Irgendwann wird dein Vater verstehen, dass es so nicht weitergehen darf."

„Das kann ich nur hoffen."

Eine halbe Stunde später betreten wir Williams Stadthaus mitten in Mayfair. Die Sonne scheint, zeigt sich von ihrer besten Seite. Der Frühling ist mittlerweile eingekehrt und die Parks und Grünflächen stehen in voller Blüte. Eigentlich ein Tag, an dem man fröhlich ist und sich auf die Wiese legt, um Sonne zu tanken.

Mir ist komisch zumute, als wir das Wohnzimmer betreten. Williams Mutter, eingehüllt in Decken, gibt ein ähnlich verzweifeltes Bild ab wie ich vorhin. Ihr Auge ist inzwischen blaugrün, die Lippe mit einem Pflaster versorgt. Allerdings hat ihr Gesicht wieder etwas Farbe angenommen, was sicher vom Schlaf und dem Essen herrührt.

Sie blickt auf, als sie unser ansichtig wird. Ein Lächeln umspielt ihre Lippen und lässt sie wieder so freundlich aussehen, wie ich sie in Erinnerung habe. Ihr braunes Haar trägt sie offen, es reicht ihr knapp über die Schultern und fällt in leichten Wellen herab. Bestimmt ist es gefärbt. Schließlich muss sie Anfang sechzig sein und weist kein einziges graues Haar auf. Die Regeln des Anstands und der Höflichkeit sind ihr wohl mittels Chip eingepflanzt worden, denn sie erhebt sich, reicht mir die Hand und schenkt mir ein wundervolles Lächeln.

„Es tut mir aufrichtig leid, dass ich in Ihre Wohnung gestürmt bin, ohne Sie zu begrüßen. Aber heute ist die Welt aus den Fugen geraten“, stößt sie atemlos hervor und drückt meine Hand.

„Das ist überhaupt kein Problem“, entgegne ich nervös, denn trotz ihrer seelischen Verfassung unterzieht sie mich einer genauen Inspektion.

Ich kenne Williams Vorleben in groben Zügen und ahne daher, dass Situationen wie diese bisher eher selten bis gar nicht vorgekommen sind. Obwohl sie sich sichtlich freut, mich hier zu sehen, prüft sie, ob ich gut genug für ihren Sohn bin. Jede Mutter würde das tun. Wie ihr Urteil lautet, weiß ich nicht, ich kann nur hoffen, dass ich Gnade vor ihren Augen gefunden habe. Schließlich lässt sie meine Hand los und wendet sich William zu.

„Würdest du bitte dafür sorgen, dass meine Sachen, natürlich nur das Nötigste, hergebracht werden?“ In ihrer Stimme schwingt ein sanfter Unterton mit und in ihren Augen ist so viel Liebe, als sie ihren Sohn ansieht, dass es mir leichter fällt, mit Williams Vergangenheit klarzukommen. Wenigstens seine Mutter liebt ihn aus ganzem Herzen.

„Selbstverständlich werde ich das in die Wege leiten“, erwidert er. „Setzt euch, ich hole etwas zu trinken.“

Eilig schiebt sie die Decke zur Seite, steckt die zerknüllten Taschentücher in ihre Hosentasche und nimmt dann neben mir Platz. Ich bin fürchterlich aufgeregt, weiß kaum, was ich sagen soll, da mich nicht nur unsere Begegnung an sich verunsichert, sondern vor allem meine Beziehung zu William. Offiziell sind wir gerade einmal einen Tag zusammen. Wie soll ich ihr erklären, was davor passiert ist?

Entspanne dich, widme dich ihr, versuche, sie etwas aufzubauen, spreche ich mir selber Mut zu.

„William hat mir erzählt, dass Sie aus Cornwall stammen. Wie lange leben Sie bereits in London?“

Okay, unverbindlicher Small Talk. Ihre Stärke, meine Schwäche. Einer stellt eine Frage, die der andere höflich beantwortet. Danach dreht sich das Spiel um.

„Sie können mich gerne Rose nennen.“ Mir ist daran gelegen, eine persönliche Ebene herzustellen. „Ja, aus St. Agnes, einem kleinen Dorf direkt am Meer. Eigentlich eine recht schöne Gegend, Arbeitsplätze gibt es allerdings kaum. Mittlerweile lebe ich seit fast sieben Jahren in London."

Sie nickt mir freundlich zu. „Ich bin übrigens Beverly. Deine Eltern siehst du sicherlich recht selten, nicht wahr?"

So ist es tatsächlich. „Nur zu den wichtigsten Anlässen, denn ein Wochenende ist einfach zu kurz, wenn man die Strecke hin- und zurückfahren muss."

„Ich weiß genau, wie es dir geht. Schließlich sehe ich meine Kinder auch nur selten. Viel zu selten. Und du tauschst die prächtige Gegend von Cornwall gegen diesen Rauchkessel?"

Mich amüsiert ihre Abneigung gegenüber London. „Noch. Ich war jedoch über Ostern bei meinen Eltern und muss sagen, dort laufen die Uhren wirklich anders. Man gewöhnt sich schnell wieder an die Ruhe, aber auch die Hektik ist letzten Endes nur Gewohnheitssache."

„Was ich wohl für mich nicht behaupten kann", gesteht sie ihre Schwäche ein. „Mein Mann wollte früher auch immer, dass wir hierherziehen, doch du warst selbst vor kurzem in Schottland und hast diese einzigartige Gegend gesehen. Ich würde niemals tauschen. Außerdem war es mir wichtig, dass meine Kinder im Grünen aufwachsen."

Kinder? Oh Mann. Geschickt hat sie das Gespräch in eine persönliche Richtung gelenkt.

„Rose", beginnt sie zaghaft und betrachtet ihre Hände, „ich muss es einfach loswerden, sonst erdrückt es mich."

Da bin ich aber gespannt, denke ich und wappne mich innerlich. Man weiß ja nie, was kommen wird.

„William sieht so glücklich aus und das ist dir zu verdanken. Ich weiß, ihr hattet es nicht leicht, Gaby hält mich auf dem Laufenden. Ich mache es euch auch nicht einfacher, aber du gibst ihm etwas, was ich mir immer für ihn gewünscht habe. Wir wissen beide, wie schwer ihm das Leben bisher gemacht wurde. Du kannst dir gar nicht vorstellen, wie sehr er vor dieser neuen Aufgabe gezittert hat. Sie bereitete ihm schlaflose Nächte und mir ebenso."

Dieses Thema macht mich immer traurig und lässt mich in meinen Schutzbunker kriechen. Jeder sollte über einen solchen verfügen, doch warum muss ich meinen immer zur falschen Zeit aufsuchen? Und warum will jeder mit mir über dieses sensible Thema reden, von dem ich doch gar nichts verstehe. Mir ist klar, was auf uns zukommt. Charles hasst mich mittlerweile, Williams Mutter will sich von ihm trennen, William ist eine tickende Zeitbombe und auf bissige Kommentare in der

Firma kann ich mich auch schon vorbereiten. Ach, erst einmal durchatmen.

„Es ist wirklich nicht immer leicht“, setze ich an, um die Angelegenheit aus meiner Sicht zu schildern. „Wir sind gerade an einem Punkt angekommen, an dem es aufwärtsgeht. Die schlimmste Zeit liegt hinter uns. Das kann sich jedoch sofort wieder ändern.“

Sie nickt und scheint zu ahnen, was mir Sorgen bereitet. „William ist ziemlich wild, das möchte ich gar nicht verhehlen. Er hat immer das getan, was er wollte. Doch er liebt dich, soweit kenne ich mein Kind.“

Warum sieht jeder andere, dass er mich liebt? Nur ich bin anscheinend zu blöd, um es zu merken. Resigniert lasse ich die Schultern hängen und seufze. „Ich empfinde ebenfalls viel für ihn und bin bereit, mit ihm zu kämpfen.“

Beverly atmet erleichtert auf. „Du bist ein gütiger Mensch, Rose. Es freut mich wirklich, dich in unserer Familie begrüßen zu dürfen.“

Dieser Satz bedeutet mir viel. Ohne zu wissen, wie ich es anstelle, scheine ich Williams Mutter Kraft zu geben. Ich mag sie aber auch wirklich. Ihre Schönheit und Grazie ist nicht nur auf das Äußere beschränkt, auch im Inneren ist sie voller Anmut und Güte und ich freue mich, dass sie wieder lächelt.

Vielleicht bin ich doch keine so schlechte Gesprächspartnerin!

8. Kapitel

Ein paar Stunden später weiß ich, dass Beverly nicht nur eine wunderbare Mutter und ein liebevoller Mensch ist, sondern auch noch eine hervorragende Köchin. Ich sitze in Williams Esszimmer, habe das saftigste Hühnchen seit langem verputzt und genieße Williams Lachen. Er wirkt gelöst und frei, beinahe glücklich, auch wenn er die Trauer über die Wende in seinem Leben nicht verbergen kann.

Wir reden über Belangloses. Beverly gibt Streiche aus Williams Kindheit zum Besten, während er peinlich berührt die Augen verdreht. Ich kann mich vor Lachen kaum einkriegen. Keine Ahnung, wann ich mich das letzte Mal so gut unterhalten habe. Auch Beverly wischt sich Lachtränen aus dem Gesicht, als sie bei Williams bisherigen Frauengeschichten angelangt ist. Natürlich hat sie nicht vor, mich zu verletzen oder zu verunsichern. Sie erzählt auf eine so charmante und witzige Art, dass sogar ihr Sohn lachen muss.

„Ja, ja“, brummt er und leert sein Glas in einem Zug, „ihr hattet euren Spaß mit mir.“

„Nicht nur“, widerspricht Beverly. „Wie angenehm ist es wohl für mich gewesen, die armen Mädchen aus der

Gegend, die voller Hoffnung vor unserer Tür gestanden sind, immer wieder abzuweisen, da ich bereits wusste, dass es sich nicht lohnt, William herbeizuholen. Besser, ich übernehme diese Aufgabe und begegne ihnen liebevoll, aber bestimmt, als dass William sie mit seiner Art für ewig verstört."

Ich lache herzhaft und stelle mir die Gesichter der Mädchen vor, denen William mit gerade einmal achtzehn Jahren den Kopf verdreht hat. Natürlich bin ich froh, keine von ihnen zu sein. Immerhin war es ein ganzes Dutzend, dem er gleichzeitig den Hof gemacht hatte. Dieses Lügengebäude musste einmal zusammenbrechen. Die betroffenen Mädchen waren bestimmt sehr traurig. Jede wollte ihn für sich gewinnen, aber William machte sich einfach aus dem Staub und überließ die unangenehmen Erklärungen seiner Mutter.

„Lach nur", grimmig verzieht er das Gesicht. Als ich aufstehe, um die leeren Teller wegzuräumen, verpasst er mir einen beherzten Schlag auf den Hintern. Ich zucke zusammen und sehe ihn böse an. Zum Glück bekommt Beverly davon nichts mit, da sie bereits wieder in der Küche werkt.

William lehnt sich lässig zurück und verfolgt mich mit seinem Blick, während ich die Gläser einsammle. „Du schläfst doch heute hier?“ Es klingt erwartungsvoll, aber auch so, als ob das bereits beschlossene Sache sei.

Ich unterbreche meine Tätigkeit. „Ich habe nichts zum Anziehen dabei.“

„Das können wir holen.“

„Was hast du vor, Collector?“

„Collector? Soll das mein neuer Spitzname sein? Ich dachte, wir einigen uns auf Schatz, Hase, Hoppelhäschen, Liebling, großer Meister ...“ Bei jedem Wort rückt er ein Stück näher und ich steige sofort in das Spiel ein.

„Hoppelhäschen – das ist doch nicht dein Ernst? Wenn du möchtest, kann ich dich selbstverständlich so nennen, nur dann wird es mit dem Sex nichts mehr.“

Er greift nach einer Haarsträhne und dreht sie zwischen seinen Fingern. Auf seinem Gesicht hat sich wieder dieser erotische und zugleich amüsierte Ausdruck breitgemacht. „Collector – war das nicht ein Film?“

„Genau. Ein Horrorschinken.“

Er grinst und fasst nach meinem Kinn. „Was sammelt er – Leichen?“

„Nein, ich glaube, seine Opfer waren noch lebendig.“ Nun steht ihm die Kinnlade offen und er kneift die Augen zusammen. „Aber Hoppelhäschen gefällt dir doch nicht wirklich? Ich will das unbedingt abklären, bevor ich mich mit einem Freak einlasse."

„Hat dir schon einmal jemand den Mund mit Seife ausgewaschen?", fragt er todernst, schiebt meine Haare zur Seite und bedeckt meinen freigelegten Nacken mit zärtlichen Küssen.

Ich sauge die Luft ein und horche angestrengt auf die Geräusche in der Wohnung, da ich nicht möchte, dass Beverly uns überrascht. Für William ist das ein überaus unterhaltsames Spiel, aber ich habe mich auch weit aus dem Fenster gelehnt. Zu weit vielleicht. In den nächsten Tagen sollten wir unsere Gelüste vermutlich besser unter Kontrolle halten.

„Nicht mit Seife, aber mit anderen Flüssigkeiten", gebe ich todesmutig zurück und beobachte ihn aus den Augenwinkeln heraus.

Ich gewahre sein Grinsen, ehe er sich vorbeugt und in mein Ohrläppchen beißt. „Wie gerne würde ich dich jetzt vögeln, Rosie. Hier auf dem Tisch, du unter mir. Du würdest so feucht sein, so laut stöhnen, ich würde so hart kommen und deine übermütige Muschi bis zum Rand füllen."

Schluck. In Sekundenschnelle werde ich feucht. Zumindest einen Punkt auf seiner Wunschliste kann er also abhaken.

„Deine Mutter ist hier“, erinnere ich ihn.

„Du räumst jetzt ab, dann holen wir deine Sachen. In Ordnung?“, wird er wieder sachlich und tritt einen Schritt zurück. Kein Wunder, seine Mutter ist ins Esszimmer gekommen und bedenkt uns mit einem liebevollen Lächeln. Wenn sie wüsste, was ihr Sohn gerade gesagt hat, würde ihr der Atem stocken. So bin ich die Einzige, die dieses Geheimnis mit ihm teilt. Ja, zumindest mein Mund ist trocken.

Es ist spät geworden und das aufreibende Wochenende steckt mir noch immer in den Knochen. Nachdem wir meine Sachen geholt haben, William keine Sekunde ungenützt gelassen hat, um mich zu küssen, zu streicheln oder auch einfach nur plump zu betatschen, haben wir mit Beverly noch ein Glas Wein auf der kleinen Terrasse hinter dem Haus getrunken. Und obwohl der Garten von anderen Häusern umgeben ist, fühlt man sich nicht beobachtet. Im Gegenteil – der Gärtner hat alles so arrangiert, dass man sich wie in einem schützenden Kokon vorkommt. Im Lichte der Abendsonne sind wir stumm dagesessen und haben die Ruhe genossen. Auch Beverly ist eine Last von den Schultern gefallen. Sie fühlt sich sicher. Genau wie ich. Wenn er möchte, gelingt es William mit Leichtigkeit, einem dieses Gefühl zu vermitteln.

Nachdem die Sonne endgültig hinter den Häuserreihen verschwunden ist, gehen wir nach drinnen. Inzwischen ist es kühl geworden. Beverly drückt William einen zärtlichen Kuss auf die Wange, was dieser widerspruchslos zulässt, während sie mich mit einer Umarmung bedenkt. Dann zieht sie sich auf ihr Zimmer zurück.

Wir sind uns an diesem Tag wirklich nähergekommen. Sie versteht mich. Ich verstehe sie. Und außerdem fühlt sie, was ich ebenfalls für ihren Sohn empfinde. Sie weiß, wie wichtig er mir ist und dass ich für uns kämpfen werde. Auf die Art, wie sie es bis jetzt getan hat. Es fällt ihr nicht schwer, mir ihren William anzuvertrauen. Eine bewundernswerte Eigenschaft, die ich bei mir vergeblich suche. Denn sollte jemand auch nur auf die Idee kommen, mir ein Stückchen William wegnehmen zu wollen, hätte dieser Jemand seinen letzten Tag erlebt.

In Williams Schlafzimmer, welches ich schon von unserer ersten gemeinsamen Nacht kenne, schäle ich mich aus meinen Kleidern und begebe mich ins angrenzende Bad, wo eine wohltuende Dusche auf mich wartet. Ich erhoffe mir Linderung. Nicht zuletzt, da ich mich fühle, als trüge ich all den Schmutz, den Charles über seine Familie gebracht hat, auf meiner Haut.

Der Duschkopf wird auf den härtesten Strahl eingestellt, das Wasser gut temperiert, dann lasse ich es über meinen Kopf laufen. Ich schließe die Augen und bin eifrig bemüht, alles Schlechte von meiner Haut zu waschen.

Das wohl schönste und zugleich schrecklichste Wochenende meines Lebens liegt hinter mir. Und wenn ich an Lisas fünf Anrufe an diesem Tag denke, das bevorstehende Gespräch mit ihr und an den morgigen Tag, dreht sich mir der Magen um.

Ich lege den Kopf in den Nacken, als ich plötzlich eine Hand an meiner Taille spüre. Eine zweite folgt und sie treffen sich auf meinem Bauch, den sie behutsam streicheln und mich dabei an den hinter mir stehenden Körper drücken. Ich stöhne auf, vielleicht ein bisschen zu laut. Schließlich sind wir nicht alleine. Ich sollte mich zusammenreißen.

William zieht mich noch enger an sich, greift nach dem Shampoo, verteilt einen Klecks in seinen Händen und schäumt mein Haar ein. Er tut dies auf eine genießerische

Art, was bei mir totale Entspannung hervorruft. Mein Kopf ruht auf seinen breiten Schultern, während ich nur seinen Mund und den Ansatz seiner Nase im Blickwinkel habe. Der Mund ist zu einem spitzbübischen Grinsen verzogen, was sämtliche Alarmglocken schrillen lässt.

„Ich bin für dich da, das weißt du doch", flüstere ich müde und verfolge die Veränderung in seinem Gesicht – es wird hart, das Lachen verschwindet und er verkrampft sich.

Als keine Antwort von ihm kommt und er seine Hände demonstrativ von meinen Brüsten nimmt, weiß ich, dass er wieder hinter seiner Mauer verschwunden ist. „Es ist schwer für dich, das versteht jeder. Vor allem ich. Ich verurteile dich nicht, William. Ich liebe dich. Rede mit mir!"

Er schnaubt und entfernt sich weiter von mir – ein glatter Rückzug.

„Du kannst nichts dafür. Was hättest du machen sollen?"

„Ich hätte sie schon längst von diesem Schwein befreien sollen. Stattdessen haben Gaby und ich sie alleine gelassen und das, obwohl sie jahrelang für uns gelitten hat."

Seine Stimme bricht, er lehnt sich an die Wand der Dusche und lässt den Kopf hängen. Etwas zerreißt in mir. „William“, ich bin entsetzt über seinen Gedankengang, drehe mich zu ihm um und nehme sein Gesicht zwischen meine Hände. Er sieht kurz hoch, schließt dann die Augen und schnaubt abermals.

Mir ist bis jetzt nicht wirklich bewusst gewesen, wie sehr ihm das alles an die Nieren geht. Ich habe in meiner naiven Art angenommen, er sei stark, und doch habe ich mich getäuscht. Wie sollte er auch stark sein nach allem, was passiert ist? Das ist wohl das Sahnehäubchen des bitter schmeckenden Sirups, den er sein Leben lang zu schlürfen hatte.

Mein Gehirn arbeitet auf Hochtouren. Ich möchte ihm so gerne helfen. Immer wieder streichle ich seine Wangen, seine Lippen, stelle mich letztendlich auf die Zehenspitzen und küsse ihn liebevoll. Wobei ich nicht zu erwähnen brauche, dass er den Kuss nicht erwidert. Zu weit ist er in seiner dunklen, voll von Hass gegen sich selbst erfüllten Welt verschwunden.

„Du kannst nicht die ganze Welt beherrschen, ebenso wenig wie sie dich. Aber jetzt wird alles gut. Deine Mutter ist hier bei dir, du kannst sie beschützen und ihr beistehen. Sie ist in Sicherheit und sie ist so unbeschreiblich tapfer."

Er macht eine abfällige Handbewegung und sieht mich verzweifelt an. „Sie kann ich retten, doch dich habe ich ins Verderben gestürzt."

Was? Das alles nach diesem langen Kampf – wieder ein Schritt zurück? „Einen verdammten Scheiß hast du. Ich bin bei dir, William. Ich werde dich nicht mehr verlassen. Du weißt, wie viel du mir bedeutest."

„Rose", er klingt noch nüchterner, noch abweisender. „Mein Vater weiß von unserem Verhältnis und so wie ich ihn kenne, ist er bereits in London. Er wird dich mit mir und meiner Mutter sehen – hier."

Langsam fügen sich die einzelnen Puzzlesteine zu einem Ganzen. Doch noch immer sind die Konturen verschwommen und grau. „Glaubst du, er würde mir etwas antun?"

So krank ist Charles Bennet doch nicht – bitte nicht. Der letzte Rest von Achtung, den ich ihm noch entgegenbringe, würde sich dann in Nichts auflösen.

Williams Blick beantwortet meine Frage. Ich lege meine Hände auf seine Brust und blicke ihn verstört an. „In nächster Zeit solltest du auf mich hören und keinen

Unsinn machen. Kein Weglaufen und keine Spinnereien. Hast du mich verstanden, Rose?“

Ich nicke und habe einen schalen Geschmack im Mund.

„Es ist so viel geschehen, ich möchte dich nicht mit dem Müll belasten. Außerdem möchte ich nicht, dass du vor mir wegläufst. Was du zweifelsohne tun würdest.“

Ich weiß doch schon alles, denke ich traurig und lehne meinen Kopf an seine Brust, die sich schnell hebt und wieder senkt. Sein Herzschlag ist nur schwach zu hören, was ich mehr dem Geräusch des laufenden Wassers zuschreibe als einer Verschlechterung seines Gesundheitszustands.

„Ich bin wirklich froh, dass du Gefühle zeigst“, gestehe ich offen und streiche über seine nackte Haut.

Mittlerweile sind wir von Wasserdampf umfangen und ich fühle mich wohl in dieser Welt, die wir uns mitten in London geschaffen haben. Ich atme befreit, spüre ihn, mehr vielleicht als jemals zuvor. Und vor allem lässt er es zu. Er lässt mich so tief in sein Innerstes blicken, auch wenn es ihm sichtlich schwerfällt.

„Frage nicht, wie es mir dabei geht“, gibt er sarkastisch zurück. „So muss es sich anfühlen, wenn einem das Leben entgleitet. Dabei dachte ich, dass es bis jetzt schon verzwickt genug ist.“

Mein Gott. Ich muss all meine Kraft aufbringen, um nicht loszuheulen. Eine derartige Schwäche kann ich mir in diesem Augenblick nicht zugestehen. Ich muss ein Fels in der Brandung sein, denn einen solchen hat er jetzt nötig.

„Ich liebe dich so sehr“, hauche ich und küsse ihn zärtlich auf den Mund.

Meine Hände liegen noch immer auf seiner Brust, während er die seinen um meine Hüften schlingt. Das Wasser plätschert weiter vor sich hin und übertönt alle anderen Geräusche. Meine Haut prickelt vor Aufregung. Ich weiß, wie wichtig dieser Moment für uns beide ist. Wir sind nackt und überaus verletzlich, nicht nur körperlich, sondern auch seelisch. Immer wieder berührt mein Mund den seinen, während meine Hände beständig nach unten wandern. Keine Ahnung, warum ich im Moment diesem intimen, vertrauten Körperkontakt derart viel Bedeutung beimesse. Vielleicht, weil er die einzige Möglichkeit darstellt, um zu William durchzudringen und ihm seine furchtbaren Ängste zu nehmen. Wenigstens für einen kurzen Augenblick.

Sein Bauch spannt sich an, als ich mit meinen Fingern darübergleite. Ob das instinktiv oder als bewusste Schutzmaßnahme geschieht, kann ich nicht beurteilen.

Gewiss ist jedoch, dass er ebenso bereit für mich ist, wie ich es für ihn bin. Sein Penis ist hart, als sich meine Finger darum schließen. Er ist zwar noch nicht zu seiner vollen Größe angeschwollen, doch selbst in diesem Zustand ist er beeindruckend. Langsam und ungemein zärtlich massiere ich ihn, schiebe die Vorhaut nach unten, um sie mit einer ebenso gefühlvollen Bewegung wieder nach oben zu rollen. Gierig öffnet er die Lippen für mich. Sofort reagiert meine Zunge auf dieses Signal und drängt sich in seinen Mund. Er zögert, nicht in der Absicht, mich zu verletzen, und dennoch belastet mich das.

„Rose“, beschwert er sich.

„Lass mich, William. Bitte.“

„Du brauchst das nicht zu machen.“ Seine Stimme klingt niedergeschlagen, er verspannt sich noch mehr und greift nach meinen Händen.

Mit eiserner Faust umklammere ich seinen Penis.

„Manchmal treibt mich dein Sturkopf in den Wahnsinn.“

„Eine meiner guten Eigenschaften“, gebe ich keck zurück.

Wie auf ein stummes Signal reagierend, lässt er meine Hände los, stemmt die seinen gegen die nassen Fließen, legt den Kopf in den Nacken und beäugt mich misstrauisch. Ich atme tief ein, meine Hand nimmt ihre rhythmischen Bewegungen wieder auf, wobei das Fleisch darunter immer praller wird. Die Adern treten hervor, die Spitze rötet sich und während William die Augen schließt, lasse ich mich auf die Knie nieder. Andächtig verfolge ich meine Handbewegungen und muss mich zurückhalten, um nicht auch noch meine Zunge ins Spiel zu bringen. Wie verführerisch die Spitze glänzt, wie sehr mir Williams Körper gefällt! Wie sehr genieße ich seine Finger, die sich in meine Haare und Schultern graben!

Ein paar weitere Vor- und Rückwärtsbewegungen und ich halte es nicht mehr aus. Ich muss ihn kosten. Schon deshalb, weil er nun zu seiner vollen Größe angeschwollen ist und William nur mehr schwer und stoßweise atmet.

Meine Hand hält das heiße Fleisch weiter umfangen, während sich mein Mund langsam nähert. Ich öffne die Lippen und lecke mit meiner Zunge genüsslich über die weiche Spitze. William zuckt kurz zusammen und seiner Kehle entringt sich ein leises Röcheln.

Ich stülpe meine Lippen über seinen Schwanz und stoße ihn so tief in mich, dass es im Rachen brennt. Immer und immer wieder. Dazwischen bedecke ich die Unterseite mit sanften Küssen. Selten hat mir etwas derartiges Vergnügen bereitet! Deshalb lasse ich mir auch ganz viel Zeit. Ja, William, auch ich beherrsche die Kunst der Verzögerung!

„Lass ihn los“, stammelt er leise und positioniert meine Hände auf seinen Oberschenkeln, streckt mir das Becken entgegen und schiebt mir abermals seinen Schwanz in den Mund.

Sein Stöhnen wird lauter, als sich meine Bewegungen verstärken. „Babe, was machst du mit mir?“

Ich bin versucht zu lachen, was nicht einfach ist, mit einem solchen Teil im Mund, das ungnädig in ihn stößt und mich ins Wanken bringt. Doch sein Stöhnen, seine gierigen Bewegungen und der Geschmack seiner Lust treiben mich in ungeahnte Höhen. Immer schneller, immer fester werden seine Stöße, wobei ich meine Zunge um die Spitze kreisen lasse. Seine Finger vergraben sich mit solcher Kraft in meinem nassen Haar, dass mein Kopf schmerzt. Gleich wird er kommen, das ist gewiss!

„Rose, ich werde jeden Moment abspritzen“, warnt er mich.

Mir ist es recht, möchte ich ihm doch hundertprozentige Erfüllung bescheren. Noch einmal stößt William tief in meinen Rachen, dann verkrampft er sich und eine Sekunde später schmecke ich eine seltsame

Flüssigkeit in meinem Mund. Der Strahl ist gewaltig, sodass ich mich fast daran verschlucke. William umklammert meine Handgelenke und verkrampft sich noch mehr.

Als er erschlafft, lasse ich seinen Penis aus meinem Mund gleiten. William trägt einen zufriedenen Ausdruck im Gesicht, wie immer, wenn wir miteinander geschlafen haben. Er ist mir so nah und das zarte Streicheln meiner Handgelenke lässt mein Herz vor Freude übergehen.

William zieht mich so schwungvoll nach oben, dass mir im ersten Moment schwarz vor Augen wird. Dann baut er sich vor mir auf. Er streicht mir das nasse Haar aus dem Gesicht, lächelt und berührt ganz sanft meine Unterlippe. Meine Atemzüge beschleunigen sich, auch weil ich nicht weiß, was mir bevorsteht. Beschert er mir ähnliche Freuden oder ist er dazu zu müde?

„Irgendwelche besonderen Wünsche?", fragt er anzüglich und drückt meine Schenkel mit seinen Händen auseinander.

Ich schüttle den Kopf. „Alles, was du möchtest."

Meine Antwort scheint ihm zu gefallen. „Die junge Dame ist sehr großzügig."

Williams Reise beginnt an meinen Brüsten. Nur kurz widmet er sich dieser Region, knetet sie und schiebt sie zusammen, um dann hinunter zwischen meine gespreizten Schenkel zu wandern. Bedächtig reibt er meinen Kitzler und entlockt mir damit quiekende Geräusche. Meine Nägel krallen sich in seine Schultern. Wie erregt ich bin! Ein Finger gleitet in mich, verharrt in meiner Scheide, während der Daumen weiterhin den geschwollenen und immer empfindsamer werdenden Kitzler bearbeitet.

Plötzlich gibt der Boden unter meinen Füßen nach und mein Rücken wird fest gegen die Fliesen gepresst. Als ich die Augen aufschlage, finde ich mich in Williams Armen wieder. Mit Leichtigkeit hat er mich hochgestemmt und sich zwischen meine Beine gedrängt.

Schwungvoll dringt er in mich ein und dehnt mich dabei so weit, dass es im ersten Moment wehtut. Doch bald gewöhnt sich mein Körper an ihn. Nach einigen festen Stößen hält er inne. Ich kenne das schon, das ist seine Spezialität Mein Körper verlangt jedoch nach mehr und presst sich ihm krampfhaft entgegen. Da mir aber jeglicher Bewegungsspielraum fehlt, komme ich nicht ans Ziel.

William küsst mich, drängt seine Zunge fordernd zwischen meine Lippen, die ich bereitwillig öffne. Er spielt mit mir, reizt mich, kitzelt mich, bis ich nur mehr als wimmerndes Häufchen an ihm hänge. Ich will dich, verdammt, schreit es in mir. Seine Zunge umspielt die meine und macht ihr dabei unglaubliche Versprechungen. Nach einer halben Ewigkeit beginnt er sich endlich wieder in mir zu bewegen.

Ein Stoß, dann tritt eine Pause ein. Ein weiterer Stoß. Ich kann den nächsten kaum noch erwarten.

„Rose“, stöhnt er, bevor er neuerlich zustößt.

Mein Körper klatscht abwechselnd gegen den seinen und gegen die Fliesen. Für einen Moment fürchte ich, dass wir ausrutschen, umfallen oder ihn die Kräfte verlassen könnten. Schließlich bin ich kein Fliegengewicht wie seine bisherigen Modelfreundinnen. Doch ich schiebe diesen Gedanken rasch beiseite und denke auch nicht an Beverly, die nur ein paar Zimmer weiter schläft.

Nur zu gerne lasse ich mich von William in dieses mir gut bekannte Land entführen. Ich weiß, wie es dort aussieht, wie es sich anfühlt und vor allem weiß ich das alles dank ihm. Noch nie war Sex für mich so etwas Essenzielles. Früher habe ich es gemacht, um dem Mann an meiner Seite einen Gefallen zu tun. Selten durfte ich solche Orgasmen erleben, wie sie mir William bereitet. Er gibt mir jedes Mal so viel. Mir gelingt es wiederum nur dann, in seine Seele zu sehen, wenn wir miteinander schlafen.

Nachdenklich streichle ich sein Gesicht, das nass und rot ist. An seiner Stirn kleben die Haare. Abermals küsst er mich, dieses Mal sanfter, gleichzeitig verlangsamt er seine Stöße und berührt mit seinem Kopf den meinen. Wir schließen die Augen und halten uns fest, während der Strom in mir immer reißender wird.

Bald wird der Orgasmus über mich hereinbrechen, sodass ich mich noch beharrlicher an seine Schultern klammere.

Und dann, gleichzeitig mit William, entlädt sich die aufgestaute Spannung und ich komme. Der Orgasmus ist genau so, wie ich ihn erwartet habe – stark, markerschütternd und er trifft mich mit solcher Wucht, dass ich zu Boden gegangen wäre, hätte William mich nicht festgehalten.

Auch William kommt heftig, mit geschlossenen Augen und der Stirn an meine gepresst. Er sieht wunderschön aus. Das sind jene seltenen Momente, in denen er sich nicht verstecken kann. Dann zeigt er sein wahres Ich, welches ich ungemein liebe. Mehr noch als diesen blasierten Anzugträger, den er so häufig zur Schau stellt.

Bald schwinden meine Kräfte. Sein Höhepunkt potenziert den meinen und am liebsten hätte ich laut gestöhnt. Doch wir sind nicht alleine, sodass rücksichtsvolles Benehmen gefragt ist.

Endlich ebbt der Orgasmus ab und klingt so zuckersüß aus, dass man ihm für einen kurzen Moment nachweinen möchte. William öffnet die Augen und sieht reichlich geschafft drein, als er sich aus mir zurückzieht und mich mit einem Ruck auf den Boden stellt. Meine Beine fühlen sich an wie Wackelpudding und ich bin froh, dass er mich weiterhin stützt.

In den nächsten Minuten stehen wir einfach nur da, lassen das Wasser über unsere verschwitzten Körper laufen und reden kein Wort. Ich weiß nicht, was er denkt und wie das für ihn war. Ob dieser intime Moment unsere Beziehung gefestigt und seinen Seelenfrieden wiederhergestellt hat. Fühlt er sich nun besser oder schlechter? Ich jedenfalls genieße seine Nähe, genieße seine Umarmung, die so innig und echt wirkt.

Irgendwann dreht er das Wasser ab, schiebt mich aus der Dusche, wickelt mich in eines seiner weichen Badetücher und trägt mich wie ein Kind ins Schlafzimmer, wo er mich ins Bett legt und zudeckt. Ich möchte noch wach bleiben und mit ihm reden. Doch als er neben mir liegt, die Arme um mich schlingt und mir einen Kuss auf die Schläfe drückt, verabschiede ich mich ins Land der Träume.

9. Kapitel

Das penetrante Klingeln des Weckers lässt mich hochschrecken. Das gleißende Sonnenlicht tut meinen Augen weh, ich kneife sie zusammen und wickle mich noch fester in die Decke. William liegt neben mir und bewegt sich im Schlaf. Er schlingt die Arme um mich und drückt sein Gesicht in die Kuhle an meinem Hals.

Mein nächster Versuch, die Pflicht zu vergessen und einfach liegen zu bleiben, scheitert ebenso wie der erste. „Wir müssen aufstehen“, fahre ich William an, als dieser meinen Hintern zu streicheln beginnt.

„Du kannst liegen bleiben. Die Erlaubnis kommt von ganz oben“, lautet sein Einwand.

„Du willst schwänzen?“

„Ja, Schwänze, eigentlich nur einer, kamen in meiner Vorstellung vor.“

Obwohl ich hundemüde und ein Morgenmuffel bin, muss ich kichern und verpasse ihm eine gespielte Ohrfeige. „Mister William Bennet, Ihre Professionalität und Ihre Disziplin lassen zu wünschen übrig.“

Als Antwort dreht er mich auf den Rücken und schiebt sich über mich. Ich spüre seinen harten Penis zwischen meinen Schenkeln. „Meine Stärken sind woanders zu finden“, entgegnet er verschmitzt und küsst mich auf den Hals.

Ich verkrampfe mich und versuche, keinen Laut von mir zu geben.

Sein Mund wandert weiter nach unten, schließt sich dann um meinen Nippel, der – Verräter, der er ist – sich sofort aufrichtet. William lässt ein tiefes, kehliges Knurren verlauten, das genauso zwischen meine Beine schießt wie das Spiel seiner Zunge um meine Brustwarze. Ich spüre, dass ich feucht werde und dass sich sein harter Schwanz Zutritt zu meiner Grotte verschafft.

„William, die Arbeit ruft“, ich möchte vernünftig klingen, aber er lässt sich nicht beirren.

„Warum müssen Frauen immer so viel meckern?“

„Ich vergaß, du betreibst eine großflächige Studie zu diesem Thema, also werde ich dir einfach glauben. Trotzdem“, presse ich hervor und bemühe mich, ihn von mir zu schieben, „will ich nicht zu spät kommen.“

„Kommen wirst du auf alle Fälle, Babe, das kann ich dir versprechen.“

Es ist zum Verrücktwerden! Ich gebe mich geschlagen und lasse meine Hände lustlos sinken. „Dann mach eben. Ich bleibe solange liegen und schlafe noch eine Runde.“ Mein Grinsen wirkt ansteckend auf ihn.

„Du machst mir kein schlechtes Gewissen, versuche es erst gar nicht. Ich würde über Leichen gehen, um dich jetzt zu ficken. Außerdem …“, mitten im Satz bricht er ab, da das Vibrieren seines Handys zu vernehmen ist.

Er rückt von mir ab und steht auf, um sich dem Störenfried in seiner Hosentasche zu widmen.

„Wer um Himmels willen ruft dich um diese Uhrzeit an?“, will ich genervt wissen, schäle meinen Körper aus der Decke und folge William.

Er hat bereits abgehoben und bewegt sich geistesabwesend auf den Kleiderschrank zu. Ich muss gestehen, dieses Bild versüßt meinen Morgen, noch dazu einen Montagmorgen, ungemein. Der Mann, den ich über alles liebe, nackt, noch etwas verschlafen und so hart, dass ich mein Rumgezicke doch ein wenig bereue. Ich bin allerdings ein pflichtbewusster Mensch und will mir nicht noch einmal erlauben, zu spät zur Arbeit zu kommen.

Darum gehe ich ins Bad, putze mir die Zähne, versuche mich an einer Frisur, was nicht so recht gelingen will, da die Haare in alle Richtungen abstehen. Wieder einmal frage ich mich, was William so anziehend an mir gefunden hat, dass er direkt aus dem Zustand des Schlafes in den Zustand höchster Erregung überwechseln konnte. Ich ordne diesen Gedanken unter der Rubrik „Rätselhaftes“

ein, eine Ecke, die sich füllt, je länger ich mit William zusammen bin.

Nach einer gefühlten Stunde sehe ich recht passabel aus. Es wäre zwar kein Fehler gewesen, die Haare zu waschen, aber wir sind ohnehin schon spät dran und William telefoniert noch immer.

In meiner Tasche, die ich von zu Hause mitgenommen habe, suche ich nach passender Kleidung. Die Sonne lacht vom Himmel und in unserem Büroglaswürfel wird das Thermometer bestimmt tropische Temperaturen anzeigen. Daher entscheide ich mich für ein leichtes Kleid mit Spitze.

William steht noch immer vor seinem Kleiderschrank, das Handy am Ohr, und bemerkt mich gar nicht. Wenigstens trägt er bereits Unterwäsche und Socken.

Es ist still im Haus. Beverly schläft wohl noch, es wäre ihr zu wünschen, nach allem, was sie durchgemacht hat, aber auch Klara ist noch nicht da. Ich gehe in die Küche, schmunzle beim Anblick der Kochinsel, weil ich unweigerlich an unser erstes Mal denken muss, das genau an dieser Stelle stattgefunden hat.

Während ich Kaffee aufsetze, frage ich mich ernsthaft, wie ich in dieser Küche jemals etwas kochen sollte, ohne dabei an Sex zu denken.

Der Tisch ist bereits gedeckt, als William endlich erscheint. Er telefoniert noch immer. Ich höre gar nicht zu, was er sagt, sondern schlürfe genervt meinen Kaffee.

Sein Hemd steht noch offen, die Hose ebenfalls. Wie hätte er beides auch schließen sollen, wenn er nur eine Hand frei hat? Männer sind nicht multitaskingfähig, denke ich kopfschüttelnd und beginne die Knöpfe an seinem Hemd zu schließen. Er registriert das zwar, redet aber ungeniert weiter. Jeder braucht einen Handlanger, nicht wahr?

Den Reißverschluss seiner Hose ziehe ich mit einer schwungvollen Bewegung hoch und erhebe mich. Eigentlich sollten wir in fünf Minuten los, doch ich bezweifle, dass wir das schaffen werden. Ich hätte nie gedacht, dass er so ein Trödler ist! Ungeduldig mit dem Fuß wippend, lehne ich an der Küchentheke.

Zwei Minuten später legt er auf, stürzt einen Schluck Kaffee hinunter und fixiert mich mit starrem Blick. „Ein bisschen gereizt heute. Weshalb, wenn die Frage erlaubt ist?“

Böse schnaube ich ihn an. „Auf einer Skala von eins bis zehn – wie wichtig war dieses Telefonat eben?“

„Vier bis fünf“, erwidert er gelassen.

Ich fasse es nicht! „Und dieses eher unwichtige Gespräch hätte nicht bis später warten können? Oder bin ich eine Drei oder gar eine Zwei? Das würde erklären, warum du den Morgen lieber mit dem da statt mit mir verbringst."

Er legt die Hand an meine Wange und lächelt entschuldigend. „Es tut mir leid. Natürlich verbringe ich den Morgen lieber mit dir. Ich muss mich allerdings erst daran gewöhnen, dass ich nun nicht mehr alleine bin."

Ich versuche mich zu beruhigen. Er hat schließlich recht. „Eine Beziehung bedeutet mehr, als nur Sex miteinander zu haben."

„Ich weiß, Babe." Er zieht mich in seine Arme und legt sein Kinn auf meinen Scheitel. „In diesem Fall bist du der Profi und ich der blutige Anfänger."

„Es soll funktionieren. Ich will dich nicht verlieren und schon gar nicht wegen solcher Banalitäten."

Mit seiner Rechten umfasst er mein Kinn und zwingt mich, ihm in die Augen zu sehen. Er lächelt sanft und streicht dann mit seinem Daumen über meine Unterlippe. „Du bist diejenige, für die ich zum ersten Mal in meinem Leben kämpfen möchte, Rose. Denkst du, mir ist es nicht wichtig?"

„Manchmal habe ich durchaus das Gefühl“, gestehe ich verlegen.

Er schnaubt und kneift die Augen zusammen. „Ich kann meine Gefühle vielleicht nicht so frei herausposaunen wie du, aber das ändert nichts an ihrer Intensität. Ich wäre dir nicht nachgelaufen, wenn du mir nicht wichtig wärest. Glaube mir bitte und unterziehe mich nicht dauernd irgendwelchen Prüfungen, die ich sowieso nicht bestehen kann. Ich bin nur ein Mensch, Rose.“

Ein tiefes Gefühl des Bedauerns legt sich über mich. Ich weiß, dass ich manchmal stark klammere. Ebenso weiß ich, dass ich zu viel verlange. Es ist alles neu für ihn. Und ich sollte froh sein über die Dinge, die er mir zugesteht, als immer mehr zu wollen. Geknickt stelle ich mich auf die Zehenspitzen und berühre seine Lippen sanft mit den meinen. Wir verharren einige Sekunden in dieser Stellung. Plötzlich packt William meinen Nacken, zieht mich noch enger zu sich und schiebt seine Zunge zwischen meine Lippen. Ich stehe sofort in Flammen und schlinge die Arme um ihn. Nun bin ich diejenige, die die Zeit längst vergessen hat und nach mehr lechzt.

Ich will ihn auf der Stelle, auch wenn ich weiß, dass das unmöglich ist. Enttäuschung macht sich in mir breit und ich lege meine Hände an seine Brust. Eine Geste, die ihm, aber auch mir Einhalt bieten soll.

Es klappt, da er seinen Mund von meinem nimmt und mich mit verschleierten Augen ansieht. „Die Arbeit“, sagt er dann nüchtern und dreht sich mit einem Ruck weg.

Glückstrahlend kehre ich zu meinem Schreibtisch zurück. Ich blicke aus dem Fenster und betrachte die Sonne, die sich in den umliegenden Gebäuden spiegelt. Alltag – aber was für ein schöner!

Heute ist der erste Tag, an dem bei William und mir so etwas wie Routine eingekehrt ist. Wir sind miteinander aufgestanden, sind zusammen ins Büro gefahren und haben ein Meeting mit ein paar Leuten aus der Werbeabteilung hinter uns gebracht, die unsere Firma als einen der Hauptsponsoren der Olympischen Spiele vorgeschlagen haben. Und obwohl sich dieses geheimnisvolle Knistern zwischen uns keine Sekunde lang leugnen lässt – ein einziger Blick von William quer über den Tisch reicht aus, um mir die Röte ins Gesicht zu treiben –, fühlen wir uns beide sicher und vertraut. Wir wissen, was wir erwarten können und was nicht. Und da ich ihm gestern beigestanden habe, als seine Welt aus den Fugen geraten ist und er keinen Ausweg mehr gesehen hat, habe ich mir einen riesigen Vertrauensbonus erworben.

„Oh, so verliebt, unsere kleine Rose“, ertönt Naomis Stimme so nahe, dass ich heftig zusammenzucke, was ihr einen dämlichen Grinser entlockt.

„Wie wäre es, wenn du einmal anklopfst?“, fahre ich sie an.

Sie zuckt mit den Schultern und schüttelt den Kopf. „Nicht mein Ding. Na, wie geht es Mrs. Bennet? Haben wir ein schönes Wochenende gehabt?“

Natürlich weiß Naomi längst Bescheid. Hätte mich auch gewundert, wenn es anders gewesen wäre. Doch um ihr eins auszuwischen, tue ich so, als hätte ich keine Ahnung, wovon sie spricht. „Mag schon sein.“

„Mag schon sein? Meine Quellen verraten mir etwas anderes.“

Selbstverständlich bin ich im Bilde, warum sie hier ist, deshalb schnappe ich meine Handtasche und erhebe mich. Es ist Mittag und mir knurrt der Magen. Schließlich hat mein Frühstück nur aus einer Tasse Kaffee bestanden. „Was gibt es in der Kantine oder wollen wir woanders hingehen?“

Verwirrt starrt sie mich an. „Essen, das ist das Einzige, woran du denken kannst? Ich bin an Details interessiert.“

Schnaubend bleibe ich stehen. „Wer ist eigentlich deine Quelle – George?“

„Pfh“, faucht sie und macht eine wegwerfende Handbewegung, „möchte er wohl gern. Wenn du mit Quelle Liebhaber meinst. Aber ja, er hat es mir gesagt. Er bombardiert mich mit Anrufen. Keine Ahnung, vielleicht drückt ihn der Sack.“

„Okay.“ Ihr Zustand gefällt mir ganz und gar nicht. „Du degradierst dich selbst zum Ventil für seine Geilheit.“

„Warum so züchtig, Erwing? Das hat dich doch sonst nicht gekümmert.“

Mein nächster Versuch, sie aus meinem Büro zu locken, bevor William etwas von unserem Gespräch mitbekommt, besteht darin, meine Kantinenkarte hochzuhalten. „Hier oder woanders?“

„Hier“, antwortet sie ungeduldig und schiebt mich einfach nach draußen, wo Debby uns misstrauisch ansieht. Ich lächle höflich, so wie ich mir vorgenommen habe, von nun an zu sein – höflich und offen zu meiner Beziehung stehend. Sie wird nicht die Erste und auch nicht die Letzte sein, die davon erfährt.

Zehn Minuten später sitzen wir bei einem Lachssteak mit Salzkartoffeln und Reis in einer abgeschiedenen Ecke der Kantine. Naomi lässt mich keine Sekunde lang aus den

Augen und scheint auf die Neuigkeiten, die ich zu berichten habe, mehr Appetit zu haben als auf ihr Steak.

„Na gut. Wir waren das Wochenende über weg. Zumindest für ein paar Stunden, nachdem uns eine gewisse Naomi überfallen hat."

„Ihr tut es leid. Rede weiter", drängt sie mich.

Ich werfe einen schnellen Blick in die Runde. Keiner soll mitbekommen, was ich da von mir gebe. Ich bin sicher, William wäre nicht besonders erfreut, wenn er herausfindet, dass ich unsere Beziehung in der Firma zum Stammtischthema mache. „Wir haben Golf gespielt. Er hat mich einfach ins Auto gesetzt und ist losgefahren", gestehe ich kichernd.

„Da du wieder aufgetaucht bist, stufe ich dieses Unterfangen nicht als Entführung ein. Golfen", sinniert sie schmunzelnd, „wie gerne hätte ich dich dabei gesehen! Wo seid ihr gewesen?"

„In Leeds – ein wunderschönes Wasserschloss mit großen, weitläufigen Gärten. Es ist einen Bes..."

„Ja, ja – mich interessieren keine Gebäude, sondern Fakten. Habt ihr euch wegen eures Beziehungsstatus geeinigt?", will sie wissen.

Oh Mann, was ist nur mit ihr passiert! Seit es bei mir läuft und bei ihr ein einziges Gefühlschaos herrscht – im

Mittelpunkt Andy und George –, ist sie richtig verrückt, um es in plumpen Worten auszudrücken.

„Wir wollen es versuchen. Er möchte wirklich um mich kämpfen und ich um ihn. Er bedeutet mir so viel, Naomi."

Sie nickt zufrieden. „Meint er es auch wirklich ernst? Sollte es nämlich anders sein, werde ich beim nächsten Mal eine Tür weiter reinschneien und ihm ordentlich die Meinung geigen. Ich tue es wirklich", versichert sie mir ernsthaft.

„Dir würde ich das glatt zutrauen. Aber sei beruhigt, es ist alles in Butter." Bis auf das wichtige Detail, das ich dir nicht verraten kann und das unsere Beziehung auf die nächste Probe stellt. „Wie war dein Wochenende?"

„Öde", fasst sie es mit einem Wort zusammen. Da ich sie gut kenne und ihre Wochenenden immer aufregend verlaufen, schrillen bei mir die Alarmglocken.

„Inwiefern?"

Sie schüttelt den Kopf und knüllt ihre Serviette zusammen. „Ich habe meine Wohnung überhaupt nicht verlassen. Andy ruft mich nicht an, obwohl ich es mir wünsche, nur George ist überaus hartnäckig. Was soll ich nur tun?"

„Wen willst du?" Es wäre hilfreich, das zu wissen. Ich an ihrer Stelle würde mich für Andy entscheiden. Er ist so brav und gesittet, mit ihm hat sie sicher kaum Probleme. Aber was rede ich, wo ausgerechnet ich mich in meinen Boss verlieben musste!

„Einerseits will ich Andy. Dann doch wieder George. Mit Andy gäbe es keine Schwierigkeiten, möglicherweise ist er mir aber zu brav. George und ich würden uns wohl eines Tages gegenseitig erschießen oder so. Es ist ausweglos. Ich sollte die Finger von beiden lassen."

Kämpfen, schreit etwas in mir. „Dein Gefühl wird dir sagen, wer der Richtige ist, Süße."

„Wie war dein erster offizieller Pärchentag?", möchte ich von William wissen, der neben mir im Auto sitzt, als wir gegen halb fünf zurück zu seinem Haus fahren.

Er grinst verschmitzt und knetet meinen Oberschenkel mit seiner Hand, die die ganze Zeit über dort gelegen ist. Seine Art zu zeigen, dass ich ihm gehöre.

„Sehr gut. Du versüßt mir den Tag von früh bis spät."

„Sehr charmant. Meiner war auch gut, nur um deiner Frage vorzugreifen."

„Schläfst du heute hier?", fragt er sichtlich gespannt, während er ohne Schwierigkeiten in die viel zu enge Parklücke vor seinem Stadthaus einparkt. Eine Krankheit, die London, aber auch allen anderen Großstädten dieser

Welt anhaftet – zu wenige Parkplätze für zu viele Menschen. Wieder ein Grund, weshalb ich froh bin, kein Auto zu besitzen.

Ich lasse die Frage in der Luft hängen, bis wir aussteigen und er stehen bleibt, um auf mich zu warten. „Soll ich?“

„Es ist deine Entscheidung“, schiebt er den Schwarzen Peter mir zu.

„Eigentlich sollte ich wieder einmal Lisa besuchen. Ich habe sie seit über einer Woche nicht mehr gesehen.“

„Ich kann doch mitkommen“, schlägt er vor und sperrt die Haustür auf.

Verblüfft sehe ich ihn an. „Gut. Wenn du das möchtest.“

Lächelnd tippt er mir auf die Nasenspitze. „Warum so überrascht? Selbst ich kann ein netter Kerl sein, der weiß, was sich gehört.“

Mir klappt die Kinnlade nach unten und es fehlen mir schlichtweg die Worte.

Wenn er sich bemüht, kann er richtig anständig sein. Wer hat gleich noch einmal behauptet, er sei nicht zu zähmen? Ach ja, das bin ich selbst gewesen. Doch Zeiten und Meinungen ändern sich und William ist auf dem besten Weg, der Traum aller Schwiegermütter zu werden.

10. Kapitel

Am Dienstag höre ich früher mit der Arbeit auf und gehe mit Beverly und Gaby, die wieder aus Prag zurück ist, shoppen. Obwohl ich mich an Williams Bankkonto in Form seiner Kreditkarte bedienen kann – er hat nachdrücklich darauf bestanden, sie mir auszuhändigen –, fühle ich mich unwohl dabei.

Ich habe zwar keine Angst, sie zu verlieren, möchte sie aber nicht vor den Augen von Mutter und Schwester zücken. Sie werden genau das über mich denken, was vermutlich dank Debby seit heute jeder in der Firma über mich denkt.

Denn da Debby ihrem Ruf gerecht werden musste und jedem, wirklich jedem, von der Beziehung zwischen William und mir berichtet hat, wirft man mir von allen Seiten teils schiefe, teils bissige Blicke zu. Sei es in der Kantine, im Fahrstuhl, sogar auf der Toilette haben mich einige Frauen angesehen, als hätte ich eine hässliche Geschwulst am Hals. Naomi hat zwar gemeint, ich solle mich nicht unterkriegen lassen. Doch was weiß sie denn schon von meiner Lage? Derzeit hat sie mehr als genug mit sich selbst zu tun.

Jedenfalls bin ich um zwei Uhr geflüchtet und habe mich dann von Gaby dazu überreden lassen, sie und ihre Mutter auf ihrem Shopping-Trip zu begleiten.

Jetzt stehen wir im dritten Schuhladen, schon der Blick auf die Preisschilder verursacht mir Übelkeit, aber Gaby kauft gerade ihr fünftes Paar Schuhe. Natürlich haben auch mir welche gefallen, ich habe sie sogar anprobiert und die Komplimente der beiden Frauen genossen, doch bei vierhundert Pfund sind mir fast die Augen aus dem Kopf gefallen. Ich habe sie zurückgestellt, auch wenn William mir erlaubt hat, so viel auszugeben, wie ich möchte.

Im nächsten Laden, einer noblen Boutique in der Bond Street, wird Gaby mit Namen und Küsschen links und rechts begrüßt. Während uns eine Kleiderkollektion zusammengestellt wird, schlürfen wir ein Gläschen Schampus.

Ich seufze. So stellt man sich das Leben vor! Vor allem dann, wenn man nicht jede Ausgabe weit im Voraus planen muss. Und sollte das mit William und mir längerfristig gut gehen, muss ich mich wohl mit dem Gedanken anfreunden, reich zu sein. Es ist verrückt und erregend zugleich.

Ich meine, ich liebe ihn und nicht sein Geld. Doch vielleicht begrüßt auch mich eines Tages jemand mit Namen und ist stolz darauf, dass ich seinen Laden beehre. Laut Gaby muss sie sich erst gar nicht aus dem Haus bemühen, wenn sie neue Schuhe haben möchte. Nein, sie ruft einfach beim Designer ihrer Wahl an und der sucht sie dann zu Hause auf. Das nenne ich Service!

„Wie findet ihr es?“, fragt besagte Dame Beverly und mich gerade und führt uns ein gemustertes Cocktailkleid vor.

Sie sieht bezaubernd aus, obwohl ihre Mutter meint, dass die Länge nicht passe. Sofort eilt eine Frau, etwa in meinem Alter, herbei, die den Saum mit Stecknadeln markiert.

„Ja, so passt es. Du kannst es dir erlauben, Knie zu zeigen“, Beverly nimmt einen Schluck Champagner.

„Rose?“, wendet sich Gaby fragend an mich.

Etwas unbeholfen rutsche ich in meinem Ledersessel hin und her, redlich bemüht, mir nicht anmerken zu lassen, wie unwohl ich mich fühle. „Es ist wunderschön.“

Gaby lächelt und zeigt dabei ihre perlweißen Zähne, ehe sie auf ein knallrotes Chiffonkleid zusteuert, das sie sogleich vom Haken zerrt. „Hier, zieh das mal an“, mir bleibt der Mund offen stehen und ich fühle mich unfähig, das Kleid entgegenzunehmen.

Was dieser Traum wohl kosten mag? Ich schlucke, während neben mir ein viel zu schriller, viel zu quirliger Verkäufer auftaucht.

„Eine hervorragende Wahl! Ihr heller Teint, die hellen Haare – Sie werden atemberaubend aussehen. Julia, bringst du uns noch die Manolos", ordnet er an und schiebt mich geradewegs in eine der Kabinen. Jeder Widerspruch scheint zwecklos, da auch Beverly ganz begeistert ist und mir das nächste Kleidungsstück reicht.

Ich darf mich nicht einmal alleine umziehen, denn der aufgepimpte Brillenträger undefinierbaren Alters nestelt bereits am Reißverschluss meines faden H&M-Kleides. Es landet auf dem Boden, Gleiches geschieht mit meinem BH, der durch einen roten ersetzt wird. Ich stelle mich darauf ein, dass nun mein Tanga an die Reihe kommt, doch zum Glück rührt ihn der Mann nicht an.

Dafür wird mir das Kleid fachgerecht über den Kopf gezogen und so lange daran gezupft, bis es wie angegossen sitzt. Dieses Outfit wird durch die sündhaft teuren Schuhe ergänzt und ich habe echt Schiss, dass ich unabsichtlich den Absatz abbreche oder umknicke oder weiß Gott was mit ihnen anstelle.

Als mein Blick auf das Preisschild fällt, bleibt mir fast die Spucke weg. Tausend Pfund – sind die wahnsinnig?

„So, und jetzt zeigen Sie sich den Damen“, energisch schiebt er mich nach draußen, wo ich mit Kennerblicken gemustert werde.

„Wow“, Gaby klatscht begeistert in die Hände, gerade so, als wäre ich ihr Werk. Auch Beverly nickt zustimmend.

Der Verkäufer läuft wie vom Teufel gehetzt durch den Laden, schafft Schmuck, eine Tasche und ein weiteres Outfit heran. „Sie sieht aus wie ein Star. Wie eine jüngere Ausgabe von Nicole Kidman. Wunderbar! Sagenhaft! Julia wird Ihnen die Sachen einpacken und wir probieren noch schnell diesen Rock und die Seidenbluse an – eine neue Kollektion, sie kam gerade erst heute Morgen herein. Sie wird Sie einem Engel gleichen lassen.“

„Ahm, kann ich mir das nicht noch einmal überlegen?“, werfe ich kleinlaut in die Runde. Mein Protest verhallt ungehört, da ich abermals in die Kabine geschoben werde, wo sich die Prozedur von vorhin wiederholt.

Gekleidet in einen bunten Rock mit Blumenmuster und einer beigen Bluse werde ich nach draußen geschoben, wo man mir noch neue Schuhe überstreift. Auch der Schmuck muss weg und wird durch wesentlich kostbareren ersetzt. Vor dem Spiegel drehe und wende ich mich, um mich von allen Seiten in Augenschein zu nehmen.

Natürlich gefalle ich mir. Und ja, ich muss Herrn Nerd-Brille zustimmen, ich sehe wirklich aus wie ein Star. Reich, jung und erfolgreich verheiratet. Ich seufze, da ich all das den wohlhabenden Püppchen vorwerfe. Nun soll ich selbst eine von ihnen werden.

„Gefällt es Ihnen?“ Endlich will jemand wissen, was ich von dem Ganzen halte.

„Es ist wundervoll. Die Farben passen wirklich gut zu mir.“

„Je jünger die Damen, desto zurückhaltender sind sie in Bezug auf die Farbauswahl. Dabei sollten sie ruhig etwas mutiger sein. Ich lasse es Ihnen einpacken.“

Ich schüttle vehement den Kopf, fest entschlossen, mich zu behaupten. „Ich bin nur Begleitperson. Diese Sachen sind wirklich einzigartig, fallen aber leider nicht in meine Preiskategorie.“

„Oh“, Mister Botox klingt ehrlich enttäuscht, verzieht aber keine Miene. Wahrscheinlich schafft er das nicht einmal. Oh Mann, wenn ich einmal so aussehe, gebe ich mir die Kugel.

Gaby kommt herbei und zieht mich zur Seite. „Nimm es und lass die Rechnung an meinen Bruder schicken.“

Gaby! „Ich möchte das nicht. Ich bin eine eigenständige Frau, die nicht ausgehalten werden muss“, kontere ich selbstbewusst.

„Wenn du ihn zu Veranstaltungen begleitest, wirst du mit deinen Sachen auffallen. Die Reichen sind oberflächlich, nicht alle, aber die meisten. Und wenn nicht die, dann die Presse. Du brauchst etwas Eleganteres und er wird es bezahlen. Diese paar Pfund schmerzen ihn nicht, das kannst du mir glauben.“

Ich fühle mich einer Ohnmacht nahe. Was habe ich mir nur gedacht, als ich auf diesen Einkaufsbummel mitgekommen bin! Ich hätte wissen müssen, dass wir die Geschäfte, in denen ich normalerweise einkaufe, links liegen lassen.

„Wie wird er reagieren, wenn er erfährt, dass du die Kleider ausgeschlagen hast?“

Ich verschränke die Arme vor der Brust, ziehe sie im nächsten Moment aber wieder weg, um die empfindliche Seidenbluse nicht zu verknittern.

„Er wird stinksauer sein und dich noch am selben Abend ins Geschäft zurückschleppen.“ Gaby beantwortet ihre Frage gleich selbst und spricht damit meine eigenen Befürchtungen aus.

„Na gut“, gebe ich mich geschlagen.

Gaby strahlt wie ein Honigkuchenpferd. „Super. Zieh du dich um, ich kümmere mich um die Rechnung."

„Die Kreditkarte ist in meiner Tasche – Williams Kreditkarte." Diese Erklärung erscheint mir angebracht.

Gaby ist sichtlich zufrieden. „Na also, da kommen wir der Sache doch näher. Wie könnte er dann sauer sein? Wenn einer weiß, was Frauen wollen, dann mein Bruder. Ich dachte zwar niemals, dass ich das sagen würde, aber na ja, nun ist es eben so."

„Du wirkst nachdenklich." Ich liege auf Williams nackter Brust.

Er atmet tief ein und bestätigt damit meine Annahme, dass etwas nicht stimmt. „Ich bin ganz entspannt."

Fest blicke ich ihm in die Augen. „Manchmal bist du ein grottenschlechter Lügner. Was ist los?"

Seit wir von unserem Shopping-Marathon zurück sind, hat sich meine Stimmung der von William angepasst – sie ist im Keller. Er war bereits zu Hause, als ich gekommen bin, saß jedoch in seinem Büro, welches ich heute zum ersten Mal betreten habe. Ich berichtete ihm von meinem Einkauf und er bestand auf einer sofortigen Privatvorführung, die er mit grimmigem Blick verfolgte, aber dennoch zu genießen schien. Ich rechnete mit dem

Schlimmsten, doch das Gegenteil trat ein. Er fand mein neues Outfit überwältigend und schleifte mich geradewegs ins Schlafzimmer, um dort über mich herzufallen. Das teure Kleid landete auf dem Boden – und wir nackt im Bett.

Hier liegen wir nun seit einer halben Ewigkeit und starren beide die Decke an. Er ist noch ruhiger als üblich, was in seinem Fall absolutes Schweigen bedeutet. Der Sex war prima, ein wenig aggressiv und noch härter als sonst, was bestimmt auf seine miese Laune zurückzuführen war. Vielleicht brauchte er einfach ein Ventil, schießt es mir durch den Kopf.

„Muss ich immer einen Grund vorweisen?“, schnappt er ärgerlich und deckt uns zu.

„Ich frage ja nur“, murmle ich kleinlaut und ziehe mir die Decke bis zum Kinn hoch. Schutz ist die halbe Miete. Vor allem, wenn man es mit einem gereizten William zu tun hat. „Vielleicht ist deine Laune bis morgen Abend besser, ich dachte, wir könnten mein neues Kleid ausführen, damit auch ich Zutritt zu den Nobelschuppen Londons erhalte.“

Okay, Spaß scheint das Letzte zu sein, wonach ihm jetzt der Sinn steht, denn er schiebt mich von sich und steht einfach auf. Gekränkt sehe ich zu, wie er sich anzieht.

„Ich habe morgen Abend einen wichtigen Termin, der länger dauern wird."

„Mit wem? Ich habe nichts für dich eingetragen." Da ich für ihn arbeite, kenne ich seine Termine besser als jeder andere.

Er mustert mich verdrießlich und zieht sich das Shirt über den Kopf. Sein zerwühltes Haar lässt ihn dabei so jung und frech aussehen, dass man ihm wirklich alles erlauben würde. „Ich habe auch ein eigenes Leben und muss wohl nicht alle Termine über dich laufen lassen. Es ist einer der Olympia-Sponsoren – Mister Graham."

Ich gehe in Gedanken den Terminkalender durch, doch gibt es in Bezug auf diesen Namen keinen Treffer.

William scheint meine Gedanken zu lesen oder er findet heute ohnehin alles an mir nervig, da er mich mit diesem „Ich-töte-dich-gleich"-Blick bedenkt. „Was soll das, Rose? Warum drehst und wendest du all meine Aussagen bis zum Erbrechen hin und her?"

„Tue ich gar nicht", verteidige ich mich. Das tue ich wirklich nicht.

„Wäre es dir lieber, wenn ich sage, ich treffe mich mit vier heißen Blondinen, die alle von mir bestiegen werden wollen?“

„Wer verdreht jetzt die Tatsachen?“, knurre ich ihn an und laufe zum Schrank, wo ich mir eines seiner T-Shirts und meine Jogginghose kralle.

„Denkst du nicht, dass ich genügend Probleme am Hals habe? Deine verfickte Eifersucht macht es nicht gerade einfacher.“

Ich stemme energisch die Hände in die Seiten. „Manchmal bist du wirklich unausstehlich. Am liebsten würde ich nach Hause fahren.“

„Gerade dich kann man am wenigsten abhalten, wenn du dir etwas in den Kopf gesetzt hast“, grummelt er. „Soll ich dir gleich ein Taxi rufen?“

Was ist los? Was ist mit dem Mann von heute Morgen passiert? Wer hat ihn entführt und gegen dieses widerliche Monster ausgetauscht?

Mir ist im Moment wirklich danach, einfach zu gehen, doch ich will nicht mehr weglaufen. In jeder Beziehung gibt es Probleme, die bewältigt werden müssen. Jeder kann einen schlechten Tag haben. Das verüble ich ihm gar nicht, doch diese Farce lässt mir die Galle hochsteigen.

Ich fühle mich unschuldig an seinem Gefühlsausbruch oder passt es ihm etwa doch nicht, dass ich dreitausend Pfund in dem Klamottenladen gelassen habe? Völlig verstört stürme ich aus dem Schlafzimmer und knalle die Tür hinter mir zu. Ich steuere die Terrasse an, denn die frische Luft wir mir sicherlich guttun. Eine Zigarette wäre jetzt das Richtige, doch die Erinnerung an meine letzte bringt mich zum Würgen.

Lange stehe ich an die Brüstung gelehnt da.

Sieht so meine Zukunft aus? Darf ich mich bei jedem Wetterumschwung, bei jeder Mondphase oder jeder sonstigen Veränderung mit William herumstreiten? Bin ich die Doofe, an der er sein Mütchen kühlt und die sich alles gefallen lässt? Soll er doch zur Hölle fahren! Ich bin ungemein wütend auf ihn. Und dennoch kann ich nicht leugnen, dass er sich überfordert fühlen muss, vielleicht hat er einfach nur Schiss.

Das rechtfertigt jedoch nicht sein Verhalten dir gegenüber, meldet sich eine Stimme in mir.

Ich weiß, ich weiß, antworte ich. Jetzt führe ich schon Selbstgespräche! Warum muss ausgerechnet der Mann, den ich so innig liebe, ein solcher Freak sein? Warum muss er, kaum funktioniert es einmal, alles mit roher Gewalt zerstören?

Ich seufze und werfe mich auf eine der bequemen Liegen.

In den nächsten vierundzwanzig Stunden, die ich mit ihm verbringe – oder besser gesagt verbringen muss –, ändert sich Williams Laune nicht. Je später es wird, desto unruhiger und gereizter reagiert er. Ich fahre um fünf Uhr, ohne noch ein weiteres Wort mit ihm zu wechseln, in meine Wohnung, um Abstand zwischen uns beiden zu schaffen.

Bei Gott, ich habe darüber gegrübelt, was wohl passiert sein mag. Ob ich schuld bin, ob ich etwas falsch gemacht habe, jemand anderer – ich komme aber auf keinen grünen Zweig. Es macht mich wahnsinnig und wütend zugleich und raubt mir jegliche Energie.

Zu Hause angekommen, gönne ich mir ein heißes Bad, das meine blank liegenden Nerven beruhigen soll. Während mich der Duft von Ringelblumen und Nelken einlullt, versuche ich, an nichts zu denken. Und wenn es denn sein muss, dann an etwas Schönes.

Doch meine Angst, ihn vielleicht schon wieder verloren zu haben, ist so groß, dass sich William bereits nach wenigen Minuten wieder in den Mittelpunkt drängt. Vielleicht ist er wirklich kein Beziehungstyp und fühlt sich eingeengt. Vielleicht will er mir nicht wehtun und lässt die Sache einfach auslaufen? Doch sollte mich das nicht schmerzen? Ihm muss doch klar sein, wie sehr er mich mit seinem Verhalten verletzt.

Ich friere selbst im warmen Wasser und drehe die Temperatur noch höher.

Zehn Minuten später verlasse ich das Bad und sinke auf die Couch, wo eine Tüte Chips und *Sex and the City – Der Film* auf mich warten. Gerade als ich mir die erste Ladung in den Mund stecke, klingelt mein Handy.

Wie mich diese Störung nervt! Nur meiner Neugierde ist es geschuldet, dass ich das Gespräch annehme. Naomi.

Heute bin ich aber wirklich nicht in der Stimmung, mir Beziehungstipps von einer Frau anzuhören, die Andy für George abservieren würde.

„Jaaaa", sage ich gedehnt.

„Hi Süße. Irgendwie klingst du nicht gut."

„Irgendwie. So wie ich dich kenne, weißt du doch längst Bescheid."

Sie kichert verhalten. „Ihr habt euch gestritten", stellt sie nüchtern fest.

„Hat George auch erwähnt, wer der Unruhestifter ist? Nicht ich, so wie du vielleicht meinen könntest. Nein, Mister William Bennet spielt die Diva und hüllt sich in vornehmes Schweigen. Wenn ich ihm nicht helfen kann, wer dann?“

Es tut gut, mit jemandem zu reden, der mich versteht. Auch wenn das selbst mir im Moment schwerfällt.

„Schatz, du kennst mich und normalerweise neige ich nicht zu Übertreibungen oder theatralischen Handlungen. Ich bin zurückhaltend, mische mich nicht in das Leben anderer und verbreite ungern Gerüchte“, erklärt sie mir und spricht dabei unnatürlich schnell.

Heilige Scheiße. Da ist etwas gewaltig am Kochen. „Was ist los?“

„Na ja, ich musste noch ein paar Sachen einkaufen und kam bei dem Running Sushi vorbei, in dem wir beide öfter essen. Jedenfalls bekam ich Appetit auf leckere Frühlingsrollen und holte mir welche.“

Sie schweigt eine Sekunde und ich kaue hektisch an meinen Nägeln. „Rede endlich weiter“, dränge ich unwirsch.

„William war mit einer anderen Frau dort.“

Autsch. Beinahe höre ich den Aufschlag der flachen Hand, die mich auf die Wange trifft. „Er hat einen Geschäftstermin mit Mister Graham“, denke ich laut.

„Dann ist Mister Graham entweder eine Transe oder er hat seine Assistentin geschickt", gibt Naomi sarkastisch zurück.

Ich fasse es nicht. Mir entgleitet die Situation vollkommen. Zuerst der unsägliche Streit und nun das! Ist diese Frau vielleicht der Grund, warum er mich so scheußlich behandelt hat? Ist er meiner überdrüssig und vergnügt sich längst mit einer Neuen?

„Setze dich in ein Taxi und fahre hin, um das Miststück zur Rede zu stellen."

Ich schüttle den Kopf. „Ich bin doch nicht verrückt oder so."

„Rose, er hat dich verarscht und hintergangen, also ab mit dir. Die Schlampe soll deinen Zorn zu spüren bekommen."

Zorn? Da ich mich in seiner Gegenwart ohnehin schlecht beherrschen kann, werde ich sicher die Szene des Jahrtausends hinlegen. Aber das hat er verdient. Die Wut in meinem Bauch ist übermächtig. „Weißt du was, ich mache es. Endlich soll auch William einmal lernen, Verantwortung zu übernehmen und sich nicht einfach davonzuschleichen", versichere ich Naomi und lege auf.

Ich weiß, wie ich aussehe – völlig abgekämpft und müde –, doch angesichts dessen, was mir bevorsteht, sollte mir das egal sein.

Gleich darauf sitze ich im Taxi und fahre zu dem Lokal, in dem meine Beziehung zu William ein für alle Mal enden wird. Ich habe genug. Mir dröhnt der Schädel, die Reserven sind aufgebraucht und ich habe nicht mehr die Kraft, für etwas zu kämpfen, das so hauchdünn wie Seidenpapier ist, welches sich beim kleinsten Wasserspritzer auflöst.

Als ich vor der Tür des allzu gut besuchten Asia-Restaurants stehe, schlottern mir die Knie. Unten befinden sich nur vier Tische, an denen lauter Unbekannte sitzen. Okay, dann eben der große Saal in der ersten Etage. Wenn schon, dann die volle Dröhnung.

Stufe für Stufe steige ich nach oben und spüre, wie mein Herz mit jedem Schritt schneller zu schlagen beginnt. Ich weiß überhaupt nicht, wie ich anfangen soll. Geschweige denn, was mit mir passiert, wenn ich die beiden sehe. Ich atme tief ein und mustere die Gäste, die sich in dem großen Raum befinden. Endlich erblicke ich William. Er ist tatsächlich mit einer fremden Frau hier.

Ihr schwarzes Haar hat sie zu einem schwungvollen Pferdeschwanz gebunden, der wie Seide über ihr ebenso schwarzes Kleid fließt.

Ich stehe wie angewurzelt da und beobachte die beiden. Er sieht entspannter aus als heute Morgen. Sein Verhalten ihr gegenüber ist vertraut, er hört ihr aufmerksam zu. Die Krönung wäre seine Hand in der ihren, doch diese Schmach bleibt mir zum Glück erspart.

„Eine Person?", fragt mich der Kellner freundlich und reißt mich aus meiner Schockstarre.

Ich fahre zu ihm herum. „Nein, ich muss nur jemandem etwas vorbeibringen."

„Ach", er bleibt weiterhin freundlich, auch wenn er mich mustert, als wäre ich verrückt – vielleicht bin ich das ja auch, wer weiß? „Dann folgen Sie mir am besten, ich bringe Sie hin."

„Danke."

„Zu wem?", will er sichtlich nervös wissen.

„Ahm …", doch noch während ich nach einer passenden Antwort suche, hat William mich entdeckt. Sein Blick verfinstert sich und er wünscht sich wohl, ich möge augenblicklich in Flammen aufgehen.

Mein Mund wird trocken und ich bin einer Ohnmacht nahe. Er sagt irgendetwas zu der Frau in seiner

Begleitung, die ebenfalls in meine Richtung schaut. Unsere Blicke begegnen sich. Wie erwartet ist sie wunderschön. Sie hat feine Gesichtszüge, schwungvolle Lippen und eine liebliche Stupsnase.

Der Kellner mustert mich weiterhin, ich straffe meine Schultern und halte auf Williams Tisch zu.

Er nimmt einen Schluck Wein, als müsse er sich Mut antrinken und zupft nervös an seinem Hemd.

Die dunkelhaarige Frau lächelt mich von oben herab an. Miststück, denke ich und knalle seinen Haustürschlüssel auf den Tisch.

„Rose", begrüßt er mich distanziert, aber höflich.

„Spar dir die Scheiße", fauche ich und fletsche die Zähne.

Peinlich berührt blickt er sich um. Die Leute an den Nachbartischen verfolgen meinen Auftritt mit großem Interesse.

„Das ist dann wohl die sympathische Rose", stellt die Frau an Williams Seite mit spanischem Akzent fest, wobei die Worte wie Pech über ihre Lippen rinnen und mir gleichsam die Haare versengen.

„Ihr habt also über mich gesprochen? Freut mich, dass ich ein tischtaugliches Gesprächsthema abgebe."

„Rose, bitte“, warnt mich William. „Ich kann dir alles erklären.“

„Ach ja? Das ist doch nicht Mister Graham, oder? Es hat eher den Anschein, als würdest du seit neuestem zweigleisig fahren.“

Ich bin so aufgebracht, dass mich der Kellner, der das Schlimmste verhindern möchte, am Arm packt. Doch das ist mir schnurzegal. Ich entwinde mich seinem festen Griff und werfe ihm einen vernichtenden Blick zu. Einen Blick, den eigentlich William verdient hätte. Doch der schweigt betreten und kratzt sich nachdenklich am Kinn. Da geht wohl jemandem der Arsch auf Grundeis – ich freue mich diebisch darüber.

Während das spanische Flittchen amüsiert lacht und sich gemütlich zurücklehnt, hole ich zum finalen Schlag aus. „Weißt du was? Mich interessieren deine Ausflüchte nicht mehr. Ich habe genug gesehen. Auf Wiedersehen.“

Würdevoll schicke ich mich an, das Lokal zu verlassen. Sämtliche Gespräche sind verstummt und alle Augen auf uns gerichtet. Der Kellner atmet erleichtert auf, als die seiner Meinung nach Verrückte das Schiff verlässt. An der Treppe spüre ich abermals einen Arm an meinem und fahre verärgert herum. Es ist natürlich William, der mich wütend anfunkelt.

„Du läufst nicht weg, hast du mich verstanden? Wir reden“, herrscht er mich an.

Er zieht mich zu einem freien Tisch in der hintersten Ecke, der uns ein klein wenig Privatsphäre bietet – wenn man die hundert auf uns gerichteten Augen vergisst. Doch es ist das eine, das tiefschwarze Augenpaar, das mich fast zur Weißglut bringt. Am liebsten würde ich der Besitzerin das siegessichere Grinsen aus dem hübschen Gesicht schlagen.

„Setzen“, befiehlt William und drückt mich auf einen Stuhl.

Ich zittere am ganzen Körper, denke an Flucht und will überhaupt nicht mehr mit ihm reden. Was sollte es jetzt noch bringen? Was sollte er mir noch erklären? Was sollte ich ihm noch alles verzeihen? Wie viele Vertrauensvorschüsse benötigt er noch, um mich letzten Endes trotzdem zu hintergehen?

„Sieh mich an“, fordert er und ich muss daran denken, dass er diese Worte stets verwendet, wenn wir miteinander geschlafen haben.

Widerwillig folge ich seinem Befehl. Es bricht mir schier das Herz, aber ich möchte Haltung bewahren. Nun soll er einmal spüren, wie es sich anfühlt, wenn man versetzt, getäuscht und betrogen wird.

Erneut kratzt er sich am Kinn, als würde er dort die richtigen Worte finden. „Rose, bitte mach nichts, was du bereuen wirst."

Die kurze Pause nütze ich, um meine Ehre wiederherzustellen. „Ich habe bereits zu viel getan, was ich bereue. Zum Beispiel dir vertraut, dir Lebenszeit geopfert, dir meinen Körper ... die Liste ließe sich beliebig fortsetzen."

„Denkst du, ich belüge dich, um mit einer anderen zu ficken?"

Ja. Absolut. „Ich denke es nicht nur, ich weiß es. Jemand sagte mir einmal, dir könne man nicht einfach ein Halsband umlegen und dich als Schoßhündchen halten – dieser jemand hatte recht. Und damit eines klar ist: Ich gebe dich frei. Ich entlasse dich in dein eigenes Leben. Tu, was immer du tun musst, um glücklich zu werden."

Ich will mir diese Farce nicht länger antun und bin bereit zu gehen, doch sein barscher Ton lässt mich innehalten. „Herrgott noch einmal, Rose. Kannst du mich ein einziges Mal zu Wort kommen lassen, ohne ständig das Schlimmste zu denken? Ich habe nichts mit ihr. Die Sache mit Mister Graham war gelogen, doch nur, weil mir inzwischen alles über den Kopf wächst."

„Wirklich rührend", spotte ich.

Er dreht und windet sich und redet sich dabei um Kopf und Kragen. Einzig seiner beschissenen Vergangenheit wegen höre ich mir das hier weiter an.

„Ihr Name ist Gloria Martinez. Sie hat weder etwas mit den Olympischen Spielen noch mit Mister Graham zu schaffen." Wieder tritt eine unerträgliche Pause ein.

Während ich meine Finger verknote, bis die Knöchel knacken, hat William seine Hände auf dem Tisch liegen, als erwarte er, dass ich danach greife.

Das werde ich sicherlich nicht tun, denke ich trotzig und recke das Kinn vor.

„Ich kenne Gloria seit ungefähr zehn Jahren und ich hatte tatsächlich einmal etwas mit ihr. Genau genommen war sie meine erste fixe Freundin. Ich bin ihr in Madrid begegnet."

„Warum erzählst du mir das? Denkst du, eure rührende Geschichte interessiert mich? Oder warte. Spiele ich in dem Stück vielleicht nur die böse Hexe, die den wunderschönen Ritter gefangen hält?"

Meine Wut steigert sich ins Unermessliche und doch kann ich nicht leugnen, dass das aus einer reinen Schutzmaßnahme resultiert, da der Schmerz eine viel bittere Pille ist.

William ist seltsam ruhig. Dabei habe ich fest damit gerechnet, dass er mich aus dem Laden schmeißen lässt. Nun sitzt er hier mit mir, sein Date ist erst einmal abgeschrieben und er versucht zum zweiten Mal, unsere Beziehung zu retten. Ausweglos, ist der erste Gedanke, der sich mir aufdrängt, als er zerknirscht zu Boden sieht.

Er räuspert sich und hebt dann von neuem an. „Wir hatten eine ziemlich turbulente Zeit und fanden beide das, was wir immer vermisst hatten. Gloria ist jedoch ein ziemlich schwieriger Charakter, es ist nicht leicht, sie zufriedenzustellen. Irgendwann ist die Sache eskaliert und ich habe sie, und dafür schäme ich mich heute mehr, als ich in Worte fassen kann, betrogen. Du kannst dir vorstellen, dass es dann aus war."

Finster starre ich ihn an. „Im Moment kann ich das sehr gut verstehen."

Nervös rutscht er auf dem Stuhl hin und her. „Ich bin zurück nach London geflogen und habe versucht, ohne sie klarzukommen. Sie war die Erste, für die ich wirklich so etwas wie Liebe empfunden habe", gesteht er schüchtern und blickt zu Gloria hinüber. „Auch wenn sie mich für mein Tun verachtete, so quälte auch sie die Sehnsucht und eines Tages stand sie vor meiner Tür. Es gab nur mehr dieses eine Mal – eine Art Versöhnung."

Nun beugt er sich zu mir, seine Miene verändert sich, wechselt von milde zu hart. Irgendetwas muss damals passiert sein, das ihn noch heute in Aufruhr versetzt.

„Für mich war die Sache damit erledigt. Wir waren zu verschieden und uns doch so ähnlich. Doch Gloria hatte mit diesem Besuch etwas beabsichtigt, wie ich kurze Zeit später erfahren musste."

Meine Finger krallen sich in die Tischdecke und obwohl wir uns in einem Raum mit so vielen anderen Menschen befinden, fühlt sich dieser Moment so intim und vertraut an, dass ich mich zusammenreißen muss, um nicht zum zweiten Mal im selben Lokal loszuheulen, auch wenn ich noch nicht einmal weiß, warum.

William erzählt mir die Geschichte mit solcher Inbrunst, als würde ihm immer noch das Herz bluten. Doch auch das meine blutet. Nicht, weil ich dasselbe fühle. Warum musste ich ihn gerade mit ihr erwischen? Von allen Frauen dieser Welt musste er sich ausgerechnet mit ihr treffen. Sie, die sich jetzt ins Fäustchen lacht, weil sie einen weiteren Keil zwischen uns getrieben hat. Ihre Augen haben mir verraten, dass sie noch immer etwas für ihn empfindet. Und wer könnte es ihr verübeln, dass sie diesen wunderschönen Mann für sich haben möchte?

„Sie hat an jenem Abend nur mit mir gevögelt, um schwanger zu werden. Sie dachte wohl, wenn sie ein Kind von mir erwartet, würde alles wieder so wie früher und wir könnten eine nette Bilderbuchfamilie abgeben. Zumindest ein Teil ihres Planes ist aufgegangen. Wie heißt es so schön? Ein Schuss, ein Treffer. So war es auch."

„Du hast ein Kind?", ich erkenne meine eigene Stimme nicht wieder.

William nickt stumm, greift nach meinen Händen, zieht und knetet sie, als müsste er sie wärmen. „Ich habe versucht, es mit ihr auszuhalten, unserem Sohn zuliebe, doch es geht nicht. Ich halte den Kontakt nur wegen Gabriel. Deshalb habe ich sie von Madrid weggeholt und bezahle ihr eine nette Wohnung, Gabriels Schule, ihre Flüge zu ihren Eltern – eigentlich finanziere ich ihr gesamtes Leben."

„Mir ist schlecht", stoße ich hervor und fasse mir an die Brust.

Ein Kind? Gabriel? Mir kommt wieder das nächtliche Telefonat in der Küche in den Sinn. Darauf angesprochen, bezeichnete er Gabriel als einen guten Freund. Es muss Gloria gewesen sein, die ihm zugesetzt hat, weshalb er sie so niedergemacht hat.

Nicht Gabriel ist für mich das Problem, im Gegenteil, ich mag ja Kinder. Vielmehr belastet mich die Tatsache, dass William sich mit keinem Sterbenswörtchen verraten hat und das nach allem, was wir zusammen durchgemacht und uns geschworen haben! Absolute Ehrlichkeit – Pustekuchen!

„Rose, sie bedeutet mir nichts. Gar nichts. Ich bin heute nur mit ihr hier, weil ich mir wegen Gabriel Sorgen mache. Meine Familie weiß von ihm. Um ehrlich zu sein, hat mein Vater damals alles versucht, um diesen Fehltritt, wie er Gabriel gerne bezeichnet, geheim zu halten. Was ihm auch gelungen ist."

„Warum? Warum schämst du dich für deinen Sohn?"

„Ich schäme mich doch nicht. Um Gottes willen, nie und nimmer!" Er packt meine Fingerknöchel so fest, dass es wehtut. „Gloria entstammt einem spanischen Adelsgeschlecht – die Familie ist arm wie eine Kirchenmaus, auf Prunk wollen sie trotzdem nicht verzichten. Kannst du dir vorstellen, welchen Skandal eine ungewollte Schwangerschaft in ihrem Fall heraufbeschworen hätte? Und dann auch noch schwanger von mir, der ich nicht den besten Ruf besitze."

Plötzlich ist es, als würde ein anderer Mensch vor mir sitzen. Nicht mehr der leichtsinnige, verführerische, manchmal etwas brummige Junge, sondern ein verantwortungsbewusster Vater. Auch wenn ich es nicht möchte, legt sich ein kalter Schleier zwischen uns und ich schüttle den Kopf, um ihn loszuwerden.

„Hättest du mir das jemals erzählt?"

„Natürlich – ich wusste nur nicht, wann und wie. Ich kenne dich zu wenig, um zu wissen, wie du auf dieses zusätzliche Hindernis reagierst."

„Hindernis – so nennst du deinen Sohn? William, du kennst mich besser als jeder andere. Denkst du, ich verlasse dich, nur weil du ein Kind hast? Hältst du mich für so feige?"

Er verneint und vermeidet es, mich anzusehen. „Natürlich nicht. Ich liebe Gabriel, auch wenn ich viel zu wenig Zeit mit ihm verbringen darf, da dies Glorias einzige Waffe gegen mich ist. Sie weiß, wie wichtig er mir ist, und kaum unternehme ich etwas mit ihm, heißt es im Nachhinein, ich hätte ihn in Gefahr gebracht, was einen Anruf ihres Vaters nach sich zieht. Die Sache ist äußerst kompliziert."

Das kann ich mir gut vorstellen. Wenigstens waren seine Motive ehrenhaft. „Wie alt ist er?"

„Er wird sieben. Rose, vertrau mir bitte. Dieses eine Mal kannst du voll und ganz auf mich zählen. Ich werde dich nicht verletzen, niemals."

Es ist so verwirrend. Nun sitzen wir hier und sind mit der nächsten Hürde in Form einer eifersüchtigen Ex konfrontiert, die ihn mit allen Mitteln zurückgewinnen möchte, und als Krönung des Ganzen ist auch noch ein Kind beteiligt. Oh Gott, gerade eben bin ich von der alleinstehenden Rose zur Stiefmutter mutiert. Mein Schädel droht zu platzen.

„Ich hätte nicht lügen müssen, ich weiß. Doch Gloria wollte sich unbedingt treffen, da sie mein Vater angerufen hat, einerseits, um ihr von dir zu berichten, andererseits, um mehr zu erfahren. Ich mache mir Sorgen, deshalb war ich gestern und heute so ein Arsch. Langsam wächst mir die Angelegenheit wirklich über den Kopf."

Dieses Geständnis lindert meine Schmerzen ein wenig.

Wieder eine Neuheit – William bekennt sich offen zu einer mentalen Schwäche. Ich fahre mit meinen Fingern über seine Knöchel. Seine Haut glüht, meine ist eiskalt. „Warum soll er sie ausfragen? Er weiß doch alles über mich."

„Sie sagte mir, dass er stinksauer ist und dir die Schuld in die Schuhe schiebt. Er glaubt, dass du mir und meiner Mutter einen Floh ins Ohr gesetzt hast. Das war auch der Grund, weshalb sich meine Eltern gestritten haben."

Ich? Na prima. Nun bin ich verantwortlich für Beverlys blaues Auge. Die Übelkeit wird unerträglich.

„Wie kommt er auf so etwas Dämliches?"

William zuckt die Schultern und legt die Stirn in Falten. „Frag mich nicht. Jedenfalls brauchst du dir keine Vorwürfe zu machen. Mir ist nur wichtig, dass du es weißt und dir der Gefahr, wenn auch einer minimalen, bewusst bist. Mein Vater kann unberechenbar sein."

„Genauso wie Gloria, stimmt´s?"

Er nickt. „Sie würde sich mit dem Teufel verbünden, um dich loszuwerden. Auch wenn es längst nichts mehr daran zu rütteln gibt, dass der Zug abgefahren ist, versucht sie es bei jeder sich bietenden Gelegenheit aufs Neue."

Und da er bis jetzt nie eine wirkliche Beziehung geführt hat, waren ihre Hoffnungen groß. Ich habe sie zerstört.

Wir sehen uns schweigend an, wobei William mir Zeit lässt, das eben Gehörte zu verdauen. Ich versuche, jeden Moment unserer Beziehung, in dem ich ihn nicht verstanden habe, mit dieser Geschichte in Einklang zu bringen.

Das Telefonat, die Bindungsunwilligkeit, und dann, als würde mir jemand ein Schild vor Augen halten, sorgt ein ordentlicher Regenguss für Klarheit. Jetzt verstehe ich, weshalb er niemals in mir gekommen ist. Warum er mir in dieser Hinsicht nicht vertraut hat. Er lebte in der beständigen Angst, dass es ihm mit mir wie mit Gloria ergehen könnte. „Das sagen sie alle", hat er mir damals als Erklärung hingeworfen.

Ich schließe kurz die Augen.

„Du solltest ihn nicht verstecken." Gerade du weißt, wie sich so etwas anfühlt, füge ich in Gedanken hinzu.

Er stutzt und lächelt dann. „Ich weiß."

Dieser Satz öffnet mir die Augen. Er hat Angst, etwas falsch zu machen. Angst, dass ihm die falschen Leute Ratschläge erteilen, die weder ihm noch Gabriel nützen.

„Wenn es dir recht ist, möchte ich ihn gerne kennenlernen."

Seine Augen leuchten und ein breites Grinsen zeichnet sich auf seinem Gesicht ab. „Das möchtest du? Keine Vorwürfe? Keine Zweifel? Keine Ängste?"

„Nein. Ich möchte uns diese Chance geben. Ohne sie", mit dem Kopf deute ich in Glorias Richtung. „Und vor allem möchte ich Gabriel eine Chance geben. Und weißt du, warum ich das alles mache – weil ich dich liebe, William. So sehr, dass ich wie eine Wahnsinnige hergerast bin, um dir eine filmreife Szene zu machen."

William beugt sich über den Tisch und zieht mich zu sich heran. „Die Szene dürfte dir gelungen sein. Du bedeutest mir so viel, das weißt du, nicht wahr, Babe? Ich würde alles tun, um dich glücklich zu machen." Im nächsten Moment berühren sich unsere Lippen. Hart presst er die seinen auf die meinen. Ich stöhne leise, als ich seine Zunge spüre und seine Finger meinen Rücken entlangstreichen.

Gloria wird mich gerade mit Giftpfeilen bewerfen, fällt mir ein und ich muss lachen.

William lächelt ebenfalls und drückt mich noch enger an sich. Das Liebespaar ist vereint. Schlussszene. Und Schnitt.

„Wir fahren – ich muss dich haben", raunt er und zieht mich hoch.

Ich stutze und versuche, mich entrüstet zu geben, da wir uns mitten in einem Lokal befinden.

Doch William steuert geradewegs auf Gloria zu, die den Rücken strafft, um größer und einschüchternder zu wirken. „Ich bezahle unten. Wir haben doch alles geklärt?“, fragt er und kramt in seiner Geldbörse.

Perplex sieht sie von ihm zu mir. „Du gehst? Wir haben noch nicht einmal gegessen. William?“

Wie schön dieses Miststück flehen kann. „Ich esse zu Hause“, diese Zweideutigkeit bringt mich zum Schmunzeln.

„Dann ist es das, was du möchtest? Kleine, dumme Tippsen, die bereitwillig die Beine breitmachen?“

Autsch. Obwohl William demonstrativ meine Hand hält und ich mich in der Pole-Position befinde, schmerzt mich dieser Sager so sehr, dass ich knallrot anlaufe.

Noch grinst sie siegessicher, Williams schroffe Worte lassen sie jedoch erbleichen. Die gesamte Palette an Gesichtsfärbungen scheinen wir beide heute durchlaufen zu haben. „Genau, Gloria. Ich würde dir raten, dein Mundwerk zu halten, sonst kannst du sehen, wer dir in Zukunft deine hübsche Wohnung bezahlt.“

„Pfh, du würdest deinen Sohn niemals auf die Straße setzen.“

„Ihn nicht“, zischt er zwischen den Zähnen hervor, „mit seiner Mutter hätte ich kein Problem. Wem würde das Jugendamt wohl das Sorgerecht erteilen, wenn sie erfahren, wie mittellos und unfähig du bist.“

„Du weißt, dass er dich hasst“, wirft sie ihm an den Kopf und genießt Williams Schmerz, den dieser nicht verbergen kann. „Dir waren diese Huren immer wichtiger als er. Ein guter Fick statt ein Tag mit ihm.“

„Was soll das?“, mische ich mich ein, darauf bedacht das Gespräch in freundschaftlichere Bahnen zu lenken.

„Was soll was?“, faucht sie zurück.

Ich trete einen Schritt näher und drücke Williams Hand, um ihn moralisch zu unterstützen. Meine Wut ist riesengroß und ich wundere mich, dass William sich auf ein simples Zähneknirschen beschränken kann. „Nach allem, was er für Sie tut, wollen Sie sich wirklich auf dieses Niveau begeben?“

„Süße, auf deines, meinst du wohl?“, spuckt sie geifernd aus.

„Lass es“, flüstert William und zieht an meiner Hand.

Er will keineswegs den Schwanz einziehen, hat aber dieses Theater bestimmt oft genug genossen. Und William ist ein Mann, der geht, wenn eine Sache für ihn erledigt ist. Was betreffende Person sicher mehr verletzt als eine weitere Aussage-gegen-Aussage-Diskussion.

„Entschuldigen Sie, ich muss Sie auffordern, das Lokal zu verlassen“, weist uns der arme Kellner, der wohl den schrecklichsten Abend seines Lebens durchmacht, zerknirscht an. Ich nicke, redlich bemüht, Glorias widerwärtiges Grinsen zu ignorieren.

11. Kapitel

Im nächsten Moment zieht mich William hinter sich her, nickt im Vorbeigehen einer Reihe von Leuten zu, die uns allesamt mustern, und schleift mich zu seinem Wagen.

„Sie ist eine ekelhafte Person“, schimpfe ich, während wir losfahren.

William schweigt, seine Kiefermuskeln sind angespannt.

Ich lasse mich in den Ledersitz zurücksinken und starre aus dem Fenster. Mir ist noch immer übel, meine Gehirnwindungen arbeiten auf Hochtouren, andererseits scheint die Zeit stehen geblieben zu sein. Jeder Atemzug wird zur Tortur. „Sag etwas“, dränge ich ungeduldig.

Er wirft mir einen flüchtigen Blick zu, dreht den Kopf aber gleich wieder weg. „Du hättest still sein sollen“, knurrt er und betrachtet die rote Ampel, an der wir halten müssen, so eingehend, als wäre er zum ersten Mal mit Derartigem konfrontiert. „Die Leute werden sich das Maul zerreißen.“

„Die Leute?“, wiederhole ich fassungslos. „Die können mir gestohlen bleiben. Sie zerreißen sich so oder so das Maul.“

„Dir ist das vielleicht egal – mir nicht. Gloria wartet doch nur auf eine solche Gelegenheit."

Gloria – ich könnte kotzen. Wieder ein Problem mehr. Hört das denn niemals auf?

„Ich verstehe nicht, warum du ihr dermaßen aus der Hand frisst. Gerade du, wo du dafür bekannt bist, nicht zimperlich im Umgang mit anderen zu sein."

Er zieht eine Augenbraue hoch und mustert mich. „Ich fresse niemandem aus der Hand. Nach einer halben Stunde bist du also in der Lage, dir über mich und Gloria ein Urteil zu bilden? Was ich seit zehn Jahren versuche herauszufinden, schafft Miss Menschenkenntnis innerhalb kürzester Zeit."

Warum ist er so böse? Jetzt sind wir wieder an dem Punkt angelangt, an dem ich all seine Wut abbekomme. „Bring mich bitte nach Hause", murmle ich in meinen Schal.

„Rose."

„Bring mich nach Hause."

Schnaubend biegt er in Richtung Kensington ab. „Ich verstehe deinen Gefühlsausbruch nicht. Kannst du mir erklären, was los ist, damit ich es kapiere?"

Nicht zu fassen! Nachdem er mir sein bis dato geheim gehaltenes Leben offenbart hat, ist doch alles noch in

Butter gewesen und er hat sich nichts sehnlicher gewünscht, als nach Hause zu fahren, doch jetzt drehen wir uns wieder im Kreis. Es ist überaus anstrengend und ermüdend. Ich zerre an meinem Gurt, der mir plötzlich viel zu eng ist.

„Nur weil dich dieses Miststück bis aufs Blut reizt, bin ich jetzt die Schuldige, oder wie? Ich kann nichts dafür – im Gegenteil, ich wollte dich verteidigen, dir beistehen, verdammt noch mal, ich wollte dir helfen, schon um deines Sohnes willen. Und was machst du? Du lässt mich anrennen und stellst mich hin, als hätte ich sie nicht alle."

Puh. Mein Schädel wird gleich explodieren.

„Die Dinge lassen sich nicht immer einfach lösen, Rose. Was denkst du, versuche ich seit sieben Jahren?" Er schüttelt unwillig den Kopf und hält vor meiner Wohnung.

Doch wir steigen nicht aus, sondern stieren unverwandt aus dem Fenster. Irgendetwas muss während der Fahrt mit ihm passiert sein. War er immer der Starke, so haben wir inzwischen die Rollen getauscht. War ich sonst immer diejenige, die einen Schubs benötigt hat, so ist nun er derjenige, der sich in sein Mauseloch verkrochen hat.

„Unternimm etwas und lass nicht zu, dass Gabriel dich eines Tages wirklich hasst. Er braucht dich. Und egal, was sie sagt, er liebt dich – wer würde das nicht? Kennt man dich erst einmal, muss man dich lieben."

William ist sich dessen nicht so sicher, kneift die Augen zusammen und lässt den Kopf hängen. „Jemand sagte einmal, ich hätte keine liebenswerten Eigenschaften. Das Einzige, was an mir hübsch anzusehen wäre, sei mein Gesicht, wenn es blutig geschlagen ist."

Unwillkürlich beginne ich zu weinen, befreie mich aus meinem Gurt und rutsche näher an ihn heran. Schluchzend nehme ich sein Gesicht in meine Hände. „William. Warum glaubst du solche Dinge? Dein Vater hat das gesagt, nicht wahr?"

Er nickt und streicht mir über die Wange. „Ich bin immer an die falschen Leute geraten, die mir alles, was mir lieb ist, wegnehmen wollten."

Mann oh Mann, was ich hier gerade erlebe, ist unglaublich! Bis jetzt hat er es immer geschafft, seine Gefühle perfekt zu überspielen, doch der Mensch, der neben mir sitzt, zeigt sich tief verletzt und gekränkt. Nicht nur sein Vater hat sich gegen ihn verschworen, auch sein Sohn ist unendlich weit von ihm entfernt. William hat resigniert, sich mit der Situation abgefunden, doch genau davon will ich ihn abbringen – von dieser sturen

Entschlossenheit, andere einfach machen zu lassen und sich zu fügen.

„Egal, was dein Vater behauptet hat. Egal, was Gloria dir vorgemacht hat oder wie sie dich dazu gebracht hat, deine Gefühle anderen gegenüber zu unterdrücken, ich bin für dich da. Nicht, weil ich muss, nicht, weil du mir materielle Sicherheit bieten kannst, nein, ich möchte es aus freiem Willen. Du gibst mir etwas, was mir noch kein anderer gegeben hat. Auch wenn du es nicht glauben magst: Kein Mann, der mit etwas bedeutet hat, zeigte jemals so viele Gefühle wie du."

„Jämmerlich", pfaucht er und verzieht den Mund.

Eindringlich schüttle ich den Kopf. „Wundervoll und so leidenschaftlich. Ich liebe dich", sage ich und küsse ihn. Diese Sprache versteht er. Damit kann ich bewirken, dass er wirklich fühlt. Körperlich ja, seelisch nein. Langsam erkenne ich, was man ihm jahrelang angetan hat. Nicht nur Charles hat einiges in William zerstört, auch Gloria leistete gute Arbeit und nahm ihm das letzte bisschen Vertrauen in andere Menschen. Wie viel Anstrengung, wie viel Schmerzbewältigung liegt noch vor uns!

Ich klammere mich an ihn und vergesse alles um uns herum. Hinter jeder schönen Fassade kann ein hässliches Monster wohnen. Das hat mich dieser Tag gelehrt. Doch irgendwo ist immer jemand, der es mit dem Monster aufnehmen und es bezwingen kann. Ob ich diejenige bin, wage ich im Moment nicht zu sagen.

„Komm mit rauf“, bitte ich ihn zwischen leidenschaftlichen Küssen.

William wehrt ab, auch wenn seine Augen etwas völlig anderes sagen. „Du brauchst Zeit, um nachzudenken. Ich habe dir heute eine ganze Menge zugemutet, das du erst einmal verdauen musst.“

„Um zu welchem Ergebnis zu kommen?“

Er zuckt die Schultern und streicht über meinen Rücken. Eine beruhigende Geste, wie ich finde.

„Du denkst doch nicht etwa, dass ich dich wegen deines Sohnes oder gar wegen Gloria verlassen würde?“

„Rose“, stellt er klar, „ich denke gar nichts. Mir geht es nur darum, dass du dich nicht überrannt fühlst. Das ist alles.“

„Was ist, wenn ich sage, dass ich nicht alleine sein möchte?“

Er grinst verlegen. „Dann würde ich deinen Wunsch natürlich erfüllen. Ich könnte dir nichts abschlagen, Babe.“

Irgendwie schaffen wir es über die Straße und durch die riesige Eingangshalle, wo uns der Mann vom Empfang freundlich grüßt. William nimmt meine Hand, zieht mich zum Fahrstuhl, wo uns die Lust übermannt, sodass wir übereinander herfallen. Sogleich wird mir mein Schal vom Hals gerissen, meine Weste folgt. Wir küssen uns heftig, stöhnen laut, und während ich Williams Haare zerraufe, kann ich nur beten, dass niemand zusteigt.

Mit einem Ruck kommen wir zum Stehen und torkeln in Richtung Wohnungstür. Nicht einmal während des Aufschließens können wir die Hände voneinander lassen. Wir küssen uns wie von Sinnen und William, der hinter mir steht, knetet meinen Hintern. Ich stoße die Tür auf, wir stürmen hinein und steuern sofort das Schlafzimmer an. Auf dem Weg dorthin entledige ich mich meines Shirts und meines BHs. William verliert sein Hemd und seinen Gürtel.

Mit einer Hand umfasst er meine Brüste, knetet und reizt sie, während die andere den Haargummi aus meinen widerspenstigen Locken zieht. „Offene Haare gefallen mir besser. Vor allem, wenn sie so unzüchtig abstehen."

„Unzüchtig", kichere ich. Doch schon dreht er mich um, hebt mich rittlings auf und wir plumpsen aufs Bett. „Aus welchem Jahrhundert stammt dieses Wort?"

William entschlägt sich der Antwort, bedeckt lieber den Ansatz meiner Brüste mit stürmischen Küssen. Ich bekomme augenblicklich eine Gänsehaut und lege, wohlig stöhnend, den Kopf in den Nacken. Seine Zunge schnellt vor, leckt über meine aufgerichteten Nippel und jagt Stromstöße bis in meinen Unterleib, der sich in freudiger Erwartung zusammenzieht.

Ich streichle hingebungsvoll seinen Rücken, seine Brust und sein Gesicht. Möchte jede Stelle seines Körpers berühren, damit er weiß, dass ich alles, wirklich alles an ihm und in ihm liebe. Nicht nur seine Hülle, nicht nur seine Künste als Liebhaber, nicht nur die Art, wie er sich gibt – ich liebe jeden Fehler, jeden Gedanken, jedes Wort. Einfach alles. Mein Herz schlägt unheimlich schnell, mein Atem geht stoßweise. Meine Augen fühlen sich trocken, meine Hände feucht an.

„Aufstehen“, raunt er und verstärkt den Druck um meine Hüften.

Ich leiste der Aufforderung Folge, begebe mich in eine aufrechte Position und warte geduldig.

„Zieh dich aus. Langsam“, sagt er mit Nachdruck und mustert mich mit feurigen Augen.

Im Zeitlupentempo knöpfe ich meine Hose auf und schiebe sie nach unten. Der geblümte Slip mit Rüschen ist alles andere als ein erotischer Anblick, doch jetzt ist es zu spät, sich dafür zu schämen.

Belustigt zieht er eine Augenbraue nach oben. „Die auch. Schleunigst."

Mein mädchenhaftes Kichern will nicht recht zu dem passen, was ich gerade mache. Wie anbefohlen lasse ich mir viel Zeit und werfe ihm dann im Stil einer Stripperin das Höschen zu.

Er führt es an seine Nase und schnuppert daran. Eine derart animalische und zugleich intime Geste habe ich noch nie gesehen. Mir bleibt richtiggehend die Spucke weg.

„Herkommen!", gebietet er und ich bin überzeugt davon, dass er mir gleich ein unmoralisches Angebot unterbreiten wird.

Ich will mich auf seinen Schoß setzen, doch er schüttelt streng den Kopf und umfasst meine Hüften. „Stehen bleiben!"

Seine Hände fahren über meinen Bauch, hinauf zu meinen Brüsten, die er zusammenschiebt, um dann mit den Daumen über die harten Nippel zu streichen. Seine Augen verfolgen jede Bewegung. Ich kann nicht sagen, was mich mehr aufgeilt. Seine geschäftigen Finger oder seine glänzenden Augen, die mich geradezu sezieren.

Dann befeuchtet er seine Daumen zwischen den Lippen und lässt sie abermals über meine Nippel gleiten. „Bist du nass?“, fragt er heiser.

Ich nicke stumm.

Mit nervenaufreibender Langsamkeit reizt er meine Brüste. Mein Kopf schnellt nach hinten und ich glaube, ohnmächtig zu werden. Das Ziehen und Zucken in meinem Unterleib wird immer stärker, was William mit Begeisterung registriert.

„Möchtest du so kommen?“ Seine Stimme klingt vollkommen ruhig.

Instinktiv will ich verneinen. Ich kann mir nicht vorstellen, dass es auf diese Weise funktioniert. Doch als er abwechselnd den harten Nagel und die weiche Fingerkuppe über meine Brustwarzen gleiten lässt, fühle ich mich bereit, es wirklich zu erleben.

Ich bin so verdammt nahe dran zu kommen. Meine Finger krallen sich in seine Haut, während sich meine Hüfte an seinen harten Penis drückt, der sich deutlich unter dem Stoff seiner Hose abzeichnet. Das beständige Reiben hat meine Nippel empfindlich gemacht. Blutrot und an der Grenze zum Schmerz richten sie sich immer weiter auf. William erkennt die Zeichen. Nicht nur mein Stöhnen, nicht nur meine Bewegungen – er kennt mich und weiß, dass es bei mir jeden Augenblick so weit ist. Vielleicht weiß er das besser als ich selbst.

Unglaublich, dass man einzig durch das Reizen der Brüste einen Orgasmus erleben kann! William traktiert mich unbeirrt weiter. Ungnädig gleiten seine Finger über meine überhitzte Haut und steigern meine Lust.

„Oh Babe“, raunt er und streicht mir die Haare aus dem Gesicht. „Kannst du aufstehen?“

„Was?“ Ich befinde mich in einer wohltuenden Trance, unfähig irgendetwas zu tun.

William lächelt und schiebt meine Hüften nach oben, sodass ich aufrecht vor ihm stehe. Meine Beine zittern. „Stell deine Beine hierher“, ordnet er an und deutet mit den Händen auf die Matratze links und rechts neben ihm. Da ich nicht reagiere, hebt er mich mit einem kräftigen Ruck hoch. Mein linkes Bein landet auf der Matratze, mein rechtes wird angehoben und auf seiner Schulter platziert. Diese Stellung ist nicht gerade bequem für mich, verschafft ihm aber einen einmaligen Blick auf meine intimste Zone, die vor Vorfreude feucht schimmert.

William küsst die empfindsame Innenseite meiner Oberschenkel und lässt seine Lippen dann Zentimeter für Zentimeter nach außen und wieder zurück wandern. Begierig verfolge ich sein Treiben. Seine Arme hat er um mich gelegt, seine Finger drücken in meine Pobacken und ziehen mich näher an sich heran. Sein Mund arbeitet sich langsam und genussvoll nach oben. Mein Bauch spannt sich an, als Williams Lippen nur noch wenige Millimeter von meiner feuchten Mitte entfernt sind.

Dann küsst er meinen Venushügel, knabbert kurz und vorsichtig mit seinen Zähnen daran, wobei er mein lustvolles Aufstöhnen mit einem rauen Lachen quittiert und sich dann weiter in Richtung jenes Punktes vorarbeitet, der bereits vor Lust geschwollen ist. Mit dem Zeigefinger teilt er andächtig meine Schamlippen. Besagter Finger schimmert, als er ihn mir entgegenstreckt und gleich darauf in meinen Mund schiebt. Ohne zu überlegen, beginne ich daran zu saugen. Der Geschmack vermischt sich mit dem meiner eigenen Lust. William blickt mich unverwandt an, während sich sein Mund noch immer mit meiner Scham beschäftigt.

Im nächsten Moment entzieht er mir seinen Finger, lässt ihn zielstrebig nach unten wandern und befeuchtet meinen Kitzler mit meiner eigenen Spucke. Wieder stöhne ich laut, kralle meine Finger in seinen Rücken und werfe den Kopf von einer Seite zur anderen. Ich gerate ins Taumeln, was William ein ungehaltenes Brummen entlockt. „Rose“, schimpft er. „Stehen bleiben, sagte ich.“

„Ich kann nicht“, keuche ich.

„Das musst du aber“, verlangt er bestimmt und hört dabei keine Sekunde auf, mich zu reizen. Immer wieder streicht er über meinen Kitzler und jagt damit lustvolle Schauder durch meinen ganzen Körper. Vor meinen Augen tanzen Sterne. Ich fühle mich nicht mehr in der Lage, zu denken oder gar zu reden. Erneut taumle ich nach hinten. William hält mich gerade noch fest, hebt mich dann hoch, um mit mir quer übers Bett zu robben. Mit den Händen an die Wand gepresst, schiebt er meine Beine auseinander.

„William“, bettle ich und es gibt keinen Zweifel, wonach es mich dürstet.

Er jedoch schüttelt den Kopf und lässt einen Finger in mich gleiten. „Wir wissen beide, was du möchtest, nicht wahr, Rosie? Du möchtest, dass ich dich ficke – hart und ungestüm, damit dieses Jucken vergeht. Doch ich habe nicht vor, dich so schnell zu erlösen. Dein Auftritt heute war nicht nett, das muss ich gar nicht erst erwähnen, oder? Außerdem hast du mir Dinge entlockt, die ich besser nicht gesagt hätte. Da ich überhaupt noch keine Zeit hatte, mich über dein Benehmen aufzuregen, mache ich es eben jetzt.“

Was? „Es ist unfair, mich auf diese Weise zu bestrafen“, wende ich ein. Doch William schiebt ungeniert einen zweiten Finger in mich.

„Unfair?“, wiederholt er amüsiert. „Ein relativ dehnbarer Begriff, wenn man bedenkt, wer vorhin bereits gekommen ist.“

Der Klang seiner Stimme lässt mein Verlangen noch größer werde. Ich reibe mich an seinen Fingern, schiebe sie tiefer in mich und versuche, mir auf diese Weise Lust zu verschaffen. William bleibt mein Ansinnen nicht verborgen. Listig funkelt er mich an. „Rosie, Rosie. Was machen wir nur mit dir? Es ist verlockend, ich weiß. So schön feucht, so offen, so bereit. Und vor allem so aufgeschlossen“, er schiebt einen seiner Finger, die gerade noch in mir waren, in meinen Mund.

Ich kann nicht mehr. Er macht mich wahnsinnig. Als könnte ich ihn mit dieser Geste überreden, beginne ich seinen Finger wieder mit meiner Zunge zu umkreisen. Diesmal schmecke ich meine eigene Lust noch deutlicher.

„Brav machst du das, Babe. Immer schön saugen.“

Dieser Aufforderung muss ich einfach nachkommen. Ich sauge noch intensiver an seinem Finger und nehme ihn bis zum Ansatz in mich auf. Längst habe ich nicht mehr das Gefühl, mich mit einem Finger zu beschäftigen.

Es kommt mir vor, als hätte ich seinen Schwanz zwischen meinen Lippen.

Noch einmal streicht er mit seinem Finger über meine geschwollene Unterlippe, dann zieht er seine Hand zurück. Ich vermisse seine Berührung, vermisse das Gefühl von Haut an Haut. William kniet sich vor mich hin, meine Beine sind weit geöffnet und es bräuchte nur sehr wenig, um mich zum Schreien zu bringen. Doch nichts dergleichen geschieht.

„Da hat es jemandem wohl die Sprache verschlagen“, stellt er grinsend fest und streicht über meinen blanken Hintern.

Eingeschnappt drehe ich meine Hüften von ihm weg. „Jemand versucht hier mit reichlich unfairen Methoden, zu seinem Recht zu kommen. Und das, obwohl sich dieser Jemand das keinesfalls selbst bieten ließe. Im Gegenteil, es würden Tische und Stühle durch die Luft fliegen. Eine Schneise der Verwüstung würde halb London durchziehen und Knochen würden gebrochen werden.“

Er bemüht sich um einen ernsten Gesichtsausdruck, aber ich weiß, dass er sich das Lachen verkneifen muss. Für ihn ist das ein Spiel – für mich ebenso. Doch ich kann seine Stimmung selten richtig einschätzen und muss darauf gefasst sein, dass sie jeden Moment umschlägt.

Auch dann, wenn er gerade dabei ist, den Reißverschluss seiner Hose nach unten zu ziehen.

„Ich würde mich nicht auf Knochen beschränken – dieses Schwein müsste um Gnade flehen, dass ich es beende. Doch du kannst uns beide nicht vergleichen."

„Warum nicht? Nur weil du ein Mann bist?" Ich schnappe nach Luft, als er mich hochhebt und auf seinen angewinkelten Beinen absetzt. Sein Schwanz ist unter mir zu spüren, er kommt mir heute noch härter und größer vor.

Mit einem spitzbübischen Glitzern in den Augen knetet er mit stoischer Ruhe meine rechte Brust. Wie kann man in einer solchen Situation nur dermaßen die Contenance bewahren? Es muss an seiner langjährigen Erfahrung liegen, gestehe ich mir ein.

„Ich verteidige mein Eigentum und gebe es niemals kampflos ab."

„Ich zähle also ich zu deinem persönlichen Eigentum?", bohre ich nach und versuche mir die Vorfreude, die daher rührt, dass er sich die Hose über die Hüften zieht und nun ebenso nackt ist wie ich, nicht anmerken zu lassen. „Bist du nicht derjenige, der keine Beziehung wollte?"

„Das sind zwei Paar Schuhe. Wenn du die Frage erlaubst, Rose, warum reden wir über solche Dinge? Es hält mich davon ab, dich zu ficken, was ich liebend gerne machen möchte."

Ich kneife die Augen zusammen und sehe seinen Rückzug nicht als solchen, sondern als Produkt seiner Erregung an.

Zeit zu kapitulieren.

Eine steile Falte macht sich zwischen seinen Augenbrauen breit, während er mich neugierig betrachtet, wohl in der Absicht, den Grad meiner Enttäuschung zu eruieren. Doch bei Gott, ich kann ihm nicht helfen. Stattdessen lege ich meine Hand um seinen harten Penis und beginne ihn zu reiben. Langsam, genüsslich und mit aller Zeit der Welt. Gerade so, wie er es gemacht hat. Während ich sein konzentriertes Gesicht mustere, welches wohl Härte und Unnahbarkeit vermitteln soll, versuche ich, indem ich die Spitze seines Schwanzes in mich schiebe, dort kurz verharre und ihn wieder herausziehe, an dieser perfekten Fassade zu kratzen.

Er rührt sich nicht. Kneift nur die Augen zusammen. Ich entscheide mich für den Schlagbohrer, der die standfeste Mauer einreißen soll. Wieder hebe ich meine Hüften, setze mich und schiebe ihn etwas tiefer in mich. Mein Körper zieht sich verräterisch zusammen und ein Seufzer entringt sich meiner Brust. Doch nicht nur ich schnaube, als ich ihn wieder herausziehe und ihn mit meiner Hand bearbeite. Auch Williams Augenaufschlag wird träger und nun hat es offenbar ihm die Sprache verschlagen.

Ich werde nicht müde, diese Prozedur zu wiederholen, und warte nur mehr darauf, dass er mich auf den Rücken dreht und so fest zustößt, wie wir beide es brauchen.

Doch die Realität sieht anders aus. William bleibt brav sitzen, hat zwar die Finger in meine Hüfte gekrallt und rollt bei jeder meiner Bewegungen mit den Augen, doch er hat sich vollkommen unter Kontrolle.

„Ganz schön nervig, wenn dich jemand auf diese Art in den Wahnsinn treibt, nicht wahr?“ Mein Gott, klingt meine Stimme rauchig! Sie allein müsste genügen, um ihn zum Betteln zu bringen.

„Ich habe schon Schlimmeres erlebt“, gesteht er und ist sich der Wirkung seiner Worte auf mich mehr als bewusst.

Sofort zieht sich mein Herz zusammen und ich möchte mir gar nicht vorstellen, was er mit anderen Frauen getrieben hat. „Das bezweifle ich keine Sekunde.“ Hoffentlich hat er meine Eifersucht nicht bemerkt.

„Du solltest das jetzt lieber lassen, bevor ich die Beherrschung verliere“, entgegnet er ruhig und auf der Stelle fahre ich meine Antennen aus.

„Und dann geschieht was?“, frage ich todesmutig.

Er leckt sich über die Lippen und schweigt.

Ich warte, ob von seiner Seite noch etwas kommt, dann schiebe ich ihn wieder in mich, bin gerade dabei, den Wahrheitsgehalt seiner Worte zu prüfen, da packt er meine Arme, verschlingt sie hinter meinem Rücken zu einem Knoten, der wahrhaft schmerzt. Verzweifelt drehe und winde ich mich.

„Und jetzt, Rosie“, raunt er, „wirst du mich vögeln. Schnell, hart und vor allem sofort.“

Ich kichere teils erregt, teils schockiert angesichts seiner Worte, während ich stocksteif auf ihm sitze.

William stellt eines klar: „Mein Spiel. Meine Regeln.“

Als er seine Hüfte nach vorne drückt, um seinen mächtigen Penis noch weiter in mich zu pressen, drohe ich nach hinten zu kippen. Alleine seinen Händen, die er um mich geschlungen hat, ist es zu verdanken, dass ich weiterhin in der Senkrechten bleibe.

„Ich will dich berühren“, stöhne ich, da ich diesen Schmerz in meinen Armen nicht mehr länger aushalte.

William lässt mich tatsächlich los und ich kralle meine Finger in sein Haar, beginne ihn zu küssen und mich hungrig zu bewegen. Ich gebärde mich wie im Rausch.

Immer wieder reibt die zarte Haut seines Schwanzes über meine ebenso empfindliche und gießt so ständig Öl ins Feuer. Sein Mund lässt mich nicht mehr los, seine Zunge stößt im gleichen Rhythmus in mich und jagt die meine bis in die hintersten Winkel.

„Mein Gott", keuche ich.

Er ist so hart, so tief in mir, was wohl auf diese aufrechte Position zurückzuführen ist. Wir steuern nur mehr einem Ziel entgegen und ich bin so durstig danach, dass ich glatt als blutrünstig durchgehen könnte.

„Komm für mich, Babe", spornt er mich mit rauer Stimme an. Er weiß genau, was diese Worte bewirken. Sie sind ein mächtiges Aphrodisiakum, das geradewegs zwischen meine Beine schießt.

Und als würde ich nur existieren, um ihm zu gehorchen und alle seine Wünsche zu erfüllen, komme ich im selben Moment. Ich verkralle meine Finger noch tiefer in seinem Haar, ziehe seinen Kopf an meine Brüste, stöhne, bettle und wimmere, als müsste ich unsägliche Schmerzen erdulden.

Ich kann mich nicht genug über mich selbst wundern. Wie kann man so hungrig, so durstig, so süchtig nach einem Körperzustand sein, dass man alle Ängste und Zweifel über Bord wirft?

Dabei ist es gerade die Tatsache, dass ich nicht an morgen gedacht und mich einfach auf William und sein Leben mit all seinen Tücken und schrecklichen Erlebnissen eingelassen habe, die unsere heutige Verbindung überhaupt erst ermöglicht hat. Hätte ich nämlich so gehandelt, wie ich es bei Taylor – die Beziehung mit ihm scheint Jahre zurückzuliegen – getan habe, so hätten wir keine Chance gehabt. Zu viel ist uns im Weg gestanden und tut es im Grunde noch immer. Doch für uns bin ich bereit zu kämpfen. Und auch für die Momente völliger Ekstase.

Hart spannt sich Williams Penis an, während er reglos in mir verharrt und die Augen geschlossen hält. Ich genieße es, ihm dabei zuzusehen, denn durch seinen Orgasmus wird auch meiner weiter angestachelt, sodass ich bald neuerliche Erlösung erfahren werde.

Langsam ebben die Wellen ab und wir sinken müde in die Kissen. Mit dem Kopf auf Williams Brust liegend, lausche ich seinem kräftigen Herzschlag. Meine Lider senken sich, wir streicheln uns und versuchen beide, zur Ruhe zu kommen.

Meine Nerven sind zum Zerreißen gespannt. Das ist mit Sicherheit nicht nur dem gigantischen Sex zuzuschreiben. Andererseits möchte ich Gloria, von der ich gerade einmal ein paar Stunden lang weiß, nicht mit ins Bett holen. Das ist allein unser Moment. Er soll William und mir gehören und nicht dieser Hexe, die liebend gerne an meiner Stelle wäre.

William schnauft und hebt den Kopf. „Ich dachte, du schläfst."

„Nein, ich genieße", antworte ich leise.

Für ein paar Minuten geben wir uns ganz bewusst der Vertrautheit hin, die zwischen uns herrscht. Williams Atemzüge werden langsamer. Mit seiner Rechten streicht er noch immer über meinen Rücken und ich halte die Augen wohlig geschlossen.

„So mag ich das am liebsten", murmle ich an seiner Brust.

„Ich weiß, Babe."

„Darf ich dich etwas fragen?" In Williams müden Augen ist ein Schleier auszumachen, der bestimmt nicht nur vom Sex herrührt. Ausnahmsweise kann ich mir denken, was in ihm vorgeht. Denn so offen wie heute ist er mir gegenüber noch nie gewesen. Und vor allem hat er sich heute definitiv für mich entschieden. Mich erstaunt nicht die Tatsache, dass er es getan hat, sondern ich bin über die Verliererin erstaunt. Vergleiche ich nämlich Gloria und mich, so könnten die Unterschiede augenfälliger nicht sein. Andererseits weisen wir in gewissen Belangen durchaus Ähnlichkeiten auf. Zum Beispiel kämpfen wir beide um diesen außergewöhnlichen Mann.

„Daran würde man dich nur schwer hindern können."

„Hast du das alles auch mit Gloria erlebt? Ich meine, diese Vertrautheit, die Zugeständnisse und die Liebe?"

Ich halte den Atem an, während ich auf seine Antwort warte. Habe ich mich jetzt zu weit aus dem Fenster gelehnt? Möglicherweise ist er nicht bereit, mir Näheres über seine Beziehung mit Gloria zu erzählen.

Doch dann räuspert er sich, was er immer macht, wenn er nervös ist. „Kommt darauf an, wie du reagierst. Ich kenne euch Frauen – zuerst wollt ihr, dass man euch die ganze Wahrheit gesteht ..." Er sieht mich erwartungsvoll an und stupst gegen meine Nase. „Es war nicht so wie mit dir, Rose. Unsere Beziehung, wenn man sie als solche bezeichnen kann, war wild, aufreibend, stürmisch, explosiv. Was uns verband, war die Herkunft –

und der Sex. Wir waren beide auf der Suche nach einem Seelenverwandten."

Ich bin mehr als erleichtert. In meinen Ohren klingen diese Ausführungen beinahe wie eine Liebeserklärung.

„Und da sie mit ähnlichen Problemen wie ich konfrontiert ist, tut es mir weh, auch wenn es das nicht sollte. Sie begeht dieselben Fehler, die ihre Eltern gemacht haben, bei unserem Sohn."

Warum sind alle Reichen nur so drauf? Geld steigt offenbar zu Kopf. Wie ließe sich sonst erklären, dass Gloria ein so angespanntes Verhältnis zu ihrem Sohn hat? Entweder hat sie selbst nie etwas anderes kennengelernt oder sie empfindet wirklich nichts für Gabriel. Dieser Gedanke versetzt mir einen Stich.

„Hat sie dich jemals zu den besagten Partys begleitet?"

„Nein. Damit fing ich erst an, als wir getrennt waren."

Ich nicke. Sehr offen. Doch vor allem kommen seine Antworten schnell und ohne Ausflüchte.

„Wie oft siehst du Gabriel?"

„So oft, wie es mir möglich ist. Als er noch kleiner war, vielleicht gerade dreimal im Monat. Gloria behandelt ihn wie ein rohes Ei und glaubt, ich mache alles falsch. Jetzt, wo er größer ist und mich von sich aus sehen will, häufen sich unsere Treffen."

Zu gerne würde ich Gabriel kennenlernen! Schon um festzustellen, wie ähnlich sich Vater und Sohn sind. Außerdem wüsste ich dann, wie William als kleiner Junge gewesen ist. „Ich verhindere doch nicht, dass du ihn siehst?“

„Nein“, meint er lachend.

„Vielleicht kannst du ihn ja einmal fragen, ob er mich kennenlernen möchte. Du kannst mich einfach als eine Freundin vorstellen – wir müssen ihn ja nicht gleich vor vollendete Tatsachen stellen.“

Mit einem Mal wendet sich William ab und seine Kiefermuskeln verspannen sich, ein untrügliches Zeichen, dass ihm mein Vorschlag missfällt. Vielleicht ist ihm die Angelegenheit zu privat, ein zu großer Schritt, vielleicht ist er aber einfach nur übervorsichtig, was die Beziehung zu seinem Sohn angeht. Doch bei Gott, ich würde ihn so gerne sehen!

„Wir sollten es langsam angehen. Gloria wird ihn gegen dich aufhetzen und ich möchte nicht, dass er zwischen die Fronten gerät. Ich werde mit ihm reden und ihn entscheiden lassen.“

Als müsse er mich trösten, küsst er mich zart auf die Schläfe, sieht mich mitfühlend an und wickelt dann die Decke um uns.

„So wird es am besten sein“, gähne ich und kuschle mich noch enger an ihn.

„Schlaf gut, Babe. Für heute habe ich dir mehr als genug zugemutet.“

12. Kapitel

Gerade sind wir gemeinsam im Büro angekommen, da läutet auch schon sein Telefon. Schließlich war es den ganzen Morgen über ausgeschaltet. Seine Position in der Firma hin oder her, ich habe wirklich keine Lust, dass ich ihn von früh bis spät teilen muss. Und ich meine damit nicht unbedingt andere Frauen, die uns das Leben schwermachen wollen. Etwas, das Gloria bereits wieder versucht hat.

Während der Fahrt in die Firma hat mir William erzählt, dass sie ihn angerufen hat. Das Gespräch drehte sich nicht explizit um mich. Vielmehr gab Gloria die fürsorgliche Mutter, die ihren Sohn vor der Tatsache, dass sein Vater nun eine andere Frau an seiner Seite hat, schützen möchte. Denn wenn da jemand ist, der William etwas bedeutet, kommt Gabriel ihrer Meinung nach zu kurz. William hat sie in die Schranken gewiesen und dann aufgelegt.

Ich hätte weder die Nerven noch die Geduld, ihr zuzuhören. Doch William scheint dies in den letzten Jahren gelernt zu haben.

„Bis später", sagt er und verschwindet in seinem Büro.

Debby sieht mir finster nach, als ich in meinen vier Wänden verschwinde. Kaum sitze ich, scheppert auch mein Telefon.

„Mister Bennets Büro, Rose hier, was kann ich für Sie tun?“, spule ich meinen einstudierten Satz ab.

„Es ist ziemlich schwer, an deine Firmennummer heranzukommen, aber du weißt ja, dass ich Beziehungen habe“, vernehme ich Andys Stimme und merke, wie ich mich entspanne.

Andy kommt mir gelegen, denn für einen Moment habe ich mit dem Gedanken gespielt, dass es Gloria sein könnte, die ein ernstes Wörtchen mit mir zu reden gedenkt. Da ich bereits längere Zeit nichts mehr von Andy gehört habe, was sicher nicht an ihm liegt, bin ich richtig gespannt, was er zu berichten hat.

„Du weißt ja, die Mächtigen schützen sich durch eine Horde Soldaten.“

„Sieht ganz danach aus. Wie wäre es, wenn wir heute gemeinsam zum Mittagessen gehen?“

Ich konsultiere meinen Kalender. „Sieht gut aus. Kommst du her? Meine Pause beginnt so gegen zwölf.“

„Lässt sich einrichten. Was ist mit dem Arsch? Naomi erwähnte, dass ihr euch wieder lieb habt.“ Sein

Sarkasmus trieft durchs Telefon und läuft mir über den Rücken nach unten.

Erst jetzt, da ich zugesagt habe, wird mir klar, wie wenig William mit diesem Mittagessen einverstanden sein wird. Doch ich bin selbstständig, erwachsen und vor allem lasse ich mich nicht von einem launigen Mann einschüchtern. Soll er doch schmollen, denke ich und straffe die Schultern. „Ja, wir werden es versuchen. Ich fühle mich wohl bei der Sache und er kommt mir entgegen."

„Klingt eher nach einem ewigen Kampf als nach einer Beziehung zwischen zwei Erwachsenen."

„Andy!", weise ich ihn in die Schranken. Ich habe wirklich keine Lust, mich von ihm belehren zu lassen. Dafür kennt er mich dann doch zu wenig.

Ich höre ihn lachen. „Keine Angst, Rose, ich bin handzahm. Wir sehen uns später, ich muss arbeiten. Ach ja, am Samstag findet hier im Club eine Party statt, mein Geburtstag steht vor der Tür, vielleicht schaffst du es ja vorbeizukommen. Das Arschloch kannst du gerne mitschleppen, wenn du möchtest."

Er wird nicht mitkommen und so lange auf mich einreden, bis auch ich zu Hause bleibe, das ist gewiss.

Doch da ich Andy nicht enttäuschen will, sage ich letztendlich zu.

Angepisst auf mich selbst, lasse ich mich in meinen Sessel fallen und tippe mir an die Stirn. Mein Gott, der nächste Streit ist damit vorprogrammiert!

Ich bringe gerade meinen Schreibtisch in Ordnung, da umfasst mich von hinten eine Hand. Von meinem Bauch schlängelt sie sich nach oben zu meinen Brüsten. Unwillkürlich zucke ich zusammen, da ich mit meinen Gedanken ganz woanders war. Ich habe nämlich das Treffen mit Andy noch einmal überdacht. William darf nichts davon erfahren, auch wenn ich das unaufrichtig finde – beiden gegenüber.

Es ist ja nicht so, als würde ich mit Andy eine Affäre anfangen, doch er ist mir in den letzten Wochen ans Herz gewachsen und war für mich da, als es mir schlecht ging, auch wenn wir uns zu diesem Zeitpunkt noch nicht wirklich gekannt haben. Genauso weiß ich, dass William nichts für ihn übrig hat. Meine Aussichten sind also trüb, andererseits bin ich fest entschlossen, mich nicht wie eines dieser braven Heimchen am Herd behandeln zu lassen.

„William“, fahre ich hoch und lege meine Finger auf die seinen. „Du hast mir einen ordentlichen Schrecken eingejagt. Warum schleichst du dich so an mich heran?“

„Deine Kehrseite hat mir so gefallen und da ich dich schon eine Zeit lang beobachtet habe, wollte ich dich unbedingt haben“, flüstert er und beginnt meinen Hals zu küssen.

Kameradenschwein, der er nun einmal ist, breiten sich von dort aus wohlige Schauder über meinen Rücken aus.

„Ich muss los“, teile ich ihm so unbeschwert wie möglich mit.

„Wo gehst du hin?“ Seine Finger wandern unbeirrt weiter und ziehen die meinigen mit. Mein Rock spannt über der Stelle, auf die sie zusteuern. Und während mich sein Mund weiterhin mit Küssen lähmt, spüre ich den Druck seines Daumens auf meiner Klitoris. Wie findet er sie nur unter derart viel Stoff?

Ich lecke mir über die Lippen, die im Gegensatz zu anderen Körperteilen staubtrocken sind. „Ich gehe mit Naomi essen.“ Nur eine kleine Notlüge, besänftige ich mein schlechtes Gewissen.

„Sag ab, ich lass uns etwas bringen.“ Wie verlockend das klingt! Doch klingt nicht alles aus seinem Mund verlockend, zumindest habe ich das Gefühl. „Babe, ich brauche dich."

Und ich dich. „Ich brauche meinen Freiraum, William. Wir sind hier und daheim zusammen. Wenn ich nicht wieder mal rauskomme, fällt mir früher oder später die Decke auf den Kopf."

Auch wenn mir das lediglich als Vorwand dient, um ihn zu beruhigen und mir das schlechte Gewissen zu nehmen, so ist darin doch ein Funken Wahrheit enthalten. Es ist tatsächlich so. Jetzt, frisch verliebt und voll mit diesen tollen Empfindungen, kann ich nicht genug von ihm bekommen, im Gegenteil, es kostet all meine Kraft, ihm zu widerstehen. Doch die Dröhnung kann eines Tages auch zu viel werden. Wie viele Paare trennen sich, weil sie sich nichts mehr zu sagen haben. Und Williams Charakter und seine Vergangenheit sind doch schon anstrengend genug!

„Du verstehst mich doch?", setze ich nach, da er sich in betretenes Schweigen hüllt und weiterhin meinen Hintern knetet.

Ein wohliges Brummen ist hinter mir zu vernehmen, William schiebt meinen Rock hoch und umfasst meinen Hintern. Ich spüre seine Erektion und verkrampfe mich.

„Ich liebe diesen Arsch, Babe."

„Wenigstens liebst du irgendetwas an mir.“ Die verbale Ohrfeige hat gesessen und da man William selten sprachlos erlebt, harre ich der Dinge, die kommen mögen. Lediglich den Rock habe ich nach unten geschoben und mich umgedreht, sodass ich ihm ins Gesicht sehen kann. Die Sprachlosigkeit ist nur von kurzer Dauer und weicht einer unbändigen Wut. Seine Augen verdunkeln sich und er legt den Kopf schief. An sich wäre jetzt der richtige Moment, um wegzulaufen. Stattdessen bleibe ich mitten im Feuer stehen und warte, dass es mich verschlingt.

Er öffnet den Mund, schließt ihn wieder und scheint Mitleid mit mir elendem Häufchen zu haben, da er sich mit einem Schnauben begnügt und dann in seinem Büro verschwindet. Natürlich nicht, ohne die Tür ins Schloss zu knallen.

Während ich mich auf den Weg in die Lobby mache, führe ich mir sein Benehmen noch einmal vor Augen. Ich habe doch nichts Böses im Sinn. Warum regt er sich so auf?

Sein Verhalten, dieses eifersüchtige, herrische, ist es doch, das mich zu solch dummen Lügen zwingt. Hätte er nämlich nur ein klein wenig mehr Vertrauen in seine Umwelt, wäre er kein so verdammter Egoist, der seine Mitmenschen alleine durch seine Präsenz einschüchtert, dann würde ich ihm auch mehr zugestehen. Und ich müsste mich jetzt nicht heimlich mit Andy treffen. Der lehnt bereits lässig am Empfang und winkt mir freudig zu, während er sich weiter mit Claire unterhält, die längst seinem jungenhaften Charme erlegen ist. Wäre William nicht so stur, würde ich ihm von dem Mittagessen berichten, er hätte nichts dagegen und die Sache wäre erledigt.

Da er aber glaubt, meine Welt drehe sich ausschließlich um ihn und er müsse mich mit beiden Händen festhalten, provoziere ich den nächsten Streit. Schon jetzt ist mir klar, dass er daraus als Sieger hervorgehen wird.

„Hey, schöne Frau. Das Monster hat dich doch ganz gelassen. Claire, ich rufe dich an", sagt er augenzwinkernd und sie läuft knallrot an.

Andy ist heute sehr leger gekleidet – er trägt ein lässiges Shirt, Jeans und setzt sich beim Verlassen des Glaswürfels eine schicke Sonnenbrille auf. Nun wirkt er viel seriöser, weltgewandter und fast schon so einschüchternd wie William, auch wenn Andy das schiere Gegenteil von ihm ist.

Ich habe Naomi wirklich nicht zu viel versprochen, als ich meinte, Andy sei brav. Das ist er nämlich wirklich.

Trotzdem hat auch er eine verschmitzte und flirtende Ader, die er ab und an zur Schau stellt. Dann ist er mit Vorsicht zu genießen, denn seine Absichten lassen sich nicht leugnen.

Er lächelt mich an und legt einen Arm um mich. Unwillkürlich verkrampfe ich mich, werde ich doch von der Vorstellung geplagt, dass William dort oben im tausendsten Stockwerk wie ein griechischer Sagenheld auf uns herabblickt und mit geballter Faust auf die gläserne Front einschlägt. Das Glas zerspringt und rieselt auf uns herab, während William auftaucht und mich zurück in sein dunkles Reich schleppt. Ein Schauder erfasst mich.

„Was möchtest du essen?“, reißt Andy mich aus meinen düsteren Gedanken.

„Etwas Leichtes.“

„Na gut. Wie wäre es, wenn ich uns Futter besorge und du es dir solange dort drüben gemütlich machst?“

Er deutet in Richtung des kürzlich angelegten Gartens, vielmehr ein Gärtchen, der den Mitarbeitern als Rückzugsort während der Mittagspause dienen soll. Nur allzu gerne stimme ich an diesem warmen, fast schon sommerlichen Tag dem Vorschlag zu.

Alleine mache ich mich auf den Weg und lasse mich auf die erstbeste, noch freie Bank fallen. Mit geschlossenen Augen und in den Nacken gelegtem Kopf versuche ich, gegen meinen Kopfschmerz anzukämpfen. Ein Schmerz, der Williams Launen geschuldet ist und somit immer und immer wieder auftreten wird.

Mein Problem ist, dass ich unschlüssiger werde, je länger ich nachdenke. William ist und bleibt mir ein Rätsel. Ich wette, dass er mich bei meiner Rückkehr keines Blickes würdigen wird. Schon am Beginn unserer Beziehung quälte mich die Angst, dass ich unfähig wäre, sein Päckchen mitzuschleppen. Nicht nur das, es ist er selbst. Er ist das Problem. Er macht alles zum Problem, legt uns selbst die Steine in den Weg, über die wir dann stolpern.

Ein Schatten fällt auf mein Gesicht. Gott sei Dank ist es Andy. Noch nie habe ich mich so gefreut, William nicht sehen zu müssen.

„Thunfischsalat?", er streckt mir die Pappbox entgegen und reicht mir in Folie verpacktes Besteck mit einer Serviette darin.

Ich nicke, ziehe den Deckel ab und schaufle den Salat, der wirklich gut schmeckt, gierig in mich hinein. Wir reden kein Wort. Andy widmet seine ganze Aufmerksamkeit einem Burger mit Pommes.

Erst als wir unser bescheidenes Mahl beendet haben, lehnt er sich zurück und sieht mich von der Seite an. Ich versuche zu lächeln und nicht so zerknirscht zu wirken, wie ich es tatsächlich bin.

„Was macht dieser Arsch nur mit dir?“ Er spricht mehr zu sich selbst als zu mir und ich lasse bedrückt den Kopf hängen. „Seit ich dich das letzte Mal gesehen habe, ist aus der lustigen Frau eine verbitterte, alte Schachtel geworden.“

„So schlimm ist es nun auch wieder nicht“, verteidige ich William, mit dem zu streng ins Gericht gegangen wird. Zumindest erwacht mein Beschützerinstinkt.

Andy schnaubt verächtlich, kratzt sich am Kinn und beäugt mich noch skeptischer. „Liebes, was findest du an dem Typen, das rechtfertigen würde, wie elend es dir geht, während er sich einen Dreck darum schert? Denkst du, nur weil er es dir richtig gut besorgen kann, ist er der Mann fürs Leben?“

Nein. Ich bin doch nicht blöd, will ich sagen. Doch, eigentlich bin ich das. Ich sollte weniger an Williams Seelenleben und mehr an mein eigenes denken.

Stattdessen begnüge ich mich mit einem verzweifelten Seufzer und massiere meine schmerzenden Schläfen.

„Möchtest du meine ehrliche Meinung hören?“

„War das eben nicht ehrlich?“, spotte ich, um mir meine Verzweiflung nicht anmerken zu lassen.

Andy zieht eine Grimasse und beugt sich vor, um mir den Arm um die Schulter zu legen. Ich stehe kurz davor loszuheulen, die Tränen brennen bereits in meinen Augen. Plötzlich habe ich ungeheure Angst vor der Zukunft. Vor allem vor dem, was kommen wird. Ich habe Angst, zu viel investiert zu haben. Und verdammt noch mal, ich habe Angst, nicht nur William, sondern auch Gaby und seine Mutter zu verletzen, die gerade in diesen Tagen eine unparteiische und trotzdem vertraute Person brauchen.

Andys Daumen streicht über meinen Nacken und ich lege meinen Kopf an seine Brust, genieße dieses Nest, das mir Geborgenheit bietet. „Würdest du mir gehören, ich würde dich auf Händen tragen. Verdammt, Rose, ich würde dir jeden Tag sagen, wie wundervoll und schön du bist. Bennet verdient dich nicht. Er ist unberechenbar. In meinem Club ist genug vorgefallen. Wie oft haben Mädchen um ihn geweint, weil er sie hat sitzen lassen.“ Er hebt den Kopf, legt sein Kinn auf den meinen und lacht bitter. „Ich will nicht zusehen, wie er dein Herz in Stücke reißt. Keine Ahnung, was in seiner Vergangenheit passiert sein mag. Kümmert mich auch nicht. Aber niemand hat das Recht, mit anderen so zu spielen, wie er es tut. Du kannst ihn doch nicht einmal richtig einschätzen."

„Andy, ich liebe ihn", flüstere ich.

„Das weiß er doch, Rose. Nur ist es ihm scheißegal. Es sind nur Worte und wie oft, denkst du, wird er sie vor dir schon gehört haben? Unbedeutende Floskeln, die man im Eifer des Gefechts sagt. Hat er dir einmal seine Liebe gestanden?"

Zaghaft verneine ich.

„Wenn du meinen Rat hören willst – lass ihn sitzen. Besser jetzt als nie."

All meine Zweifel werden bestätigt. Doch so sehr ich Andy schätze, so gerne ich ihn habe, ich will es nicht glauben. Er kennt William nicht.

Ich habe ihn jedoch in den letzten Wochen kennengelernt. Er hat mir so viel von sich erzählt, das niemand anderer über ihn weiß. Es kann nicht immer nur bergauf gehen, manchmal muss man eben talwärts steigen, um zu schätzen, was man am anderen hat. Die Liebe, die er mir noch nicht geschworen hat, ich kann sie fühlen.

„Rose, als ich dich damals vor Georges Haus gefunden habe, wusste ich, dass du in Schwierigkeiten steckst. Diese Männer, William eingeschlossen, benutzen Frauen wie dich. Sie quetschen dich aus, bis du leer bist. Und glaube mir, er weiß genau, was du hören möchtest und was nicht. Natürlich kämpft er um dich. Natürlich zeigt er dir viel von sich – doch um welchen Preis?"

Sagte nicht William dasselbe? Damals, als wir mit Lisa und Frank aus waren? Er will mich, hat er mir versichert. Doch was muss ich für sein Wollen bezahlen?

Ich schüttle diesen Gedanken ab und will mich von Andy lösen, da ich diese giftigen Worte nicht mehr länger hören möchte, doch er hält mich am Kinn fest, sieht mich durchdringend an und berührt leicht meine Unterlippe. Mich schaudert.

„Was würde ich nicht alles machen, damit du mir gehörst, Rose."

Ich habe keine Ahnung, was im nächsten Augenblick mit mir geschieht. Bin ich wahnsinnig geworden, da ich zulasse, dass Andy mich küsst? Zuerst nur sanft legen sich seine Lippen auf die meinen. Bis zu diesem Zeitpunkt würde der Kuss noch als freundschaftlich durchgehen. Meine Hände liegen verkrampft auf seinen Schultern, als er mich an sich zieht und den Kuss intensiviert.

Ich spüre seine Zunge und weise ihn nicht zurück. Nicht wissend, was ich von ihm erwarte, was ich glaube, bei ihm zu finden, gefällt es mir, so liebevoll berührt zu werden. Mit ihm scheint plötzlich alles so einfach, so unbeschwert und klar. Andy ist attraktiv, nett, freundlich und er kann ausgezeichnet küssen. Auch andere Mütter haben schöne Söhne, kommt mir der dämlichste Spruch überhaupt in den Sinn. Doch er passt tatsächlich.

Irgendetwas geschieht mit mir auf dieser Parkbank, die William tragischerweise auch noch finanziert hat. Mir fällt der Glaswürfel ein und erleichtert stelle ich fest, dass Williams Büro auf der anderen Seite liegt.

Andy schiebt gerade wieder seine Zunge zwischen meine Lippen. Ich stöhne, kralle die Finger in seine Haare und will so viel wie möglich von ihm spüren. Es ist Wahnsinn. Noch schlimmer – ich spiele mit meinem und Andys Leben. William würde ihn auf der Stelle ermorden, dessen bin ich mir gewiss. Es würde ihm ohne Waffe gelingen, denn seine Wut würde ihm unmenschliche Kräfte verleihen.

„Andy“, flüstere ich zwischen den einzelnen Küssen, die mich immer tiefer in den Strudel hineinziehen.

Mit einem Ruck nimmt er die Lippen von meinen und sieht mich erschrocken an. Seine Augen sind düster, die

Wangen rot und ich kann nur ahnen, was in ihm vorgeht. Wir wissen beide, dass es falsch war. Nicht zuletzt, da wir unsere Beziehung rein freundschaftlich halten wollten. Doch bei Andy scheint eine Veränderung eingetreten zu sein.

Dann steht er auf, sieht mich mit einer tiefen Sehnsucht in den Augen an und entfernt sich zielstrebig von der Parkbank. Ob ich ihn je wiedersehen werde? Könnte ich das überhaupt mit meinem Gewissen vereinbaren? Die Zeitanzeige auf meinem Handy verrät mir, dass ich längst im Büro sein sollte.

Wie kann ich William nach allem, was geschehen ist, unter die Augen treten?

Mir ist übel und der Thunfischsalat schickt sich an, sich zurück nach draußen zu arbeiten. Doch ich nehme mich zusammen, unterdrücke mein Unwohlsein, genauso wie das Brennen auf meinen Lippen, das mich an den Verrat erinnert.

Ich schnappe meine Tasche und kehre betont gelassen ins Büro zurück. Debby grinst mich feindselig an, was mir heute am Arsch vorbeigeht. Erst als ich sitze, wage ich wieder zu atmen, verbiete mir jedoch den Blick zur Verbindungstür zwischen den Büros.

Was ist mit mir passiert? Was tue ich dem Mann, den ich liebe, nur an? Jenem Mann, der bereits so viel durchzustehen hatte.

Aus meiner Tasche ist ein Vibrieren zu vernehmen und ich fahre erschrocken in die Höhe. Hektisch durchwühle ich meine Habseligkeiten. Was ich alles mit mir herumschleppe! Höchste Zeit, mal wieder Ordnung hineinzubringen. Wie im Übrigen auch in andere Bereiche meines Lebens.

Sollte jemand für Seelenlasten zahlen, verdammt, ich wäre Millionär. So wie der Mann, der hinter dieser verhassten Tür sitzt. Und ebendieser Mann könnte mit seinen Millionen so einiges anstellen, um mir das Leben zur Hölle zu machen.

Auf dem Display meines Handys, das ich gerade noch rechtzeitig finde, wird Lisas Name angezeigt. Erleichtert atme ich auf, da ich befürchtet hatte, es könnte Andy sein, der sich entschuldigen oder mich doch noch zurückgewinnen möchte.

„Hi, na wie geht´s?"

Mann, klinge ich lächerlich! Jemandem, der mich nicht besonders gut kennt, fällt es wahrscheinlich gar nicht auf. Immerhin habe ich in den letzten Wochen gelernt, meine Gefühle und Empfindungen vor anderen zu verstecken –

mein Lehrer war ein Meister in diesem Fach. Doch Lisa kennt mich. Mein Leben lang. Ihr Räuspern verrät mir, dass sie meinen desolaten Zustand ahnt.

„Gestresst, verzweifelt, traurig – was ist los mit dir? Zuerst meldest du dich tagelang nicht, ich war kurz davor, die Polizei zu alarmieren, und jetzt klingst du, als würde William dich foltern und knebeln."

Ein freudloses Lachen entfährt mir. „Was? Ich habe die Zeit übersehen und bin gerade in den tausendsten Stock gerannt. Ansonsten ist alles prima. Und bei dir?"

Alles prima? Wollte ich noch mehr übertreiben, müsste ich meine Eltern verleugnen. In Ordnung ist seit genau sechsundzwanzig Minuten gar nichts mehr. Ich habe mir die größte, bescheuertste und hirnloseste Scheiße meines Lebens eingebrockt und solche Angst vor Williams Reaktion, dass ich mir glatt ins Höschen mache.

„Bei mir ist alles im Lot." Ich höre Susi im Hintergrund und bekomme plötzlich solche Sehnsucht auf den sicheren Hafen in Lisas Haus, dass ich sie am liebsten anflehen würde, mich wieder aufzunehmen. Vielleicht könnte sie mich vor all den Grausamkeiten beschützen, die zweifelsohne meiner harren. „Susi möchte rausgehen, darum mache ich besser schnell: Ich müsste heute Abend weg, Frank hat einen Termin und ich finde auf die Schnelle keinen Babysitter – hättest du vielleicht Zeit?"

Eigentlich nicht. Eigentlich sollte ich meine Beziehung zu William retten. Doch als würde ich mit einem Bein im Grab stehen und auch noch Schaufel und Spaten finden, um munter weitergraben zu können, stimme ich begeistert zu. Ich will mich an einem Ort verstecken, an dem ich sicher bin. „Kein Problem. Wann soll ich da sein?"

„Wenn du möchtest, kannst du gleich nach der Arbeit kommen und ich koche uns etwas Leckeres – Risotto hätte ich im Programm."

„Klingt sehr verlockend."

Ich höre sie kichern. „Na gut. William kann selbstverständlich mitkommen."

Heilige Scheiße. „Mal sehen. Seine Mutter ist zu Besuch. Ich denke nicht, dass er sie alleine zu Hause sitzen lässt."

„Wie du meinst. Jedenfalls ist er herzlich eingeladen.

13. Kapitel

Um halb fünf betrete ich Williams Schlafzimmer, in dem ich mein Ladegerät vermute. Seitdem wir zwischen meiner und seiner Wohnung pendeln, sind meine Sachen noch schwerer zu finden als vorher.

Endlich habe ich es entdeckt, werfe es in meine Tasche und bin bereits am Gehen, als jemand meinen Namen ruft. Es ist Beverly, die mit Tee und einem ziemlich lecker aussehenden Stück Kuchen am Esstisch sitzt und über irgendwelchen Akten brütet. Vermutlich die Scheidungspapiere. Wie mir William gestern erklärte, hat Beverly sie tags zuvor aufsetzen lassen.

Ich an ihrer Stelle wäre todtraurig und würde mich in mein Schlumpergewand hüllen, Schokolade essen und mir *Vom Winde verweht* reinziehen. Doch sie strahlt und verstärkt damit mein schlechtes Gewissen.

„Hallo, ich wollte dich nicht erschrecken. Was machst du heute Abend?“, will sie auf die Tasche in meinen Händen zeigend wissen.

Ich zucke die Schultern. „Nichts weiter. Meine Schwester hat mich gebeten, auf meine Nichte aufzupassen. Und du?“

Sie blickt auf die Unterlagen und überlegt, ob sie mich ins Vertrauen ziehen soll. Als sie jedoch wieder ihre höfliche Maske aufsetzt, weiß ich, dass sie vornehm schweigen und mich nicht weiter belasten wird.

„Nicht viel. Weißt du, wann William nach Hause kommt?“

Sein Name versetzt mir einen Stich. Wie soll es nur weitergehen? „Er wollte sich noch mit jemandem treffen. Vermutlich werden wir ziemlich zeitgleich zurückkommen.“

„Okay“, irgendwie klingt sie traurig.

„Alles in Ordnung, Beverly?“, erkundige ich mich vorsichtig.

Urplötzlich beginnt sie zu weinen. Doch sie weint nicht nur, nein, sie bricht fast zusammen. Ihre Hände zittern, ihr Gesicht wird bleich, während ich die Tasche zu Boden fallen lasse und auf sie zustürme.

„Mein Anwalt hat heute die Scheidungspapiere abgeschickt. Ich habe auf alles verzichtet. Auf das Haus, auf jegliches Vermögen, auf all meine persönlichen Erinnerungsstücke. Ich werde das Haus, in dem meine Kinder aufgewachsen sind und ich so viele Jahre meines Lebens verbracht habe, nie wieder betreten.“ Sie schluchzt und zieht ein Taschentuch hervor. „Alles hat er bekommen und mir bleibt nichts. Ich bin fast sechzig und fange von vorne an. Wieder einmal hat Charles gewonnen."

Ich kann nichts darauf erwidern, vermutlich braucht es das gar nicht, sondern einfach nur jemanden, der sie in den Arm nimmt. Sie ist einsam und auch wenn sie in Schottland viel allein war, so war sie doch dort zu Hause. Ich weiß, wie es sich anfühlt, wenn man aus einem gewohnten Leben gerissen wird und alles hinter sich lassen muss. Wenn man plötzlich auf andere angewiesen und Gast in deren Heim ist.

Während Beverly sich an mich klammert, so wie ich es an ihrer Stelle auch getan hätte, frage ich mich, ob es nicht am vernünftigsten wäre, William meinen Ausrutscher zu gestehen. Sicher wird er ausrasten. Nicht nur das, er wird Andy töten. Doch vielleicht hat Andy das auch verdient. Denn während ich die ganze Zeit über wütend auf mich gewesen bin, habe ich Andys Rolle in diesem Stück vollkommen verdrängt.

Er war es, der von meiner Beziehung wusste und sich mir trotzdem an den Hals geschmissen hat.

Außerdem, was erwartet er? Dass ich William verlasse und zu ihm laufe? Was sollte dort aus mir werden?

Es hilft nichts, ich muss mich in Geduld üben. So oder so wird sich die Angelegenheit erst heute Abend klären lassen.

„Die Zeit vergeht und alles wird gut werden“, beruhige ich Beverly, deren Schluchzen inzwischen in ein leises Wimmern übergegangen ist.

Sie lacht bitter auf und schnäuzt sich die Nase. „Charles ist in London. Eine Freundin rief mich heute an und fragte, was los sei. Er war bei ihr, hat auf sie eingeredet und versucht, so an mich heranzukommen. Es ist der reinste Horror. Warum kann er mich nicht einfach in Ruhe lassen? Nach allem, was passiert ist.“ Unvermittelt verstummt sie. Vermutlich bin ich noch nicht vertraut genug, um in alle Details der Familiengeschichte eingeweiht zu werden.

„Wahrscheinlich hast du recht, Liebes“, fährt sie dann fort. „Ich sollte abwarten. Charles ist allerdings kein Mann, der sich so einfach mit Gegebenheiten abfindet, die ihm nicht zu Gesicht stehen.“

Nicht nur Charles, denke ich murrend, auch wenn das wohl die einzige Gemeinsamkeit ist, die die beiden Männer aufweisen. Gott sei Dank.

„Du hast ja meine Nummer. Wenn du etwas brauchst, meldest du dich. Einverstanden?“

„Einverstanden“, gibt Beverly zurück. Sie schaut wieder etwas zuversichtlicher drein, als sie mich in Augenschein nimmt. „Rose, ich bin wirklich glücklich, dass William eine so kluge, herzliche, wunderbare Frau an seiner Seite hat. Du wirst ihm noch hundert Chancen geben müssen, jedoch wirst du keine einzige, die du ihm eingeräumt hast, bereuen.“

Nun ist es mein Kopf, der nach unten sackt. Ich soll ihm eine Chance nach der anderen geben? Wir sind an einem Punkt angelangt, an dem ausnahmsweise William über Sein oder Nichtsein zu entscheiden hat. „Danke, Beverly. Er bedeutet mir unendlich viel.“ Das ist das Ehrlichste, was ich an diesem Tag von mir gebe.

Sie nickt und streicht mir liebevoll über die Wange. „Und er liebt dich, Rose. William ist nicht nur so kompliziert, wie Männer es nun einmal sind, er hat auch einen überaus schweren Rucksack zu tragen. Einen, der mit großen Steinen beladen ist.“

Wenn das nur alles wäre, denke ich traurig.

Nachdem ich William zu Hause eine Nachricht hinterlassen, ihm eine SMS geschickt und versucht habe ihn anzurufen, mache ich mir allmählich Sorgen. Denn er hat weder geantwortet, noch sich auf andere Weise bemerkbar gemacht. Um halb elf halte ich in meiner Wohnung noch immer vergeblich nach ihm Ausschau.

Ich habe ihn nämlich gebeten, zu mir zu kommen oder mir wenigstens mitzuteilen, ob ich vorbeikommen soll. Doch er findet es offenbar unter seiner Würde, mir Bescheid zu geben, obwohl er umgekehrt einen Shitstorm übelster Art verursacht hätte. Traurig gehe ich alleine zu Bett.

Natürlich fehlt er mir. Und ich müsste lügen, würde ich behaupten, ich fühlte mich wohl in meiner Haut. Irgendetwas ist in der Zwischenzeit geschehen. Und ich gehe nicht davon aus, dass er herausgefunden hat, was ich heute Mittag angestellt habe. Er ist zwar reich, eingebildet, mächtig und mag auch über eine Neigung zum Stalken verfügen, doch er ist nicht Gott und damit allwissend.

Apropos Gott, ich sende ein stummes Gebet zur Zimmerdecke. Nicht, dass ich sie sehen würde. Es ist dunkel, nur das rote Display meines Weckers leuchtet neben meinem Bett. Halb eins. Heilige Scheiße. „Sorry, war nicht gegen dich gerichtet“, murmle ich, um den lieben Gott da oben zu besänftigen.

Jetzt rede ich schon mit mir selbst. Also mit Gott. Mann, das kann nur der Anfang vom Ende sein.

Wenn ich jetzt auch noch eine Heiligenerscheinung habe, lasse ich mich einweisen.

Ich muss mein Aussehen am nächsten Tag wohl nicht beschreiben. Gefühlte zehn Sekunden Schlaf und drei Kilo Make-up haben das Ihre dazu beigetragen. Mir dröhnt der Schädel, als ich mich in meinen Sessel plumpsen lasse und alles für die heutige Konferenz vorbereite. Fragt mich bitte nicht, um wen oder was es hier geht. Die „Mitarbeiterin-des-Monats-Auszeichnung" kann ich mir selber aufmalen und an die Brust heften.

William ist selbstverständlich anwesend und hat mir gegenüber Platz genommen. Ich muss wohl nicht erwähnen, dass er mich geflissentlich übersieht, was man vom Herrn neben ihm nicht behaupten kann. Ausnahmsweise gefällt es mir, ihn zu reizen. Eigentlich tut es das doch immer, meint diese nörgelnde Stimme in mir. Ich schnaube unhörbar und öffne eine neue Word-Datei.

Brav tippe ich die wichtigsten Eckpfeiler der Verhandlung ein und bin dann mehr als erleichtert, als William diesen schweißtreibenden Marathon auf höfliche, aber bestimmte Art beendet.

Er ist stinksauer. Und daran bin ich nicht unschuldig. Aber was soll ich machen, wenn mich Karottenkopf mit seinen Augen auszieht?

Nicht, dass ich ihn hübsch finde. Um Gottes willen. Er passt so gar nicht in mein Beuteschema, hätte ich denn eines. Irgendwie erinnert er mich an den Sherminator aus *American Pie*. Er ist spindeldürr, hat schulterlanges rotes Haar, welches er zu einem lässigen Zopf geschlungen trägt, und seine Stimme gleicht der eines Dreizehnjährigen. Die beiden nebeneinander zu sehen, bringt mich zum Lachen. William im schwarzen Anzug, im bordeauxroten Hemd und mit einer schwarzen Krawatte. So gern ich ihn in Freizeitkleidung sehe, es geht nichts über eine Jeans, die seinen Hintern knackig umspannt, aber er ist eindeutig ein Anzugtyp. Er fühlt sich darin wohl, selbst wenn er einmal meinte, er hasse diese Dinger, da sie ihm die Luft zum Atmen nehmen und ihn im Sommer fast umbringen. Wer schön sein will, muss leiden, fällt mir dazu ein.

Diesen Spruch muss ich jedoch im nächsten Moment revidieren. Denn selbst wenn sich der Sherminator noch so ins Zeug legen würde, er könnte mich nicht für sich einnehmen. Das zweideutige Grinsen, das er in meine Richtung schickt, ärgert mich gewaltig.

Hallo, trage ich seit neuestem einen Stempel auf der Stirn, der mich als Freiwild ausweist? „Lass uns auf die Jagd gehen“, höre ich die beiden fast sagen.

„Würdest du das bitte kopieren“, bittet mich William mit einem Mal.

Ich nicke, stehe auf und gehe um den Tisch herum, um die Dokumente in Empfang zu nehmen. Das Augenpaar, welches mir folgt, mich seziert und der Diskussion über den fallenden Euro kurz die Aufmerksamkeit entzieht, macht mich nervös. Es sind nicht die Augen an sich. Es sind die fremden Augen. Sie bringen meine Haut zwar ebenfalls zum Glühen, doch gleicht dieses Glühen einem Hautausschlag, den man loswerden möchte.

William, der Meister der Tarnung, redet zwar höflich weiter, folgt dem Blick seines Nachbarn jedoch mit säuerlicher Miene.

Was soll ich nur machen?

So schnell wie möglich raffe ich die Dokumente an mich, um die Peinlichkeit zu beenden. Doch als ich bei Sherminators Unterlagen angelangt bin, hält er sie etwas zu lange fest, fixiert mich noch intensiver und seine Augen beginnen zu leuchten. Sie sehen seltsam aus, sind von undefinierbarer Farbe. Aus der Ferne hätte ich auf Blau getippt. Von nahem jedoch wirken sie violett. Wie immer, wenn ich angespannt bin, versuche ich, diesen Zustand durch ein gewinnendes Lächeln zu übertünchen. Es soll dem Gegenüber zeigen, dass ich stark bin und mich nicht aus der Ruhe bringen lasse.

Doch als ich jetzt zu lachen beginne und Sherminator einstimmt, komme ich mir wie eine Verräterin vor.

Mein Blick gleitet von dem verwirrenden Mann weg und hin zu William. Im nächsten Moment bleibt mir das Lachen im Halse stecken. „Scheiße", durchfährt es mich.

Er hat nämlich gar nichts Nettes mehr an sich. Er sieht gefährlich, blutrünstig und wild entschlossen aus, das Leben dieses Mannes zu beenden.

„Parker scheint sich in Ihre Tippse verguckt zu haben", verkündet der andere, überaus unsympathische Kerl, während mich William gedanklich in Stücke reißt. Das Lachen dieses Typen ist wie Gift, welches in meine Venen schießt und mich an den Rand einer Ohnmacht treibt.

William kocht, ich warte nur mehr auf den Todesstoß. Doch dann ist da kein Widerstand, das Papier ist freigegeben. Ich atme auf und begebe mich zum Kopierer. Einmal mehr verfluche ich die Glaswand, werfe aber trotzdem einen neugierigen Blick über die Schulter. Was ich dort entdecke, hätte ich niemals erwartet. Die drei schweigen sich an.

Shermi hat meinen Arsch im Visier, während William, einen Finger lässig auf die Lippen gelegt, seinen neuen Erzfeind hasserfüllt mustert. Was würde ich dafür geben, nicht mehr dort hinein zu müssen!

Doch es hilft alles nichts – ich muss.

„Hier bitte“, flüstere ich und reiche die drei Kopien an meinen wütenden Boss/Freund weiter. Er nimmt sie. Oder besser – entreißt sie mir und schleudert sie Sherminator entgegen. Dieser scheint zumindest den Status der Beziehung zwischen William und mir geschnallt zu haben, da er sich zerknirscht gibt.

„Danke. Dann rufe ich Sie am Montag an?“, fragt er und macht einen Schritt von mir weg.

„Ich werde mir den Vertrag noch einmal ansehen.“

Das ist wohl eine höfliche Umschreibung für – die Sache kannst du knicken, Arschloch.

Der ältere Partner von Shermi hat das wohl kapiert, da er entrüstet schnaubt. „Bennet, jetzt kommen Sie. Nur weil Parker Ihre Schnitte angestarrt hat und sein tristes Leben mit ein paar geilen Titten auffetten will, können Sie doch nicht diesen Vertrag für null und nichtig erklären.“ Er kommt um den Tisch herum, wirft jedoch zuvor einen vernichtenden Blick auf seinen Partner. „An jeder Straßenecke sind solche wie sie zu finden. Doch eine

Verbindung wie die unsere lässt sich nicht ersetzen. Wir würden Millionen einsacken."

Mir bleibt die Spucke weg. Hier wird über mich geredet, als wäre ich eine billige Schlampe. Als wäre mein Leben nicht mehr wert als das einer Ameise. Oder einer Maus, die man einfängt, mit der man spielt und die man danach mit einem gezielten Schlag auf den Schädel tötet. So läuft das also. So viel ist man als Frau in den Augen dieser Männer wert. Mir ist übel.

William wirkt jedoch gelassen, auch wenn er seine Hände zu Fäusten geballt hat. Was vermutlich mehr verrät, als ihm lieb ist. Seine Augen glühen. Ich finde es unerträglich, fast unmöglich, ihnen standzuhalten. Wie schaffen es dann bloß die beiden Männer?

„Ich bringe Sie nach draußen", sagt er mit absolut ruhiger Stimme. Was man bei jemand anderem als höflich oder teilnahmslos bezeichnet hätte, ist bei ihm richtiggehend unheimlich. Ich kenne diesen Tonfall nur zu gut. Dann ist er unberechenbar wie ein wildes Tier, welches die Zähne fletscht, um seinem Gegenüber zu zeigen, dass es bereit ist, sich auf ihn zu stürzen.

„Die Zusammenarbeit wurde bereits mit Ihrem Vater vereinbart", wehrt sich der strampelnde Hase und gräbt die Zähne nur noch tiefer in das verwundete Fleisch.

William hält demonstrativ die Tür auf. „Das geht mir so was von am Arsch vorbei. Und jetzt verschwindet, bevor ich ihm eine auflege."

Mann oh Mann. Was würde ich dafür geben, mich jetzt in Luft auflösen zu können?

„So etwas Lächerliches habe ich noch nie erlebt." Obwohl der eine sichtlich entrüstet ist und Parker einem Häufchen Elend gleicht, schaffen es die beiden, ungehindert an William vorbeizukommen.

„Debby, bringen Sie die Herrschaften bitte nach unten." Lautstark knallt William die Tür zu, was mich abermals zusammenzucken lässt. Ich sehe nur seinen Rücken, als er sich durchs Haar fährt und seinen Kopf nach vorne sacken lässt. Mir ist nicht klar, ob seine Wut nur mehr den beiden Männern oder auch mir gilt. Hoffentlich beruhigt er sich bald, schließlich bin ich jetzt alleine mit ihm.

Er starrt durch die Glasfront, sein Gesicht wirkt versteinert, mich würdigt er keines Blickes. Wie gerne wüsste ich, was in seinen Gedanken vorgeht! Da ich mich irgendwie beschäftigen muss, räume ich den Tisch mit einer Konzentration ab, als wäre das die wichtigste Sache der Welt. Ich beeile mich, sehe nur ab und an hoch, um festzustellen, was William macht. An seiner Position hat sich allerdings nichts geändert.

Ich bin fast fertig, als er endlich von mir Notiz nimmt. Unsere Augen treffen sich, beinahe fällt mir ein Glas aus den Händen. Da es dasjenige ist, aus dem Shermi getrunken hat, wäre es auch nicht weiter schlimm gewesen.

Gleichmütig schlendert William auf mich zu. Meine Schultern versteifen sich, ich halte den Atem an. Kurz gesagt: Ich falle jeden Moment um.

„Du brauchst den Kram hier nicht aufzubewahren. Wirf die Unterlagen weg, ich bin froh, wenn ich sie nicht mehr sehen muss."

So wie dich auch, soll das wohl heißen.

Mit zusammengekniffenen Augen sehe ich zu ihm hoch. „William, bitte übertreibe nicht. Schlaf erst mal eine Nacht darüber."

Ein bitteres Lachen entfährt ihm. Nur der Tisch steht zwischen uns und trotzdem sind wir unendlich weit voneinander entfernt.

„Ich dachte, dir sei etwas passiert, da du dich nicht gemeldet hast", unterbreche ich die Stille, die sich über uns gelegt hat. William mustert mich von oben bis unten. Ich weiß, wonach er sucht. Meine Körperhaltung oder mein Gesichtsausdruck sollen ihm wohl verraten, was ich für Shermi empfinde. Er glaubt doch nicht wirklich, dass ich mich mit dem eingelassen hätte?

Ich bitte dich, ein nettes Wort und du wirfst dich ihm an den Hals, bei Andy war es auch nicht anders.

„Ich versuche nur, deinen Wünschen zu entsprechen."

Seine Rede trieft vor Sarkasmus, aber er hat allen Grund, angepisst zu sein.

„Die da wären?", will ich mit den Händen in die Hüften gestemmt wissen.

Er betrachtet mich so eingehend wie damals, als ich an jenem ersten Montag in sein Büro gekommen bin. Es tut beinahe weh, kalt und wollüstig zugleich trifft mich sein Blick. „Du sagtest doch etwas von wegen Abstand und davon, dass du deinen Freiraum benötigst. Hier hast du ihn nun."

Lächerlich, ist mein erster Gedanke. Doch die letzten Stunden fügen sich wie die einzelnen Teile eines Puzzles ineinander. Er ist beleidigt und fühlt sich zurückgewiesen, nur weil ich nicht jede freie Sekunde mit ihm verbringen möchte.

„William, ich bitte dich. Ich habe von einer Mittagspause gesprochen, während du die Sache aufbauschst, als hätte ich dich aus meinem Leben verbannt. Wie würde es dir gehen, wenn ich weder auf deine Anrufe noch auf deine Nachrichten reagierte?"

Sein wütendes Schnauben verrät, dass er mich wohl gesucht und gewaltsam mit sich gezerrt hätte. Doch William ist ein anderes Kaliber als ich. Ich bin brav, gesittet, habe Anstand und verteidige einen anderen Menschen, als hinge mein Leben davon ab. Ich kann mit Rückschlägen umgehen und vertraue ihm. Wobei es mir bei diesem Gedanken einen Stich gibt. Denn mir kann man schließlich nicht mehr vertrauen.

Mit schnellen Schritten kommt er um den Tisch herum, bleibt nur wenige Zentimeter vor mir stehen und sieht finster zu mir herab. „Du versuchst immer, mir alles Böse zu unterstellen. Und lass mich raten, gerade eben, das war das i-Tüpfelchen."

„Ich verteidige eben das, was mir gehört."

„So ein Blödsinn!"

„Außerdem teile ich nicht gerne."

Nein, er weiß es nicht. Bitte, mach, dass er es nicht weiß! „Ach ja, da kenne ich aber eine andere Geschichte. Oder warst nicht du derjenige, der genau das haben wollte?"

Was für ein Rückschlag! Schon wieder stochere ich in altem Essen herum. Doch irgendwann reicht es mir.

„Was soll ich nur mit dir machen?"

„Du könntest aufhören, dich wie ein Verrückter zu benehmen, und ausnahmsweise einmal meine Regeln beachten. William, es wird uns früher oder später zerfressen, wenn wir Tag und Nacht aufeinanderhocken. Freiraum, Zeit für sich und getrennte Lebensbereiche gehören zu einer guten Beziehung genauso dazu wie Liebe und Sex. Doch vor allem Liebe."

Na gut, das Liebesding habe ich mir nicht verkneifen können. Denn zu sehr nagt es an mir, dass er noch immer nicht gesagt hat, was er für mich empfindet. Es ist die eine Sache, es zu spüren, die andere, es aus seinem Mund zu vernehmen. Und ich würde töten, um sein „Ich liebe dich" zu hören.

Erwartungsvoll sehen wir uns an. William lächelt, während ich meine Lippen verbissen zusammenkneife.

„Nur um dich wieder etwas aufzuheitern: Ich habe mit Gabriel gesprochen und er würde dich gerne kennenlernen. Nächstes Wochenende kann ich ihn abholen, vielleicht möchtest du mit uns ins Kino gehen."

Der Versuch ist geglückt. Ich strahle über das ganze Gesicht. „Natürlich komme ich gerne. Ich freue mich sehr."

William nickt und kommt noch einen Schritt näher. Seine Hände umfassen meine Hüften und ziehen mich zu sich heran. Ich lege den Kopf in den Nacken und blicke ihn treuherzig an.

„Rose, du gehörst einfach mir und es macht mich wahnsinnig, wenn sich andere Kerle dir gegenüber Freiheiten herausnehmen. Ich komme damit nicht klar."

„Am Ende des Tages bin ich bei dir." Dieser Satz wird noch an Bedeutung gewinnen, füge ich in Gedanken hinzu.

„Ich weiß und das ist auch gut so."

Im nächsten Moment küsst er mich. Ich kann nicht beschreiben, wie gut mir das tut. Es ist der erste Kuss, seitdem ich Andy das Gleiche erlaubt habe. Und als würde ich von einer schlimmen Krankheit genesen, entspannen sich meine Nerven. Ich schlinge die Arme um ihn, sauge seinen Duft ein und genieße das Kratzen seines Barts, das mir verrät, wie aufgewühlt er gewesen sein muss. Sonst hätte er niemals auf die Rasur vergessen.

Es gefällt mir, dass William ebenso voller Sehnsucht ist wie ich. Immer stürmischer geht er vor. Wir beide nehmen gar nicht mehr wahr, wo wir sind, und geben uns nur mehr dem Drang hin, uns zu besitzen.

„Ich wollte noch nie lieber daheim sein“, flüstere ich und streichle sein Gesicht.

Sein Lachen wird breiter. „Ich kann uns nach Hause bringen.“

„Klingt sehr verlockend. Doch wir haben beide unsere Pflichten zu erfüllen.“

„Muss ich mich nach dem Terminkalender richten, um dich ficken zu können?“

Ich kichere und verschränke meine Finger hinter seinem Rücken. „Mal sehen.“

Ein Klopfen stört die traute Zweisamkeit und katapultiert uns zurück in die Realität des Büros. „Du musst vorher Debby abfertigen.“

„Sie kann zusehen“, grinst er verschmitzt und macht einen Schritt zur Seite.

Wenige Sekunden später öffnet sich die Tür und gibt den Blick frei auf eine sichtlich erregte Debby. Ihr Gesicht ist von einer zarten Röte überzogen, als sie im Türrahmen stehen bleibt und uns mustert. Für Gesprächsstoff sollte also wieder einmal gesorgt sein.

„Mister Bennet, Sie haben Besuch“, für ihre Verhältnisse klingt sie reichlich kleinlaut.

„Besuch? Wer beehrt mich?“, William hat zu seiner lässigen Art zurückgefunden.

Debby sieht zur Tür, wo der Besucher bereits auftaucht. Breit grinsend, beide Hände in den Taschen seiner Jeans, kommt er auf uns zu.

„Danke, Debby“, wendet sich George an die errötende Frau und berührt leicht ihre Schulter. Sie zerfließt buchstäblich. Wenn schon nicht der Boss, dann soll es eben ein anderer reicher Typ sein, scheint sich Debby zu sagen.

„Seit wann meldest du dich an?“, will William von seinem Freund wissen, der nicht gerade für sein förmliches Verhalten bekannt ist.

George zuckt die Schultern und betritt das Besprechungszimmer. „Mir stand der Sinn nach einer Überraschung.“

Ich weiß zwar nicht weshalb, aber obwohl George heute ausnehmend gut gelaunt zu sein scheint, sollen mich seine Blicke, die er mir ab und an zuwirft, wohl töten. Und das machen sie auch fast, denn ich spüre, dass sich etwas Bedrohliches anbahnt.

„Kann ich dich sprechen? Alleine?“

Was für eine nette Art, mir zu sagen, dass ich verschwinden soll! Immer mehr gleicht George einem Kind, das um die Gunst seines Vaters wirbt. Denn plötzlich ist da jemand anderer, den sein Vater auch mag.

Kopfschüttelnd verlasse ich hinter Debby das Büro, der diese Abfuhr sichtlich Freude bereitet. Mit einem breiten Grinsen nimmt sie hinter ihrem Schreibtisch Platz und am liebsten hätte ich ihr mit der Klammermaschine ein Nasenpiercing verpasst.

Brav, wie ich bin, gehe ich aber in mein Büro zurück und versuche, mich durch Arbeit abzulenken.

14. Kapitel

Zusammengerollt wie ein Embryo bin ich auf der Couch bei einer langweiligen Dokumentation über Mehrlingsschwangerschaften eingeschlafen. Es ist halb drei, als ich wach werde und mich ins Bett schleppe. Obwohl ich nicht mehr auf einen Anruf von William warte, nehme ich das Handy mit. Man weiß ja nie.

In meine weichen Laken gekuschelt, starre ich an die Decke. Eigentlich starre ich ins Leere.

Die Freude von heute Nachmittag will sich nicht mehr einstellen. Ein fahler Geschmack liegt mir auf der Zunge, was sicher nichts mit der Packung Eiscreme zu tun hat, die ich gierig gelöffelt habe. Nun plagt mich nicht nur das schlechte Gewissen wegen der sinnlosen Kalorien, sondern auch die Angst, William könnte von einer bestimmten Sache erfahren haben, die ich ihm doch lieber selbst erzählen wollte.

So wie alle unangenehmen Dinge in meinem Leben habe ich auch diese Angelegenheit vor mir hergeschoben. Vielleicht hat mir inzwischen jemand anderer diese Aufgabe abgenommen. Und da William heute, ohne ein Wort zu sagen, nach Hause gefahren ist, sich nicht bei mir meldet oder vorbeikommt, sieht es stark danach aus.

Ich seufze und ziehe meine Arme unter der viel zu heißen Decke hervor.

Den Samstagvormittag verbringe ich damit, meine restlichen Kisten auszuräumen. Genug Platz habe ich ja. Und als ich um halb zwölf fertig bin und die leeren Kartons im Müllcontainer entsorgt sind, muss ich traurig bilanzieren, wie wenig tatsächlich mir gehört.

Die Wohnung zähle ich nicht zu meinen Besitztümern, sie gehört William und ich bin nur die Untermieterin. Ist meine alte Wohnung beinahe aus allen Nähten geplatzt, so stehen in dieser noch immer einige Schränke leer.

Zu Mittag gönne ich mir einen frischen Salat. Nach der Eisorgie von gestern Abend ist das genau das Richtige.

Das Handy ist mein ständiger Begleiter. Ich riskiere zwar alle paar Minuten einen Blick, doch William hat sich noch immer nicht gemeldet. Ich spiele mit dem Gedanken, Beverly oder Gaby anzurufen, doch irgendwie komme ich mir dann doch etwas kindisch vor. Immerhin ist William erwachsen, er wird schon wissen, was er macht.

Und wenn er eben keinen Kontakt zu mir möchte, muss es mir auch recht sein. Oder etwa nicht?

War das nicht mein Handy?!

Schnell ziehe ich es aus meiner Hosentasche und werde sogleich enttäuscht. Naomi.

Eine halbe Stunde schafft sie es, mich abzulenken, wobei ich mit keinem Wort erwähne, dass etwas nicht stimmt. Nicht zuletzt, da Naomi eindeutiges Interesse an Andy bekundet hat. Es ist einfach alles zu verwirrend, als dass ich mich jedem anvertrauen möchte.

Am Nachmittag nehme ich mir vor, den benachbarten Park zu erkunden. Beinahe täglich komme ich an ihm vorbei und habe gesehen, wie sich sein tristes Braun in sattes Grün verwandelt hat. Da Samstag ist, bin ich selbstverständlich nicht die Einzige, die es ins Grüne zieht. Doch nach einer kleinen Runde um den Teich, einer kurzen Rast auf einer Parkbank, um mir die Sonne ins Gesicht scheinen zu lassen, kehre ich in meine Wohnung zurück.

Es ist halb vier und noch immer kein Lebenszeichen von William. Irgendetwas stimmt da nicht.

Ich koche mir Kaffee, blicke beunruhigt aus dem Fenster und meine, den drohenden Weltuntergang körperlich spüren zu können. Die Zeit verrinnt, keine Ahnung, wie lange ich in meiner Küche sitze und mir ernsthaft Gedanken mache, wie ich ohne William leben soll. Vielleicht ist er an dem Punkt angekommen, an dem ihm bewusst wird, dass er nicht mehr länger nur eine Affäre, sondern eine echte Beziehung führt. Er kann mit dieser Vertrautheit nur schlecht umgehen, wie oft hat er mir das gesagt!

Da wäre es doch naheliegend, dass er kalte Füße bekommt. Doch irgendwie will das alles nicht so recht zusammenpassen. William ist kein Mann, der sich einfach aus dem Staub macht. Er redet vielleicht nicht viel, aber er ist erwachsen und vernünftig und würde mich nicht wie eine seiner flüchtigen Bettgefährtinnen abservieren. Er würde mit mir reden, mir erklären, weshalb er handelt, wie er nun einmal handeln muss, und alles versuchen, um mich unter den gegebenen Umständen nicht unnötig zu verletzen.

Die Uhr, mein ständiger Begleiter, mahnt, dass ich mich eigentlich für Andys Geburtstagsparty zurechtmachen sollte, obwohl sich alles in mir dagegen sträubt.

Andererseits kann ich Andy doch jetzt nicht die Freundschaft kündigen, nur weil uns, oder besser ihm, diese dumme Sache passiert ist. Das Leben geht trotzdem weiter. Schließlich ist nicht nur William erwachsen, ich bin es auch. Auch ich muss mich der Realität stellen und Andy erklären, was ich möchte und was nicht. Gerade bei ihm sollte mir das keine Schwierigkeiten bereiten.

Halb sieben. Mittlerweile habe ich es in meine Badewanne geschafft. Von einem Teppich aus Schaum, der nach Rosen duftet und mich unweigerlich an Schottland und dieses Resort erinnert, eingehüllt, dümple ich vor mich hin. Ich habe beschlossen, der Feier fernzubleiben, auch wenn das für größere Aufregung sorgen wird als mein Erscheinen. Doch ich schaffe es nicht. Ich habe weder die Kraft, mich anzuziehen, noch irgendetwas aus meinen Haaren zu machen. Außerdem habe ich keine Lust, mich von Naomi wie eine saftige Orange ausquetschen zu lassen. Das würde zweifelsohne passieren, da sie meinen desolaten Zustand sofort richtig deuten würde.

Als lebte ich in einer traurigen und noch dämlicheren Version von *Und täglich grüßt das Murmeltier*, verbringe ich den Abend auf der Couch. Ich sehe mir einen Müll nach dem anderen an und bade abwechselnd in Selbstmitleid, Hoffnungen und Ängsten.

Der Montag ist noch nie mein Lieblingstag gewesen. Schon gar nicht nach einem Wochenende wie diesem. Ich muss wohl nicht weiter erklären, dass sich William nicht bei mir gemeldet hat. Am Sonntagnachmittag, nach dem Besuch bei meiner Schwester, bei dem ich ihr erklärt habe, dass William etwas zusammen mit seiner Mutter unternimmt, bin ich drauf und dran gewesen, zu ihm zu fahren. Doch warum soll ich auf der Klinge tanzen, wenn ich entsetzliche Angst habe, mich zu schneiden?

Heute Morgen ist mir übel gewesen. Und das von Anbeginn. Vorsorglich ist das Handy die ganze Nacht neben meinem Bett gelegen. Aber es sind keine Anrufe eingegangen.

Zu meinem größten Erstaunen ist es mir trotz meines Zustandes gelungen, mich ins Büro zu schleppen. Ich bin ein einziges Nervenbündel und fühle mich dem Zusammenbruch nahe.

Debby ist bereits da, was mich wundert, da es erst halb acht ist. Ich habe diesen frühen Zeitpunkt gewählt, um William nicht im Fahrstuhl zu begegnen, weil ich nicht weiß, wie ich mich verhalten sollte.

„Morgen, heute sind wir aber schon früh dran“, schleudert sie mir mit spitzer Zunge entgegen. Mir kommt die Galle hoch.

Dennoch setze ich ein strahlendes Lächeln auf, als ich nach dem Stapel Post greife. „Guten Morgen, der frühe

Vogel fängt den Wurm." Oh mein Gott, seit wann benutze ich solch billige Redewendungen?

Sie erhebt sich von ihrem Schreibtisch und richtet ihren ausgestreckten Zeigefinger auf mich. „Dann habe ich auch einen Spruch für dich: Du sollst den Tag nicht vor dem Abend loben." Für eine Sekunde herrscht unangenehmes Schweigen. Was mag wohl in sie gefahren sein? Sonst ist sie doch nicht so, sagen wir mal, enthusiastisch. „Mister Bennet möchte dich sprechen. Sofort."

Das „Sofort" erinnert mich an eine ehemalige Lehrerin von mir. Ein wahres Monster. Sie war unverheiratet, hatte keine Kinder und sehnte sich nach der Pension, die sie von uns Wichten, wie sie es formulierte, wegbringen würde. Nun frage ich mich, ob nicht Debby ihre Enkelin, Tochter oder eine andere nahe Verwandte sein könnte.

„Er ist schon hier?", entfährt es mir.

Debby strahlt siegessicher. Sie legt den Kopf schief und zeigt ihre weißen Beißerchen, deren Zahl ich im Übrigen gerne um ein oder zwei verringern möchte. „Ja, ist er. Weißt du das denn gar nicht, Rose. Ich dachte, ihr seid ein Paar."

Okay, spätestens jetzt steht fest, dass etwas ganz und gar nicht stimmt. Ich gehe jedoch nicht weiter auf ihre

Sticheleien ein, sondern mache mich auf den Weg in Williams Büro. Meine Beine zittern, meine Finger auch, als ich die Hand hebe, um anzuklopfen. Lieber etwas distanzierter, denke ich.

Ein barsches „Herein“ ertönt, dann öffne ich die Tür.

Ich weiß nicht, was ich erwartet habe. Vielleicht eine Schar von Anwälten, die mich ein Papier nach dem anderen unterschreiben lassen, mich mit Millionen abspeisen wollen, damit ich brav den Mund halte. Doch dem ist nicht so. William ist ganz alleine und während mir dieses nervenaufreibende Wochenende anzumerken ist, sieht er so aus, als wäre nie etwas passiert.

Ich bleibe im Türrahmen stehen und lasse meinen Blick durch den Raum schweifen. Wie lässig William hinter seinem Schreibtisch sitzt! Die Haare hat er zurückgekämmt wie damals, als ich das erste Mal zu ihm in diesen imposanten Raum gekommen bin. Er ist von Kopf bis Fuß in Schwarz gekleidet. Vielleicht ist das als Zeichen zu werten, dass es ihm nicht gut geht.

Doch wie dem auch sei, mir geht es viel schlechter. Seit ich ihn in diesem Anzug, der mich an den Teufel himself denken lässt, gesehen habe, ist mein Kreislauf noch weiter abgesackt. Die Übelkeit steigt, der Puls wird langsamer und ich muss all meine Selbstbeherrschung aufbringen, um nicht wie ein Kaninchen in Schockstarre zu verfallen.

„Du wolltest mich sprechen?“, mache ich mich kleinlaut bemerkbar.

Er sieht mich stumm an und deutet mir dann, näher zu kommen. Ich nehme ihm gegenüber Platz, versuche, meine Anspannung zu verstecken und mir ins Gedächtnis zu rufen, dass das der Mann ist, mit dem ich diesen wunderbaren Sex hatte, der, mit dem ich geweint und gelacht habe. Der, der vor mir Schwäche, Stärke und Angst gezeigt hat. Ich kenne ihn und brauche daher nicht eingeschüchtert zu sein.

„Ich habe ein Geschenk für dich, Liebes.“

Nicht nur seine Ruhe bringt mich durcheinander. Es macht mich nervös, dass er den Kosenamen mit einem derart süffisanten Unterton ausspricht. Alle Alarmglocken schrillen und raten mir zum Weglaufen.

Ich sehe zu, wie er nach einem roten Karton greift und ihn vor mich hinstellt. Meine Augen wandern hektisch zwischen beiden hin und her. William lehnt lässig in seinem Stuhl, den Finger auf seinem Mund, und scheint mich zu belauern.

„Ein Geschenk?“, wiederhole ich erwartungsvoll. Noch klammere ich mich an einen winzigen Strohhalm.

Ein stummes Nicken muss mir als Antwort genügen. Dann zeigt er wieder auf den Karton. „Mach ihn auf“, drängt er.

Ich nehme all meinen Mut zusammen und hebe vorsichtig den Deckel an. Drinnen finde ich zwei flache Gegenstände, die in Papier gewickelt sind. Meine Kopfhaut kribbelt, während William mich mit einem seltsamen Lächeln ansieht. Es hat nichts Freundliches an sich, sondern ist dunkel und hasserfüllt. Als wäre er ein böser König, der mir den Kopf eines Verräters präsentiert.

Ich nehme den oberen Gegenstand heraus, entferne das Papier und entdecke die Rückseite eines Bilderrahmens. Verdutzt ziehe ich die Augenbrauen nach oben. Er will mir doch nicht wirklich ein Geschenk machen und hat ein Bild von uns beiden besorgt? William ist zwar egozentrisch, doch das grenzt an Masochismus.

Achtlos werfe ich das Papier zu Boden und drehe den Bilderrahmen um.

Im nächsten Moment stockt mir der Atem. Meine Augen sind starr auf das Gebilde in meinen Händen gerichtet und kalte Schauder jagen über meinen Rücken.

Ich kann meinen Blick nicht von dem Bild wenden. Keine Ahnung, wie lange. Doch noch immer bin ich mir

Williams Blicken bewusst. Sie durchbohren meinen Kopf und scheinen meine Gedanken zu lesen.

„William“, flüstere ich und lege meine freie Hand auf den Mund, um ein Schluchzen zu unterdrücken.

„Ich konnte mich nicht entscheiden, welches ich nehmen soll. Letztendlich sind es zwei geworden. Ihr werdet euch schon einigen, welches euch am besten gefällt.“

In meinen Ohren setzt ein unerträgliches Rauschen ein.

„Mach das zweite auf“, blafft er und reißt es aus dem Karton, der wenige Sekunden später auf dem Fußboden landet. Schon lange habe ich ihn nicht mehr so wütend erlebt!

„William, bitte“, flehe ich.

„Mach es auf“, knurrt er und lässt seine Faust auf die Tischplatte knallen.

Noch zittriger als zuvor entferne ich das Papier und bin abermals mit dem konfrontiert, was ich getan habe.

„Auf dem zweiten Bild ist besonders schön zu erkennen, wie leidenschaftlich du bist. Ich muss es schließlich wissen, immerhin bin ich des Öfteren in diesen Genuss gekommen. Wenn es denn nicht gespielt war.“

Ich nehme die beiden Bilder näher in Augenschein. Sie sind nicht ganz scharf, da wahrscheinlich aus einiger Entfernung aufgenommen, und die Sonne erledigt das Übrige. Trotzdem sind die abgebildeten Personen deutlich zu erkennen. Sogar deren Mienenspiel, in dem Punkt muss ich William zustimmen. Auf dem ersten berühren sich unsere Lippen kaum. Es ist ein Kuss, der mit etwas gutem Willen auch als freundschaftlich durchgehen könnte. Auf dem zweiten geht es schon eher zur Sache. Ich habe meine Finger in Andys Haaren verkrallt und es sieht so aus, als wollte ich ihn nie mehr loslassen.

Eine Träne löst sich aus meinen Augenwinkeln und kullert über meine Wange, um schlussendlich auf dem rechten Bild zu landen.

„Du möchtest jetzt bestimmt wissen, wie ich an diese Fotos gekommen bin. Ich werde es dir erzählen. Vielleicht ist dir das bis jetzt noch nicht aufgefallen, aber ich bin ein klein wenig bekannt. Campbell ist es auch. Na ja, mit dem Bekanntheitsgrad steigt auch das Interesse an deinem Privatleben. Man will wissen, mit wem du dich triffst, was du machst, wo du bist … eine ganze Liste. Es gibt Menschen, die bekommen Geld dafür, nicht dafür, dass sie sich durch die Welt vögeln, wie manch andere.“ Ich weiß, dass das auf mich gemünzt ist, und wage einen mutigen Versuch, ihm in die Augen zu sehen, was ich umgehend bereue. „Wie dem auch sei. Sie machen Bilder von bekannten Personen und verkaufen sie an Zeitungen oder ans Fernsehen. Hier haben wir ein solches Exemplar.“ Aus einer Schublade taucht die neueste Ausgabe eines Klatschmagazins auf, auf dessen Cover die beiden Bilder zu sehen sind, die ich eben geschenkt bekommen habe.

„Zweigleisig – hat sich Englands begehrtester Junggeselle in die Falsche verliebt?“, lautet die Schlagzeile.

„Diese Zeitungen kann man in jedem x-beliebigen Geschäft kaufen. Ganz England kann das – auch ich. Es war sicher eine romantische Idee, euch im Park zu treffen, dort zusammen zu essen, die Sonne zu genießen und eure junge Liebe der Welt zu zeigen.“

Ich weine mittlerweile so laut und heftig, dass es mich schüttelt und ich nach einem Taschentuch kramen muss.

William ist nicht wiederzuerkennen. Er strahlt puren Hass aus. Nicht nur Hass auf mich, sondern auch auf Andy. Beinahe fürchte ich mich zu erfahren, was er ihm noch antun wird oder bereits angetan hat.

„Du darfst mich gerne korrigieren, falls ich mich irre. Aber war das nicht der Tag, an dem du mir erklärt hast, du bräuchtest deinen Freiraum? Der Tag, an dem du meintest, wir könnten nicht jede Sekunde zusammen sein?“

Ich bleibe stumm, da ich nicht einmal weiß, ob ich reden darf oder muss oder soll. Der tosende Strudel scheint mich immer tiefer hinabzuziehen. Ich drohe zu ertrinken, schaffe es aber immer wieder, kurz nach Luft zu schnappen. Doch irgendwann kann man nicht mehr, man gibt auf und findet sich mit seinem schrecklichen Ende ab.

Ein Schlag auf die Tischplatte lässt mich zusammenzucken, das Taschentuch gleitet mir aus den Händen. „Antworte!“, brüllt William.

„Lass es mich bitte erklären“, ich starte einen müden Versuch, zu ihm durchzudringen.

„Ich will keine Erklärungen hören. Du sollst einfach nur antworten.“

„Ja, es war an dem Tag. Ich habe nichts mit ihm, es war ein Ausrutscher. Ich wollte es dir sagen, doch du hast dich das ganze Wochenende nicht gemeldet.“

Mit einem Ruck steht er auf und ich fürchte, dass er mich schlägt. Er befindet sich in einem Zustand, in dem man mit allem rechnen muss.

„Wie kann man sich in einem Menschen nur so täuschen?“, faucht er und bleibt neben mir stehen. „Hoch mit dir!“, lautet sein nächster Befehl.

Ein dicker Kloß bildet sich in meinem Hals und für eine Sekunde denke ich an Flucht. Nicht nur weg von hier, sondern aus dem Leben. Ich kann nicht mehr. Er gibt mir nicht einmal den Bruchteil einer Chance, sondern nimmt es einfach hin. Sieht diese Bilder als Beweis dafür, dass ich ihn von Anfang an verarscht habe. Er dreht es so, als wäre ich nur auf sein Geld und seine Bekanntheit aus gewesen.

Eine Sekunde später stehe ich vor ihm, klammere meine Fingernägel in die Tischkante hinter mir, während er mich jetzt an den Oberarmen gepackt hält. Seine Augen glühen, seine Lippen sind zu einem Strich getrimmt.

„Hast du dich von ihm ficken lassen?“, fragt er aufgewühlt.

„Nein. William, wenn du mir zuhören würdest, könnte ich dir erklären, dass das eine einmalige Sache war. Ich weiß auch nicht, was in mich gefahren ist.“

Er lacht rau, sieht kurz zur Seite und packt dann mein Kinn. „Ich habe mich auf deine Beziehungsscheiße eingelassen, Rose. Der einzige Grund, weshalb ich das getan habe, war, weil du mir etwas bedeutest und ich dachte, du wärst die Richtige. Ich sollte an meiner Menschenkenntnis arbeiten."

Ich presse die Augen zusammen, kann einfach nicht wahrhaben, was hier gerade passiert. Er ist zum Tier geworden. Ich möchte wegsehen, da ich fürchte unter seinen Blicken zu zergehen. Jedoch umklammern seine Finger weiterhin mein Gesicht, zwingen mich so ihn anzusehen und mitunter nicht mehr wegzulaufen.

„Für mich waren bis dato Frauen nur von Bedeutung, um sie zu ficken. Ich interessierte mich nicht für ihre Wünsche, Vorstellungen oder Pläne. Ich bin kein Frauenfeind, falls du mir das vorwerfen möchtest. Im Gegenteil. Du sollst jetzt aber spüren, wie es ist, wenn man nur benutzt wird." Als wären diese Worte nicht hart genug, fährt er mit dem Daumen über meine Unterlippe, wohl wissend, wie sie auf ihn reagiert.

„Es macht mir nichts aus, dass du mich als den Bösen darstellst. Doch du gehörst mir, Rose. Nur mir steht es zu, dich zu küssen. Nur mir steht es zu, diesen Ausdruck auf deinem Gesicht zu sehen. Nur mir steht es zu, dich zu vögeln. Wir werden, nennen wir es einfach einmal so, unsere Beziehung wieder einschränken müssen. Ich möchte dich nur ungern abservieren, auch wenn du es verdient hättest. Du wirst von nun an für mich bereitstehen. Wenn du möchtest, kann ich dich bezahlen – das wäre ein ungemein befriedigender Gedanke. Außerdem sieht es dann nicht so aus, als führten wir eine Beziehung. Der Vorteil an unserem Arrangement ist, dass du künftig in deiner Freizeit machen kannst, was du willst."

Ich kann nicht glauben, dass er alles, wofür wir gekämpft haben, einfach wegwirft. Wir stehen am Anfang und zugleich am Ende.

„Das ist doch nicht dein Ernst", presse ich mühsam hervor. „Lass mich dir doch erklären, was ich getan habe."

„Ich habe gesehen, was du getan hast. Was mich viel mehr interessieren würde ist, warum du dich so bereitwillig auf mich eingelassen hast und nun doch zu Andy gewechselt hast. War es wegen dem Geld? Wegen deiner Position hier in der Firma? Wegen der Wohnung?"

Ich sage nichts, ringe abermals mit den Tränen. „Du gibst mir nicht einmal den Hauch einer Chance. Das ist alles an was du denkst. Geld, Macht und diese Firma."

„Warum dann?" Seine Augenbrauen sind hochgezogen. Zum ersten Mal, seitdem ich hier hereingekommen bin, erkenne ich wieder menschliche Züge an ihm.

„Warum hast du dich auf mich eingelassen?"

Abermals ein tiefes, ernüchterndes Lachen. „Wieso?“ Er macht einen Schritt auf mich zu. Auch wenn ich geglaubt habe, dass dies nicht mehr möglich ist. Der Schreibtisch dient als Keil, William als die andere Hälfte, die mich jeden Moment zu zerquetschen droht. „Ich bin damals vor dir gekrochen. Habe gejammert wie ein räudiger Hund. Habe mein altes Leben komplett geopfert. Im Moment denke ich, dass alles umsonst war.“

Verdammt, fluche ich in mich hinein. Er darf mir nicht leidtun. Im Gegenteil. „Okay“, sage ich, da ich weiß, dass es für uns besser ist. Der letzte finale Akt ist angebrochen. Zumindest weiß ich mittlerweile, was auf mich zukommt – einsame Nächte, in denen ich jedes Wort, jede Handlung und jede noch so winzige Einzelheit überdenke. Ich bin ein Profi in Sachen Beziehungsaus.

„Ich habe mich von Andy zu einem Mittagessen überreden lassen. Er hat mich geküsst. Ich gebe zu, dass ich kurz darauf eingestiegen bin – es war das Dümmste was ich jemals gemacht habe.“

„Was hat er, was ich dir nicht bieten kann?“ Schmerz. Roher, gewaltiger, mich und ihn beherrschender Schmerz ist zu hören.

Ich versuche den Kopf zu schütteln, was mir dank seiner Finger nicht gelingt. „Du hast alles was ich brauche.

Du bist alles was ich brauche. Ich war dumm und naiv. Ich wusste nicht, was mit dir los ist, da du dich so komisch verhalten hast, nachdem ich um etwas mehr Freiraum gebeten habe. Wobei ich im Moment am liebsten an dich gekettet wäre.“ Ich atme tief ein, presse die Augen ein letztes Mal zusammen. „Du musst wissen, ob du mir verzeihen kannst oder nicht.“

William sieht zu Boden, nimmt die Hand dann von meinem Kinn und macht einen Schritt nach hinten. „Rose, ich kann nicht beschreiben, was in mich gefahren ist, als ich diese Bilder sah. All meine Zweifel wieder nur verarscht worden zu sein, diesmal von der Frau, die ich dachte zu lieben, haben mir das Herz zerrissen. Es gab nichts in meinem Leben, was mir mehr wehgetan hat, als diese Bilder. Die Tatsache, dass du es bist, die einen anderen küsst. Ihm erlaubt hast, was mir zusteht.“

„Ich bitte dich, William, ich liebe dich. Das tue ich wirklich. Ich wollte dir doch die Wahrheit sagen. Doch dann hast du dich Donnerstagabend nicht gemeldet, am Freitag war die Sache mit diesem Parker. Und nachdem George hier war, habe ich gar nichts mehr von dir gehört.“

„George hat mir die Zeitung gebracht. Er hat sie zufällig entdeckt. Du kannst froh sein, dass wir uns im

Anschluss daran nicht gesehen haben. Und George kannst du dankbar sein, dass er mich von deinem Büro ferngehalten hat."

Das erklärt Georges Feindseligkeit und den Verlauf meines Wochenendes. Irgendwie schmerzt es, während es andererseits guttut, endlich zu wissen, weshalb William mich zwei Tage lang aus seinem Leben verbannt hat.

„Was geschehen ist, ist geschehen und ich kann nichts weiter tun, als es reumütig einzugestehen. Selbst wenn du von mir verlangst, dass ich Andy nie mehr wiedersehe, ich würde es auf mich nehmen. Ich brauche dich. Du bist mir viel mehr wert als jeder andere."

„Wir stehen hier und reden über etwas, was ich im Normalfall einfach hinter mich gebracht hätte. Ich fühle mich elend, obwohl dir dieser Gefühlszustand eigentlich zustehen sollte."

Ich fühle mich auch so.

„Was soll ich machen?"

„Du sollst mein Büro verlassen. Du sollst zurück auf deinen Platz gehen und vor allem sollst du zu weinen aufhören."

Ich spüre, dass Wut in mir aufsteigt. „Du bist doch nicht aus Stein. Sag mir nicht, dass du unsere gemeinsame Zeit einfach wegwirfst. Ich habe mich entschuldigt, habe dir erklärt, warum das alles passiert ist. Verdammt, kannst du nicht ein einziges Mal über deinen Schatten springen und ein bisschen nachsichtig sein?“

Starr sieht er mich an, sagt jedoch kein Wort.

„Ich war nachsichtig genug. Ich habe um uns gekämpft.“

„Warum hast du gekämpft?“

Er zieht eine Augenbraue nach oben. „Ich verstehe nicht, was du meinst.“

„Hast du um mich gekämpft, weil es für dich überaus bequem war, eine Angestellte zu besteigen, oder weil du dich an mich gewöhnt hast?“

Sein Telefon klingelt. Es muss bereits acht Uhr sein. Bald werden die ersten Verhandlungspartner ihre Termine wahrnehmen, ich sollte mich also schleunigst um mein Äußeres kümmern. Doch wenn ich jetzt gehe, dann habe ich ihn endgültig verloren.

„Ich habe es getan, weil ich dachte, wir beide hätten eine Zukunft. Weil ich glaubte, bei dir gefunden zu haben, wonach ich lange gesucht habe. Weil ich dich, verdammt noch mal, geliebt habe, Rose.“

Trotz all der Trauer und Wut keimt zum ersten Mal so etwas wie Hoffnung und Freude auf. Er liebt mich. Gerade eben hat er es gesagt. Auch wenn es ihm nur versehentlich herausgerutscht sein mag.

„Und? Liebst du mich noch immer?"

Ein bitteres Lachen entfährt ihm. „Ich weiß es nicht."

Mein Auftritt. „Doch, das tust du. Sonst hätte dich dieser Ausrutscher nicht so verletzt. Wie wärst du bei einer anderen vorgegangen?"

„Ich hätte sie einfach in den Wind geschossen."

„Eben. Und darum möchte ich nicht aufgeben. Du hast um mich gekämpft. Es ist nicht immer einfach, doch das ist in jeder Beziehung so. Bei uns beiden ist es vielleicht noch komplizierter. Was ich getan habe, tut mir aufrichtig leid. Ich empfinde nichts für Andy. Da war nichts und es wird auch nie etwas sein. Ich will nur dich."

Langsam bewege ich mich auf ihn zu und lege vorsichtig meine Hand auf die seine. Er glüht und ich glühe ebenfalls. Wir ergänzen uns einfach in jeder Hinsicht. Zuerst zuckt er zurück, doch als ich ihm in die Augen sehe, lässt er meine Berührung doch zu.

„Du hast eigentlich keine zweite Chance verdient", erklärt er mir.

„Gib sie mir und ich werde dich mein Leben lang lieben."

Seine Gesichtszüge werden milde und endlich habe ich es geschafft – ich bin zu ihm durchgedrungen. Ich weiß, wie viel ihm dieser Satz bedeutet. Immerhin ist Liebe für ihn lange ein Fremdwort gewesen.

Allmählich entspannt er sich. „Ganz schön altklug für ein kleines Mädchen, das von einer Scheiße in die nächste hüpft."

Ein zaghaftes Lächeln breitet sich auf meinem Gesicht aus. „Zum Glück habe ich jemanden, der mich immer wieder herauszieht."

„Du wirst Andy nicht mehr alleine sehen."

„Zu Befehl, Sir!"

„Und ich werde ihm die Fresse polieren."

„Nein."

„Doch."

Ich kichere belustigt, während William mich ruckartig an sich reißt. „Du wirst mich nicht mehr belügen. Ich hasse Lügen."

„Ich verspreche es hoch und heilig."

„Ich bin noch immer wütend", versichert er mir, streichelt aber trotzdem meine Wange.

„Einverstanden. Du darfst so lange wütend sein, wie du möchtest. Hauptsache, du bleibst bei mir."

Wieder klingelt das Telefon. „Mein Pressesprecher läuft im Kreis. Du kannst ihm erklären, was wir an die Zeitungskobolde weitergeben wollen."

„Die Wahrheit?"

„Sie wären erschüttert."

Endlich verstummt das Klingeln und ich widme mich seinen Fingerspitzen, die ich zärtlich küsse. „Dass wir uns wieder versöhnt haben und du eine Schwäche für kleine Mädchen hast, die sich selbst in die Scheiße hineinreiten?"

Ein Klopfen, dann Debbys Stimme. Sie klingt besorgt. „Ich habe eher eine Schwäche für kleine Mädchen, die ich aus der Scheiße herausziehen darf."

„Mister Bennet, alles in Ordnung?" Debby ist wirklich beunruhigt.

„Wie süß, sie macht sich Sorgen", kommentiere ich Debbys Versuch, sich Zutritt zum Büro zu verschaffen.

„Ich lasse mir etwas einfallen."

„Okay", stimme ich zu und freue mich, dass er mich so eng an sich drückt.

„Ich habe dir vorhin doch nicht wehgetan, oder?"

Einen Moment lang lasse ich ihn zappeln. Dann grinse ich unverschämt. „Keine Angst, ich bin so einiges gewohnt.“ Wieder ertönt das Klopfen und stört unsere Zweisamkeit. „Ich sollte gehen. Ich liebe dich, William. Danke.“

Er küsst mich stürmisch, fährt mir durch das zerzauste Haar und drängt mit seiner Zunge zwischen meine Lippen. „Ich liebe dich auch, Rose. Bitte.“

Zufrieden verlasse ich sein Büro und sinke müde und ausgelaugt in meinen Sessel. Wenn das nicht nervenaufreibend war, was dann?

Doch es ist mir gelungen, das Ruder herumzureißen, wieder einmal. Keine Ahnung, wie oft ich solche Kämpfe noch auszufechten habe oder wie oft ich mich noch behaupten muss. Nur eines kann ich sagen: Dieser Kuss, sein Lachen und das Wissen, dass er mich liebt, sind mir all die Anstrengungen wert.

15. Kapitel

„Aufstehen!" Ich möchte das gar nicht hören und vergrabe mich noch tiefer in die Decke. Bis zum Kinn hochgezogen, soll sie mir Schutz vor der Außenwelt bieten.

Doch der Mahner in der Wüste meines frühen Morgens ist hartnäckig und zupft an der Decke. „Aufstehen, Rosie. Du hast Geburtstag."

Ich kichere, als William seine Hand unter die Decke schiebt und mich zu kitzeln beginnt, obwohl ich das wie die Pest hasse.

„Lass mich", brumme ich mit gespielter Gereiztheit.

„Dein Geschenk wartet."

„Dann hoffe ich, dass du mein Geschenk bist und ich dich auspacken darf."

„Nur allzu gerne!"

Endlich schlage ich die Augen auf. William kniet über mir, das Haar noch zerzaust, den Mund zu einem spitzbübischen Lachen verzogen, sieht er einfach zum Anbeißen aus. Mir fallen in derselben Minute tausend Dinge ein, die ich mit ihm machen möchte. Doch ich zügle mich. Noch etwas verschlafen streiche ich mir übers

Gesicht und schaue auf den Wecker. Halb acht – was macht er so früh auf?

„Was ist nun mein Geschenk?“, frage ich erwartungsvoll.

William grinst noch breiter und zieht mir die Decke mit einem Ruck weg. „Das möchtest du wohl gerne wissen?“

Dann beugt er sich vor und küsst mich voller Zärtlichkeit. Ich schlinge theatralisch die Arme um ihn und ziehe ihn enger an mich.

„Happy Birthday, Babe“, flüstert er und zaubert wie aus dem Nichts zwei Päckchen hervor. „Aufmachen!“

Da ich seinen Befehlston bereits gewohnt bin, lasse ich mich nicht beirren, sondern schüttle die beiden Schächtelchen. Sie sind leicht. Das eine, das größere, kommt mir etwas schwerer vor. Doch in beiden ist ein vielversprechendes Rumpeln zu hören. „Deine Geschenke machen mir immer noch Angst. Du bist reich, verliebt und manchmal etwas abgedreht – eine gefährliche Kombination.“

„Aufmachen!“, lautet abermals seine Anweisung.

Ich beginne mit dem größeren – die Neugierde treibt mich dazu. Langsam entferne ich die Schleife, dann das Papier, wobei ich an meine Mutter denken muss, die

Geschenkpapier niemals wegwirft. Man kann es ja wiederverwenden.

Unter der Verpackung kommt eine kleine Box zum Vorschein, die mit einem weiteren Band verschlossen ist. Auch dieses Hindernis entferne ich. Mittlerweile bin ich nicht mehr ganz so andächtig bei der Sache, sondern möchte endlich wissen, was William Bennet seiner Herzallerliebsten zum Geburtstag schenkt.

Aus der Geschenkbox ziehe ich eine Kette und ein Paar Ohrringe. Aus Silber und mit Sicherheit schweineteuer.

Die Kette ist mit einem wundervollen Anhänger versehen, dessen Design sich auch in den Ohrringen wiederfindet.

„Die Serie heißt ‚Unendlichkeit'. Ich fand das sehr passend."

„Es ist wunderschön", bestätige ich gerührt und halte den Schmuck wie eine Trophäe in meinen Händen.

„Danke. Danke. Danke. Tausend Dank."

William nickt und zeigt auf das andere Päckchen. „Jetzt das Wichtigste."

„Das hier ist wichtiger?", schiebe ich entgeistert nach, denn die Schmuckstücke sind meines Erachtens mehr als genug für ein Geburtstagsgeschenk.

Ich platze vor Neugierde, als ich nach dem zweiten Päckchen greife. Im Nu habe ich es geöffnet und halte fragend einen silbernen Schlüssel, der an einem Bund mit einer Rose und einem Leuchtturm hängt, in die Höhe. Mein Blick gilt William, der richtig schüchtern wirkt.

„Ein Schlüssel“, halte ich fest, ohne des Rätsels Lösung nur einen Schritt näher zu kommen. „Wofür?“

William nimmt meine Hand in die seine, knetet sie und grinst verschwörerisch. „Du sagtest doch einmal, wie schön du es fändest, ein gemeinsames Häuschen mit Meerblick zu besitzen. Du würdest dann jeden Morgen mit mir aufwachen und den Wellen lauschen. Ziemlich kitschig, doch da ich ein Gentleman bin, erfülle ich meiner Zuckerpuppe diesen Wunsch.“

Mir fällt die Kinnlade nach unten. Bis ich begreife, was gerade passiert ist, hat William den Schlüssel aus meiner Hand genommen und durch einen Umschlag ersetzt.

„Wirf einen Blick darauf.“

Wie in Trance öffne ich das Kuvert und denke daran, dass wir bereits einmal ein ähnliches Erlebnis hatten.

Es scheint Jahre her zu sein. Seither ist so viel geschehen. Es hat aber ein Happy End gegeben, wie es in Filmen vorkommt. Ich lebe mit William zusammen. Meine Wohnung dient nur mehr zur Lagerung meiner Sachen.

Eigentlich hat alles an jenem Tag so richtig angefangen, an dem er mir seine Liebe gestanden hat.

Wie in einem kitschigen Film bin ich ihm verfallen und seither ist er stets zur Stelle, wenn ich ihn brauche. Wir führen eine Beziehung, wie es sich für Erwachsene gehört. Wir reden über alles. Wirklich über alles. Lebt man zusammen, dann kommen einem die Macken des anderen plötzlich nicht mehr nur romantisch und liebenswert vor. Wir krachen oft aneinander und ja, wir versöhnen uns auch wieder. Und wie! Das Schönste am Versöhnen ist der Sex. Welchen ich im Übrigen mit William völlig anders erlebe. Dies wird sich wohl niemals ändern.

Fünf Wochen sind seit dem großen Streit vergangen. Fünf Wochen, in denen sich eine Menge getan hat. Ich wurde im Laufe dieser Zeit akzeptiert. Nicht nur in der Firma, auch in seinem privaten Umfeld. George sieht mich zwar immer noch als Konkurrentin an, schafft es jedoch mittlerweile, halbwegs normal mit mir umzugehen. Dass wir uns nicht wirklich sympathisch sind, darüber bin ich nicht allzu traurig.

Beverly lebt auf Williams Wunsch weiterhin bei uns. So hat er sie besser im Auge, was sie nicht so gerne hört, da sie meint, sie könne gut auf sich selber aufpassen. Immer wieder betont sie, wie selbstständig sie sei. Ich kann sie nur allzu gut verstehen. Mir geht es nicht anders.

Charles ist noch immer in London. Ab und an hört man von ihm, doch er scheint sich mit der bevorstehenden Scheidung abgefunden zu haben. Ich bin froh darüber, da sich alle Bennets, mich eingeschlossen, wieder entspannen und nicht mehr hinter jeder Häuserecke den schwarzen Mann vermuten, der ihnen an die Gurgel will.

„Zuckerpuppe – das klingt, als könnte ich nicht bis drei zählen", murre ich, während ich einen Blick auf das Häuschen werfe.

Um genau zu sein, ist es kein Häuschen, sondern ein stattliches Haus. Es wurde aus verschiedenen Perspektiven aufgenommen und zeigt sich somit in seiner ganzen Pracht. Das Gebäude liegt auf einer Klippe, darunter der Strand mit der wilden See, die an dem Tag, als der Fotograf am Werk war, recht friedlich wirkt. Doch im Herbst kann es ziemlich stürmisch werden.

Das Haus selbst ist eher unscheinbar. Ein typischer Backsteinbau, der den Wellen mühelos trotzt.

William schlingt von hinten seinen Arm um mich und deutet auf die Treppe, die zum Eingang hinaufführt. „Es gehört dir, Babe."

„Wie – es gehört mir? Du bist doch nicht so verrückt und hast mir ein Haus gekauft?“

Bitte nicht. Ich habe schon mit der Wohnung Probleme, obwohl ich mich eigentlich gar nicht mehr dort aufhalte. Ein Haus, ein sündteures, superausgestattetes, ist zu viel für mich – vor allem um diese Uhrzeit!

William lächelt, schiebt mein Haar zur Seite und küsst meinen Hals. „Ich habe es für uns gekauft. Wir können dort unsere freie Zeit verbringen. Ich kann dich drinnen, draußen, am Strand, auf der Treppe, im Garten, in der Küche ... an jedem beliebigen Ort ficken.“

Schluck. Wäre mein Magen voll, würde ich kotzen. Nicht, weil mir seine Worte nicht gefallen, im Gegenteil. Sie sollten sich eigentlich wie Balsam anfühlen, doch ich habe Angst. Angst, dass ich mich nicht richtig verhalte und in einen Rahmen gepresst werde, den ich nicht ausfüllen kann.

„Du wirst es lieben“, beruhigt er mich.

„Das bezweifle ich keine Sekunde.“

„Lassen wir das Haus, den Sex, das Meer und deinen Geburtstag einmal außen vor. Viel wichtiger ist der Grund, warum ich uns beiden diesen Rückzugsort gegönnt habe. Ich weiß, wie wenig du vom Leben in der Öffentlichkeit hältst. Außerdem weiß ich, dass du deine

Familie vermisst, die Landschaft, die Ruhe und das Alleinsein."

Entgeistert sehe ich ihn an. Die ganze Zeit habe ich gedacht, wir reden über Schottland. Noch einmal fällt mein Blick auf das Haus – mein Haus, unser Haus.

„St. Agnes ist nicht gerade mit Baugründen am Strand gesegnet. Dann dachte ich, ich kaufe ein Haus, ich hatte sogar schon eines im Auge, das etwas weiter im Landesinneren liegt. Doch du hattest recht, das Meer ist dort unwahrscheinlich schön."

„Du warst in St. Agnes?" Gott, verlass mich nicht. Und das aus meinem Mund!

Schweigend nimmt er mir die Unterlagen aus der Hand, legt sie auf den Nachttisch und drückt mich zurück auf die Matratze. „Unter anderem. Außerdem war ich in Porthtowan, wo tatsächlich ein Haus zum Verkauf stand. Die Arbeiter haben in den letzten Wochen ein wahres Wunder vollbracht."

Ich bin sprachlos. William nützt die Gelegenheit, schiebt sich über mich und küsst mich sanft auf die Nasenspitze. „Du hättest deine Eltern in der Nähe. Der Strand ist einmalig und wir haben unsere Ruhe."

„Porthtowan hat den größten Sandstrand in der ganzen Gegend. Die Leute kommen von überall her, damit ihre Kinder die Füße in englischen Sand stecken können“, doziere ich, als würden diese Ausführungen meiner Rührung gerecht werden.

Was tut er nur? Was ist mit ihm passiert? Sicher haben wir noch immer unsere Probleme. Man kann sie nicht einfach negieren. Doch es ist so wunderbar ... so anders und so schön. Es tut gut, ihn häufiger lachen zu sehen. Wir haben den besten Sex, den man haben kann, vermute ich mal, und wir haben auch das Problem mit der Arbeit gelöst.

Und jetzt, heute an meinem Geburtstag, auf den ich mich nicht so recht freute, da meine Eltern nicht kommen können und meine Nichte Susi krank ist und das Bett hüten muss, sodass ich auch niemanden sonst von meiner Familie sehen kann, schafft William es schon am frühen Morgen, mich zum Strahlen zu bringen.

Seine Miene wird ernst, während er mir übers Gesicht streicht. „Ich möchte mit dir mein Leben verbringen, Rose. Du kennst mich – die Hälfte reicht mir nicht. Niemals. Ich will alles und vor allem will ich dich. Ich will dich glücklich machen und das am besten jeden Tag. Mir ist egal, was die anderen denken.“

Wow! „Niemand verurteilt dich, nur weil du dieses Geschenk annimmst.“

„Du bist der wundervollste Mann, der mir je begegnet ist“, flüstere ich und streiche über seine Lippen, die sich zu einem Lächeln verziehen.

Wir sehen uns einfach nur an. Ich habe keinen blassen Schimmer, was William denkt. Ich für meinen Teil kann nur sagen, dass ich mir gerade unsere Zukunft ausmale. Ich sehe ihn als Vater meiner Kinder, als älteren Mann, als Liebhaber, Begleiter und Seelenverwandten. Falls es Letzteren gibt, so habe ich ihn gefunden. Und obwohl wir uns in den vergangenen Wochen an den jeweils anderen herangearbeitet haben, so blieben unsere Zukunftspläne im Dunkeln. Wir leben im Hier und Jetzt. Gerade deshalb könnte ich vor Freude Purzelbäume schlagen. William denkt über unsere gemeinsame Zukunft nach!

Der Mann, der bisher rastlos durchs Leben gezogen ist, zeigt plötzlich die Bereitschaft, sich zu binden.

„Mit vierundzwanzig ist es zu früh, sich zu verabschieden, Süße“, gibt er mir grinsend zu verstehen und reibt dabei seine Nasenspitze an der meinen.

„Das musst du alter Sack schließlich wissen“, ziehe ich ihn auf und schlinge die Arme um seinen Hals, um ihn an mich zu drücken. Glücklich lächelnd küsse ich ihn. „Mal im Ernst, wozu soll dieses Haus dienen?“

„Ich verstehe nicht, was du meinst“, erwidert er.

„Heißt das, wir wohnen dort zusammen? So richtig als Paar?“ Instinktiv halte ich den Atem an und zähle die Sekunden. Ach, was sage ich – die Millisekunden! Ein tropfender Wasserhahn oder eine tickende Uhr würde gut ins Bild passen.

Endlich kommt Bewegung in ihn. Er grinst, nein, er lacht mich aus. „Was ist nun wieder los?“, würde ich ihn gerne fragen. „Rosie hat doch nicht Angst, sich zu binden?“

„Was?“

„Hast du Schiss, kleines Mädchen? Ich habe viel mit dir vor. So lange es mein Körper zulässt, werde ich dich jeden Tag auf den Mount Orgasmus bringen.“

„Ich gebe dir noch vier Jahre“, spotte ich.

Im nächsten Moment stürzt sich William auf mich und beginnt mich zu kitzeln. Und das auch noch an meiner empfindlichsten Stelle – jene, genau über den Rippen. Ich krümme mich, gebe quiekende Geräusche von mir und kralle meine Finger in seinen Rücken.

Er ist unbarmherzig, fast so unbarmherzig wie beim Sex. Doch daran will ich jetzt gar nicht denken, ich will nur überleben.

„William, hör auf. Ich piss mich an“, appelliere ich an seine Vernunft. Keine Chance, er verhält sich weiterhin wie ein Zehnjähriger.

William lacht hellauf, dann hebt er mich hoch und setzt mich, als wäre ich eine federleichte Stoffpuppe, auf seinem Schoß ab. Die Kitzelei nimmt kein Ende. Zu meiner Erleichterung verwendet er dazu aber nur mehr eine Hand.

Sagte ich Erleichterung? Diese ist mir genau drei Sekunden lang gegönnt, dann beginnt er meine Brust durch das dünne Oberteil zu liebkosen. Aufreizend dreht er meinen Nippel zwischen seinen Fingern. Mein Lachen wird schwächer, ich kralle meine Finger noch fester in sein Fleisch, dränge ihn so, schneller zu machen, und presse dabei meine Hüften gegen seinen harten Schwanz.

„Papa?“

Beide schrecken wir hoch, als hätten wir uns aneinander die Finger verbrannt. Ich greife nach der Decke, die wir im Eifer des Gefechts zur Seite gestoßen haben, und wickle mich darin ein. Verdammt, wir haben ganz vergessen, dass Gabriel hier ist, aber normalerweise schläft er auch länger. Wir haben ihn doch nicht geweckt?

„Gabriel“, William fasst sich schnell. „Guten Morgen. Heute bist du aber schon früh wach.“

William steht auf, greift nach seiner bequemen Hose und zieht sie schleunigst an.

Gabriel sieht mich an und wirkt nun weniger besorgt. Wahrscheinlich hat er gedacht, William tut mir etwas an. Immerhin ist es die erste Nacht, die er hier verbringt.

William hat ihm ein eigenes Zimmer eingerichtet – Platz ist ja reichlich vorhanden. Und nachdem ich mir Gloria vorgeknöpft habe, die, wie sollte es anders sein, zunächst dagegen gewesen ist, hat sie letzten Endes doch zugestimmt, dass Gabriel das ganze Wochenende bei uns verbringen darf.

Wir sind im Kino gewesen, essen, spazieren, baden und haben uns gestern Abend den neuesten *Ice Age* auf DVD angesehen. Längst habe ich den Kleinen ins Herz geschlossen. Und das nicht nur, weil er wie sein Vater aussieht. Nein, Gabriel ist ein netter Junge, der sich von seiner Mutter nicht beeinflussen lässt und genau weiß, was er möchte. Eine weitere Eigenschaft, die er von seinem Vater geerbt hat.

William ist glücklich, das sehe ich ihm an. Er macht sich aber zu viele Sorgen. Gestern Abend ist Gabriel auf der Couch eingeschlafen und wir haben ihn nach oben in sein Zimmer gebracht, wo William jede halbe Stunde nachgesehen hat, ob alles in Ordnung ist. Am liebsten wäre es ihm vermutlich gewesen, wenn wir ein Babyphone aufgestellt oder Gabriel sich zu uns gelegt hätte. Ich finde sein Verhalten rührend und richtig. Dank Gloria haben die beiden keine allzu innige Verbindung. Sie wird wohl auch in Zukunft querschießen, aber William und ich werden um Gabriel kämpfen.

Ich kann nicht einschätzen, wer ich für ihn bin. Als ich ihn das erste Mal getroffen habe, war ich saunervös. Kurz nachdem die Sache mit Andy vom Tisch war, hat mich William Gabriel vorgestellt. Wir sind Eis essen gegangen und waren im Hyde Park zum Entenfüttern. Der erste Schritt ist mir ziemlich schwergefallen. Ich kann zwar gut mit Kindern umgehen, doch hier ist eine besonders harte Nuss zu knacken. Wir reden nicht einfach von einem Kind, dem ich zufällig begegne und mit dem ich herumalbere. Wir reden von Williams Sohn, William, der plötzlich eine andere Frau hat, die ebenso Liebe, Geborgenheit und Zuneigung einfordert.

Ich habe befürchtet, dass Gabriel eifersüchtig auf mich sein oder mich einfach ignorieren könnte. Als Kind habe ich mir vorgestellt, dass ich bei einer allfälligen Trennung meiner Eltern den neuen Partnern das Leben zur Hölle machen würde. Entweder denkt Gabriel nicht so weit oder er ist einfach vernünftig genug, um zu verstehen, dass ich ihm nichts Böses will.

Der Tag verging schnell und am Ende konnte ich wirklich stolz auf mich sein. Ich hatte mich Gabriel angenähert und daran hat sich auch in den letzten Wochen nichts geändert.

Wir sind inzwischen ein eingespieltes Team und ich entdecke immer mehr Gemeinsamkeiten zwischen Vater und Sohn. Ich liebe besonders jene Momente, in denen sich die beiden unbeobachtet glauben.

Zum Beispiel, wenn sie in Gabriels Zimmer spielen und William dabei total verändert wirkt. Er lacht, scherzt und genießt jede Sekunde, die er mit seinem Sohn verbringen darf und kann. Ich träume dann vor mich hin. Stelle mir vor, wie er zu unseren Kindern sein wird, auch wenn William noch immer abblockt, kaum spreche ich das Thema Zukunft an.

Gerade deshalb bin ich überrascht, dass er heute mit dem Haus einen so folgenreichen Schritt gesetzt hat. Nicht nur, dass er sich für seine Verhältnisse weit aus dem Fenster gelehnt hat, nein, er ist sogar gesprungen!

Unsicher macht Gabriel einen Schritt zurück und sieht zu Boden. „Heute ist doch Roses Geburtstag und ich war so nervös, dass ich nicht mehr schlafen konnte. Entschuldigung."

William lächelt ihn freundlich an und zerzaust sein braunes Haar. „Kein Problem, Kleiner. Ich war auch nervös." Dann geht er vor Gabriel in die Knie und beide blicken verschwörerisch in meine Richtung. „Ich habe ihr mein Geschenk schon gegeben."

„Was hat sie gesagt?", will Gabriel sofort wissen.

„Sie hat sich gefreut. Möchtest du ihr deines auch gleich geben oder sollen wir noch warten?"

Wieder werfen mir zwei Augenpaare wissende Blicke zu. „Ich gebe es ihr gleich."

Im nächsten Moment ist Gabriel weg. Ich sehe William an, der mit verschränkten Armen und einem stolzen Lächeln vor dem Bett steht. Gabriels Verschwinden gibt mir Zeit, mich umzuziehen. Da wir ganz für uns sein werden, entscheide ich mich für Jeans und ein weinrotes Kurzarmshirt.

„Ich dachte schon, du wärst ein Geheimniskrämer, aber dein Sohnemann steht dir in nichts nach", sage ich in die ungewohnte Stille hinein und schlüpfe in meine Sachen.

Es gibt sie immer wieder, diese Momente. Dann ist William in sich gekehrt und nicht bereit, seine Gedanken mit mir zu teilen.

Eine Sekunde später wird die Zimmertür aufgestoßen und Gabriel stürmt herein. Wie ein Wirbelwind, als den ich ihn von Anfang an kenne, läuft er zu mir, überreicht mir ein Päckchen und drückt mir zur Feier des Tages einen Kuss auf die Wange. Ich werde ganz verlegen und linse verstohlen zu William, der die Sache aus sicherer Ferne beobachtet.

„Das habe ich selbst eingepackt", versichert mir Gabriel mit stolzgeschwellter Brust.

„Sehr hübsch", lobe ich und ziehe die Schleife auf. Als Nächstes entferne ich etliche Lagen Klebeband, die das Konstrukt zusammenhalten sollen. Es klappert, als ich das Geschenk schüttle.

Nachdem ich das Papier abgezogen habe, kommt eine ähnliche Schatulle, wie ich sie gerade erhalten habe, zum Vorschein. Sie ist allerdings etwas kleiner und ich ahne bereits, was sich darin befindet.

Gabriel zappelt ungeduldig neben mir und ich traue ihm zu, dass er mir das Schächtelchen entreißt und es selbst öffnet, wenn ich mir damit zu lange Zeit lasse. Doch ich habe keine Eile, möchte diesen wunderbaren Moment voll auskosten. Mein Kinn zittert, als ich den Deckel entferne und den passenden Ring zu der Kette und den Ohrringen entdecke.

Es fühlt sich an wie Liebe. Und es ist Liebe, die mir hier entgegengebracht wird. Für uns beide, uns drei vielleicht, eine völlig neue Erfahrung. Für William die erste Liebe, auf die er setzen kann, für mich die innigste, echteste und für Gabriel das erste Mal, dass er sich geborgen und vor allem gewollt fühlt.

„Das hat Papa ausgesucht – das Beste kommt aber noch."

Gabriel hat sich auf die Zehenspitzen gestellt und versucht, auf den Bausch in meinen Händen zu blicken. Etwas Rechteckiges zeichnet sich darin ab. Wieder hat sich jemand große Mühe gegeben, um diesen Gegenstand vor Wind und Wetter zu schützen. Zwei Augenpaare verfolgen gespannt jeden einzelnen meiner Handgriffe. Dann taucht die Rückseite eines Bilderrahmens auf. Mit einem etwas mulmigen Gefühl im Bauch, da ich mich nur zu gut daran erinnere, als ich von der erwachsenen Version, die im Türrahmen lehnt, ein Bild bekommen habe, drehe ich ihn um.

Vor Rührung weiß ich nicht, was ich sagen soll. „Gabriel, das ist wirklich lieb von dir", presse ich hervor.

Immer noch starre ich auf das Bild, ich weiß ganz genau, wo und wann es entstanden ist – im Park nach unserem Picknick vor zwei Wochen. Gabriel und ich haben den Wolken nachgesehen und versucht, darin Figuren zu erkennen. Wir sind im Gras gelegen, William neben uns, der sich im Hintergrund gehalten, aber mir einmal schelmisch ins Ohr geflüstert hat, er habe einen Schwanz gesehen. Ich habe das lustig gefunden und meinen Kopf verliebt an seine Brust gekuschelt. Gabriel hat gar nichts davon mitbekommen, dazu war er viel zu übermütig. Wir haben geblödelt und witzige Bilder geschossen. Und eines von ihnen halte ich nun in meinen Händen.

„Der Tag war echt cool."

„Finde ich auch", bestätige ich und drücke das Bild an meine Brust, um ihn dann in meine Arme zu ziehen.

„Nochmals danke."

Er grinst verlegen und fährt sich durchs Haar. Irgendwoher kenne ich diese Geste, denke ich schmunzelnd.

„Lasst uns frühstücken", schlägt William vor und wirkt sichtlich belustigt angesichts meiner glasigen Augen.

Gabriel klatscht in die Hände und läuft nach unten, wo in der Küche zweifelsohne ein leckeres Frühstück auf uns

warten wird. William nimmt meine Hand und lächelt mich an. „Alles gut, Babe?"
„Alles prima. Ihr zwei kostet mich manchmal nur Nerven."

Obwohl wir früh aufgestanden sind, sitzen wir nun schon seit Ewigkeiten am Frühstückstisch. Gabriel hat sich längst verabschiedet – ihm war es zu langweilig. Während er *SpongeBob* guckt, schlürfe ich meinen Kaffee – der dritte, um genau zu sein. Wenn sich das mal nicht negativ auf meinen Kreislauf auswirkt! Schon jetzt spüre ich ein gewisses Flattern, vielleicht ist das aber auch auf Williams Sanftmut zurückzuführen.

„Was hast du heute noch vor?", frage ich und stelle die Tasse ab.

William wird unsicher. „Ich weiß nicht. Vielleicht gehen wir mittags essen. Ich hätte da bereits was im Auge."

Selbige kneife ich zusammen. „Nur mal fürs Protokoll: Du hättest etwas im Auge? Das bedeutet in deiner Sprache wohl nichts anderes als: Die Sache ist gebucht und aus. Wo soll es denn hingehen?"

„Das wird eine Überraschung."

Wie ich Überraschungen hasse! Ich mag nicht unvorbereitet mit etwas konfrontiert werden. Echt nicht. Aber mit William passiert mir das nur allzu häufig.

Er plant einfach gerne, daran sollte ich mich mittlerweile gewöhnt haben. Aber nicht immer finde ich seine spontanen Einfälle auch gut und richtig, so viel steht fest.

„Was brauche ich?“, hake ich nach.

„Etwas Hübsches, doch es sollte auf alle Fälle bequem sein.“

Okay. Was zur Hölle hat er vor? „Eigentlich habe ich keine Lust, unter Leute zu gehen. Es ist halb elf und meine Eltern haben sich noch immer nicht gemeldet.“

Ich kann meine Enttäuschung nicht verbergen. Immerhin ist heute mein Geburtstag und es hat sich eingebürgert, dass sie mich bis spätestens neun Uhr morgens anrufen. Heute scheinen sie entweder verhindert zu sein oder sie wurden gekidnappt. Auch Lisa ist offenbar nicht verschont geblieben, da auch sie sich in vornehmer Zurückhaltung übt. Sie hat immerhin eine Entschuldigung – Susi ist krank. Na ja, spreche ich mir selbst Mut zu, irgendwann wird es ihnen schon noch einfallen, welcher Tag heute ist. Hoffentlich!

Wie erbärmlich ist es, wenn die eigene Familie deinen Ehrentag vergisst? Sogar William stimmt mir da zu und ist emsig bemüht, mich zu trösten. „Sie werden sich schon noch melden, Babe.“

„Findest du das etwa lustig?“, sogleich darf er meine Stinkigkeit am eigenen Leib erfahren, denn sieht es nicht fast so aus, als würde ihn mein enttäuschtes Gesicht amüsieren?

„Nein, nein, gar nicht. Aber du benimmst dich, als wärest du zehn.“

„Arschloch“, werfe ich ihm schmunzelnd an den Kopf und stehe auf. „Ich gehe duschen.“

„Rosie, wäre es dir lieber, wenn ich das Haus wieder verkaufe und dir stattdessen einen Ponyhof bauen lasse?“, ruft er mir hinterher. Ich fahre herum und zeige ihm den Stinkefinger. „Ich hab dich auch lieb“, entgegnet er vergnügt.

Während ich mich vom warmen Wasser berieseln lasse, überlege ich angestrengt, was wohl der Grund für Williams Fröhlichkeit sein mag. Die Tatsache, dass Gabriel hier ist, ich Geburtstag habe oder die Kombination? Wer hätte vor zwei Monaten geglaubt, dass William Bennet imstande wäre, zu scherzen, zu lachen und ein romantisches Geschenk für seine Freundin zu besorgen?

Freundin, denke ich vergnügt und halte mein Gesicht in den Wasserstrahl. Wie gerne möchte ich, dass er jetzt hier ist! Wie hungrig ich nach ihm bin!

Mein Körper lechzt nach ihm, als hätte ich eine Wanderung durch die Wüste hinter mir und er ist der berühmte letzte Tropfen in der Wasserflasche. Doch mir, uns, wie ich mich verbessere, da wir in der „Uns-Phase" angekommen sind, ist es wichtig, dass Gabriel nichts von unserem ausschweifenden Sexleben mitbekommt. Was im Klartext bedeutet – solange Gabriel hier ist, gibt es für mich keinen Sex. Nicht, dass ich mir diese wahnwitzige Regelung ausgedacht hätte. Nein, es ist Mister Bennets Entscheidung, die ich mitzutragen habe. Wieder ein Punkt auf meiner Liste von Dingen, bei denen ich mir bis vor kurzem noch ungläubig die Augen gerieben hätte.

Na ja, er scheint sich wirklich zu einem anständigen Kerl zu mausern.

Nachdem ich mir die Haare geföhnt und die ausgetrockneten Spitzen mit einem Pflegespray versorgt habe, gehe ich, nur mit Unterwäsche bekleidet, ins Schlafzimmer, wo ich auf William treffe. Er steht vor dem großen Wandspiegel und zieht sich gerade an.

Ich muss nicht erwähnen, was dieser Anblick in mir auslöst – William, in Boxershorts und einem schwarzen Shirt, welches sich eng an seinen Oberkörper schmiegt. Jeder einzelne Muskel zeichnet sich durch den Stoff ab und meine Beine wollen mir eine Sekunde lang nicht mehr so recht gehorchen.

Nur langsam gelingt es mir, mich zu sammeln. Meine Füße sind zuerst an der Reihe, dann meine Atmung, dann jener Teil, der sich seit zwei Tagen nach ihm sehnt. Ich verfluche das knappe Höschen und möchte es mir am liebsten vom Leib reißen. Schon aus dem Grund, da ich nur allzu gerne wüsste, was William dann anstellen würde.

Brächte er die Kraft auf, sich zurückzuhalten, oder würde er ungeniert über mich herfallen?

Von hinten trete ich an ihn heran und presse meine Stirn gegen seinen festen Rücken, während ich die Hände nach vorne schiebe und über seine muskulöse Brust wandern lasse. Er atmet schwer und verspannt sich. Dabei hat er doch eben noch so gelassen gewirkt!

Sein Duft berauscht mich. Es ist dieser typische, nur ihm anhaftende Geruch, der mein Blut in Wallung bringt und meinen Verstand derart vernebelt, dass ich an nichts anderes mehr als an ihn denken kann.

„Das Bett wäre mir lieber als ein überfülltes Restaurant“, flüstere ich zwischen den Küssen, die ich auf seinen Schultern verteile.

Er dreht sich um und schlingt die Arme ebenfalls um mich. „Manchmal bist du so ein verdammter Spießer. Zumindest in Bezug auf deine Entscheidungen."

Er lacht mir laut ins rechte Ohr. „Du bekommst dein Geschenk zum Auspacken schon noch, Babe."

„Ich will es aber gleich", schmolle ich und ziehe eine Schnute.

„Vorfreude ist die schönste Freude." Und schon sind wir wieder bei den altbewährten Sprichwörtern angelangt!

Ich strecke ihm meinen Mund entgegen. Seine Lippen streichen über die meinen, während er mit einer Hand meine Haare zu einem Bündel zusammenstaucht und die andere verführerisch langsam über meinen nur unzureichend bedeckten Hintern gleiten lässt. Innerhalb weniger Sekunden vergesse ich die Welt um uns herum. Mein Atem geht schwer, meine Beine werden noch träger und mir ist, als hinge mein Leben von diesem Kuss ab. Er ist intensiv und so voll von Gefühlen, die ich vor ein paar Wochen noch nicht für möglich gehalten hätte.

William ist heute außerordentlich zurückhaltend. Als seine Hand auf meinem Hintern landet, glaube ich noch, er würde mich wenigstens ein bisschen reizen oder sogar verwöhnen. Doch nach einer gefühlten Ewigkeit stehen wir immer noch da. Das Einzige, was an erotische Spannung erinnert, ist unser Kuss.

Und gerade deshalb, weil mich dieser Kuss, sein Mund, seine Zunge so anmachen, beginne nun ich, ihn zu reizen. Meine Hände wandern von seinen Schultern nach vorne, ich streiche ihm über die Brust, die sich im selben Rhythmus wie meine hebt und senkt. Dann lasse ich sie über seinen Bauch hinab zwischen seine Beine gleiten. Er raunt und will einen Schritt nach hinten machen, doch ausnahmsweise gelingt es mir, ihn durch mein unwilliges Kopfschütteln zum Bleiben zu bewegen.

„Wir müssen los“, presst er hervor, während ich meine Hand über seinen harten Penis gleiten lasse und die weiche Haut vor und wieder zurückbewege. Er klingt etwas atemlos, was ihm in diesem Moment vergönnt und verziehen sein soll. Ich jedoch laufe zur Hochform auf. Immer wieder schiebe ich meine Hand über den Stoff seiner Boxershorts und beobachte ihn dabei genau. Nun soll er einmal wissen, wie es sich anfühlt, wenn jede Gefühlsregung studiert und analysiert wird.

„Rose, du bringst mich um. Wir kommen zu spät.“

„Es fällt niemandem auf, wenn wir zu spät kommen. Schließlich sind nur wir vier dort. Gabriel ist beschäftigt und ich habe Hunger.“ Ich muss nicht erwähnen, dass mein Hunger allein auf seinen Körper beschränkt ist. Vor allem auf jenen Teil, der unter meinen Fingern noch härter wird.

Wie gerne würde ich mich jetzt einfach auf die Knie sinken lassen und ihm und mir das geben, was wir so dringend brauchen.

Williams Augen verschleiern sich, als ich die Flüssigkeit auf der Spitze durch den Stoff hindurch verteile, ihn dabei aber weiterhin fixiere. Mein Mund ist leicht geöffnet, während er seinen fest zusammenpresst. „Das ist unhöflich."

Mir kommt dieser Satz so unpassend vor, vor allem, wenn man bedenkt, was ich gerade mit ihm anstelle. Immer, wenn man glaubt, man hätte ihn, wirft er einem eine Meldung wie diese an den Kopf.

„Wir wollen doch nicht unhöflich sein."

„Nein, das wollen wir nicht."

„Kein bisschen."

Ob vor Lust oder vor Gereiztheit – jedenfalls kneift er die Augen zusammen. „Was machst du? Du versuchst doch nicht etwa, den Spieß umzudrehen?"

Ich – niemals. Trotzdem entfährt mir ein Schnauben, welches jedoch nicht besonders glaubwürdig klingt.

„Nur weil du Geburtstag hast, heißt das nicht, dass du mit mir machen kannst, was du möchtest.“ In einer wilden Drohgebärde, die sich auf ein Knurren und einen vernichtenden Blick beschränkt, was mir allerdings genügt, schiebt er mich von sich.

Als er den Mund öffnet, vermutlich um mich zu rügen, lässt er aber meine Hand nicht los. Die Haut glüht geradezu, ich sehne mich nach seiner Wärme und dem harten Schwanz, welcher sich nur allzu deutlich abzeichnet. „Zieh dir jetzt etwas an und dann gehen wir. Ich stehe kurz davor, dich ans Bett zu binden“, macht er auf die Vernunft in Person.

„Du wirst das hier heute noch zu Ende bringen, verstanden?“, erklärt William weiter und klopft mir auf den Hintern. Ich kann seine Gemütsverfassung nicht deuten, sie wechselt ohnehin im Minutentakt.

„So läuft die Sache.“ Er schnippt mit den Fingern und schon ist er im Bad verschwunden.

Mit einem dümmlichen Grinsen ziehe ich mich an. Auch wenn es ihm schwerfällt, mir etwas zuzugestehen oder gar die Kontrolle abzugeben, so scheinen ihm unsere täglichen Sticheleien trotzdem Spaß zu bereiten.

Um halb zwölf sind wir auf dem Weg zum St. James Hotel and Club. Ein teures Hotel, das sich einer der besten Küchen Londons rühmt. Das erfahre ich von William, der irgendwann meinem Drängen doch nachgibt und mir verrät, wohin es gehen soll.

Und das St. James ist in guter Gesellschaft, wie ich bald mit eigenen Augen feststelle. Ein Luxushotel reiht sich an das andere. Bisher kannte ich solchen Prunk nur aus den Klatschspalten. Zuerst ist da das Hilton, dann das Ritz und in einer Seitenstraße mit Blick auf den Green Park befindet sich „unsere" Location. Ein rotes Gebäude, die Fenster weiß umrahmt, davor eine schmale Treppe, auf der ein roter Teppich ausgelegt ist. Mein erster Eindruck – es ist superteuer.

Mein Blick schweift zu William, der mir mit einem Kopfnicken deutet, nach oben zu gehen. Ich will aber nicht vorangehen. William scheint das zu ahnen, da er die Augen verdreht, meine Hand in die seine legt und mich ins Innere geleitet. Während Gabriel uns weiterhin von seinem Freund Fin erzählt, was ich nur mit halbem Ohr mitbekomme, durchqueren wir den Eingangsbereich.

Natürlich kennt man uns – Pardon, William. Ich gelte lediglich als sein Anhängsel, welches er durchfüttert.

„Mister Bennet“, ertönt eine Stimme und im nächsten Moment taucht ein livrierter Kellner auf, der Oberkellner, wie mich seine Aufmachung vermuten lässt. Lächelnd streckt er William die Hand entgegen. „Es ist alles vorbereitet, wenn Sie so freundlich wären und mir folgen möchten.“

„Hervorragend.“

„Dann muss diese wundervolle Dame unser Geburtstagskind sein“, wendet er sich mir zu und ich vergesse einfach mal, dass er mich wie ein Kind behandelt, sondern freue mich. „Alles Gute vorab schon einmal. Ein kleines Geschenk des Hauses wartet im Speisezimmer auf Sie, Miss.“

„Danke“, ich bemühe mich um einen ähnlich würdevollen Ton wie William, wobei meine Gestik bei weitem nicht so majestätisch ausfällt.

Wahrscheinlich sehe ich wie eine Landpomeranze aus, die man in ein teures Kleid gesteckt hat, damit man sich mit ihr in der Öffentlichkeit zeigen kann. Die Besitzerin des Kleides haben wir geknebelt und in die Themse geworfen. Auf Nimmerwiedersehen, Miststück, schicke ich ihr in Gedanken hinterher und folge den Männern in den hinteren Teil des Hauses.

Wie alle alten englischen Gebäude ist auch dieses hier eng und verzweigt, doch der Innenarchitekt hat hervorragende Arbeit geleistet und mit hellen Farben den dunklen Ecken das Bedrückende genommen. Geschickt platzierte Lichtinstallationen erledigen ihren Teil. Ich fühle mich auf der Stelle wohl. Kein Wunder, die fleißigen Angestellten tun alles Menschenmögliche und sogar ein bisschen mehr, um die Gäste zufriedenzustellen. Das hat natürlich seinen Preis. Ich mag gar nicht an die Kosten für dieses hübsche Mittagessen denken.

William wirkt aufgeregt, als er meine Hand wieder in die seine legt, denn er knetet ununterbrochen meine Finger. Doch was macht ihn so nervös? Wir gehen doch nicht zum ersten Mal gemeinsam essen.

Eine hölzerne Schiebetür wird aufgezogen und als wäre ich Aschenputtel, das soeben ihren Prinzen erblickt, erstarre ich mitten in der Bewegung.

Es ist nicht der Raum, dieser gemütlich eingerichtete, an eine Bibliothek erinnernde, mit Kamin und glitzernden Lüstern ausgestattete, auch nicht der ovale Tisch, der festlich in Gelb und Weiß geschmückt ist – es sind die Menschen, die sich wie auf Kommando erheben und mich lächelnd anblicken. Eine Frau weint. Das tut sie immer, wenn wir uns nach langer Zeit wiedersehen. Eine andere umarmt sie und sieht entschuldigend zu William. Eine weitere Person, die kleinste im Raum, bekommt von all dem nichts mit, sondern ist in ein Malbuch vertieft.

Mein nächster Blick gilt William, der noch immer meine Hand hält und mich schelmisch anguckt. Das hat er also ausgeheckt! Ich muss gestehen, die Überraschung ist ihm wirklich gelungen.

Für einen Moment sagt keiner ein Wort. Meine Mama fasst sich als Erste. Vermutlich liegt das an den Tränen, die mir über die Wangen laufen und ihr das Gefühl geben, mich trösten zu müssen. Das wird sie auch noch machen, wenn ich fünfzig bin, wie sie nie müde wird zu betonen. Sie stürzt auf mich zu, zieht mich in ihre Arme, streichelt mit ihrer Rechten mein Gesicht und bedeckt es mit Küssen. Wie sie lache und weine ich zugleich.

„Ich dachte schon, ihr habt mich vergessen, weil ihr euch nicht gemeldet habt“, meckere ich los. Ich habe selbiges nämlich wirklich befürchtet.

Meine Mutter lächelt und sieht William an. „Es sollte doch eine Überraschung werden.“

„Das ist euch auf alle Fälle gelungen.“

Nun kommen auch die Übrigen zu uns. Mama macht meinem Papa Platz. Ich falle ihm um den Hals und küsse ihn freudig auf die Wange, was ihn in Verlegenheit bringt.

„Rosie, alles Gute, meine Kleine“, gratuliert auch er mir und reicht mich dann an meinen Bruder weiter.

„Alles Gute, Schwesterchen, hast einen echt tollen Fang gemacht“, flüstert er mir ins Ohr.

Ich verpasse ihm einen gespielten Boxhieb an die Brust, die er sich theatralisch reibt.

Dann ist die Reihe an Lisa. „Du warst von Anfang an eingeweiht, nicht wahr?“, werfe ich ihr vor.

Sie zuckt entschuldigend die Schultern und umarmt mich. „Herzlichen Glückwunsch!“

In den nächsten Minuten werde ich wie ein Poesiealbum herumgereicht. Ich wandere von Frank zu meiner Oma, zu der ich mich hinabbeugen muss, um sie umarmen zu können. Dann tauchen Beverly und Gaby auf, die mich ebenfalls herzlich umarmen. Nachdem mich Susi einer Musterung, wie es nur Kindern möglich ist, unterzogen hat und mir mindestens zehn Mal versichert, wie nett sie Onkel William – ich musste unwahrscheinlich kichern – findet, ist Naomi an der Reihe. Sie küsst mich heftig auf den Mund. „Ich soll dir das von Andy geben“, murmelt sie und drückt mir verstohlen ein Päckchen in die Hand.

Wir beide wissen, warum er nicht mitgekommen ist. William und er gehen sich seit bewusstem Vorfall aus dem Weg. Einmal sind wir drei uns begegnet und ich wäre am liebsten im Erdboden versunken. Einige bange Minuten lang habe ich darauf gewartet, dass William ausrasten würde. Er hat zwar innerlich gekocht, sich aber zurückgehalten.

Hinterher hat er mir gestanden, dass er Andy am liebsten erwürgt hätte, hat sich dieser doch erdreistet, mich vor seinen Augen zu umarmen. Seitdem habe ich Andy nicht mehr gesehen.

„Danke“, antworte ich ebenso leise wie sie. „Wie geht es ihm?“

Sie neigt den Kopf zur Seite. „Er kommt darüber hinweg. Heute wäre er allerdings gerne hier gewesen, um dich hochleben zu lassen, aber ich habe ihm erklärt, dass Junior Benchy sich wie ein Irrer aufführen würde. Das hat er eingesehen. Schließlich wollte er die Stimmung an diesem Tag nicht trüben.“

Gut so! „Irgendwann wird alles wieder in Ordnung kommen.“ Oh mein Gott, ich klinge wie meine Mutter! Kaum sind wir im selben Raum, schon hat sie mich mit ihrem Optimismus angesteckt.

Ich spüre eine Hand auf meinem Rücken. Als ahne William, um wen sich das Gespräch zwischen Naomi und mir dreht, schiebt er mich in Richtung Tisch. „Das Essen wartet.“

Wir nehmen Platz. William rechts von mir, links meine Mama, dann mein Papa. Unweigerlich muss ich an eine Hochzeitsfeier denken, bei der die Gäste nach einem strengen Muster platziert werden. Mit meiner Familie ließe sich so etwas nicht machen. Wir sind chaotisch, laut und uns in wirklich jedem Punkt uneinig. Vielleicht bin ich deshalb so planlos und lasse mich blindlings auf allerlei Dummheiten ein. Das beste Beispiel dafür sitzt neben mir und hat die Hand auf meinen Rücken gelegt.

Er streichelt mich und redet dabei munter mit meinem Vater, der ihm die Vorteile einer riesigen Familienkutsche erläutert. Ich kann beinahe den Wortlaut mitflüstern, so geläufig sind selbst mir die Vorzüge. Doch ich genieße es, dass sich die beiden sympathisch sind. Das ist nicht selbstverständlich. Taylor hatte so seine Schwierigkeiten, sich in meine Familie einzufügen. Mein Vater war daran nicht ganz unschuldig, sah er es doch gar nicht gerne, dass es im Leben seiner Tochter ab nun einen Mann geben sollte, der ihr wichtiger war als er selbst.

Während zwei Kellner unsere Getränkebestellungen aufnehmen, habe ich Zeit, in die Runde zu blicken.

Ich kann noch immer kaum glauben, dass William dieses Treffen organisiert hat, und bin ihm zutiefst dankbar. Er weiß genau, was mich rührt und glücklich macht. Und wie glücklich ich bin! So lange waren meine Eltern nicht mehr in London, da sie sich immer schwerer von ihrer Pension lösen können. Es geht doch nicht ohne sie, wie Mama meint. Ich möchte nicht wissen, wie viel Überredungskunst William aufbringen musste, um sie zum Herkommen zu bewegen.

Doch als ich meinen Blick zu meiner Mutter schweifen lasse, die uns beide verträumt mustert, ist mir klar, dass sie am leichtesten zu knacken war. „Du siehst wieder viel besser aus, Schatz." Wie stets ist sie besorgt, dass ich nicht genug zu essen bekomme.

„Mir geht es auch gut", versichere ich ihr ehrlich.

„Beim letzten Mal haben sich Papa und ich wirklich Sorgen gemacht. Die Sache mit Taylor hat dir deutlich zugesetzt, es ist wichtig, dass man jemanden hat, der einen dann auffängt. Du kannst deiner Schwester dankbar sein."

Okay, denke ich schmunzelnd, dann reden wir also noch immer nicht über William. Ich möchte gerne wissen, was sie über ihn denkt. Oder ob sie überhaupt weiß, wer er ist. Doch da meine Mutter wie gewohnt von hinten anfängt, möchte ich sie nicht weiter beunruhigen. „Ich bin ihr auch dankbar. Es ist nicht selbstverständlich, dass sie mir Unterschlupf gewährt hat."

„Das ist das Mindeste, was sie als Schwester tun konnte."

Mir schwirrt der Kopf und ich nehme eilig einen Schluck Rotwein, den mir der Kellner gerade eingeschenkt hat. Dass sie immer, wirklich immer widersprechen muss. Es ist einfach mühsam. Man gewöhnt sich daran, meint mein Vater, wenn ich ihn frage, wie er mit diesem Charakterzug umgeht.

Zum Glück sehen meine Mama und ich uns nur noch selten. Das macht es für mich einfacher, mit ihren Eigenheiten zurechtzukommen.

In der nächsten Stunde wird uns eine Köstlichkeit nach der anderen serviert. Ich bin nicht nur satt und glücklich, ich kann mittlerweile auch mit der Situation umgehen.

Selbstverständlich muss sich William in meiner Familie erst noch behaupten. Er hat meine Eltern zwar besucht, als er sich wegen unseres Häuschens in Cornwall aufgehalten hat, aber er ist ihnen noch immer fremd. William selbst wirkt ebenfalls angespannt und benimmt sich äußerst höflich und zuvorkommend. So brav und lieb habe ich ihn lange nicht mehr erlebt. Die Frauen hat er in

Windeseile für sich eingenommen. Sogar Naomi, die ihm sein rüdes Verhalten Andy gegenüber noch immer nachträgt. Aber auch mein Vater und mein Bruder finden offenbar Gefallen an ihm.

Wie ich erfahren habe, hat William meine Familie in meiner Wohnung einquartiert, die ich sowieso nur in Ausnahmefällen aufsuche.

„Eine sehr schöne Wohnung hast du da, Rosie“, schwärmt meine Mutter.

„Ich weiß.“ Mann, mehr möchte ich wirklich nicht dazu sagen!

„Und William ist der Hauptmieter und du bist die Untermieterin oder wie habt ihr beide das geregelt?“

Wenigstens weiß ich jetzt mit Sicherheit, von wem Lisa ihre Verhörmethoden hat. „Sie gehört William und er lässt mich darin wohnen.“

Plötzlich wirkt sie nachdenklich und rutscht auf ihrem Stuhl hin und her. Ich werde unruhig. Was mag jetzt kommen? Erstaunlicherweise beschränkt sie sich auf ein „Verstehe“, fährt dann aber gleich fort: „Warum hast du mir damals eigentlich nicht gesagt, wer William wirklich ist? Dein Vater und ich standen ziemlich dämlich da, als er uns besucht und sich nicht nur als dein Arbeitgeber, sondern auch als dein Freund vorgestellt hat.“

Jetzt sind wir aber ziemlich rasant in die rote Zone geschlittert. Ich atme durch und straffe meinen Rücken, vielleicht hilft mir das, die folgenden Minuten zu überstehen. „Mama, da ich zu diesem Zeitpunkt noch nicht wusste, was mit uns werden soll, wollte ich euch nicht belasten."

„Du belastest uns doch nicht, Liebling. Mir ist nur wichtig, dass du gut behandelt wirst und er dich nicht an der Nase herumführt."

Selbst sie scheint den Braten gerochen zu haben. Oder – mein zweiter Tipp – sie hat fleißig Zeitung gelesen.

„Das macht er nicht. Es war nicht immer leicht, das muss ich zugeben. Doch wir haben uns inzwischen zusammengerauft."

„Manchmal reicht das leider nicht."

Erlöse mich, bitte ich William stumm, greife nach seiner Hand und umklammere sie. „Es gibt niemals eine Garantie. Selbst nach Jahren kann eine Beziehung schiefgehen."

Gleichstand. William hat mir wirklich beigebracht, wie man sich verteidigt und seinen Standpunkt klarmacht.

Meine Mama dreht nachdenklich ihr Glas zwischen den Fingern. „Du weißt doch, was ich meine."

„Nicht wahr, Rose?“, ertönt die Stimme meines Vaters quer über den Tisch und lenkt meine, aber auch die Aufmerksamkeit meiner Mutter in seine Richtung. „Du kannst deinem Bruder bestätigen, dass Waschbärfallen effizient und leicht aufzustellen sind.“

Ohne ihn anzusehen, weiß ich, dass William grinst. Er scheint gespannt auf meine Antwort zu warten. „Ich entsinne mich nicht mehr, Papa. Es ist Jahre her, seit ich das letzte Mal eine Falle aufgestellt habe.“

„Rosie war unsere Expertin. Sie hatte den richtigen Riecher und wusste sofort, wo sich diese Biester verstecken. Arme Geschöpfe sind das, die den Menschen gehörig auf den Zeiger gehen.“

„Ich war keine Expert…, ich war keine Expertin“, verteidige ich mich vor William und sehe schon voraus, wie sich das Gespräch weiterentwickeln wird. Nur weil ich robuster war – Lisa fiel bei jeder Kleinigkeit um und Luke war noch zu klein –, musste ich meinem Vater bei solchen Arbeiten helfen, obwohl es mir keinen Spaß machte. Im Gegenteil. Die armen Tiere taten mir leid, wenn Papa ihnen den Gnadenschuss verpasste. Wie er gerade heute auf dieses Thema kommt, ist mit schleierhaft.

„Dein Vater riet mir, genügend Fallen im Haus zu haben“, klärt William mich auf, wobei das Grinsen noch immer seine Lippen umspielt.

Anscheinend hat man sich zuletzt eingehend mit diesem Thema befasst, ohne dass ich es mitbekommen habe. Schließlich bin ich damit beschäftigt gewesen, mich vor meiner Mutter zu rechtfertigen. Mein Pech!

Mein Bruder mischt sich in die Unterhaltung ein. „Dabei wollte Rosilein doch immer weg aus St. Agnes. Als alte Frau kommt sie jetzt wieder zurück.“

„Luke ist nur eifersüchtig, weil er kaum einen Fuß aus St. Agnes rausbewegt hat“, kontert Lisa stellvertretend für mich und erntet die strafenden Blicke ihres Mannes, der Luke in seiner Meinung bestärkt.

Ich funkle ihn böse an, links neben mir lacht William, rechts neben mir schnaubt meine Mama. Unterschiedlicher könnten die Reaktionen wohl nicht ausfallen. Doch so läuft es immer. Luke sagt lange nichts, beobachtet und hört zu, was ihm bei zwei älteren Schwestern vermutlich in Fleisch und Blut übergegangen ist, erst dann gibt er seinen Senf dazu.

„Dann wisst ihr bereits von dem Haus?“

Mein Vater und Luke nicken, Lisa strahlt. „William und ich haben uns ein paar Grundstücke in der Umgebung angesehen. Letztendlich dachten wir beide, dir würde dieses Haus am besten gefallen", erklärt mein Vater sachlich, so wie es eben seine Art ist.

Dann waren also mehr Leute in die Angelegenheit involviert, als ich dachte. „Du wirst dich dort wohlfühlen und eine schöne Zeit mit William haben. Das ist für mich das Wichtigste."

Ich schlucke und spüre einen dicken Kloß im Hals. Warum klingt das so, als würde mein Vater der Verbindung mit William zustimmen? Mir ist aufgefallen, dass er William viel freundlicher begegnet als damals Taylor. Meine Mutter hat mit der ganzen Geschichte mehr Schwierigkeiten. Sie ist diesmal diejenige, die sich ziemlich bedeckt hält. Trotzdem sind das gute Aussichten, ich spüre deutlich, wie sich die Verkrampfung in meinem Rücken löst.

„Das stimmt. Dieses Geschenk hat mich wirklich überrascht."

„Ein Ruhepol ist wichtig. Ich lebe nun schon zu lange in der Großstadt und möchte fortan meine Wochenenden lieber in der Natur verbringen. Wer weiß, was die Zukunft bringt."

Mann oh Mann. Wer bist du und was hast du mit dem Arschloch gemacht? Zukunft? Bis dato dachte ich eigentlich, dass dieses Wort für William nicht existiert. Wenn überhaupt, dann beschränkt sich sein Zukunftsdenken gerade einmal auf die nächsten vier Minuten. Und plötzlich reden wir so darüber. Oder besser er.

Was soll in seinen Augen diese Zukunft beinhalten? Kinder?

Wieder überkommt mich unbändiger Durst und ich greife nach meinem Weinglas. Mama lässt mich nicht aus den Augen. Sie sieht, dass ich Schiss habe.

Warum bin jetzt ausgerechnet ich diejenige, die sich fürchtet? Jetzt, wo mein sehnlichster Wunsch in Erfüllung gehen soll.

„Rose war früher unser Wirbelwind. Die Küste und den Strand hat sie geliebt. Als wir einmal dort waren, sie war vielleicht sieben, versicherte sie mit heiligem Ernst, wenn sie groß sei, wolle sie mit ihrem Mann und ihren Kindern hier leben. Sie würden dann jeden Tag Sandburgen bauen. Kannst du dich noch erinnern, Hannah?“ Meine Mutter bekräftigt die Worte meines Vaters, doch ich krampfe die Finger unwillkürlich um Williams. „Rose war immer schon kinderlieb. Manchmal kommt unverhofft oft. Sie bringen einem Segen und Unheil zugleich ins Haus.“

„Prost“, lautet Naomis Kommentar, bevor sie sich ihr Sektglas mit nur einem Zug leert.

Die Stimmung hat sich geändert. Mein Vater wagt sich mutig vor – zu mutig vielleicht?

Dieses Wort – Kinder – ist ausgesprochen und ich habe wirklich Bammel, dass William aufspringt und wegläuft.

Wenn meine Mutter zu wenig redet, quatscht mein Vater zu viel. Ich bin vermutlich nicht die Einzige, die sich in William verliebt hat. Doch wollen wir mal die Kirche im Dorf lassen und uns der Wahrheit stellen.

Ich kichere hysterisch, da sich eine peinliche Stille im Raum ausgebreitet hat. Alle Augen sind auf mich und William gerichtet.

Unverhofft kommt oft. Wem erzählt er das? Da William Angst hat, noch ein Kind in die Welt zu setzen, für das er nur bedingt Zeit aufbringen kann, haben wir dieses Thema bisher erfolgreich umschifft. Gerade heute muss es aufs Tapet gebracht werden!

„Ach ja, so ist das eben. Aber wir wollen die beiden nicht unter Druck setzen. Die Zeit bringt Klarheit. Sie sollen erst einmal ihre Jugend genießen“, mischt sich zum Glück Beverly auf jene charmante Art ein, mit der sie jede unangenehme Situation in eine angenehmere verwandeln kann. „Sie haben eine kleine Pension, habe ich gehört.“

Erleichtert atme ich auf. Das Gespräch verläuft wieder ruhiger und der Kloß beginnt sich zu lösen.

Nach einer gefühlten Ewigkeit erlaube ich mir, William in Augenschein zu nehmen. Seine Kiefermuskeln zucken, seine Zähne sind fest aufeinandergebissen. Wütend ist er offenbar nicht, wie ich erleichtert feststelle, doch mit seinen Gedanken ist er ganz woanders. Wo, das würde ich gerne wissen.

Ich beuge mich zu ihm, lege meine freie Hand auf seinen Oberschenkel und küsse ihn auf die Wange. Müde lächelt er mir zu und drückt meine Finger.

„Ich liebe dich", flüstere ich so leise, dass es wirklich nur er hören kann.

„Ich dich auch, Babe."

Ach, wie beruhigend. Auch wenn sein Lächeln nur mühsam zustande kommt, sind seine Worte Balsam für meine geschundene Seele. Ich weiß wirklich nicht, ob ich je die Angst verlieren werde, dass William unvermittelt aufspringt und mich verlässt. Wir haben viel geleistet in den letzten Wochen. Nicht nur er hat einen riesigen Sprung gewagt, auch ich. Wankelmütig ist er aber weiterhin.

Er küsst meine Hand und sieht mir tief in die Augen. Langsam weicht seine Spannung. Vielleicht liegt das einfach an meinem Grinsen, einem glücklichen, völlig beseelten.

Ich glaube kaum, dass ich William jemals ansehen kann, ohne dass mein Herzschlag sich beschleunigt. Wir vergessen für eine Sekunde, wo wir sind, und tauchen in unsere eigene Welt ein. Nur dort müssen wir uns keine Gedanken über die Zukunft machen. Nur dort kann jeder von uns so sein, wie er möchte.

Ich liebe ihn wirklich. Echt und vor allem mit jeder Faser meines Herzens und meines Körpers.

16. Kapitel

Während die Männer auf der Terrasse sitzen und William zur Feier des Tages sogar eine Zigarre mit meinem Vater raucht, was ich nicht ganz so toll finde, haben sich meine Mutter und ich in die Küche verzogen, wo wir das Geschirr in die Spülmaschine räumen. Lisa, Susi und Frank sind schon vor geraumer Zeit gefahren und haben meine Großmutter in meine Wohnung mitgenommen, da dieser Tag für sie mehr als anstrengend war. Ihr fehlt der Mittagsschlaf, was sich in ihrem Alter nicht mehr so leicht wegstecken lässt. Auch Gaby hat sich verabschiedet, da sie morgen ein wichtiges Casting hat, und Beverly ist bereits zu Bett gegangen, da sie Kopfschmerzen plagen. Das nehme ich ihr allerdings nicht ab.

Viel eher denke ich, dass ihr diese Anrufe zu schaffen machen, die sich in den letzten Tagen gehäuft haben. Selbst mein Handy scheint bereits infiziert zu sein. Langsam beginnt dieser Telefonterror aufs Gemüt zu drücken. Und das nicht nur bei Beverly. Auch ich bin übersensibel, leide fast unter Verfolgungswahn und stelle mir dann die schlimmsten Dinge vor. Etwas, das ich womöglich von meiner Mama geerbt habe. Ihr verrate ich jedoch kein Sterbenswörtchen von der Chose mit Williams Vater.

Da sie bereits Kleinigkeiten an den Rand eines Nervenzusammenbruches bringen, würde sie die Neuigkeit, dass Williams Vater ein Alkoholiker mit Hang zu Gewalt ist, nur schwer verkraften. Ich sehe uns schon in der Notaufnahme. Oh mein Gott, und wie ich uns sehe!

Selbst jetzt, da wir ganz für uns sind und sie sich langsam an William und sein Luxusleben gewöhnt hat, scheint sie wie ein Reh auf der Hut zu sein. Und waren meine Eltern und mein Bruder von meiner Wohnung schon begeistert, so hat ihnen dieses imposante Stadthaus wortwörtlich die Sprache verschlagen. Mir ging es damals nicht anders, obwohl die Umstände nicht vergleichbar sind. Ich war scharf auf William, er auf mich, es war dunkel und wir kannten uns kaum.

„Ich brauche mir wohl keine Sorgen zu machen, dass William nicht genug für dich zu essen hat“, sagt sie, während wir die Gläser in die Maschine stellen.

Ich gebe vor, dass mich dieses Verhör, dem sie mich hier unterzieht, nicht weiter stört und lehne ich mich an die Kante der Arbeitsplatte. „Ich liebe ihn doch nicht des Geldes wegen“, stelle ich die für mich wichtigste Sache vorab klar.

Meine Mama lächelt. Hat sie mir tatsächlich so etwas unterstellt? „Das weiß ich doch, Liebes. Versteh mich bitte nicht falsch. Ich bin deine Mutter und möchte nur das Beste für dich. Und William ist ein zuvorkommender, netter, junger Mann."

Ungeduldig warte ich auf das große „Aber". Meine Mutter spannt mich jedoch auf die Folter und schließt betont langsam die Spülmaschine.

„Ich sehe doch, dass du ihn liebst. Auch bei William sehe ich große Gefühle. Meine Sorge gilt jedoch der Zukunft, Rose. Wie stellst du dir das alles vor? Die Arbeit? Sein Leben, welches so gar nicht zu unserem passt?"

Ich schnaube wütend. Keine Ahnung, weshalb bei meiner Mama die Wahrheit immer so wehtut. „Wir passen zusammen. Wie kommst du darauf, dass wir es nicht tun? Du kennst ihn doch kaum."

„Ach ja, und das alles hier?", fragt sie mit einer ausladenden Geste.

„Das sind lediglich materielle Dinge. Du möchtest mich doch nicht darauf beschränken, oder?"

„Ich nicht, Rosie. Aber andere werden es tun. Ich frage mich, ob du auch noch in zehn Jahren glücklich sein wirst. Ich möchte dich nicht anlügen. Aber als William vor ein paar Wochen bei uns war, um dieses Haus zu suchen, blieb ich hinterher nicht untätig."

Das kann ich mir vorstellen. Ich glaube zwar kaum, dass meine Mutter je von irgendwelchen Skandalen über ihn gehört hat. Sicher wird sie ihn kennen. Vom Hörensagen. Doch gerade, da sie sich über ihn informiert hat, wären wir wieder bei jenem Thema, das mir so viel Kopfzerbrechen bereitet.

Sie wird geschockt sein. Ihre heile, biedere, christliche Welt wird in ihren Grundfesten erschüttert werden. Wenn ich jemanden als spießig bezeichnen würde, dann sie. Vor allem sie. Mein Vater hat sich inzwischen angepasst. Er war früher auch wilder, so hat es mir meine Oma immer berichtet. Mama hat sich meinen Vater geangelt, ihn wie einen Lehmklumpen geformt und nun ist er der langweilige, brave Mann, der zu ihr und ihrem Leben passt. Auf William wird das niemals zutreffen. Nur weil sie denkt, ihre Ideale müssten auch die meinen sein, brauche ich doch nicht danach zu handeln.

„Ich habe Zeitungsartikel gesammelt. Rose, er ... wie soll ich dir das sagen ... du ..."

Es reicht. „Er ist was? Nicht passend? Zu böse? Zu anders? Sind dir meine Gefühle so egal?"

„Rosie, ich bitte dich“, ermahnt sie mich und ich weiß genau, warum. Ein Schimpfwort darf zwischen uns einfach nicht fallen.

Kurz habe ich vergessen, mit wem ich hier diskutiere. Wenn man das bei meiner Mutter überhaupt so bezeichnen kann. „Tut mir leid. Aber der Punkt ist doch, dass ich ihn liebe und ich bin jung. Sicher würde ich mir wünschen, die Zukunft mit ihm verbringen zu dürfen. Doch nach Taylor will ich einfach einmal leben und nicht ständig bevormundet werden.“

„Diese Einstellung ist grob fahrlässig, Rose. Sie passt nicht zu dir.“ Kopfschüttelnd sieht sie auf ihre Hände. „Ich dachte wirklich, dass du vernünftiger wärst.“

Ruhig, Rose. Ruhig. Es ist deine Mutter. Und ja, das Küchenmesser ist in greifbarer Nähe. Sie hat dich zur Welt gebracht und für dich gesorgt. Außerdem ist es nicht dein Stil.

„Was ist, wenn du schwanger wirst? William scheint mir nicht gerade in seiner Rolle als Familienvater aufzugehen.“

„Ach ja, steht das in der Zeitung? Wie lange kennst du ihn – zehn Jahre?“

„Rose.“

Scheiß auf dieses Rose-Ding. „Es dreht sich nicht immer alles nur um deine Ideale. Und anstatt einmal zu akzeptieren, dass ich glücklich bin, vielleicht nicht ganz nach deinen Wünschen und Vorstellungen, aber glücklich, siehst du nur das Schlechte an William. Dabei kann er so einfühlsam und liebevoll sein. Du hast überhaupt keine Ahnung und fällst auf irgendwelche Schmierereien herein."

Es wird still in der Küche. Sie wirkt zerknirscht und fast tut sie mir leid. Jedoch nur fast. „So wie es bei Taylor anfangs die Sache mit seinem Auftreten gab, so liegt es diesmal an Williams Vergangenheit. Der perfekte Mann für mich muss in deinen Augen erst noch erfunden werden", fauche ich sie böse an und werfe das Geschirrtuch achtlos zur Seite. „Ich gehe ins Bett. Danke für diesen wundervollen Abschluss meines Geburtstags."

Autsch! Doch das wirklich Schlimme ist die Tatsache, dass selbst mir die Tränen über die Wangen kullern, als ich mein Handy vom Ladekabel ziehe und mich anschicke, die Küche zu verlassen. Das leise Wimmern meiner Mutter hält mich zurück.

Wie ein Häufchen Elend steht sie da und sieht mich aus mutlosen Augen an. Und ja, es regt sich etwas in mir.

Doch ich bin auch sauer. Stinksauer. Wie kann sie es wagen, William auf diese Art anzugreifen? Ich habe nichts dagegen, dass sie ihre Zweifel und Ängste loswerden möchte. Das ist nur recht und billig. Selbst ich hatte zu Anfang Bedenken. Aber William einfach in eine Schublade zu stecken, ohne ihn näher zu kennen, finde ich unfair.

Er ist nicht nur ein Bekannter. Er ist, verdammt noch mal, mein Freund. Mein fester und das soll sie respektieren.

„Mama, bitte", ich ermuntere mich selbst zu etwas mehr Sanftmut. „Hör zu weinen auf."

„Es tut mir leid, Rosie", stottert sie und wischt sich mit dem Ärmel übers Gesicht – damenhaft ist das nicht.

Eilig suche ich in einer der Schubladen nach einem Taschentuch und reiche es ihr.

Sie schnäuzt sich und sieht dann flehend zu mir. „Entschuldige, dass ich dich an deinem Geburtstag so in Verlegenheit gebracht habe."

„Mama. Das hat doch damit nichts zu tun."

„Wir sehen uns so selten und ich mache mir solche Sorgen, dass du traurig und einsam bist. Deine Schwester hat Frank, ihm kann sie vertrauen. Immerhin haben sie ein Kind zusammen. Ich will doch bloß nicht, dass du verletzt wirst."

Mein Gott. Einerseits verstehe ich sie. Immerhin trennen uns so viele Kilometer. Ich vermisse sie ja auch. Auch wenn sie mir nach wenigen Tagen des Zusammenseins den letzten Nerv raubt. Aber sie ist meine Mutter und meint es gut mit mir. Andererseits kann ich nicht immer nachgeben.

Ich habe mich nie auf die Hinterbeine gestellt, denn gegen die eigenen Eltern darf man doch nicht aufbegehren. William jedoch hat mich gelehrt, wie man diesen schmalen Grat zwischen Verletzung, Beleidigung, Streit und Verständnis meistern kann. Dann wollen wir mal sehen, ob ich balancefähig bin.

„Ich bin erwachsen“, setze ich mutig an. „Die Zeit ist nun mal gekommen, in der du loslassen und mir gestatten musst, meine eigenen Fehler zu machen. Ich bin alt genug und habe gelernt, die richtigen Typen von den falschen zu unterscheiden. Das hier, die Arbeit und sein Geld bedeuten mir nichts. Ich liebe den Menschen dahinter und glaube mir, es war nicht leicht, diesen zum Vorschein zu bringen.“

„Ich weiß, ich weiß.“

„Du musstest Lehrgeld zahlen und ich muss es ebenso. Das bleibt niemandem erspart. Aber glaub mir – ich bin glücklich. Ich liebe ihn. Ich fühle mich so lebendig wie schon lange nicht mehr."

Sie wirkt älter und etwas zerknirscht, fast so, als bereue sie den Ausbruch von vorhin. Verständlich. Doch wie heißt es so schön – gesagt ist gesagt, getan ist getan. Und sie hat es gesagt. Vielleicht habe ich auch überreagiert, da sie meine eigenen Zweifel ans Licht gezerrt, in einen Mixer geworfen und zu einer bitteren Suppe vermischt hat, die sie mir nun feierlich präsentiert. Selbstverständlich wird mir übel davon und ich möchte sie wegschieben. Doch es führt kein Weg daran vorbei: Ich muss sie auslöffeln. Nur so kann ich stark werden. Etwas, das ich in den vergangenen Wochen nahezu perfektioniert habe.

„Komm her", bitte ich sie versöhnlich und ziehe sie in meine Arme. Das Schluchzen beginnt von neuem und mitfühlend streiche ich ihr über den Rücken. „Schsch…, schon gut, Mama."

„Ich hab dich so lieb, Kleine. Wenn du selbst einmal Mutter bist, wirst du sehen, wie aufreibend das alles sein kann. Dann benimmt man sich plötzlich wie eine Furie, nur um das eigene Kind zu schützen, auch wenn es längst nicht mehr beschützt werden möchte."

„Ich habe jemanden, der mich beschützt, glaube mir. Und dieser Jemand macht seine Sache mehr als gut. William würde das Wort Gefahr nicht einmal einen Kilometer weit in meine Nähe kommen lassen."

Endlich lächelt sie wieder, wenn auch noch etwas verhalten. „Sturschädel trifft auf Sturschädel, oder wie?"

„So in etwa. Jedenfalls wird mir wenigstens nicht langweilig."

Ich kann es mir nicht verkneifen, ihr einen Kuss auf die Wange zu drücken und sie spielerisch in die Nase zu zwicken. „Wir sollten langsam zu den anderen gehen."

„Unsere Männer werden uns vermissen."

Ich nicke, bin mir aber nicht sicher, ob wir das Gespräch wirklich als beendet betrachten sollen. Für mich ist alles geklärt. Ich habe ihr gesagt, was ich ihr sagen wollte und was sie zu erwarten hat. Fast wie es William bei unserem ersten Date mit mir gemacht hat, wie ich schmunzelnd feststelle.

Mama registriert mein Lächeln und legt die Arme um meine Hüften. „Ich sehe schon, du sehnst dich nach ihm. Lass mich nur noch schnell ins Bad gehen, dann komme ich nach."

„In Ordnung."

Ich bin im Badezimmer, während William meine Familie in die Wohnung begleitet und ein paar Sachen für mich einpackt. Danach bringt er Gabriel zurück zu seiner Mutter, was mir in gewisser Weise Magenschmerzen verursacht.

Es geht weniger um Gloria, eher um das, was auf Gabriel zukommen wird. Sie weiß, dass ich Geburtstag hatte, und kann sich den Verlauf des Wochenendes gut vorstellen. Wie immer wird sie versuchen, ihren Sohn gegen William und mich aufzubringen. Allerdings vertraue ich auf Gabriels Vernunft und Willensstärke.

Denn wenn ich dieses Wochenende, speziell den heutigen Tag, Revue passieren lasse, so muss ich sagen, dass es eines der schönsten in meinem ganzen Leben gewesen ist. Ich habe selten so viel gelacht, gestrahlt und vor Rührung geweint. Es gibt kaum Tage, an denen William mich nicht verzaubert. Keine Ahnung, ob sich dieser Zustand je legen wird. Im Moment sauge ich alles in mich auf, als wollte ich etwas für später konservieren.

Ich bin nicht nur hundemüde, ich sehe auch so aus, wie ich beim Blick in den Spiegel, aus dem mir eine Frau mit nassen Haaren, weißem Top und Panty entgegenblickt, feststellen muss. Nach der Dusche fällt es mir noch schwerer, die Augen offen zu halten, die Zähne zu putzen und die Haare zu föhnen. Das Geräusch des Haartrockners lullt mich ein und ich starre ins Leere. Eigentlich möchte William noch ein Glas Wein mit mir trinken, das hat er zumindest gesagt, als er losgefahren ist. Doch ich bezweifle, dass ich dazu heute noch in der Lage sein werde.

Ich schließe die Augen, genieße die Wärme und das zarte Kitzeln meiner Haare auf meinen Schultern. Als ich noch ganz benommen die Augen wieder aufschlage, erblicke ich William im Spiegel. Er steht hinter mir und inspiziert mich grinsend. Eigentlich nicht mich, sondern mein ausgestrecktes Hinterteil. Nun grinse auch ich, stelle den Föhn aus und lege ihn neben das Waschbecken.

„Wieder zurück?“, frage ich, während er seine Hände von links und rechts um meine Taille schwingt. Seine Finger treffen sich an meinem Nabel und streichen über die zarte Haut.

„Hm“, raunt er mir ins Ohr und beginnt an meinem Hals zu knabbern, wobei er sein Becken gegen meines presst.

Einen Moment lang treffen sich unsere Blicke im Spiegel. Seine Augen sind dunkel, wie immer, wenn er hungrig ist. Und großer Gott, bei der Inbrunst, mit der er mich küsst, muss er fast am Verhungern sein. „Ich hoffe, Gloria hat keine Zicken gemacht.“

„Nicht mehr, als ich erwartet habe“, antwortet er halbherzig, da er mit seinen Gedanken längst woanders ist, nicht mehr bei Gloria. „Aber jetzt weniger von ihr und mehr von dir.“

Ich kreische auf, als er mich zärtlich in den Hals beißt. „Mehr von mir ist immer gut.“

„Was?“

„Ich sagte, mehr ist immer gut.“

Wir erkennen beide die Doppeldeutigkeit. Er lockert kurz seine Umklammerung und sieht mich gedankenverloren an.

Als er meinen Hals erneut zu küssen beginnt, seine Hände nach oben schiebt, sie über meine Rippen gleiten lässt, wobei er weiß, wie schmal an dieser Stelle der Grat zwischen erotisch und kitzelig ist, versteifen sich meine Nippel wie auf Kommando. Er schiebt mein Top nach oben. Doch nur so weit, dass meine Brüste noch bedeckt sind. Immer wieder streicht er über meinen Bauch, küsst und beißt mich dabei abwechselnd und bald habe ich vergessen, wie müde ich gerade noch war.

Wie schafft es dieser Mann nur, mich mit einer einzigen Berührung in Flammen zu setzen? Ob ich das jemals kapieren werde?

Hungrig drehe ich mich zur Seite. Ich muss ihn kosten. Längst hat sich die züchtige Umarmung in ein heißes Vorspiel verwandelt. Gierig pressen sich meine Lippen auf die seinen. Er schmeckt noch immer nach den Zigarren, die er mit Papa geraucht hat.

Dieser herbe Duft reizt und beflügelt mich. Wild kralle ich meine Finger in sein Haar, ziehe ihn zu mir, möchte immer mehr und endlich alles. Seine Hand ist mittlerweile bis zu meinen Brüsten gewandert. Während er beide abwechselnd in seinen Händen wiegt, drückt er mich mit seiner ganzen Kraft an die Kante des Waschbeckens. Ich bin wortwörtlich gefangen. Was mir im Moment jedoch mehr als recht sein kann.

Dann nimmt er seine Lippen von mir, da er an meinem Oberteil hantiert. Stürmisch, wie sein Kuss es war, wird es mir über den Kopf gerissen. Nun stehe ich da – nur mehr mit einem knappen Höschen bekleidet, während er noch Hose und Shirt trägt.

Im Spiegel verfolge ich, wie William meine aufgerichteten Nippel mit seinen Fingern malträtiert. Mein Mund ist leicht geöffnet, die Wangen sind gerötet und das Glitzern in den Augen kommt mir plötzlich so bekannt vor. Als spräche ich eine Bitte aus, strahlt mir dasselbe Glitzern aus Williams Gesicht entgegen. Nur dass es bei ihm nie so erstaunt wirkt wie bei mir.

Seines ist wissend, wie auch das Grinsen, das sich über seine Lippen ausbreitet. Alles an ihm strahlt puren Sex aus.

Wieder einmal wird mir klar, warum ich ihm nicht widerstehen kann. Warum ich ihm vom ersten Moment an verfallen bin. Wer würde das nicht? Seht ihn euch nur an, rufe ich in Gedanken allen Zweiflern zu.

Als er meine Beine mit den seinen etwas weiter auseinanderdrückt, kralle ich meine Finger in seinen Oberarmen fest, während ich den Kopf an seine Brust lehne. Ich lasse mich treiben und denke nicht daran, was auf mich zukommen wird. Denn eines weiß ich bestimmt – es wird gut werden.

„Gefällt es dir, dich selbst zu sehen?“, fragt er und zwirbelt meine Nippel weiter, sodass ich die Stütze, die er mir bietet, wirklich gut gebrauchen kann.

Ich nicke begeistert, werde richtig mutig. Vielleicht, weil er mir heute schon so viel von sich geboten hat.

„Gefällt es dir?“

„Natürlich. Dich zu sehen, nackt und so bereit, bereitet mir immer Freude."

Ein siegessicheres Grinsen umspielt meine Lippen, als ich nach hinten fasse und über die harte Ausbuchtung seiner Hose streiche. „Mein Gott!" Habe ich das eben laut gesagt?

„Wo willst du es. Hier oder im Bett?"

Ernsthaft überlegend, streiche ich immer wieder über seinen Schwanz, der den Stoff der Hose jeden Augenblick zu sprengen droht. Doch was überlege ich eigentlich? Warum den Spieß nicht einfach umdrehen? „Wo willst du es?"

Er raues Lachen ist an meinem Hals zu spüren, als er mich ruckartig umdreht. „Ich weiß nicht, Rose. Schaffst du es bis zum Bett? Es ist ein weiter Weg."

Seine Augen ruhen auf meinem Gesicht. Was mir tagsüber schon schwerfällt, ist mir in diesem Moment schier unmöglich. Doch so stark der Drang ist, ihm nachzugeben, umso stärker ist jener, ihn zu reizen. Vielleicht genauso weit, wie er es gerade mit mir macht.

„Vermutlich. Ich bin ein großes Mädchen und nehme den Mund selten zu voll." Die Message wäre besser angekommen, wenn ich nicht gelacht hätte. Doch sein verwundertes Gesicht hat mich einfach dazu verleitet. Zu schön ist dieses Spiel, als dass ich es nicht auskosten möchte.

„Soso“, sagt er ernst und erinnert mich an einen strengen Kerl in Uniform, der mich einer genauen Inspektion unterzieht. „Du nimmst also den Mund selten zu voll? Was soll ich mir unter dieser zweideutigen Aussage vorstellen, kleines Mädchen?“

„Ich bin vierundzwanzig“, protestiere ich und strecke ihm die Zunge heraus, wohl wissend, wie wenig er das leiden kann.

„Von welchen Dingen in deinem Mund reden wir?“

Während ich den Kopf unschuldig zur Seite lege, beginne ich seine Hose zu öffnen, wobei ich ihn keine Sekunde lang aus den Augen lasse. Er kämpft. Nicht nur um seine Beherrschung, sondern auch darum, dass ich die meine nicht verliere. Die hängt nämlich an einem seidenen Faden. Wie es mit seiner aussieht, entzieht sich meiner Vorstellung. „Hauptsächlich von Schwänzen.“

Seine Augenbrauen schnellen nach oben. „Von Schwänzen. Dann magst du also Schwänze?“

„Ich liebe sie“, gestehe ich schmunzelnd.

Was spielen wir hier, frage ich mich im nächsten Moment. Wer verführt hier eigentlich wen? Und vor allem, wie lange kann der Verführte noch durchhalten?

„Irgendwelche besonderen Vorlieben?"

„Ja. Sie müssen prall und groß sein."

Er nickt verstehend und sieht auf meine Hände, die mittlerweile besagtes Prachtstück erreicht haben und es zärtlich massieren. „Wie findest du ihn?"

„Wundervoll."

„Ja?"

„Ja!"

Mein Tempo bleibt gleich, nur mein Atmen verändert sich. Noch nie hat es mich so scharfgemacht, jemanden zu berühren. Doch da William stillhält und der Dinge harrt, die da kommen sollen, werde ich mutiger. „Nachdem ich ihn in meinem Mund hatte, möchte ich ihn in mir spüren. Ganz tief."

William leckt sich über die Lippen und deutet mit dem Kopf in Richtung meiner pochenden Mitte. „Wer wird denn auf einmal so schüchtern sein? In deiner Fotze, meinst du?"

„Genau in der."

„Ist sie feucht?"

Und wie! Was mich aber mehr schockiert als mein loses Mundwerk ist der Umstand, dass der angesprochene Körperteil allein durch seine Worte in diesen verführerischen Zustand versetzt worden ist.

„Ich denke schon“, gebe ich das unschuldige Mädchen von nebenan, das nicht so recht weiß, was es eigentlich tut. Im Grunde weiß ich das wirklich nicht. Ich plappere einfach drauf los – und dazu veranlasst mich der Zustand dieses Mannes hier. So bereit, alles zu tun, was ich mir wünsche, war er noch nie. Also, warum nicht ausnutzen? Nicht ihn, um Gottes willen. Die Situation und seinen immer härter werdenden Schwanz.

„Denkst du? Wenn du dein Höschen ausziehst, sehe ich gerne für dich nach.“

Ich grinse ihn schief an und zerre mit meiner freien Hand an seinem Shirt, welches neben ihm auf dem Boden landet. „Mein Freund, ein ziemlich eifersüchtiger, herrschsüchtiger, einflussreicher Kerl, würde das ganz und gar nicht gut finden. Er würde dir das Genick brechen.“

„Deine Muschi wäre es mir wert“, flüstert er und kneift mich in den Hintern. „Der hier ist es mir wert.“

„Ich liebe mutige Kerle, die alles aufs Spiel setzen.“

Eigentlich stimmt das ganz und gar nicht, aber momentan glaube ich es selber. Außerdem bin ich zu sehr von seiner festen Brust fasziniert, auf der sich ein feiner Schweißfilm gebildet hat.

„Ich liebe die hier“, behauptet er, als er über meine Brüste streicht.

Ich glaube ihm aufs Wort, da er sich ihnen ausführlich zu widmen beginnt. Gerade so viel, dass es am Rand des Erträglichen ist. Im Normalfall wäre ich zurückgeschreckt, doch heute erregt es mich ungemein.

Dann beugt er sich vor, küsst zuerst beide Nippel, ehe er am rechten zu saugen beginnt. Mein Stöhnen, welches ich die ganze Zeit über zurückgehalten habe, jagt durch den Raum. Meinen Kopf in den Nacken gelegt, schließe ich genießerisch die Augen und kralle meine Finger an seiner Brust fest. Seine Zunge. Mein Gott, wie mich seine Zunge jedes Mal in den Wahnsinn treibt! Während er mit seinen Händen meine Brüste knetet, leckt mich seine Zunge so intensiv und gezielt, dass ich Schwierigkeiten habe, mich auf den Beinen zu halten.

Ein Schauder löst den nächsten ab. Ich presse meine Hüften fest an die seinen. Ich will ihn, verdammt.

Vielleicht hat er mein stilles Flehen gespürt, denn im nächsten Moment richtet er sich auf, küsst mich kurz und lässt dann seine Hände an meinen Seiten hinab zu meinem Hintern gleiten. Ich kann kaum noch ruhig stehen, zapple vor Ungeduld wie ein Kind, das auf die Bescherung wartet. Keiner wird es mir verdenken, immerhin stehe ich davor, ein überaus erotisches Geschenk zu erhalten.

„Auf einmal so sprachlos?“, zieht er mich auf und lässt seine Hand nach vorne und dort über meinen pochenden Venushügel gleiten. Ich zucke zurück, als hätte ich mich an einer heißen Herdplatte verbrannt.

Mein Lächeln friert ein und abermals entringt sich ein Stöhnen meiner Kehle. „Ich genieße nur.“ Mein Gott, klinge ich heiß!

William neigt den Kopf leicht zur Seite und schiebt mein Höschen nach unten. Dabei lässt er mich keine Sekunde aus den Augen. Als könne er dort und nicht da unten etwas verpassen. „Was möchtest du, dass ich tue?“

Ich schließe die Augen und überlege. Mein Höschen ist mittlerweile auf dem Boden gelandet und Williams Finger streicht über meine feuchte Spalte. „Ich will, dass du mich fickst“, gestehe ich ohne den Hauch von Scham.

„So schnell?“, fragt er enttäuscht. „Ich dachte eher, ich koste zuerst noch deine Muschi. Lasse dich wieder und wieder kommen, bis du kaum noch klar denken kannst. Erst dann ficke ich dich, und zwar so, dass du noch morgen an mich denken wirst.“

Heilige Scheiße. Purer Sex fließt durch meine Adern. Wie können mich Worte fast kommen lassen?

Ich versuche, etwas zu sagen, doch William weiß das zu verhindern, indem er meine Beine mit seiner Hand auseinanderschiebt. Er geht in die Knie, bläst zuerst auf meine Muschi, ehe er seine Finger darauf legt und zu reiben beginnt. Vor meinen Augen tanzen Sterne. Würde William mir nicht Halt geben, ich läge längst am Boden, so zittrig sind meine Knie. Er widmet sich gerade meinem Kitzler, den er reizt, massiert und zusammenkneift. Ich weiß genau, was er vorhin meinte. Ebenso weiß ich, dass seinen Worten Taten folgen werden.

Für ihn ist das längst kein Spiel mehr. Ich kann mir sicher sein, er wird mir alles geben, was ich von ihm verlange.

Ein Finger gleitet in mich, während ein anderer mich weiterhin reibt. Immer wieder stößt er zu. Ich zergehe, bringe mittlerweile nicht einmal mehr ein Stöhnen zustande und klammere mich an Williams Schulter, als wäre er meine rettende Insel und ich die Ertrinkende. Eigentlich bin ich das ja auch. Ich ertrinke in meiner eigenen Lust, die wir beide gesteigert, gefüttert und angestachelt haben, bis sie zu mächtig geworden ist und mich nun überrollt.

Die Welle erfasst mich im nächsten Augenblick. Ich wimmere, während mein Körper in wilde Zuckungen verfällt. Mein Puls rast und ob mein stoßweiser Atem mein Gehirn mit ausreichend Sauerstoff zu versorgen vermag, kann ich beim besten Willen nicht sagen. Eines ist jedoch gewiss: Mein Hirn fühlt sich wie Watte an. William lässt seinen Finger immer wieder hinein- und herausgleiten. Stachelt mich weiter an, bis ich ein zweites Mal springe. Selbst wenn ich wollte, könnte ich nicht verhindern, dass ich laut bin.

„Oh mein Gott", stammle ich. „Du bringst mich um."

William lacht laut auf, dann legt er mein rechtes Bein über seine Schulter und öffnet mich so noch ein Stück weiter. Sein Mund fährt über meine glatt rasierte Haut. Ich seufze wohlig vor Lust, während sich meine Finger noch fester in seine Haare krallen.

Seine Zunge liebkost meine Öffnung, die nach den beiden vorangegangenen Orgasmen noch immer wie wild pumpt. Und sollte er so weitermachen, wird der dritte nicht mehr lange auf sich warten lassen. Immer gezielter werden seine Stimulationen. Er weiß genau, wo und vor allem wie ich es brauche.

„William, das ist so gut", stoße ich atemlos hervor, als er die Spitze seiner Zunge in mich gleiten lässt.

William nimmt meine Worte als Ansporn und fickt mich mit seiner Zunge, bis sich der nächste Höhepunkt ankündigt. Süß schießt die Trägheit durch meine Venen, überflutet meinen ganzen Körper und lässt mich höher und höher schweben, um mich dann abrupt in die Tiefe zu reißen.

Ich quietsche in hohen Tönen, als mich der dritte Höhepunkt erfasst und meine wild pumpenden Muskeln Williams Zunge zwischen sich festkeilen. Er lässt sich davon nicht aus dem Konzept bringen, sondern leckt mich unbeirrt weiter.

Nicht im Traum hätte ich an so etwas Markerschütterndes geglaubt. Drei Orgasmen und Williams Gesicht zeigen mir, dass noch immer nicht Schluss ist. Er glüht, was ihm nicht zu verdenken ist. Immerhin hat er bisher nur an mich gedacht und sich selbst zurückgehalten.

Als er mich küsst, schmecke ich meinen Orgasmus auf seinen Lippen. Ich bin gerade in seinem Mund gekommen, was mir eine sanfte Röte auf die Wangen zaubert. Nicht, dass es das erste Mal gewesen wäre. Ich bitte sehr! Doch es ist das erste Mal, dass ich meinen Orgasmus schmecke. Und ja, er schmeckt tatsächlich süß.

„Jetzt werde ich dich ficken, Rose. Ich hoffe, du verzeihst mir diese kurze Planänderung", setzt er mich über sein weiteres Vorhaben ins Bild.

Ich schmunzle über seine Ausdrucksweise, während er mich umdreht und meine Beine noch mehr auseinanderdrückt.

Meine Stirn ruht auf dem kalten Waschbecken, ich betrachte die Wassertropfen, die sich dort angesammelt haben, warte, was nun geschieht. Ich höre, wie William die Hose nach unten schiebt, ohne seine Hand von meinem Hintern zu nehmen. Dann küsst er ihn und lässt mich seinen Schwanz an meiner Öffnung spüren. Voll freudiger Erwartung schließe ich die Augen, bereite mich seelisch auf den nächsten Höhepunkt vor. Doch vor allem bereite ich mich auf Williams Lust vor. Lange wird er sich wohl nicht mehr zusammenreißen können.

Mit einer einzigen, flüssigen Bewegung gleitet er in mich. Er verharrt, presst dabei seine Finger in meinen Hintern und beide wagen wir kaum zu atmen. Erwartungsvoll halte ich still, bereit, seinen nächsten Stoß aufzunehmen, der zweifelsohne hart sein wird. Als er zustößt, mich nach vorne presst und um einen Meter weiter in diese bekannten Höhen treibt, entringt sich meiner Kehle ein leises Betteln.

Seine Stöße intensivieren sich. Er will wohl auch nicht mehr länger warten. Mein Spiegelbild fasziniert und ängstigt mich zugleich. Außerdem ist es ungewohnt, mir selbst beim Sex zuzusehen. Es geschieht zum ersten, aber bestimmt nicht zum letzten Mal, dessen bin ich mir sicher. Im Spiegel verfolge ich Williams Mienenspiel. Die Stirn ist gerunzelt, der Mund verkniffen, nur der Blick ruht entspannt auf meinem Hintern.

Dieses Bild von uns beiden – die Ansätze meiner Kehrseite, seine feste, muskulöse Brust, sein vor Verlangen zerfließendes Gesicht – macht mich so heiß, dass ich glaube, es keinen Moment länger aushalten zu können. Vorfreude und Lust lassen mich erbeben.

Williams Stöße werden träger, sein Schwanz hingegen härter. Unglaublich, dass es in dieser Hinsicht noch eine Steigerung geben kann!

Als William kommt, folge ich ihm. Die Akustik im Badezimmer verstärkt unser Stöhnen. Ich zwinge mich, die Augen offen zu halten und die Veränderung in Williams Gesicht genau zu verfolgen.

Als ich komme, krampfe ich meine Finger so energisch um Williams Handgelenk, dass es ihm wehtun muss.

Allmählich beruhigen wir uns. Mein Atem rast zwar noch, mein Körper kommt aber langsam von diesem Trip herunter. Es ist wirklich wie eine Droge, von der man immer mehr und mehr haben möchte. Kaum lässt die Wirkung nach, schreit der Körper schon wieder danach.

Man wird süchtig, verfällt ihr und kann ohne sie nicht mehr leben. Anders kann ich meine Gefühle für William nicht beschreiben.

Für jenen Mann, der mich gerade zum dritten Mal um meine eigene Achse dreht, hochhebt und ins Schlafzimmer trägt, wo er mich aufs Bett sinken lässt. Ich bin zu müde, um mich zuzudecken, geschweige denn, zu sehen, wo er ist. Aus dem Bad ertönen Geräusche. William duscht. Mir wird kalt, sodass ich doch nach der Decke taste und sie um mich schlinge und Williams Summen lausche, das fortdauert, bis er zu mir kommt.

Dieser Tag hatte es wirklich in sich. Er war überaus ereignisreich. Vielleicht ein wenig zu ereignisreich. Mein Körper quittiert das mit einem Anflug von Kopfschmerz.

Das Bett gibt etwas nach, als sich William neben mich legt, einen Arm unter meinen Kopf, den anderen auf meinen Bauch schiebt. Normalerweise schlafe ich ungern nackt, doch heute fehlt mir der Elan, nach meiner Kleidung zu suchen. Da aber auch William nackt ist, macht es mir nichts aus.

„Müde?“, fragt er mit sanfter Stimme und küsst meine Stirn.

„Ja“, hauche ich.

Er zieht mich näher zu sich heran, wohl um mir das Gefühl zu geben, wie viel ihm das Danach bedeutet. Und ich weiß auch, warum. Vor der offiziellen Bekanntgabe unserer Beziehung hat er das nie so gehalten. „Ich habe dir übrigens für morgen und Dienstag freigegeben."

Nun werde ich hellhörig. „Was?"

„Deine Familie ist in der Stadt, da solltest du einfach Zeit mit ihnen verbringen. Mit Debbys Hilfe werde ich die beiden Tage schon schaukeln."

„Ich bezweifle keine Sekunde, dass Debby mich liebend gerne vertritt. Trotzdem danke." Mir würden eigentlich tausend Gründe einfallen, warum ich nicht frei haben möchte. Zumal zwei komplette Tage mit meinen Lieben auf jeden Fall anstrengend werden. Nichts gegen sie, aber der heutige Tag hat es mir deutlich vor Augen geführt. Im Moment bin ich jedoch zu durchgefickt, als dass ich großartig protestieren könnte. Daher beende ich die Diskussion mit einem einfachen „Ich liebe dich" und schließe die Augen.

„Ich liebe dich auch, Babe. Schlaf gut", höre ich William noch, ehe er das Licht ausdreht und mich zum Abschluss noch einmal zärtlich küsst.

17. Kapitel

Der nächste Tag ist streng getimt. Mein Vater, der Perfektionist, hat einen straffen Zeitplan erstellt, damit wir alle Sehenswürdigkeiten, die meine Eltern abklappern wollen, auch tatsächlich besuchen können. Ich werde klarerweise mitgeschleppt, auch wenn ich wenig Lust dazu verspüre, da sich London wieder von einer nur allzu bekannten Seite zeigt – es gießt wie aus Badewannen.

Den Tower, einen Besuch bei der Queen, wobei sich meine Großmutter einbildet, besagte Dame wirklich gesehen zu haben, das London Eye und eine feuchtfröhliche Themsefahrt haben wir am späten Nachmittag hinter uns. Nun sitzen wir in Papas Ford und fahren zu meinem Arbeitsplatz. Nicht nur, dass sie das Ungetüm aus Glas, wie es meine Großmutter bezeichnet, als wir es schon von weitem erblicken, noch nie gesehen haben, sie bestehen auch darauf, William von dort abzuholen, damit wir gemeinsam essen gehen. Obwohl ich bezweifle, dass ich im Normalfall während des Urlaubs die Firma betreten würde, wurden die Karten in den letzten Wochen neu gemischt. Ich bin nicht mehr länger die namenlose Tippse, sondern auf du und du mit dem obersten Boss. Nebenbei vögle ich mit ihm – ein netter Zusatzbonus, wie ich mir selbst eingestehe, als wir die große Eingangshalle betreten. Mein Vater zückt sofort die Kamera und fotografiert auf Teufel komm raus. Alle Augen sind auf uns gerichtet und ich ahne, dass er gleich jemanden in ein Gespräch verwickeln wird.

Letzteres geschieht nur drei Sekunden später. Earl, keine Ahnung, warum ihn alle so nennen, der Security-Typ, kommt angelaufen und möchte die nervigen Touristen hinauskomplimentieren, doch als er mich erkennt, grüßt er freundlich. Mein Vater versteht das eindeutig als Aufforderung.

Während also mein Vater Earl mit Fragen zu den wichtigsten Fakten des Gebäudes löchert, widme ich mich meiner Mama, meiner Oma und Luke, denen die Konstruktion sehr gut gefällt. Schnell erkläre ich ihnen, auf welcher Etage Naomis Büro ist, auf welcher mein altes und in welchem Stockwerk William residiert. Sie sind sehr interessiert und ich könnte mich mit dem Gedanken anfreunden, öfters Touristen durch die Räumlichkeiten zu führen.

Nur widerwillig kommt mein Vater mit, als wir uns in Richtung Fahrstuhl begeben, der wie immer rappelvoll ist. Kein Wunder, es ist vier Uhr, Rush Hour, jeder möchte so schnell wie möglich nach Hause. Nur die dämliche Rose taucht freiwillig hier auf. Genervt und belustigt zugleich verdrehe ich die Augen, als mein Vater jedem im Lift freundlich zunickt. Er denkt wohl, ich bin jetzt die große Chefin.

In der letzten Etage endet unsere Fahrt und wir steigen aus, nur um Sekunden später von Debbys stechendem Blick empfangen zu werden. Ich atme tief durch, ehe ich auf ihren Schreibtisch zusteuere.

„Oh, Rose, hast du heute nicht frei?“

Nein, du dumme Ziege, ich bin im Dienst. Deshalb war ich ja auch den ganzen Tag nicht anwesend. Wie doof kann man eigentlich sein? „Ist William noch da?“, übergehe ich ihre Frage und deute auf die Tür zu ihrer Rechten.

„Ja, aber er ist noch in einer Besprechung. Vielleicht wartet ihr solange. Ist das deine Familie, Rose?“, will sie wissen, kommt hinter ihrem Schreibtisch hervor und zeigt sich von ihrer charmantesten Seite. Jener Seite, die ein Mann einfach mögen muss. Das beste Beispiel ist mein Bruder, der ihr verführerisches Lächeln erwidert und plötzlich angespannt und nervös wirkt.

Ich schnaube und stelle alle der Reihe nach vor. Wir wollen uns doch an die Konventionen halten und keinesfalls negativ auffallen. Und da wir uns die Zeit so oder so in Debbys Gegenwart vertreiben müssen, kann sich mein Vater mit ihr unterhalten und mich damit aus der Schusslinie nehmen.

Sichtlich angetan begrüßt sie nun auch meine Mama, dann meine Großmutter, ehe sie zu meinem Vater gelangt. Und wie immer ist Verlass auf ihn. Sofort ist sie in seinen Fängen, was für Debby nicht weiter schlimm zu sein scheint.

„Wo ist dein Büro, Rosie?“, erkundigt sich meine Mutter im Flüsterton. Nur ja keine Aufmerksamkeit erregen!

Mann oh Mann, so ein Riesenkomplex kann ganz schön einschüchternd wirken. Gerne wüsste ich, ob sie angesichts dessen, was sie hier geboten bekommt, William weiter als unpassend für mich erachtet oder ihn längst zu ihrem Lieblingsschwiegersohn erkoren hat.

„Hier. Wenn du möchtest, kann ich es dir gerne zeigen.“

„Oh ja, bitte“, ruft meine Oma und erntet einen bösen Blick von meiner Mutter.

Ohne Papa und Luke, die beide um Debbys Aufmerksamkeit buhlen, gehen wir in mein Büro. Es ist komisch, die beiden hier zu haben, wo dies doch eine solch andere Welt ist. In St. Agnes verläuft alles viel gemächlicher. Das Tempo einer Großstadt spiegelt sich in jedem Raum wider.

Der Regen taucht alles in Grau, weshalb das unbeleuchtete Büro antik und zeitlos zugleich wirkt. Als wäre die Zeit stehen geblieben.

„Der Ausblick ist der reinste Wahnsinn“, erkläre ich und gehe voraus zum Fenster.

Beide wagen einen vorsichtigen Blick in die Tiefe. „Ich würde hier Höhenangst bekommen“, gesteht meine Oma und entfernt sich eilig.

„Man gewöhnt sich daran. Wollt ihr etwas trinken? Kaffee? Wasser?“

„Wasser“, schallt es mir im Duett entgegen.

„Debby scheint ganz nett zu sein“, sagt meine Mama, die noch immer am Fenster steht, während ich das Verlangte aus meiner kleinen Bar hole und ihnen einschenke.

Ich stoße unwillig die Luft zwischen meinen Zähnen hervor und stelle die beiden Gläser auf meinem Schreibtisch ab. „Na ja, sie ist mit Vorsicht zu genießen. Geheimnisse solltest du ihr möglichst nicht anvertrauen.“

„So hätte ich sie gar nicht eingeschätzt.“

„Der erste Blick kann manchmal täuschen", erwidere ich zweideutig und schon kommt bei der Erinnerung an das Gespräch von gestern wieder Ärger im mir hoch.

Ehe meine Mutter etwas erwidern kann, was sie zweifelsohne im Sinn hatte, sind Stimmen aus dem Nebenzimmer zu vernehmen. Unsere Augen, meine ebenso wie die meiner Mama und meiner Oma, schnellen in Richtung der Verbindungstür.

„Williams Büro. Man kann es auch durch diese Tür erreichen", erkläre ich ihnen und deute nach draußen. „Sie scheinen fertig zu sein. Lass uns mal nachsehen, ob Debby Papa und Luke schon bei lebendigem Leib verschlungen hat."

„Ach, Rosie", schimpft meine Mama, für die Sarkasmus wohl ewig ein Fremdwort bleiben wird.

Draußen angekommen, sind die drei noch immer in eine rege Unterhaltung vertieft. Während mein Vater Debby gerade Witze erzählt, starrt Luke sie schwärmerisch an. So fasziniert habe ich ihn noch nie erlebt. Schade, dass das Objekt seiner Begierde eine so unmögliche Person ist.

Doch ich werde mich da nicht einmischen. Jeder muss sehen, wie er sein Leben deichselt, erst recht sein Liebesleben. Von Debby weiß ich wenigstens, dass sie eines hat. Bei meinem Bruder bin ich mir nicht so sicher. Er ist ein hübscher Kerl, doch nach St. Agnes kommen nur Surfer. In den seltensten Fällen trabt ein Trupp Mädels an, die allesamt die unbändigen Wellen bezwingen wollen. Meist sind sie dann aber auch in Begleitung von Typen. Diese Möglichkeit fällt also flach. Der zweite Knackpunkt ist: Selbst unter den Einheimischen gibt es kaum junge Leute. Die meisten betreiben eine Pension, ein Restaurant oder müssen in die nähere Umgebung pendeln. Wer kann, zieht früh weg. Zurückbleiben die Alten und – Luke. Armer Kerl!

Während ich vorgebe, den Witzen meines Vaters zu lauschen, gilt meine ganze Aufmerksamkeit jedoch der Tür, die noch immer geschlossen ist, durch die aber vergnügtes Lachen ertönt. Eine hohe, eindeutig weibliche Stimme und Williams kräftige Stimme. Ein Schauder erfasst mich, mir wird plötzlich sehr kalt, als ich mir seinen Terminkalender ins Gedächtnis zu rufen versuche. Doch für das Wochenende und den heutigen Tag taucht nur ein weißes Blatt vor meinem geistigen Auge auf. Höchste Zeit, dass ich lernen, ihm zu vertrauen. Er tut es nach meiner Eskapade mit Andy doch auch wieder.

Aber jedes Mal, wenn er sich im selben Raum mit einer anderen Frau befindet, drehen meine Hormone durch.

Ein lästiger Zug von mir. Einer von vielen. Aber diesen möchte ich mir schleunigst abgewöhnen.

Nervös kaue ich auf meinem Daumennagel herum. Plötzlich öffnet sich die Tür und mit einem strahlenden Lächeln auf den Lippen betritt Miss Hope das Vorzimmer. Hätte ich etwas in Händen gehalten, eine Vase vielleicht, ich hätte sie mit einem lauten Scheppern fallen lassen. So beschränke ich das Fallenlassen auf meinen Unterkiefer.

Miss Hope, rattern die Zahnrädchen in meinem Gehirn. Ich dachte eigentlich, der Termin sei längst vorbei. Doch hätte er nicht an jenem Tag stattfinden sollen, an dem mich William auf die Geschichte mit Andy, sagen wir mal, angesprochen hat?

„Rose, freut mich, Sie wiederzusehen“, begrüßt mich Miss Hope mit einem herzlichen Lächeln und ausgestreckter Hand.

„Hallo“, ist das Einzige, was ich hervorwürge, während meine Augen William fixieren. Er wirkt überrascht, mich hier samt Anhang anzutreffen. Im ersten Augenblick habe ich das Gefühl, dass er ein wenig sauer ist, jedoch fängt er sich schnell und begrüßt jeden freudig.

Miss Hope hängt noch immer an mir. Im wahrsten Sinne. Ihre Augen glitzern, was entweder bedeutet, dass sie riesigen Spaß hatte oder etwas aufgewühlt ist. Und da

William nicht als *die* Scherzkanone schlechthin bekannt ist, vermute ich, dass sie die traute Zweisamkeit mit meinem Freund gerade ziemlich in Aufruhr versetzt hat.

Miststück, denke ich, als sie meine Hand loslässt und sich meinen Eltern zuwendet.

Ich bekomme nicht mit, als wen William sie vorstellt, der mir, Gott sei ihm gedankt, diese Aufgabe abnimmt. Ich weiß auch nicht, was mit mir los ist. Er macht doch nur seinen Job und ich möchte mich bessern und nicht dauernd die eifersüchtige Schnepfe raushängen lassen. Aber warum gerade sie? Und warum heute?

Verdammt, er hat sie gevögelt. Ja, ja, ich weiß, er hat ungefähr tausend Frauen dieses Planeten flachgelegt. Keine Ahnung, ob alle noch am Leben sind. Ich lebe sehr wohl.

Besagte Geschichten haben sich allerdings vor unserer Zeit zugetragen. Miss Hope ist aber wie eine giftige Pfeilspitze, die schon zu lange in meinem Fleisch steckt und die ich endlich herausziehen muss, damit sich das Gift nicht noch weiter ausbreitet. Vor allem in diesem Augenblick, in dem William sie meiner Familie vorstellt und sie jede einzelne Hand schüttelt, während er hinter ihr steht und den Umgang so vertraut wirken lässt, dass ich kotzen könnte. Was bin ich für ein trauriger Tropf!

Obwohl nur ein paar Schritte entfernt, scheine ich nicht wirklich dazuzugehören, denn keiner nimmt mehr Notiz von mir.

Und da es für William wichtig ist, Arbeit und Privatleben zu trennen, behandelt er mich jetzt tatsächlich wie eine einfache Angestellte, deren Familie gerade zu Besuch ist.

Erst als sich La Hope, dieser Name drängt sich bei ihrem ausladenden Hüftschwung einfach auf, kurz auf die Toilette verabschiedet, kommt William zu mir und küsst mich sanft. Wir wissen beide, dass Debby uns beobachtet, doch die kann mir im Moment gestohlen bleiben.

„Ihr wollt essen gehen?“, fragt er betont gelassen, was mein Stimmungsbarometer noch weiter in den Keller sacken lässt.

Zick nicht rum wie eine Diva, raunt die Realistin in mir. Vielleicht ist es aber auch nur das kleine Mädchen, das Angst vor einer Zurückweisung hat.

„Meine Eltern wollen. Es tut mir leid, wenn ich dich bei irgendetwas gestört habe.“ Himmel, klingt das kapriziös!

William entgeht das, da er mich eingehend mustert, ehe er in Richtung La Hope deutet, die von ihrem Toilettengang, inklusive der Auffrischung ihres Make-ups, zurückkommt. „Du störst nicht, Rose. Miss Hope und ich wollten auch essen gehen. Sie kann doch mitkommen, wenn es dich nicht stört."

Spinnst du? Ach ja, warte, ich rufe mal schnell Andy an und frag ihn, ob er nicht auch am Essen, das unter dem Motto „Ich bring jemanden mit, mit dem ich es getrieben habe" steht, teilnehmen möchte. Ich steche zwar aus der Reihe, da ich es mit Andy ja nicht getrieben habe, wir haben nur geknutscht. Doch da wir, also William und ich, zu diesem Zeitpunkt bereits ein Paar waren, gilt Punktegleichstand.

„Mir egal", presse ich mit zusammengebissenen Zähnen hervor. Ruhig Blut. Es hilft nichts, William zu ermorden, der arme Kerl weiß es schließlich nicht besser. Oder er kapiert es nicht, was ich für ihn hoffe.

„Du wirkst etwas gereizt", stellt er belustigt fest.

„Ach ja? Du musst dich täuschen!"

„Ist es ihretwegen? Ich kann sie auch ins Hotel bringen."

Wären wir alleine, würde ich ihm eine knallen. So beschränke ich mich auf ein Knurren. „Immerhin weißt du ja, wo es sich befindet. Du kennst es sprichwörtlich in- und auswendig."

„Rose“, setzt er etwas verzweifelt ob meiner offensichtlichen Wut an, doch Miss Hope drängt sich dazwischen.

„William, soll ich uns ein Taxi rufen? In Mister Erwings Wagen scheinen wir ja schließlich nicht alle Platz zu haben.“

Mit offenem Mund starre ich von einem zum anderen. William lächelt, während La Hope ihn geradezu anhimmelt. Diese Tussi erwartet doch tatsächlich, heute einmal, oh Pardon, abermals von ihm gevögelt zu werden. Und da sie nicht den Hauch von Zurückhaltung an den Tag legt, bezweifle ich, dass William sie über unseren Beziehungsstatus aufgeklärt hat.

Ich suche Abstand von den beiden und schnappe mir meine Jacke, die ich einfach auf Debbys Schreibtisch geworfen habe. Mir ist egal, wie die beiden von hier wegkommen. William ist schließlich mit dem Auto da, soll er sich selbst um den Transport kümmern. Mir kann das egal sein.

„Alles in Ordnung, Liebes?“, will meine Mama wissen, während ich vor den geschlossenen Aufzugstüren warte. Nur weg hier, lautet die Devise.

Ich nicke. „Alles prima. Ich habe nur Hunger.“ Essen ist immer gut, da meine Mama der Überzeugung ist, dass ich zu wenig futtere. Und wenn, dann nur ungesundes Zeug. Bitte, ich will mich im Moment nicht auch noch mit den Gedankengängen und Sorgen meiner Mutter beschäftigen.

„Bist du auf William sauer? Ist es wegen dieser Frau?“

Sie kann es nicht lassen. „Nein, Mama. Bitte. Ich möchte wirklich nicht darüber sprechen“, antworte ich und bemühe mich, normal zu klingen, wobei mein Blick längst auf La Hope und meinem kaum noch wiederzuerkennenden Freund ruht. Die beide, flankiert vom Rest der Familie, zu uns kommen.

Wo stecken diese verdammten Aufzüge?

Endlich! Wir quetschen uns alle in denselben Fahrstuhl und brettern in Richtung Erdgeschoss. Meine Augen sind starr auf die Türen gerichtet, während ich mir Williams Blick auf mir mehr als bewusst bin. Miss Hopes Gequatsche, auch wenn es von Bildung zeugt, nervt. Mir ist, als würde jemand mit einem Eispickel meinen Schädel bearbeiten. Jeder Schlag spaltet ihn tiefer und als sie dann auch noch herzhaft lacht, stoße ich laut die angehaltene Luft aus. Irgendwo muss der Dampf schließlich entweichen.

Mit einem Pling kommt der Lift zum Stehen und ich stürme hinaus, als stünde das Haus in Flammen. Mit großen Schritten durchquere ich die Eingangshalle und fliehe ins Freie. Frischluft. Die kann ich jetzt gut gebrauchen.

„William fährt mit seinem Wagen, er nimmt die junge Dame mit. Möchtest du lieber mit uns kommen oder schließt du dich den beiden an?“, erkundigt sich meine Mutter und plötzlich bin ich ihr überaus dankbar, dass sie hier ist.

Ich zucke die Achseln und äuge zu William, der mich teils entschuldigend, teils angepisst ansieht. Vermutlich gelingt es auch nur ihm, diese beiden so grundsätzlich verschiedenen Gefühlsregungen zu vereinen. „Ich ...“, verdammt, was soll ich tun? Mich ins tiefe Wasser stürzen oder mit Schwimmflügeln im Seichten paddeln? „Ich fahre mit ihm.“

„Das habe ich mir fast gedacht“, grinst meine Mutter. „Wir sehen uns gleich. Und Rosie“, flüstert sie, nachdem der Rest meiner Familie zum Wagen, welcher auf der gegenüberliegenden Straßenseite parkt, gegangen ist, „kratz ihm nicht die Augen aus. Er ist nur ein Mann.“

Und was für einer!

„Eine wunderschöne Stadt. So facettenreich und doch so verstaubt“, schwärmt Miss Hope gerade. Ich vermute mal über London.

William hört ihr zwar zu, sieht jedoch mich an, als ich auf die beiden zustapfe. „Du fährst mit uns?“, will er wissen. Als wäre das nicht klar, schließlich sind die anderen längst weg.

„Ja“, gebe ich patzig zurück.

„Prima, dann können wir los“, trillert La Hope. Es fehlt nur noch, dass sie vor Freude in die Hände klatscht.

William weist sie in Richtung Tiefgarage und wartet, bis ich neben ihm stehe. Als er die Hand ausstreckt, um sie um meine Taille zu legen, weiche ich ihm aus. „Sie behandelt mich, als wäre ich zehn“, empöre ich mich.

„Ach. Sei lieb, Rose.“

„Sei lieb? Ist das dein Ernst? Mehr hast du nicht zu sagen?“

„Du machst aus einer Mücke einen Elefanten.“

Ich fasse es nicht!

„Ist es, weil du denkst, dass ich sie gevögelt habe?“

Verdutzt weiche ich seinem Blick aus. „Ahm, du hast sie ja schließlich auch gevögelt.“ Das letzte Wort verschlucke ich fast, da ich nicht möchte, dass es auf fruchtbaren Boden fällt und die Saat womöglich aufgeht. Mann, bin ich fies! Saat in diesem Zusammenhang! Diese Assoziation wäre einer Debby würdig.

William packt mich am Arm und zwingt mich innezuhalten. „Rose, ich habe sie nicht gefickt. Ich ficke keine Geschäftspartner oder Angestellten."

„Wer´s glaubt, wird selig. Wer nicht, landet auch in der Hölle." Prediger, vielleicht mein Berufsziel, falls William seine falschen Vorsätze, fürs nächste Jahr zum Beispiel, in die Tat umsetzen möchte.

Er blickt verzweifelt drein. „Du warst und bist die Ausnahme, Babe. Beruhige dich. Ich habe damals alles getan, um dich im Glauben zu lassen, dass zwischen ihr und mir etwas gelaufen ist, da ich dich auf diese Weise eifersüchtig machen wollte. Reine Taktik." Entschuldigend zuckt er mit den Schultern.

Mir steht der Mund offen. „Taktik? William, ich habe mich gerade wie das größte Miststück auf Gottes Erden verhalten. Und du erzählst mir jetzt etwas von Taktik? Wie konntest du nur!"

„Alles okay?", erklingt Miss Hopes Stimme und lässt uns zusammenzucken.

„Wir kommen gleich", ruft ihr William zu. „Es tut mir leid. Ich hätte es dir früher sagen sollen. Ich dachte nur, ihr würdet euch ohnehin nicht mehr sehen."

Im nächsten Moment bricht ein unbändiges Lachen aus mir hervor. „Mann, William. Mach das nie wieder! Ich war kurz davor, dir eine zu knallen."

„Ich weiß, ich weiß. Freunde?", bietet er mir versöhnlich an.

„Pfff", antworte ich mit einer königlichen Handbewegung, ehe ich mich zur Tiefgarage inklusive wartender Miss Hope in Bewegung setze. „Dafür wirst du bezahlen."

Er grinst kopfschüttelnd und klopft mir auf den Hintern. Dann steuern wir auf Miss Hope zu, der endlich ein Licht aufzugehen scheint.

„Nein, also wirklich, Wales ist wunderbar und ich kann nur jedem raten, der etwas Zeit hat und Neugierde mitbringt, eine Reise dorthin zu unternehmen."

Miss Hope ist eigentlich ziemlich nett. Eine begeisterte Volleyballspielerin, sie liest gerne, am liebsten Schnulzen, und wirbt für Wales ähnlich enthusiastisch wie für Nora Roberts. Meinen Vater hat sie schon überzeugt, er plant bereits eine Reise ins wunderschöne Wales, während meine Mutter mir hilfesuchende Blicke zuwirft.

Wir haben es uns in einem typischen englischen Restaurant gemütlich gemacht. Ein Tagesmenü, mehr stand nicht zur Auswahl, aber keiner hatte etwas dagegen einzuwenden. Nun sind wir pappsatt und jeder schlürft an seinem Bier, Wein oder Saft. Ich halte mich zurück und bin noch immer ärgerlich über mich, da ich mich so habe hinreißen lassen. Etwas mehr Fingerspitzengefühl und Vertrauen meinerseits und Miss Hope wäre nicht so rüde behandelt worden.

Jetzt ist es zu spät, das Einzige, was bleibt, ist meine Reumütigkeit und von der ist genügend vorhanden.

Wir drängen uns um einen kleinen, runden Tisch. William hat neben Miss Hope Platz genommen und sitzt mir somit schräg gegenüber. Er wirkt heute so brav und gesittet, dass ich mir ein dümmliches Grinsen kaum verkneifen kann. Er ist ausnehmend höflich, was Miss Hope sichtlich amüsiert. Ich bin noch ein wenig durcheinander, aber inzwischen der festen Überzeugung, dass zwischen den beiden wirklich nie etwas gewesen ist. Dieser Mistkerl hat seinen Köder so geschickt ausgeworfen, dass ich einfach angebissen habe. Der Schmerz ist so groß gewesen und wie einem Wunderheiler ist es William im Handumdrehen gelungen, mein Leiden zu lindern.

Doch was er kann, kann ich schon lange, erwacht der verschmitzte Teil in mir. Ich bedenke William mit einem aufreizenden Augenaufschlag, beuge mich vor und sauge mein Wasser genüsslich durch den Strohhalm ein. Für einen Moment funkelt er mich an, wobei er sich mit seinem Zeigefinger beständig über die Lippen streicht. Der Mut verlässt mich, als alle am Tisch lachen. Ich erschrecke und vermute fast, dass sie sich über meinen offenkundigen Versuch, William an Ort und Stelle zu verführen, lustig machen. Die Aufmerksamkeit gilt jedoch Miss Hope, die eine wilde Geschichte aus ihrem noch viel wilderen Leben zum Besten gibt.

William und ich haben uns gedanklich schon längst von den anderen entfernt. Schüchtern kichere ich und werfe einen prüfenden Blick unter den Tisch, da mir gerade etwas eingefallen ist. Die Idee ist böse, viel zu naiv und vor allem leichtsinnig, da wir uns in einem Restaurant, umzingelt von meiner Familie und einer Geschäftspartnerin, befinden. Und doch ist der Gedanke erregend, neu und wert, in die Tat umgesetzt zu werden.

Gemächlich streife ich meine Ballerinas ab, sehr bemüht, dass mein Treiben unbemerkt bleibt und ich nicht versehentlich gegen ein anderes Bein stoße. Der Schuh plumpst zu Boden und ich hoffe, dass ich ihn später wiederfinden werde. William runzelt die Stirn und folgt neugierig meinem Blick. Er scheint zu ahnen, dass ich etwas vorhabe.

Ob nun gespannt oder streng, ich kann es nicht einschätzen, lehnt er sich in seinem Stuhl zurück und holt tief Luft. Ich werfe einen verstohlenen Blick in die Runde, vergewissere mich, dass keiner Notiz von mir nimmt, und lasse dann meinen Fuß, der in ein dünnes Netzsöckchen gekleidet ist, unter dem Tisch zu Williams Beinen wandern. Dabei sehe ich ihm fest in die Augen.

Er wirkt überrascht, als ich meinen Fuß zielsicher an die aufkommende Ausbuchtung zwischen seinen Beinen schiebe. Nervöser und verkrampfter, als ich es von ihm erwartet hätte, rutscht er hin und her und schüttelt leicht den Kopf. Ich grinse nur und schiebe mein Bein langsam vor und wieder zurück.

Meine Augen sind überall. Ich lasse mir weder Williams teils schockierten, teils erregten Gesichtsausdruck entgehen, noch will ich, dass sich die Tischdecke bewegt oder meine Eltern oder gar Miss Hope auf das heimliche Treiben aufmerksam werden.

William wird härter, was mir ein Grinsen entlockt. Schnell schiebe ich meine Hand vor den Mund. Alle blicken so ernst und konzentriert drein, da will ich doch nicht aus der Reihe tanzen. Mein Gegenüber hält seltsamerweise still. Sein Lachen ist verklungen, seine Brust hebt und senkt sich heftig – Ansporn genug, um ihn weiter zu malträtieren.

„Nicht wahr, William?“, Miss Hopes Frage hängt eine Sekunde lang unbeantwortet im Raum.

William hüstelt, streicht sich über seine gestreifte Krawatte und blickt abwechselnd zu Miss Hope und zu mir. Er kneift die Augen zusammen, womit er mich wohl zum Aufhören bewegen will. Während alle William anstarren, verlangsame ich zwar meine Bewegungen, halte aber nicht inne und trage eine ungerührte Miene zu Schau.

Siehst du, ich kann dich auch in den Wahnsinn treiben, soll ihm das vermitteln.

„Entschuldigung“, wieder ein Hüsteln und ein unruhiges Hin- und Herrutschen, „ich war in Gedanken.“

Miss Hope legt den Kopf schief und wirkt belustigt. „Ich fragte, ob die Verkehrslage in anderen Großstädten auch so unmöglich ist wie in London. Du sagtest doch einmal, dass du viel mit dem Auto unterwegs bist.“

Gespannt warte ich, wie er nun reagieren wird. Es ist offensichtlich, der Mann ist völlig durch den Wind. Ich habe zwar damit gerechnet, dass ihm dieses heimliche Spiel gefallen wird. Doch dass er kaum noch klar denken kann, überrascht mich doch. Ich ahne, dass zu Hause eine schlimme Strafe auf mich warten wird.

Er räuspert sich und berührt seine Stirn, als säße dort ein tiefer Schmerz, dabei weiß ich nur zu gut, was ihn so beschäftigt, da sein Schwanz inzwischen auf eine beträchtliche Größe angeschwollen ist und seine Hose jeden Moment reißen kann. „Ja."

Das war die Antwort? Jeder weiß, dass William nicht gerade ein Vielredner ist, aber selbst mein Vater sieht verdutzt meine Mutter an, was er immer macht, wenn er nicht sicher ist, was er sagen soll. Ach ja, Menschen und ihre Gewohnheiten, denke ich selig in meiner kleinen Seifenblase, in der es gerade ziemlich stürmisch zugeht.

Dann kommt Leben in William. Nein, er sieht nicht glücklich aus. Diese Bezeichnung wäre übertrieben. Er guckt mich an, kneift erneut die Augen zusammen, schiebt seine rechte Hand unter das Tischtuch und packt meinen Fuß. Ich kann mich nicht entscheiden, ob die Berührung kitzelt oder wehtut, stoppe aber meine Bewegungen und beschränke mich auf einen festen Druck gegen seinen Schwanz.

William wendet sich nun ganz Miss Hope zu. „Manchmal steht es, während es auf der anderen Seite fließt. Wenn sich aber jeder an die Regeln hält und die anderen Verkehrsteilnehmer nicht stört, funktioniert der Fluss ganz gut. Ich finde es nicht unmöglich, aber nervenaufreibend. Es kratzt an meiner Selbstbeherrschung."

Mann, was redet er da? Die anderen scheinen zufriedengestellt und sind bald wieder in eine rege Unterhaltung vertieft, während diese Antwort, die eindeutig mir gegolten hat, in meinem Kopf widerhallt.

Manchmal steht es … ich kaue am Nagel meines Zeigefingers und kichere. *Fließt* … zu gut weiß ich, wo es fließt. William ist sich dessen auch bewusst. Selbst *Verkehrsteilnehmer* klingt stark nach einer eindeutigen Zweideutigkeit. William lauscht nun wie gebannt den Worten meines Vaters, der von seiner Reise nach Stockholm berichtet. Mir entgehen seine mahlenden Kiefer jedoch nicht.

Dann ringt er also mit seiner Selbstbeherrschung? Gut zu wissen. Ich stünde bereit, falls er sie verlieren sollte. Keine Ahnung, wo die Toiletten sind. Nicht, dass ich jemals Sex in einer gehabt hätte. Im Moment drängt sich der Gedanke daran aber förmlich auf.

Miss Hope sieht auf ihre Armbanduhr. „Ich muss dann langsam los. Mein Flieger wartet nicht."

William nickt. „Ich kann dich zum Flughafen bringen, wenn du möchtest."

Ach ja?

„Ich fahre mit dem Taxi. Für heute habe ich euch lange genug aufgehalten." Sie steht auf und zückt ihre Kreditkarte, doch William schüttelt den Kopf auf eine Weise, die keinen Widerspruch zulässt.

„Ich erledige das."

Miss Hope lächelt dankbar und kramt nach ihrem Handy. „Dann besorge ich mir ein Taxi."

Kurze Zeit später sind auch wir auf dem Heimweg. Mein Herz lacht immer noch bei der Erinnerung an das eben Geschehene.

Miss Hope hat ihren Flieger pünktlich erreicht und meine Familie möchte zurück in meine Wohnung, damit sich Großmutter ausruhen kann.

Mir ist das nur recht, da ich, aber auch William, die Sache, die ich im Restaurant gestartet habe, zu Ende bringen möchte. Meine Finger kribbeln.

„Das war mehr als unvernünftig von dir. Das weißt du auch, Rosie." Seine Stimme klingt tief und monoton.

Meine Nackenhaare stellen sich auf, aber ich werfe ihm trotzdem einen schelmischen Blick zu. „Es war einfach zu verlockend!"

„So viel Mut hätte ich dir gar nicht zugetraut."

„Ich versuche, dich jeden Tag zu überraschen."

„Was dir meistens auch gelingt."

Wir schweigen, wobei ich in mich hineingrinse und William beobachte. Er wirkt sichtlich zufrieden und scheint mir den kleinen Ausraster im Büro längst verziehen zu haben.

Eines muss ich ihm hoch anrechnen – wenn es hart auf hart kommt, kann ich auf ihn zählen. Ein wichtiger Punkt in einer Beziehung, den ich nicht missen möchte.

Ebenso schätze ich sein Verständnis und die Bereitschaft, auf meine Bedürfnisse einzugehen.

Vor ein paar Wochen hätte ich ihm derlei noch nicht zugetraut. Damals standen noch die Gegensätzlichkeiten zwischen uns im Vordergrund. Inzwischen hat er sich um hundertachtzig Grad gewandelt, seine charmant-böse Art jedoch nicht abgelegt.

Ich lehne den Kopf leicht gegen die Stütze.

„Was ist los, Babe?", fragt William mich von der Seite.

„Ich möchte dich nicht noch eingebildeter machen, als du es ohnehin schon bist. Aber ich liebe wirklich jede

Faser, jede Eigenheit und jeden Quadratmillimeter an dir.“

„Oh“, entgegnet er belustigt. „Nur weil du ein schlechtes Gewissen hast, musst du dich nicht so ins Zeug legen. Zu Hause wirst du schon noch zur Rechenschaft gezogen werden.“

Mir bleibt der Mund offen. „Wie bitte?“

Er nickt selbstsicher. „Na ja, du hast einen ziemlichen Aufstand veranstaltet. Sollte Miss Hope nicht ganz bescheuert sein, hat sie deine Zickereien richtig gedeutet.“

„Du hast doch nur Schiss, weil du dieses Märchen über La Hope und dich in die Welt gesetzt hast.“

Er schweigt einen Moment und runzelt die Stirn. „Schiss ist ein Fremdwort für mich.“

„Klar. Ich wusste gar nicht, dass ich mit *Superman* zusammen bin.“

Wir halten vor Williams Haus. Noch immer mag ich es nicht als unseres bezeichnen. Es passt nicht. Noch nicht. Gib unserer Beziehung noch ein Jahr, vielleicht ein halbes, und wir sehen weiter. Ist das Ferienhaus ein gewaltiger Schritt vorwärts, so bedeutet die getrennte Meldeadresse zumindest ein klein wenig Abstand.

„Aussteigen“, knurrt er. „Dann begibst du dich unverzüglich nach oben – ins Schlafzimmer.“

„Um was zu tun?“, frage ich keck, während ich das Auto verlasse. „Es ist noch hell. Ich weiß ja, Willi, dass du langsam alt wirst. Aber für mich ist es viel zu früh, um ins Bett zu gehen.“

Er bleibt kurz stehen. „Was ich mit dir vorhabe, hat mit schlafen wenig zu tun. Ich verlange von dir, dass du das von dir heraufbeschworene Chaos wieder in Ordnung bringst“, flüstert er mir ins Ohr.

Ich lächle unschuldig, während er die Haustür aufschließt. „So streng heute? Der Urlaub kostet mich mehr Kraft, als mich in der Arbeit mit meinem Boss abzuquälen.“

Ich hebe neckisch das Kinn, um ihm meine Willenskraft zu demonstrieren. Jene Kraft, die dank seiner starren Miene so schnell dahinschwindet, wie sie aufgetaucht ist.

Die Tür steht bereits offen, da streckt er die Hand aus und zieht mein Shirt bis knapp unter meine Brüste. Als er es loslässt, schnellt es wieder nach oben. Peinlich berührt blicke ich mich um. Okay, zumindest hat uns niemand von der Straße aus beobachtet.

Mir kommt kein einziges Wort über die Lippen. Die machohafte Geste hat mich total verwirrt und ich bin zum zweiten Mal an diesem Tag versucht, ihm eine zu scheuern.

„Rein jetzt und mach den Mund zu, bevor ich den Gedanken, der sich mir aufdrängt, in die Tat umsetze." Zur Krönung klopft er mir auf den Hintern und schiebt mich ins Innere seines kleinen Palastes.

Es ist wie immer ruhig, was bei der Größe des Hauses und der Anzahl der Bewohner nicht weiter schlimm wäre. Doch wie in einem schlechten Horrorfilm wirkt die Stille auf mich bedrohlich. Vielleicht rührt das einfach daher, dass meine Brüste gerade öffentlich zur Schau gestellt wurden.

William packt mich bei der Hand und zieht mich an sich. Seine Finger streichen über die weiche Haut an der Innenseite meines Handgelenks. Sie wandern nach oben zu meinen Schultern, fallen dann über meine Brüste her, während sein Mund längst den meinen erobert hat.

Ich stöhne leise. Er dirigiert mich die Stufen hinauf, dabei fürchte ich ständig, hinzufallen. Im Gehen zieht er mir den Mantel aus, schmeißt ihn zu Boden und beginnt meine Hose aufzuknöpfen.

Er ist stürmisch, scheint keine Sekunde verlieren zu wollen und reißt mich mit. Mitten auf der Treppe entledigt er sich seiner Jacke. Ich lockere seine Krawatte und knöpfe ungeschickt sein Hemd auf, da meine Finger zu sehr zittern.

Bald spüre ich nackte Haut unter meinen Fingern. Wie gerne streiche ich darüber! Wir stolpern beinahe, doch William bremst unseren Fall, indem er sich am Geländer festhält. Ich kichere und nestle am Gürtel seiner Hose.

Keine Ahnung, wie weit wir schon nach oben vorgedrungen sind. Zu sehr muss ich mich darauf konzentrieren, nicht das Gleichgewicht zu verlieren. Seit ich Williams Schwanz in der Hand halte und massiere, kann ich ihm in dieser Hinsicht nicht mehr vertrauen.

Auf der letzten Stufe verheddere ich mich in meiner nach unten gerutschten Hose und gerate ins Straucheln. William ist zu träge, um mich aufzufangen, sodass wir rücklings auf dem Boden landen. Ich halte mir vor Lachen den Bauch, der wie verrückt auf- und abhüpft.

William stimmt in mein Gelächter ein und zieht mir dann Hose, Schuhe und Höschen endgültig aus, ohne Anstalten zu machen aufzustehen.

„William, deine Mutter könnte da sein", ermahne ich ihn.

„Dann musst du eben besonders leise sein."

Spinnt dieser Kerl? Wir liegen wie Teenies auf der Treppe, nackt beziehungsweise halbnackt und zum Äußersten bereit.

Mir bleibt jedes weitere Wort im Hals stecken, als er sich vor mich hinkniet, meine Beine auseinanderschiebt und die Innenseite meiner Schenkel zu küssen beginnt. Mein Kopf scheint tonnenschwer zu sein, darum lasse ich ihn nach hinten auf die Stufe sacken. Sein Mund setzt zärtliche Küsse auf meine überhitzte Haut, ohne Linderung zu bringen. Im Gegenteil. Es kostet mich unmenschliche Kraft, ruhig zu bleiben.

Eigentlich möchte ich, dass wir es schnell hinter uns bringen. Nicht nur, um nicht erwischt zu werden, sondern auch, damit dieses Jucken endlich aufhört.

Mir schwinden fast die Sinne, als William seine Zunge über meinen Kitzler gleiten lässt und meine Schamlippen mit seiner Rechten auseinanderzieht.

Mein Atem beschleunigt sich. Ich kneife die Augen zusammen und bewege mein Becken rhythmisch im Takt seiner Zunge.

„William, das ist so gut", stammle ich. Dabei müsste mein Stöhnen doch Beweis genug für meinen Genuss sein.

Dann nähert sich sein Mund dem meinen. Er küsst mich innig, während er einen Finger in mich schiebt. Ich knabbere an seinen Lippen, seiner Zunge, er hingegen fixiert mit seiner freien Hand meine Hände über meinem Kopf.

Während er mich ansieht, dieses wilde, raue Glitzern seine Augen ziert, schlüpft er endgültig aus seiner Hose. Ich lasse meine Zunge über meine Lippen gleiten, als sein harter Penis zum Vorschein kommt. William richtet sich auf, hebt mich am Becken an und dringt dann mit einem einzigen, kräftigen Stoß in mich ein.

Ich beiße mir auf die Lippen, um nicht aufschreien zu müssen, so gewaltig sind die Empfindungen, die meinen Körper durchzucken.

William bewegt sich langsam in mir, greift nach meinen Beinen und hebt sie in die Höhe, damit er noch tiefer in mich rutschen kann.

Die Kante der Stufe bohrt sich bei jedem Stoß in meinen Rücken. Es ist diese Mischung aus Lust und Schmerz, die mich richtig heiß macht.

William befeuchtet seinen Daumen und schiebt ihn dann über meinen Kitzler, den er mit sanftem Druck reizt. Ich ächze und nehme ihn noch weiter in mich auf.

Seine Bewegungen werden schneller, während auch sein Finger immer ungezügelter über meinen angeschwollenen Kitzler reibt. Vor meinen Augen sprühen Funken. In meinem Bauch kündigt sich ein Gewitter an, das sich jeden Moment entladen kann. Eine Sekunde, oder zwei ... wie lange werde ich mich noch zurückhalten können?

„Komm für mich, Babe", spornt er mich an, da er inzwischen ebenso nah an der Klippe steht.

Selbstverständlich gehorche ich, reagiere wie ein braves Schoßhündchen, lasse mich von seiner Stimme leiten. Eine Sekunde später zerberste ich geradezu. William hält mir mit der Hand den Mund zu. Wenn Beverly zu Hause ist, soll sie nichts von unserem hemmungslosen Treiben mitbekommen. Ich bewundere seine Umsicht, immerhin ist auch er am Beben.

Dann ist es bei ihm ebenfalls so weit, er sackt auf mir zusammen. Wir röcheln beide, als hätten wir einen Marathonlauf hinter uns.

Immer wieder streiche ich über seinen Rücken, um wenigstens ihn zu beruhigen.

„Das nennt man dann wohl übereinander herfallen", witzle ich.

Er schmunzelt vergnügt. „So in etwa. Geht es dir gut?"

Ich nicke. „Alles bestens."

„Ich genehmige mir kurz eine Dusche, bevor deine Eltern kommen. Wenn du möchtest, kannst du mich ja begleiten."

„War das eine Einladung? Zuerst schleppen Sie mich hierher, fordern Dienste ein, die Ihnen keineswegs zustehen, und nun wollen Sie mich auch noch beim Duschen beobachten. Boss, Sie sind wirklich ein perverses Schwein."

„Eine Lohnerhöhung muss man sich schließlich verdienen", spinnt er den Faden weiter und berührt zärtlich meine Wange. „Ich werde zunächst prüfen, wie gut du blasen kannst, dann können wir über fünf reden."

„Fünf? Vergiss es", sage ich, als er mich hochzieht.

Bedauernd zuckt er die Schultern. „Dann kann ich leider nichts machen. Es war nett – doch umsonst."

Mit treuherzigem Dackelblick löst er seine Krawatte und schlägt mir damit auf den blanken Hintern. Ich fahre zusammen und starre ihn entgeistert an. Er haucht mir ein Luftküsschen zu und verschwindet im Schlafzimmer.

„Hallo", meckere ich und sammle unsere verstreuten Klamotten ein, „geht´s noch?"

Natürlich bin ich nicht böse, sondern überaus belustigt. Ich folge ihm ins Bad, wo er bereits unter der Dusche steht.

Während er vergnügt vor sich hin summt, geselle ich mich zu ihm unter den Wasserstrahl. „Schau mal an, wer hat denn da seine Meinung geändert?"

Ich küsse ihn auf die Brust und schlinge die Arme um ihn. Das warme Wasser und der aufsteigende Dampf erledigen das Übrige. Bald fühle ich mich wie am sichersten Ort der Welt – mit dem wunderbarsten Mann der Welt. Mit ihm kann ich zu jeder Zeit scherzen, auch unmittelbar nach dem Sex, ohne mir etwas zu vergeben.

18. Kapitel

Meine Verwandten reisen am Dienstagabend ab. Ich vergieße ein paar Tränen, obwohl ich auch erleichtert bin, dass wieder Ruhe einkehrt. William verspricht ihnen hoch und heilig, sie bald zu besuchen. Immerhin müssen wir unser Haus einweihen – wenn er mir gegenüber die Party erwähnt, dann verwendet er allerdings andere Worte als meiner Familie gegenüber. Meine Vorstellung kommt der seinen aber sehr nahe.

Am Mittwoch gehe ich wieder arbeiten, was richtig Spaß macht, da William und ich unsere Grenzen abgesteckt haben. In der Arbeit, aber auch zu Hause. Mir sind vor allem die arbeitstechnischen wichtig.

Wir beide sind ein eingespieltes Team und lassen uns von ein paar Quertreibern nicht mehr aus der Ruhe bringen. William fällt das leichter, da ihm die Aufmüpfigkeit von Mitarbeitern nur bedingt zu Ohren kommt. Mich treffen gehässige Bemerkungen härter, aber seit offiziell bekannt ist, dass ich mit dem Chef eine Beziehung führe, halten sich auch die ärgsten Schandmäuler zurück.

Am Freitag fühle ich mich ziemlich schlapp. Mein Körper brütet wohl eine Erkältung aus. Bei diesem

Scheißwetter ist das auch kein Wunder. Gestern wurde ich auf dem Weg zur Tube völlig durchnässt, da William nicht im Haus war und ich meinen Regenschirm vergessen hatte.

Abends lasse ich mir ein Bad ein und kuschle mich anschließend ins Bett. Mir ist fürchterlich kalt. Nicht einmal die drei Lagen Shirts und die Weste, die ich darüber trage, schaffen Abhilfe.

Irgendwann nicke ich ein. Ich habe keine Ahnung, wie lange ich geschlafen habe, doch plötzlich werde ich von einem Klopfen geweckt. Als ich meine Augen aufschlage, steht Beverly im Schlafzimmer und lächelt mich mitfühlend an. In ihren Händen hält sie eine dampfende Tasse Tee, die sie mit ihrem Atem zu kühlen versucht.

„Ich wollte dich nicht wecken. Wie geht es dir?“, fragt sie sanft.

Ich ringe mir ein Lächeln ab und ziehe die Decke bis an mein Kinn hoch. „Mies, um ehrlich zu sein.“

„Dann solltest du heute Abend besser hier bleiben und dich auskurieren.“

„Vermutlich.“

Eine Charity-Gala, zu der mich William unbedingt mitschleifen möchte, steht auf dem Programm. Da Gaby und Beverly auch eingeladen sind, vermute ich, er will mich lediglich mitnehmen, damit ich mich nicht ausgeschlossen fühle. Dabei habe ich dort überhaupt nichts verloren. Aber es würde unser erster gemeinsamer Auftritt in der Öffentlichkeit werden. Mit verschnupfter Nase dort aufzutauchen und morgen dann auch noch mein klägliches Abbild in den Klatschspalten betrachten zu dürfen, klingt nicht gerade verlockend. Weder für mich noch für William, der sich bisher mit einem ganz anderen Typ von Frauen an seiner Seite geschmückt hat.

Beverly deutet auf die Tasse. „Ich habe dir Pfefferminztee gemacht. Das gefiel meinen Kindern früher nicht, aber ich kann es nicht lassen.“ Obwohl sie lacht, merke ich, dass ihr das nur als Vorwand dient.

„Stimmt etwas nicht?“

Sie lächelt gekünstelt und gleich darauf kullert die erste Träne über ihr perfektes Gesicht. Doch sie wäre nicht sie, wenn sie nicht selbst noch in diesem Moment so viel Würde auszustrahlen imstande wäre, wie ich es vermutlich in meinem ganzen Leben nicht schaffen werde. „William hat vorhin angerufen, deshalb bin ich raufgekommen. Er hat vergeblich auf deinem Handy versucht, dich zu erreichen.“

„Es ist unten in meiner Tasche“, gebe ich zurück und ahne bereits Schlimmes.

Sie fährt mit ihrer Hand durch die Luft. „Ich habe es gehört. Jedenfalls schaute er noch kurz im Büro vorbei, weil er etwas vergessen hatte. Mein Mann, also Charles, war dort“, berichtigt sie sich hastig.

„Charles war dort? In Williams Büro?“

„Er saß gemütlich an seinem Schreibtisch und durchstöberte die Akten der letzten Wochen.“

Das ist krank, schießt es mir durch den Kopf. Vor Beverly möchte ich diesen Gedanken allerdings nicht laut aussprechen, daher beschränke ich mich auf ein entrüstetes Schnauben. „Was will er damit bezwecken? William verunsichern? Oder kann er es einfach nicht lassen?“

Beverly schüttelt den Kopf und sieht gedankenverloren zu Boden. „Das ist schwer zu sagen. Charles ist ein Mann, der tut, was er will. Ich kann mir gut vorstellen, dass sich ihm im Alkoholrausch eine fixe Idee aufgedrängt hat, weniger in Bezug auf die Firma, vielmehr ist ihm bewusst geworden, was er alles verloren hat. Er ist ein Mann, der es nicht erträgt, zu unterliegen oder seine Schuld einzusehen. Er kämpft, mit Worten, aber auch mit Fäusten, wie du bereits mitbekommen hast.“

Kämpfen ist im Grunde ja nicht schlecht. Selbstverständlich das verbale und psychische, nicht das mit den Fäusten. Selbst die erwähnte Willensstärke kommt mir bekannt vor, da auch William nur sehr schwer mit Fehlern oder Rückschlägen umgehen kann. Was mich besonders nervös macht, ist die Tatsache, dass Charles noch immer in London ist. Ich dachte, er sei längst zurück in Schottland, um dort vor sich hinzugrübeln. Was zu begrüßen wäre, da im Grübeln bekanntlich die Einsicht schlummert. So aber besteht noch immer eine gewisse Gefahr. Nicht nur für Beverly, auch für alle anderen, die mit ihr zusammen sind und sie beschützen.

„William sagt zwar, dass er sich ruhig verhalten hat. Aber ich bin mir sicher, dass Charles mit mir in Kontakt treten will. Ich verstehe zwar, dass er leidet, aber ich fürchte, es ist zu spät."

„Beverly, bleib stark, bitte knicke nicht ein! Natürlich versucht er es jetzt mit der Mitleidsmasche."

Ich würde sie so gerne in den Arm nehmen, sie würde es auch sicher zulassen, doch andererseits will ich mich nicht zu sehr in ihr Leben einmischen. Sie ist eine erfahrene Frau, ich dagegen ein halbes Kind. Mir steht es nicht zu, ihr Ratschläge zu erteilen, doch sie berührt mein Herz.

„Beverly", endlich sieht sie mich an, „vergiss niemals, was er dir angetan hat."

„Das kann ich doch gar nicht."

Ich nicke hilflos und fasse zumindest nach ihrem Arm. „Siehst du. Er wird schon wieder runterkommen und dich in Ruhe lassen. Er kann dir nichts mehr nehmen."

Mein Zuspruch scheint auf fruchtbaren Boden zu fallen, denn sie entspannt sich ein wenig. Irgendetwas bedrückt sie trotzdem noch und ich möchte ihr diese Last gerne von den Schultern nehmen. Weibliche Intuition und so ...

„Ich mache mir Vorwürfe, dass ich William, aber auch dich in diese unerfreuliche Angelegenheit hineingezogen habe."

Vehement schüttle ich den Kopf. „Wir halten zusammen, Beverly. Mich gibt es nicht ohne William und umgekehrt ebenso. Meine Lasten sind seine und seine sind meine."

„Danke, Rose", flüstert sie und nimmt sich ein Taschentuch aus der Box, die auf meinem Nachttisch platziert ist. „Du solltest noch ein wenig schlafen. Ich bin unten, falls du etwas brauchst."

„Danke."

Sie lächelt mir noch einmal zu und verlässt dann genauso leise, wie sie gekommen ist, das Schlafzimmer. Ich sacke in die Kissen, starre eine Weile an die Decke und versuche, mir keine Sorgen zu machen. Irgendwann versinke ich in einen unruhigen Schlaf voll wirrer Träume.

„Soll ich nicht lieber bei dir bleiben?“, fragt William besorgt, während er sich im großen Wandspiegel betrachtet und an den Ärmeln seines weißen Hemdes zupft.

Ich liege im Bett, fühle mich am Tiefpunkt meiner Attraktivität angelangt – mit laufender, roter Nase, schniefend, schnaubend und hustend, gekleidet wie eine russische Matroschka.

William sieht hingegen verboten gut aus. Ich genieße den Anblick, doch vor allem genieße ich seine Eitelkeit. Er ist auf eine sympathische Art eitel. Nicht zu übertrieben, aber gerade so viel, dass er sich zweimal um die eigene Achse dreht, zupft und glättet, bis wirklich jeder Zentimeter seines Smokings sitzt, wie er soll.

Ich schniefe und versuche mich aufzusetzen, was mir so schwerfällt, als wäre ich eine Stunde durch London gelaufen. „Ich schaffe das schon. Außerdem werde ich gleich wieder einschlafen.“

Er lächelt mir zu, holt seine Schuhe aus dem Schrank und setzt sich zu mir aufs Bett. „Ich bringe dir noch eine Kanne Tee, Schmerztabletten und Hustensaft.“

„Lieb von dir. Verpass mir aber nicht den Gnadenschuss, das wäre noch zu früh."

William beugt sich vor, streicht über mein Gesicht und küsst mich dann auf die Stirn. „Wir werden uns beeilen. Ich muss mich nur zeigen, da ich eine schöne Stange Geld gespendet habe und sie alle Gönner vor den Vorhang holen. Wäre ziemlich peinlich, wenn ich dann nicht da bin, sondern mich mit dir im Bett wälze."

Ein bitteres Lächeln huscht über meine Lippen. „Heute dürftest du sogar auf eine dieser Zuhälterpartys gehen, so fertig bin ich. Ich würde erfrieren, solltest du mir auch nur die Decke wegziehen."

„Das wollen wir natürlich nicht riskieren", meint er lachend. „Ich liebe dich, Schnupfi."

„Ich dich auch, Schnöselchen."

Ohne sich Gedanken wegen der Ansteckungsgefahr zu machen, küsst er mich zum Abschied. Zusammen mit Beverly wird er Gaby abholen und dann in ein piekfeines Restaurant fahren, wo besagte Charity-Party stattfindet. Ich hingegen schalte den Flatscreen an der Wand ein und lasse mich von einer Doku über die Gladiatoren im alten Rom berieseln. Dabei finde ich den Anblick von Blut heute besonders schlimm. Meine Zehennägel stellen sich auf, kaum dass der nächste arme Schauspieler mit einer

Ladung Kunstblut übergossen wird. Schnell zu etwas Beschwingterem gewechselt – eine Gameshow, in der sich C-Promis gegenseitig ausstechen sollen und der eine oder andere im eiskalten Wasser landet. Für kurze Zeit amüsiere ich mich köstlich, obwohl es mich wundert, dass mich so etwas Dämliches zu unterhalten versteht. Doch Not macht bescheiden.

Ich nehme gerade einen Schluck von Williams Pfefferminztee, den er extra für mich gekocht hat, da klingelt es an der Tür. Einen Moment lang bin ich versucht, einfach liegen zu bleiben und so zu tun, als hätte ich nichts gehört. Denn wenn ich nur daran denke, aufzustehen, nach unten zu gehen und mein warmes Nest verlassen zu müssen, könnte ich kotzen. Doch was ist, wenn Beverly zurück ist und keinen Schlüssel dabei hat?

Wie spät ist es eigentlich?

Halb neun. Na ja, die zwei sind erst seit eineinhalb Stunden weg, aber vielleicht geht es ihr nicht gut.

Ich seufze tief, hülle mich in die dünne Tagesdecke und mache mich auf den anstrengenden Weg nach unten.

Mann, sind meine Beine wackelig, verdammtes Fieber! Ich muss mich am Stiegengeländer festhalten, da ich mich ganz schwindlig fühle. Noch einmal atme ich tief ein und nehme dann die nächste Stufe in Angriff.

Abermals klingelt es und ich rufe laut „Ja, ich komme“ durch den Flur.

Keine Ahnung, ob man das bis nach draußen hört.

Als ich dann endlich unten bin und die Tür aufziehe, fällt meine Kinnlade ziemlich undamenhaft nach unten, mein Atem gefriert und das hat nichts mit der kalten Luft zu tun, die von draußen hereinweht. Ich umklammere den Türgriff und schließe die Augen. Doch als ich sie wieder öffne, ist der Spuk noch immer nicht vorbei.

„Rose, alles in Ordnung? Sie sehen etwas benommen aus“, stellt der Mann, der auf der anderen Seite der Tür steht, fest.

Warum gerade heute, wo ich alleine zu Hause bin? Wo es mir so miserabel geht?

Ich schlucke und ignoriere den Schmerz in meinem Hals, den staubtrockenen Mund und die Tränen, die mir unvermittelt in die Augen treten. „Mister Bennet. Was ... was machen Sie denn hier?“

Er blickt an mir herab und mustert die Decke, die ich um mich gewickelt habe. Dann sieht er wieder in mein Gesicht und lächelt entschuldigend. Fast möchte ich mir einreden, dass er noch derselbe freundliche, verantwortungsbewusste Mensch ist, als den ich ihn all die Jahre gekannt habe. „Fühlen Sie sich nicht wohl?“

„Ich bin nur erkältet. Was machen Sie hier?“, ich lege einen möglichst drohenden Unterton in meine Stimme und umklammere den Griff noch fester, bereit, ihm die Tür jederzeit ins Gesicht zu knallen.

„Sie sind alleine?“

„Ja. William kommt aber bald nach Hause.“ Es liegt mir viel daran, dass er das weiß.

Auch Charles Bennet scheint kurz zusammenzuzucken, ehe er sich wieder aufrichtet und einen Schritt auf mich zumacht. „Ich muss mit Ihnen reden, Rose. Es ist wichtig.“

Okay, ich ertrage es nicht, noch eine weitere Sekunde in der Senkrechten zu verbringen.

Verdammt, mir geht es elend! Warum kann er mich nicht einfach in Frieden lassen und diese Angelegenheit mit Beverly oder William klären? Oder mit seinem Anwalt? Sicher wäre William nicht erpicht darauf, ihn hier vorzufinden.

„Können wir uns nicht ein anderes Mal unterhalten?“

„Bitte. Sie sind meine einzige Hoffnung.“

Sieh ihm nicht in die Augen, rufe ich mir selbst zu. Ich kenne diese Augen. Mein Gott, noch nie habe ich William so sehr in ihm gesehen. Ich schaffe es nicht, ihm zu widersprechen, und mache ihm bereitwillig den Weg frei.

Er nickt zufrieden, folgt mir dann ins Wohnzimmer, wo ich die Decke zur Seite lege und die Hände vor der Brust verschränke.

Einen Moment sieht er sich um, als wäre er zum ersten Mal hier, dann gleiten seine Augen wieder über mich, wobei ich mir die Tagesdecke zurückwünsche. So bleibt mir nichts anderes übrig, als lediglich die Schultern zu straffen und missbilligend die Augenbrauen hochzuziehen.

„Was kann ich nun für Sie tun, Mister Bennet?“

„Ich bin Charles. Mir ist es lieber, wenn wir nicht ganz so förmlich miteinander umgehen.“

„In Ordnung.“

Der Couchtisch befindet sich zwar zwischen uns, aber ich überlege trotzdem fieberhaft, wo die Tasche mit meinem Handy sein könnte. Er aber wendet seinen Blick nicht von mir.

„Meine Frau wohnt hier“, es klingt nicht wie eine Frage, deshalb antworte ich auch nicht, sondern höre weiter zu. „Bevor ich dir den eigentlichen Grund, weshalb ich hier bin, nenne, möchte ich dir etwas erzählen, Rose.“

Er legt eine kurze Pause ein, als erwarte er mein Einverständnis, und fährt dann fort. „Ich lernte Beverly kennen, als ich mit meinem Bruder gerade die Bennet

Group gegründet hatte. Wir waren jung und wollten die Welt verändern, wie vermutlich jeder, der eine Geschäftsidee entwickelt hat. Zusammen waren wir auf einem Ball, ihr Vater erwies sich als Sturkopf, der nichts von Solarenergie wissen wollte. Er war vom alten Schlag und hielt wenig von Veränderungen. Trotzdem lud er uns zu sich ein. Dort begegnete ich Beverly zum ersten Mal." Nachdenklich sieht er auf seine Hände, die er vor seinem Körper gefaltet hält, wie früher, es scheint Jahre zurückzuliegen, in der Firma.

Charles schmunzelt leise in sich hinein, als erinnere er sich an eine schöne Zeit. „Ich habe mich sofort in sie verliebt. Ihre Haare, wie sehr ich diese Haare geliebt habe. Sie hat mich ignoriert und ich habe mich wie ein Idiot verhalten, um immer wieder in ihrer Nähe sein zu können. Mir fielen die irrwitzigsten Ideen ein. Irgendwann hat sie mir dann doch Hoffnungen gemacht. Sie gab mir zu verstehen, dass auch sie mich mochte, und ich machte ihr bald darauf einen Heiratsantrag."

Obwohl ich mich frage, warum er mir diese Geschichte erzählt, rührt sie mich. Ich erkenne tiefe Gefühle in seiner Stimme. Und einen ebenso tiefen Schmerz. Wie immer bin ich zwischen Gut und Böse hin- und hergerissen.

Charles macht einen Schritt auf mich zu, wirkt dabei aber nicht mehr ganz so einschüchternd wie eben an der Eingangstür. „Wir heirateten und bald kam William zur Welt. Auch wenn er es dir anders erzählt hat, so war ich anfangs wirklich stolz auf ihn. Er war mein Ein und Alles. Etwa zwei Jahre nach seiner Geburt fing mein Leben an, mich zu langweilen. Beverly war nicht die Frau, für die ich sie gehalten hatte. Sie verkroch sich in Schottland, während ich mein Dasein in London fristete. Ich begann zu spielen, zu trinken und wurde ihr untreu. Immer mehr von ihr erkannte ich in William wieder, sie erzog ihn zu einem Pantoffelhelden, der alles machte, was sie wollte, wofür ihm auch all seine Wünsche umgehend erfüllt wurden. Gaby war gleichsam das Schweigegeld, das ich meiner Frau bezahlte, da sie zu diesem Zeitpunkt längst von meinen Affären wusste.“

Nicht nur die Geschichte klingt aus seinem Mund ganz anders, als ich sie gekannt habe, auch Charles wird anders. Das Leuchten ist aus seinen Augen verschwunden und er wirkt so grob und abgebrüht, dass ich mich zusammenreißen muss, um nicht loszuheulen.

Mit seinen abfälligen Worten über seine Familie hat er auch mich beleidigt. William, Beverly und Gaby stehen mir so nahe, dass ich es nicht ertrage, wenn sie durch den Schmutz gezogen werden.

Sicher, er hat es nicht leicht gehabt. Familienvater, Firmenbesitzer und eine Person des öffentlichen Lebens zu sein ist bestimmt nicht so einfach unter einen Hut zu bringen. Doch ich kann seine Gedankengänge kein bisschen nachvollziehen. Schon gar nicht verstehe ich, warum er das alles so bringt, als wäre es eine haarsträubende Neuigkeit.

Nur mehr eine Handbreit von mir entfernt, bleibt er stehen und legt die Stirn in hässliche Falten. „Der lange Alkoholkonsum verlangt seinen Tribut und ich merke in letzter Zeit, dass ich schwächle. Nichts gelingt mir mehr so, wie ich es möchte. Ich vergesse wichtige Dinge und kann mich nicht mehr richtig konzentrieren. Was soll ich tun, dachte ich vor knapp einem Jahr. Die Firma verkaufen? Einen neuen Geschäftsführer suchen? Oder soll ich, um einen neuerlichen Konflikt zu vermeiden, einfach meinen Sohn zu meinem Nachfolger ernennen, der immerhin Jahre für diesen Job studiert und gelernt hat? Ich habe mich für William entschieden, auch wenn ich nur Abscheu für ihn empfinde. Ich wusste, dass er Ärger und Unstimmigkeiten in die Firma bringen wird. Eigentlich sollte ich nicht überrascht sein."

Aha, jetzt kommen wir der Sache also näher, denke ich und fixiere ihn in der gleichen Weise, wie er es mit mir tut.

„Als er dich das erste Mal so fasziniert“, er verzieht angewidert das Gesicht, „betrachtet hat, wusste ich sofort, dass du früher oder später in seinem Bett landen wirst. Es war mir egal. Ich war zwar etwas enttäuscht, immerhin habe ich einiges an Geld in deine Weiterbildung investiert und mit einer neuen Sekretärin würde wieder alles von vorne beginnen. Trotzdem habe ich das Ganze noch nicht besonders ernst genommen, aber als ich euch dann bei meiner Geburtstagsfeier zusammen gesehen habe, habe ich gewusst, dass da mehr ist. Du bist kein Techtelmechtel für ihn. Er empfindet tiefe Gefühle für dich.“

„Ich möchte darüber nicht reden“, unterbreche ich ihn.

„Aber ich“, fährt er mich böse an. „Ich möchte darüber reden, damit du verstehst, was gleich passieren wird.“

Er macht noch einen Schritt auf mich zu. Trotz meiner verschnupften Nase rieche ich, dass er getrunken hat. „Nun lebst du hier mit ihm. Einige Male die Beine breitmachen und du bist seine First Lady. Ein einfacher Weg, um zu Geld zu kommen. Ich gebe dir ein halbes Jahr, bis du dich schwängern lässt – die Zukunft soll schließlich richtig geplant sein, nicht wahr?“

Ich schüttle den Kopf und will mich von seinem dämonischen Lächeln nicht einschüchtern lassen. „Du weißt doch überhaupt nichts. Weder über William noch über mich. Du hast ihn immer nur niedergedrückt, fertiggemacht und ihm sein ganzes Leben auf diese Weise vermiest. Kein Wunder, dass er nur Verachtung für dich übrig hat.“

Die Ohrfeige kommt so unerwartet, dass ich das Gleichgewicht verliere. Charles ist es, der mich auffängt. Einen Arm um meinen geschlungen, sieht er mir finster in die Augen. „Ich weiß mehr, als dir lieb ist, Püppchen. Doch zurück zum Thema.“ Nun krallt er die andere Hand in meine Haare und zieht so heftig daran, dass mir die Tränen in die Augen schießen. „Ich verstehe nur allzu gut, dass du etwas von unserem Geld willst. Wer möchte das nicht? Hättest du nur einmal für mich die Beine breitgemacht, ich hätte dir ein schönes Häuschen gekauft, du hättest nur ab und an herhalten müssen. So einfach wäre es gewesen, Rosie. Das wolltest du doch sowieso immer, nicht wahr?“

Ich drehe den Kopf zur Seite, während Charles mit dem Daumen über meine Unterlippe streicht.

Übelkeit steigt in mir auf. Ich erkenne den Ernst der Lage. Er ist unberechenbar und ich bin ihm ausgeliefert.

„Lass mich los, verdammt“, schreie ich, als er mich auf die Couch drückt und meine Beine mit seinem Gewicht auseinanderspreizt.

„Ruhig, Rosie“, flüstert er und wirkt so, als würde ihm mein Wimmern Freude bereiten. „Eigentlich tut es mir leid für dich. Du hast dich einfach mit dem Falschen eingelassen. Warum, frage ich mich, du bist doch ein hübsches, kluges Mädchen.“ Mit einem Mal zieht er eine Krawatte aus seiner Hosentasche und lässt sie vor meinem Gesicht hin- und herbaumeln. „Mit Sicherheit hat man dir das schon öfter gesagt. Hätte Gaby mich damals nicht erwischt, würden wir beide jetzt nicht in dieser äußerst verzwickten Lage stecken.“

Ich starre auf die Krawatte, dann wieder auf Charles. Er ist nicht mehr er selbst. Er ist böse, betrunken und zum Äußersten bereit. Ich bin alleine, meine Beine sind eingeklemmt und ich kann meinen Kopf kaum bewegen.

Ich muss mich befreien, schießt es mir durchs Hirn, ich winde mich, trete, beiße ihn in die Hand und rufe laut um Hilfe. Doch wer soll mich hören?

Innerhalb von wenigen Minuten hat sich mein Leben verändert. Ich weiß, dass er mir wehtun will. Daran lässt sein Blick keine Zweifel aufkommen.

Charles verändert seine Position, schiebt meine Beine wieder zusammen und setzt sich rittlings auf mich. Sein Gewicht droht mich zu erdrücken. Ich bekomme noch schlechter Luft, merke, wie ich zu schwitzen beginne, und schreie noch lauter. Er klemmt meine Hände unter seinen Knien fest, während er mir mit seiner Rechten über die Wange streicht.

„Sch..., ganz ruhig. Wie gesagt, es tut mir leid. Doch ich möchte meinem Sohn eine Lehre erteilen. Er soll wissen, wie es ist, wenn einem das Wertvollste im Leben genommen wird."

„Das hast du dir selbst genommen, du verficktes Schwein. Hättest du deine Frau und Gaby nicht windelweich geprügelt, wären sie noch bei dir."

Er nickt betrübt. „Ich weiß. Man macht eben Fehler. Ich werde mich in Zukunft benehmen." Dann hebt er meinen Kopf an, legt die Krawatte, eine dunkle mit blauen Karos, um meinen Hals. Er zieht die Enden zusammen, gerade so weit, dass ich noch halbwegs Luft bekomme. Meine Tränen fließen ungehindert.

Falsche Taktik, Rose, rufe ich mir in Erinnerung, versuche, ihn zu besänftigen und nicht noch wütender zu machen.

„Bitte“, würge ich hustend hervor. „Lass uns reden. Es gibt immer eine Lösung.“

„Halt dein Maul“, spuckt er und schlägt mir abermals ins Gesicht. Viel fester als eben. „William sah damals so erbarmungswürdig aus, als ich ihn würgte und ihm die Luft wegblieb. Ich habe es genossen, als er seine Finger in meine Hand gegraben hat. Du hast längere Nägel, pass bitte auf, dass du mir die Arme nicht zerkratzt.“

Sein Sarkasmus wirkt wie eine dritte Ohrfeige. Noch gefährlicher ist aber, dass er ein weiteres Mal kräftig an der Krawatte zieht.

Ich schnappe nach Luft. Die Kämpferin in mir erwacht, je stärker der Druck auf meine Kehle wird. Verzweifelt versuche ich, meine Hände zu befreien. Ich darf mich nicht geschlagen geben. Ich muss überleben.

Mir gehen tausend Dinge durch den Kopf, während ich heftig Widerstand leiste. Ich denke an William. Stelle mir vor, dass er mich findet, tot. Ich denke an meine Eltern, die diesen Verlust wohl niemals verkraften würden. An meine Schwester, sogar an die Arbeit. An Debby, an Frankie, an alle, die mich kennen.

Immer noch wimmere ich, winde mich und versuche, mich zu befreien, während Charles mir gut zuredet und meinen Kopf streichelt.

Das will alles nicht in meinen Schädel. Der Mensch, der sich gerade anschickt, mich zu töten, lässt mir dabei eine gewisse Zärtlichkeit angedeihen.

„Nicht kämpfen, Rosie. Lass es geschehen“, klingt es gedämpft an meinem Ohr.

Noch einmal schlage ich die Augen auf. Charles sieht mich unverwandt an. Ich erkenne ihn nur noch schemenhaft, während das Brennen immer heftiger wird. Er betrachtet mich so gleichgültig, als würde er mir lediglich einen guten Tag wünschen.

Verdammt, ich will nicht sterben. Nicht jetzt. Ich habe so hart gekämpft, damit es mir, damit es uns gut geht. William wird den Schmerz nicht aushalten.

Die Welt um mich wird dunkler. Bunte Blitze tanzen vor meinen Augen und scheinen mich wie Speere zu durchbohren. Mir wird kalt, meine Finger sind steif. Meine Beine spüre ich schon längst nicht mehr. Es kommt mir vor, als wäre ich schon tagelang gefangen und würde verzweifelt mit dem Tod ringen.

Könnte ich doch die Zeit zurückdrehen, ich würde Charles Bennet nicht die Tür öffnen. Hätte ich doch meinem ersten Impuls nachgegeben! Wäre ich doch im Bett geblieben! Jetzt ist es zu spät, für mich gibt es keine Rettung mehr.

Charles scheint selbst überrascht zu sein, wie lange es dauert, mich ins Jenseits zu befördern, da er die Krawatte noch heftiger zusammenzieht. Meine Augen müssen inzwischen aus meinem Schädel hervorquellen.

Ein letztes Mal sehe ich ihn an, dann übermannt mich grenzenlose Müdigkeit. Ich lasse mich fallen, fühle mich, als würde ich einschlafen, und es ist gut so. Eine riesige Last fällt von meinen Schultern, ich bin ganz auf mich konzentriert und denke an niemand anderen.

Ich kann nicht mehr. Ich ergebe mich.

19. Kapitel

Diese verdammten Halsschmerzen. Mein Mund ist trocken. Mein Rachen fühlt sich an, als hätte ich Glasscherben gegessen. Ich versuche zu schlucken, es tut so weh, dass ich husten muss.

Das laute Geräusch, das ich dabei verursache, reißt mich aus dem Schlaf. Schlaf? Ich bin doch die ganze Zeit über wach gewesen.

Oder habe ich etwa doch geschlafen?

Es ist alles so verwirrend. Nicht nur der Schmerz in meinem Hals, auch mein Kopf will nicht so, wie ich es will. Unablässig spinnt er diesen Albtraum fort, der mich die halbe Nacht gequält hat. Ich hasse Fieber. Es beutelt mich bis zur Erschöpfung.

Wie froh bin ich, aus einem derart schlechten Traum erwacht zu sein und zu erkennen, dass alles gut ist. Es ist wie ein Aufatmen, ein Lichtblick am Horizont, und da William bei mir sein muss, weiß ich, mir kann nichts geschehen.

Ich blinzle gegen das Sonnenlicht, das durch den schmalen Schlitz im Vorhang dringt. Bestimmt ist es noch früh am Morgen.

Ich versuche mich aufzusetzen und meinen Augen Gelegenheit zu geben, sich an das Licht zu gewöhnen.

Irgendetwas stimmt nicht, denke ich. Das Bett ist viel zu schmal, ich höre Stimmen von draußen und erst als ich mich genauer umsehe, erkenne ich, dass ich mich weder in Williams noch in meinem Schlafzimmer befinde.

Ich bin an einem unbekannten Ort.

Wo bin ich?

Langsam stehe ich auf, schleppe mich zum Fenster und ziehe die schweren Kunststoffvorhänge zurück. Ich drehe mich um, lasse meinen Blick durchs Zimmer schweifen und gucke erstaunt an mir herab.

Ich trage einen hellgrauen, gepunkteten Kittel und fühle mich plötzlich nackt und angreifbar. Das hier ist ein Krankenhauszimmer – mit all seinen sterilen Gerätschaften und dem typischen Geruch!

Was ist geschehen? War Charles Bennets Besuch, war mein Erstickungstod nur ein Traum?

Ich fasse mir an die Stirn, prüfe, ob ich noch Fieber habe. Vielleicht hatte ich einen Fieberkrampf und musste deshalb ins Krankenhaus eingeliefert werden?

Ruhig, ruhig, beschwichtige ich mich.

Ich muss nachdenken und versuchen, das Erlebte in die richtige Reihenfolge zu bringen.

Also, woran erinnere ich mich noch?

Charles ist gekommen, wir haben geredet, dann hat er mich plötzlich auf die Couch gepresst und mich mit seiner hässlichen, karierten Krawatte gewürgt. Zuerst habe ich mich noch gewehrt, aber als mir bewusst geworden ist, dass ich keine Chance habe, sondern sowieso sterben muss, habe ich zu kämpfen aufgehört. Dann ist alles um mich herum kalt und finster geworden.

Bin ich tot?

Prüfend kneife ich in meinen Arm und zucke zurück. Schmerz kenne ich. Doch niemand weiß, wie es ist, wenn man tot ist. Vielleicht bin ich in einer Art Zwischenwelt. Bereit zur ersten Musterung.

Mann, Rose, jetzt schnappst du tatsächlich über! Du bist nicht tot. Irgendwer hat dich in letzter Sekunde gerettet und dich ins Krankenhaus gebracht. Möglicherweise war es sogar Charles, der Mitleid mit mir bekommen hat und sein Werk nicht vollenden konnte.

Es ist zu viel für mich. Ich lasse mich erschöpft auf das Bett sinken und vergrabe den Kopf in meinen Händen.

Nachdenken. Nachdenken. Ich muss hier raus. William. Ich muss ihn suchen. Er muss doch irgendwo sein. Mein Handy. Meine Handtasche. Wo ist das Zeug?

Suchend tastet mein Blick durch den Raum, doch ich kann meine persönlichen Sachen nirgendwo finden. Alles ist sauber, steril, unpersönlich und fremd.

Mit nackten Füßen tappe ich zur Tür, verharre kurz, gebe mir dann aber einen Ruck und öffne sie. Der Flur ist in helles Licht getaucht, aber es ist still und niemand ist zu sehen. Ich merke mir die Zimmernummer, damit ich auch wieder zurückfinde, schließe die Tür hinter mir und wende mich nach rechts.

Plötzlich höre ich jemanden reden. Meine Schritte beschleunigen sich. In einer Art Wartebucht entdecke ich William.

Noch immer trägt er den Smoking, sein Haar hängt ihm unordentlich in die Stirn, seine Haltung jedoch ist aufrecht und strahlt Selbstbewusstsein aus. Er steht mit dem Rücken zu mir, das Handy am Ohr, ist er in ein reges Gespräch vertieft. Ich bin so erleichtert, ihn zu sehen, möchte am liebsten auf ihn zustürmen und ihn nie wieder loslassen. Ich verstehe nicht, was er spricht, sondern bewege mich, einen Fuß vor den anderen setzend, vorsichtig auf ihn zu.

Ein Geräusch muss mich verraten haben, denn er dreht sich abrupt um. Die Hand mit dem Handy, aus dem eine aufgeregte Stimme ertönt, sackt nach unten, ebenso sein

Unterkiefer. Ich blicke verlegen drein und erstarre mitten in der Bewegung.

„Rose, um Gottes willen. Was machst du hier auf dem Gang?“, stößt er atemlos hervor.

Er legt auf, lässt das Handy in seiner Hosentasche verschwinden und stürzt auf mich zu. Sofort schließt er mich in seine Arme, lässt mich dann aber los und unterzieht mich einer gründlichen Musterung. „Sieh mich an, Rose.“

Ich hebe den Kopf, sehe ihm direkt in die Augen und breche in Tränen aus. Mitten auf dem Krankenhausflur, in Williams Armen, verliere ich die Fassung. Ich presse mein Gesicht an seine Brust, meine Tränen kullern auf sein weißes Hemd, während ich die Arme um ihn schlinge, als wollte ich ihn nie wieder loslassen.

William streicht mir beruhigend über den Kopf, über den Rücken und flüstert immer wieder meinen Namen.

Ich bin nahe dran, einen Schwächeanfall zu erleiden, da hebt er mich hoch, trägt mich, als wäre ich eine Feder, zurück in mein Zimmer und legt sich mit mir auf das viel zu schmale Bett. Er hält mich, zieht mich an sich und küsst meinen Scheitel. Ich zittere, so sehr muss ich weinen.

Es kann gar nicht anders sein, William hat mich hierhergebracht. Es ist halb sieben, wie ich auf seiner

Armbanduhr erkennen kann. Ich muss die ganze Nacht durchgeschlafen haben. Ob er immer bei mir geblieben ist?

„Ich bin da, Rose. Alles ist gut. Alles ist gut. Du bist in Sicherheit." Seine Stimme zittert, klingt aber trotzdem so überzeugend, dass ich ihm Glauben schenke. Ich fühle mich geborgen und in mir keimt die Hoffnung auf, dass ich den letzten Abend vielleicht irgendwann einmal vergessen kann.

William und ich teilen plötzlich dasselbe Schicksal. Wir haben beide Grauenhaftes durchgemacht. Von einer Sekunde zur nächsten hing mein Leben – wie damals seines – an einem seidenen Faden. Ich würde lügen, wenn ich behauptete, dass es mich nicht verändert hätte. Selbst so kurz danach und obwohl ich bestimmt noch unter Schock stehe. Warum sonst würde ich so herzzerreißend weinen?

William reicht mir ein Taschentuch, welches ich an meine Nase presse. Das Zucken in meinem Körper will gar nicht mehr aufhören. Es schmerzt so sehr. Nicht nur der körperliche, auch der seelische Schmerz scheint von mir Besitz zu ergreifen. Ich fürchte mich vor der Zukunft. Ich habe Angst, nach Hause zu kommen. Den Platz wiederzusehen, an dem ich fast mein Leben verloren hätte.

„Es ist gut und richtig, dass du weinst, Babe. Das hilft."

„Hast du mich hergebracht?" Ich weiß auch nicht, warum mir das gerade jetzt so wichtig ist.

„Ja", entgegnet er schlicht. „Ich hatte ein komisches Gefühl, weil George an unserem Haus vorbeigefahren ist und sich eingebildet hat, er habe meinen Vater gesehen. Ich bin sofort losgerast. Gott sei Dank."

Ja, Gott sei Dank. Noch jetzt atme ich erleichtert auf.

„Du warst bereits bewusstlos. Rose, ich … ich hatte solche Angst, dass es bereits zu spät ist. Ich dachte, ich hätte dich verloren."

„Ich bin hier." Nun bin ich diejenige, die ihn beruhigt.

„Ja, du bist hier", flüstert er und küsst mich innig. „Du hast die ganze Nacht geschlafen und obwohl es wichtig war, dass du dich ausruhst, hatte ich eine Scheißangst, dass du nie mehr aufwachst. Es war so verdammt knapp, Rose. Eine Minute länger und es wäre zu spät gewesen."

Wieder beginne ich zu weinen, während William mich ein Stück weit hochzieht, damit ich auf gleicher Höhe mit ihm bin.

„Wo ist dein Vater?" Der Gedanke an diese Person drückt meinen Mageninhalt nach oben.

„Nach dem Krankenwagen habe ich die Polizei angerufen. Sie haben ihn mitgenommen. Er kann dir nichts mehr anhaben."

Das ist eine gute Nachricht. Eine regelrechte Erleichterung, weshalb ich müde lächle. „Ich hätte mich nicht auf ihn einlassen sollen, verdammt. Er tat mir leid, als er so zerknirscht vor deinem Haus stand. Ich dachte doch niemals, dass er so etwas plant."

„Mach dir keine Vorwürfe, Babe. Ich werde dafür sorgen, dass dieses miese Arschloch in diesem Leben keine ruhige Minute mehr haben wird."

Sein Hass ist übermächtig. Aber ich teile seine Empfindung. Auch ich habe das unbändige Bedürfnis, Charles Leiden zuzufügen. Er soll endlich für alles bezahlen, was er seiner Familie und nun auch mir angetan hat.

„Wie hast du ihn von mir losgeeist?", nuschle ich an Williams Brust.

„Ich habe meine ganze Wut über ihn entladen. Er war überrascht und unvorbereitet, der Alkohol tat das Übrige. Schließlich ist er mit einem blauen Auge auf dem Boden gelandet. Erst danach konnte ich mich um dich kümmern. Gaby war dabei, sie hat dich hochgehoben und ...", er stockt, sieht zur Seite, dann wieder zu mir. „Nur langsam setzte deine Atmung wieder ein."

„Ich fühle mich elend", schildere ich ihm meine derzeitige Verfassung, als könnte er sich das nicht von alleine denken.

William nickt. „Natürlich. Die Ärzte haben dich untersucht, du hast etwas gegen die Schmerzen bekommen und dein Kopf wurde genau unter die Lupe genommen."

„Dieser Druck im Hals macht mich wahnsinnig. Es fühlt sich noch immer an, als würde mich jemand würgen."

Ich streiche über die überempfindliche Haut. Sie spürt sich anders an oder bilde ich mir das nur ein? Ich sollte mich unbedingt im Spiegel betrachten.

„Wann kann ich wieder nach Hause?"

Er schüttelt den Kopf. „Du bleibst noch eine Weile hier. Ich möchte, dass du wieder ganz die Alte bist, bevor sie dich entlassen. In ein paar Tagen reden wir weiter."

Ein paar Tage. Ich kann mir kaum vorstellen, dass ich es noch eine Sekunde länger in diesem Raum aushalte. Ich hasse Krankenhäuser und das, obwohl mir ein längerer Aufenthalt bis jetzt erspart geblieben ist. Doch ich möchte heim. Ich sehne mich so sehr nach der vertrauten Umgebung, auch wenn ich gleichzeitig Angst davor habe, an den Ort des schrecklichen Geschehens zurückzukommen.

William scheint das etwas anders zu sehen, da er nach der Decke greift, sie über mir ausbreitet und dann aufsteht. „Ich werde jetzt einen Arzt holen. Wir bekommen Ärger, wenn wir hier herumliegen und ihnen verschweigen, dass du wieder bei Bewusstsein bist."

Traurig klammere ich meine Finger an seinem Oberarm fest. „Geh nicht. Bitte. Mir geht es gut."

„Rose, lass die Dummheiten. Ich bin gleich wieder da."

„Okay", flüstere ich und ziehe die Decke bis zur Nasenspitze hoch.

Es macht mir Angst, alleine zu sein. Dieser Vorfall hat mich dermaßen sensibel werden lassen, dass ich es kaum aushalte, auch nur eine Sekunde ohne die Gesellschaft eines anderen Menschen zu sein.

Zwei Tage später darf ich nach Hause. Was ich wohl meiner Überredungskunst zu verdanken habe. Ginge es nach William, würde ich in einem Monat noch im Krankenhaus liegen und jede Sekunde unter Beobachtung stehen.

Ich habe ein wenig Angst, als ich vor Williams Stadthaus in Mayfair stehe, das mir an diesem Tag besonders groß und wuchtig vorkommt. Ich habe Angst vor dem, was drinnen auf mich wartet. Es ist die Realität, über die ich zwar mit geschulten Kräften, darunter zwei Psychologen, gesprochen habe, die allesamt meinten, ich müsse meine Gefühle aussprechen und dürfe mich nicht verkriechen. Im Moment hätte ich mich jedoch am liebsten in ein dunkles Versteck zurückgezogen.

Ich verstehe nun, warum William so ist, wie er ist. Was aus einem wird, wenn man beständiger Gewalt ausgesetzt und nur knapp dem Tod entronnen ist. Wenn einem mehr Leid zugefügt wird, als man ertragen kann. Will man nicht zerbrechen, muss man eine unbändige Stärke entwickeln, robuster und abweisender als die Umgebung sein.

Momentan bin ich nur verletzlich, ob meine Stärke je wiederkommt, wage ich zu bezweifeln.

William öffnet die Tür, seine Hand liegt beruhigend auf meinem Rücken, während er in der anderen meine Tasche mit meinen Habseligkeiten trägt. Heute scheint ausnahmsweise die Sonne, wie bestellt zu meinem Empfang. Der Eingangsbereich wirkt dadurch gleich viel freundlicher. Ich halte am Treppenabsatz an und starre zurück zur Tür. Als ich dort das letzte Mal stand, war alles noch in Ordnung.

„Es ist ein komisches Gefühl", beantworte ich Williams stumme Frage.

Er nickt und stellt die Tasche ab. „Ich habe bereits mit meinem Makler gesprochen. Ich werde das Haus verkaufen."

Verblüfft starre ich ihn an. „Was? Warum?"

„Du kannst hier nicht bleiben. So wirst du es nie verarbeiten können."

„William, du liebst dieses Haus."

„Nicht mehr. Ich hasse es", versichert er mit fester Stimme und greift nach meinen Händen. „Wir suchen uns etwas Neues, das uns beiden gefällt. Egal, ob in London oder außerhalb. Überall, wo du hin möchtest, werde ich mitkommen."

Ich ringe mir ein Lächeln ab, obwohl die Tränen schon längst wieder am Fließen sind. „William", zu mehr bin ich nicht imstande.

Er zieht mich an sich, streicht über meine Wange, wie er es immer macht, wenn ich weine, das hat sich wenigstens nicht geändert. „Wir packen jetzt deine Sachen, fahren zu deiner Wohnung und ich verspreche dir, dass du dieses Haus nie wieder betreten musst. Ich weiß die schönen Erinnerungen zu schätzen, doch die stellen sich überall von neuem ein. Kopf hoch, Babe. Ich bin bei dir."

„Ich liebe dich", flüstere ich und stelle mich auf die Zehenspitzen, um seinen Mund zu erreichen.

„Ich liebe dich auch, Babe. Für den Rest meines Lebens", fügt er hinzu, dann küsst er mich – zögernd, als könnte er mich verletzen. Doch gerade er, dieser wundervolle Mann, könnte das niemals.

Niemand kann mir je mehr Schmerzen zufügen, solange ich an Williams Seite bin. Es tut gut, ihn bei mir zu haben. Ich atme wieder, lebe wieder, nicht nur dank ihm, sondern alleine und aus ganzem Herzen für ihn.

Ja, ich werde dich nie wieder loslassen, denke ich und schlinge die Arme um ihn.

Epilog

„Sommer 2014, Porthtowan – sie läuft", notiere ich unter dem Schwarz-Weiß-Bild in dem neuen Fotoalbum.

Ein warmes Lüftchen regt sich, das mir und meinen Unterlagen aber nichts anhaben kann, da ich mich auf unserem wunderschönen Balkon mit Ausblick über die Küste befinde. Ich lasse meinen Blick geistesabwesend in die Ferne schweifen. Es ist ein Traum!

Ich bin ein Küstenkind, bin mit den Wellen, der Gischt und dem sandigen Strand aufgewachsen. Sicher vermisse ich London. Jedoch sind Tage wie diese nicht einmal durch die besten Verkehrsverbindungen und das interessanteste Stadtleben aufzuwiegen.

William hat mir mit diesem Geburtstagsgeschenk einen Herzenswunsch erfüllt. Ich kann hier leben und genießen und brauche mir um nichts mehr Sorgen zu machen.

Während ich mich zurücklehne und den dreien beim Spielen zusehe, dreht sich William in meine Richtung. Die Sonne tut ihm gut. Er ist braun gebrannt, sein Haar von hellen Strähnen durchsetzt, er wirkt ausgeruht, weil er in unserem Refugium die Arbeit vergessen kann.

Er sagt etwas zu Gabriel und eilt dann zu mir. Die schmale Treppe nimmt er mit Schwung, tritt hinter mich und küsst meinen Scheitel. „Na, was machen wir Schönes?“

„Ich halte unser Leben für die Nachwelt fest.“

Er grinst und nimmt neben mit Platz. „Sie läuft. Im Moment sieht sie ziemlich müde aus.“

Ich stimme in sein Lachen ein und sehe zu unserer Tochter, die auf einer gepunkteten Decke, mitten auf der Wiese, eingeschlafen ist. Gabriel sitzt neben ihr, spielt mit seinem Nintendo und hütet sie dennoch wie seinen Augapfel.

Lilly kam vor knapp einem Jahr zur Welt. Sie ist ein absolutes Wunschkind – Williams Wunschkind, um genau zu sein. Er war es, der mit der Idee ankam, eine Familie zu gründen. Ich muss ehrlich zugeben, dass ich mich zu diesem Zeitpunkt noch nicht als Mutter gesehen habe. Doch jetzt, da Lilly da ist, blühe ich auf. Ich liebe sie, kann mir ein Leben ohne sie nicht mehr vorstellen und genieße jeden Augenblick, den ich mit ihr verbringen darf.

William ist ein Übervater. Nicht zum ersten Mal ziehe ich ihn damit auf, dass mir Lillys zukünftige Verehrer schon jetzt leidtun. Keine Ahnung, welche Kriterien sie erfüllen müssen, um Gnade vor Williams gestrengem Auge zu finden. Doch es wird nur zu Lillys Bestem sein.

Glücklich lehne ich meinen Kopf an Williams Schulter und sauge seinen Duft ein. „Ich hasse es, dass du morgen weg musst."

Er seufzt und küsst meine Schläfe. „Nur eine Woche. San Diego erledigt sich nicht von alleine. Mir fällt es viel schwerer. Immerhin hast du Lilly."

„Oh", meine ich und blicke mitfühlend zu ihm hoch. „Vergiss bitte am Freitag nicht den Termin mit Louis."

„Louis – Blumenguru Louis?"

„Ja, genau der."

William schnaubt und lässt den Kopf nach vorne sacken. „Kannst du das nicht alleine machen? Ich meine, Rose … es sind Blumen. Nimm deine Mutter mit."

„Ich bitte dich", spiele ich die Beleidigte. „Wie du möchtest. Zur Hochzeit kommst du dann aber schon oder soll ich mir einen Callboy engagieren?" Mein dämliches Grinsen bleibt einen Moment unbeantwortet, bis auch William einknickt und mich zu kitzeln beginnt.

„Wage es, Weib. Du heiratest mich und sonst niemanden. Verstanden?"

„Verstanden“, presse ich hervor und winde mich aus seiner Umklammerung. „Bist du aufgeregt?“

Ein schiefer Blick trifft mich, dann zuckt er die Schultern. „Ein wenig. Immerhin heirate ich zum ersten Mal.“

„Ich auch“, gebe ich zurück – nur fürs Protokoll. „Ich freue mich sehr, wenn ich offiziell Mrs. Bennet bin.“

„Wehe dir, wenn du meine Gutmütigkeit ausnützt und mein Kreditkartenkonto plünderst“, scherzt er.

Eine Weile sehen wir den Kindern zu. Keiner sagt ein Wort.

Es sind gerade die Momente, in denen wir unter uns sind, die mir deutlich machen, wie sehr ich diesen Mann liebe. Er ist mein Leben und mit der Hochzeit, zugegebenermaßen etwas spät, besiegeln wir unsere Liebe für die Ewigkeit. Ich bin dann seine Ehefrau, was anfangs wohl niemand gedacht hätte.

„George und Naomi werden wohl das nächste Brautpaar sein“, denkt er laut.

„Vermutlich. Sie werden sich das Ganze erst einmal bei uns ansehen. Vielleicht lässt er sich dann endlich überreden.“

William grinst spitzbübisch. „Was? Sag nicht, du weißt schon wieder mehr als ich.“

„Ein Gentleman genießt und schweigt."

Ich gebe einen entrüsteten Laut von mir.

„Lilly ist wach", William steht auf, als herzerweichendes Babygebrüll ertönt. „Ich hole sie, dann können wir noch hinunter zum Strand gehen."

„In Ordnung. William", rufe ich ihm nach. „Ich liebe dich."

Er zwinkert mir zu. „Ich dich auch", formt er mit seinen Lippen und stürmt zu unserer brüllenden Tochter, die sich nicht einmal von Gabriel beruhigen lässt.

E N D E

2370246R00251

Printed in Germany
by Amazon Distribution
GmbH, Leipzig